AF223464

Danke

Ich danke meiner Mutter und meinem Mann dafür, dass sie mir die vielen Arbeitsstunden an diesem Buch bedingungslos ermöglicht haben.

Ich danke der Community auf schreib-forum.de: Ohne eure ständige Ermutigung hätte ich meine Geschichte vielleicht nie zu Ende geschrieben.

Ich danke allen Testleserinnen und Testlesern für ihre wertvollen Hinweise und Anmerkungen, die mich gezwungen haben, mich wieder und wieder ehrlich mit meiner Arbeit auseinanderzusetzen.

Ich danke Tabea Airam (@⁻.airam.art) für das gelungene Coverbild.

Ich danke auch allen Kritikern, die meinen Roman abgelehnt haben, und allen Verlagen und Agenturen, die niemals geantwortet haben, für die Kraft des Trotzes.

© 2025 Rebekka Fiedler
Verlag: BoD · Books on Demand GmbH,
In de Tarpen 42, 22848 Norderstedt, bod@bod.de
Druck: Libri Plureos GmbH, Friedensallee 273,
22763 Hamburg
ISBN: 978-3-7693-2184-5

1
Dr. Johann Ross

2. Januar 2003

„Doktor Johann Ross?" Die Stimme hallt durch den nächtlichen Flur des Krankenhauses.

Ein Mann Mitte vierzig zuckt beim Hören dieser Worte zusammen und rückt sich reflexartig die Brille zurecht.

'Bitte nicht noch ein Notfall', fleht er in Gedanken.

Ein furchtbarer Arbeitstag liegt hinter ihm. In den letzten Stunden hat er vergeblich um das Leben einer Patientin gekämpft. Mehrere Jahre hat die Frau, nur wenig älter als er selbst, im Koma gelegen. Nun ist sie im Schlaf gestorben. Trotz all seiner Erfahrung, all der Möglichkeiten der modernen Medizin, hat er sie nicht retten können.

Die traurige Feststellung ist Ross emotionslos über die Lippen gegangen. Nach fünf nächtlichen Überstunden ist seine Müdigkeit längst in eine ferne Trance übergegangen. Stress und Frust in Taubheit. Drei SMS hat er seiner Frau bereits geschickt, dass es heute später wird. Nun, um halb drei, schläft sie vermutlich längst.

„Doktor Ross!" Die nunmehr ungeduldige Stimme reißt ihn aus seinen Gedanken.

Er dreht sich um und blickt in ein Paar eisblaue Augen in einem blassen, kantigen Gesicht, umrahmt von pechschwarzem Haar.

Einen kurzen Moment lang zieht der Anblick den Arzt in seinen Bann, bis er verwirrt den Kopf schüttelt und sich wieder auf die Situation besinnt.

Seine Gedanken setzen sich nur träge in Bewegung, während sein Blick abwesend über die weiße Kleidung des anderen schweift. 'Wer ist das? Ein neuer Pfleger? Hat man mir das gesagt? Jedenfalls habe ich ihn noch nie gesehen. Oder habe ich es bloß vergessen?'

Er mustert sein Gegenüber noch einmal genauer. Der Mann ist einen Kopf größer als er und mindestens zehn Jahre jünger. Hinter Strähnen dunklen Haares glaubt Ross, einige Schrammen zu erkennen. Obwohl der Fremde freundlich lächelt, hat seine Erscheinung etwas vage Bedrohliches an sich. Ein Schauer läuft dem Arzt über den Rücken.

„Was gibt es denn, Herr ..." In Ermangelung eines Namens kneift er die müden Augen zusammen, um das Schild auf dem Pflegerhemd des anderen zu lesen. „... Reitmeier?" Er blinzelt. Ernst Reitmeier ist ein langjähriger Mitarbeiter und ganz sicher nicht der Mann, der nun vor ihm steht.

„Diese Patientin muss verlegt werden", zwingt ihn der Fremde weiter zur Konzentration.

„Ich habe jetzt Feierabend. Wenden Sie sich bitte an Doktor Angelowski, der ist ab jetzt ..."

Ross' Blick fällt auf die Patientin, die auf einem Bett im Gang liegt. Er erkennt sie sofort. Es ist die Frau, um deren Leben er in den letzten Stunden gekämpft hat. Die unter seiner Aufsicht gestorben ist. Ihr bleiches Gesicht wirkt alt und ausgemergelt. Der Kopf ist zur Seite geneigt, als lausche sie dem Gespräch.

„Diese Patientin ist verstorben. Ich habe soeben ihren Tod festgestellt", erklärt Ross verwirrt.

„Sie irren sich. Sie muss verlegt werden", wiederholt der andere ruhig, aber bestimmt.

'Irren? Sollte ich mich so getäuscht haben? Bin ich so übermüdet? Nein. Völlig ausgeschlossen. Sie hatte keinen Herzschlag mehr und keinerlei Hirnaktivitäten. Es war eindeutig.'

„Sie haben noch viel zu lernen, mein Lieber!", ruft Ross verärgert. „Ich hatte angeordnet, dass die Geräte aufgeräumt und die Angehörigen der Frau informiert werden. Bringen Sie sie zurück und belästigen Sie jemand anderes!"

Plötzlich drückt sich ein fester, kalter Gegenstand in seinen Bauch. Mit einem Schlag ist der Arzt hellwach. Eine dunkle Eingebung sagt ihm, was es ist, noch bevor er hinsieht: eine Pistole.

Blitzschnell verschwindet sie wieder unter dem zu großen Hemd des Fremden, fast so, als hätte Ross sie sich nur eingebildet.

Er kann nichts anderes tun, als sein Gegenüber anzustarren.

Sein nettes Lächeln. Seine eisigen Augen. „Gott! Wer sind Sie? Was wollen Sie?"

„Ich möchte, dass Sie mir helfen, diese Patientin zu verlegen. Sie braucht viel Ruhe, verstehen Sie?"

Ross nickt, obwohl er rein gar nichts versteht. Stattdessen fühlt er sich in einen dieser Entführungskrimis aus dem Fernsehen versetzt. „Wollen Sie Geld?", fragt er mit schwerer Zunge.

„Ich will, dass Sie die Klappe halten und ohne Theater mit mir kommen. Wir wollen die Sache doch nicht noch unangenehmer machen, als sie ist, nicht wahr?"

Wieder nickt Ross bloß betäubt.

Wie im Traum setzt er sich in Bewegung und läuft neben dem leise quietschenden Bett der toten Frau her, das der Fremde in Richtung Fahrstuhl schiebt, als gäbe es nichts Normaleres auf der Welt.

7

Nur zwei Kollegen begegnen ihnen auf dem Weg, der Ross

unendlich lang vorkommt. Verzweifelt versucht er, zu einem von

ihnen Blickkontakt herzustellen. Doch sie grüßen ihn nur

gedankenverloren und gehen geschäftig ihrer Wege.

'Wenn ich um Hilfe rufe, erschießt er mich sicher sofort', geht es

ihm durch den Kopf. 'Aber vielleicht ist die Waffe ja gar nicht

geladen?'

Doch dann erinnert er sich an den berechnenden, emotionslosen

Blick seines Entführers. Seines Geiselnehmers. Sie ist geladen.

'Ich bin eine Geisel', denkt Ross und Panik steigt in ihm auf. Als

die Fahrstuhltür sich öffnet, steht er wie angewurzelt. Seine Füße

verweigern jeden weiteren Schritt.

Doch sein unheilvoller Begleiter schiebt ihn schlichtweg ohne

erkennbare Anstrengung hinein.

In der ausweglosen Kammer legt sich unerträgliche Stille über sie.

Ross will schreien, aber die Angst schnürt ihm die Kehle zu.

Der Fahrstuhl hält schließlich im Parkhaus. Ein Autoschlüssel.

Gelbe Lichter blinken auf. Ein Krankenwagen.

'Woher hat er den Schlüssel?', fragt sich der Arzt und denkt gleich

darauf, was für eine dumme Frage das angesichts seiner

dramatischen Lage ist.

Schweigend laden sie die Leiche ein.

„Sie fahren", sagt der Fremde ruhig.

„Hören Sie! Sagen Sie mir, was sie wollen! Bitte!"

„Fahren Sie!", wiederholt der andere nur kalt und Ross bleibt

nichts anderes übrig, als zu gehorchen. Sie steigen ein und er fährt

los. Durch die nächtlichen Straßen. Dieselben, die er jeden Tag zur

Arbeit nimmt. Wenn er zur Frühschicht fährt, steckt er immer im

Berufsverkehr fest. Nun sind sie wie leergefegt.

„Langsamer!", befiehlt der Fremde und Ross fällt auf, dass er fast siebzig fährt. Gehorsam drosselt er die Geschwindigkeit.

Den knappen, ruhigen Anweisungen folgend, lassen sie die Stadt Richtung Osten hinter sich.

Auf einem kleinen, abgelegenen Parkplatz weist ihn der andere schließlich an, zu halten und auszusteigen. Ein kalter Wind schlägt dem Arzt entgegen. Panisch sieht er sich um, doch hier ist nichts. Nichts als Dunkelheit, Stille und Tod.

Auch sein Entführer steigt aus. Während er auf ihn zukommt, glaubt Ross zu bemerken, dass er humpelt. In der Hand hält er eine dicke Rolle Klebeband.

„Umdrehen!", raunt er.

Ross dreht sich um. 'Ich werde sterben. Jetzt werde ich sterben.'

In einem verzweifelten Aufbegehren rennt er los, zurück in Richtung Straße. Vielleicht würde ein Auto vorbeifahren.

Vielleicht könnte er es noch schaffen. Adrenalin schießt durch seine Adern. Er läuft um sein Leben. Jeder Schritt auf dem harten Asphalt hallt als Pochen in seinen Ohren wider. Die Straße kommt näher.

Plötzlich stolpert er. Sein rechter Fuß hängt fest, er verliert das Gleichgewicht und schlägt der Länge nach auf dem Boden auf.

Sein Brille landete klirrend neben ihm. Panisch drehte er sich zu seinem Verfolger um, der sich als dunkler Umriss nähert, ihn schon fast erreicht hat.

Ross will sich aufrappeln, doch wieder bleibt sein Fuß hängen.

Verzweifelt sucht sein Blick den Boden nach dem Hindernis ab, aber ohne Brille kann er in der Dunkelheit rein gar nichts unter sich erkennen.

Wieder schaut er auf. Der Schemen hat nun Form angenommen.

Die Form des Todes.

Mit einem einzigen Griff dreht ihn sein Entführer auf den Bauch und drückt ihn, jeden Widerstand verachtend, grob zu Boden. Ross' Herzschlag dröhnt in seinen Ohren. Noch nie ist es ihm so laut vorgekommen.

„Die Hände!", befiehlt der andere streng und Ross gehorcht. Hilflos spürt er, wie seine Arme hinter dem Rücken gefesselt werden.

Ein Streifen Klebeband wird auf seinen Augen platziert. Das Geräusch des Abrollens ist so laut, dass er zusammenfährt.

„Bitte!", fleht er verzweifelt. „Ich habe eine Frau und ...!"

Ein Stück Stoff wird ihm in den Mund gesteckt und, noch bevor er es ausspucken kann, fixiert.

Ross muss würgen. Das Atmen fällt ihm schwer. Ein einziger Streifen mehr und er wird qualvoll ersticken.

Doch stattdessen wird er blind und stumm zurück in Richtung Krankenwagen geführt.

Er hört, wie sich die Tür mit einem leisen Quietschen öffnet.

Das knarrende Stöhnen der Stoßdämpfer, als jemand einsteigt.

Schritte im Wagen.

Was kann er jetzt noch tun? Nochmals weglaufen? Blind und mit gefesselten Händen? Egal. Stehenzubleiben wäre Wahnsinn. Doch er ist wie gelähmt. Seine Knie zittern. Er ringt um Atem. Er kann sich kaum mehr auf den Beinen halten. Kann nichts anderes tun, als gebannt zu warten und zu lauschen.

Das Klappern der Liege und der metallenen Schnallen.

Schwere Schritte auf ihn zu.

Das erleichterte Ächzen der Stoßdämpfer, als die Last von der Ladefläche genommen wird.

Etwas streift seinen Arm.

Schritte auf Asphalt.

Raschelndes, trockenes Laub.

Ein dumpfer Aufprall.

Verzweifelt versucht er, aus dem Gehörten ein Bild zu formen. Aber es gelingt ihm nicht, auch nur einen klaren Gedanken zu fassen.

Schon kommen die Schritte wieder auf ihn zu. Dieses Mal schneller. Leichter.

Mit eisernem Griff wird er am Kragen seines Kittels gepackt und ins Ladeabteil des Krankenwagens geschoben. Er stolpert über die Schwelle und landet auf seinem arthritischen Knie. Ein stechender Schmerz schießt durch sein Bein. Er schreit auf, doch seine eigene Stimme klingt dumpf und fern.

Schon wird er wieder auf die Füße gezerrt, weitergeführt, auf die Liege gedrückt, die nun frei ist. Doch Ross ist nicht in der Verfassung, sich darüber zu wundern.

Die Schnallen werden über seinem Rücken festgezurrt und erschweren ihm einmal mehr das Atmen.

Übelkeit steigt in ihm auf.

Dann wird alles schwarz.

2

Das Mädchen

„Wachen Sie auf!"

Etwas Kaltes, Nasses schlägt Johann Ross ins Gesicht. Für den Bruchteil einer Sekunde glaubt er, sich unter Wasser zu befinden. Doch als er keuchend um Atem ringt, füllen sich seine Lungen mit staubiger Luft. Die Flüssigkeit, durch die er geweckt wurde, rinnt wie kalter Schweiß an seiner Haut herab und durchtränkt sein Hemd.

Er blickt in das Gesicht, das ihm auf unheilvolle Art vertraut vorkommt, und ein unartikulierter Laut entfährt seinem Mund. Auf allen Vieren kriecht er rückwärts, bis er mit dem Rücken gegen eine Wand stößt. 'Wo bin ich? Was ist passiert?' Surreale Bilder ziehen an seinem inneren Auge vorüber und mischen sich mit der Realität.

Die Fesseln an seinen Händen, Knebel und Augenbinde sind entfernt worden. Er befindet sich auf dem Boden eines kleinen, dunklen Zimmers. Ein paar schäbige Büromöbel deuten auf die geschäftige Vergangenheit des Raumes hin, doch nun wirbeln dichte Staubwolken wie Schneegestöber durch die Luft. Eine alte Leuchtstoffröhre an der Decke erzeugt ein spärliches, farbloses Licht.

'Hier werde ich sterben', schießt es Ross durch den Kopf.

Sein Entführer trägt nicht länger das helle Hemd, sondern nunmehr ein dunkles T-Shirt und schwarze Jeans. Seine Arme ziehen Ross' Aufmerksamkeit auf sich. Unzählige frische Schrammen und blaue

Flecken sowie der Ansatz eines schmutzigen Verbandes unter einem der Ärmel stechen im Kontrast zu seiner hellen Haut hervor. An der rechten Hand kann Ross Ansätze einer Brandwunde erahnen.

'Was, um Himmels willen, ist mit ihm passiert?'

Aber er kommt nicht dazu, seine Gedanken weiter fortzuführen. Stattdessen erstarrt er, als er seinem Gegenüber in die Augen sieht. Die kalte Entschlossenheit darin lässt ihm das Blut in den Adern gefrieren. Alle Verletzungen verspottend steht der Fremde vor ihm wie ein Fels.

Unnachgiebig, unerschütterlich, zu allem bereit.

Ein unbändiger Drang bäumt sich in Ross auf. Der Drang zu schreien. Zu kämpfen. Sich mit allerletzter Kraft, mit allem verbliebenen Mitteln an diesen dünnen Faden des Lebens zu klammern, koste es, was es wolle.

Panisch sieht er sich nach etwas um, das ihm vielleicht helfen könnte.

Der Fremde folgt seinem Blick. „Menschen, die Angst haben, tun oft sehr unlogische Dinge", sagt er mit ruhiger, kalter Stimme. „Seien Sie keiner dieser Menschen. Seien Sie vernünftig."

Wieder starrt Ross in diese eisigen Augen. Noch nie hat er sich so hilflos, so ausgeliefert gefühlt. Die Worte kreisen in seinem Kopf, vermischen sich mit Verwirrung und Angst. 'Was will dieser Mann von mir? Was soll ich bloß tun? … Seien Sie vernünftig … Wie soll man denn in so einer Situation vernünftig sein? Was bedeutet dieses Wort jetzt überhaupt noch?'

Plötzlich scheint der andere einen Entschluss zu fassen.

„Stehen Sie auf!", befiehlt er kühl und Ross rappelt sich

umständlich vom Boden auf. Seine Beine fühlen sich an, als hätte er sie noch nie benutzt. Der Fremde hält ihm eine kleine Wasserflasche hin. Zögernd, wie in Zeitlupe greift Ross danach, hinter jeder Regung sein Ende vermutend.

„Trinken Sie!", sagt der andere ungeduldig.

„Trinken?", wiederholt Ross monoton.

Sein Entführer wirft ihm einen prüfenden Blick zu. „Ja, trinken. Wissen Sie, wie das geht, oder muss ich Ihnen helfen?"

'Alles, nur das nicht', denkt Ross und kämpft zitternd mit dem Schraubverschluss. Das Knacken verrät ihm, dass die Flasche noch nicht geöffnet wurde. 'Es ist nur Wasser', versucht er sich selbst zu beruhigen. 'Nur Wasser. Er kann nichts hineingemischt haben.'

Ross nimmt einen Schluck, würgt ihn mühsam hinunter. Erst jetzt fällt ihm auf, wie durstig er ist. Der Geschmack der Angst liegt ihm noch auf der Zunge. Er trinkt gierig und leert die ganze Flasche.

„Brav!", sagt der andere, als lobe er einen Hund. Dann kommt er entschlossen auf den Arzt zu.

Einen kurzen Moment lang überkommt Ross der Drang, ihm die leere Flasche entgegenzuschleudern. Kaum merklich verstärkt er seinen Griff.

Doch der andere hält inne und mustert ihn mit zusammengekniffenen Augen, als könnte er seine Gedanken lesen, seine Angst riechen. Schon spürt Ross, wie sein kurz aufgeflammter Mut erlischt. Was wird es bringen, diese leere Flasche zu werfen?

'Seien Sie vernünftig ...', hallt es wieder durch seinen Kopf.

Resigniert lässt er den Behälter fallen. Es wird nichts bringen, außer ihn vielleicht wütend zu machen. Er hat keine brauchbare Waffe, weiß nicht einmal, wo er ist, wer oder was sich außerhalb dieses Raumes befindet.

Nur eines weiß er sicher: Er möchte diesen Mann nicht wütend erleben.

Verzweifelt klammert er sich an den Gedanken, dass ihm vielleicht, ja vielleicht, nichts passieren wird, solange er tut, was der andere verlangt.

So lässt er sich widerstandslos am Ärmel seines nunmehr schmutzigen Kittels packen und aus dem kleinen Zimmer auf den Gang führen.

Es ist still und das Geräusch ihrer Schritte hallt von den Wänden wider.

Schließlich stehen sie vor der Tür, zu der alle Fußspuren in der Staubschicht am Boden führen. Das Mekka dieser vergessenen Welt. Was wird ihn dahinter erwarten? Ross' Herzschlag dröhnt in seinen Ohren.

Als sein Begleiter die Tür öffnet, wird der Doktor von einem weißen Lichtschein geblendet und warme, stickige Luft schlägt ihm entgegen.

Er wird hineingeschoben und hört, wie sich die Tür hinter ihnen schließt.

Er blinzelt. Sieht sich um.

Das Fenster ist zugenagelt. Der Staub am Boden ist notdürftig beseitigt worden. Ein kleiner, elektrischer Heizkörper in der Ecke läuft auf Hochtouren. Inmitten des kleinen Raumes steht wie in einem seltsamen Traum ein Bett.

Während Ross weiter dorthin geführt wird, erkennt er unter der

Decke eine zierliche Gestalt.

Ein Mädchen. Eine junge Frau. Vielleicht sechzehn. Sie hat blasse Haut, fast weißes Haar und sieht so zerbrechlich aus, so unwirklich an diesem Ort, dass Ross für einen Moment vergisst zu atmen.

Die Lider ihrer Augen, die in dem schmalen Gesicht sehr groß wirken, sind geschlossen und zucken wie im Schlaf.

Eine dunkle Ahnung steigt in Ross auf. Es sieht nur so aus, als ob sie schläft. In Wahrheit ist sie weit weg. Sehr weit weg.

3

Bedingung

„Wer ist das?", fragt sein Gefangener mit zitternder Stimme.

Die Angst in der Stimme des Arztes legt sich wie dichter Nebel auf Linus' Haut, dringt in ihn ein, füllt seine Lungen, greift nach Herz und Hirn. Einst hätte Linus dem Gefühl nachgegeben, hätte sich durch die Woge von den Füßen reißen, betäuben, ertränken lassen. Heute ist ihm bewusst: Es ist nicht seine Angst. Sie existiert, um den Arzt zu warnen und zu schützen, nicht ihn selbst. Wenn er sich nicht darauf konzentriert, das Gefühl nicht festhält, wird es vergehen.

Er atmet langsam ein und aus. Sein Puls, kurz davor, sich mitreißen zu lassen, beruhigt sich wieder. Seine Sinne sind im nächsten Moment wieder wach und klar.

Das Gefühl durchfährt seine Glieder noch ein weiteres Mal, kreist eine Sekunde in der Magengegend und löst sich schließlich haltlos auf.

Von alldem lässt sich Linus nichts anmerken. Keine Sekunde wendet er dabei den Blick von seinem Gegenüber ab oder vergisst seine Mission.

Das Mädchen sollte schon längst wieder wach sein.

Hätte überhaupt nie in einen so tiefen Schlaf fallen dürfen.

Die Situation ist seiner Kontrolle völlig entglitten. Ob die Entführung des Arztes die Lösung darstellt, kann Linus nicht einschätzen. Das Unterfangen ist riskant. Der Ausgang ungewiss.

Und es scheint überhaupt nichts vorwärtszugehen.

„Noch eine Gefangene?", stößt der Arzt gepresst hervor.

„Wenn man es so ausdrücken will ...", entgegnet Linus nachdenklich.

„Und ich soll Ihnen helfen bei Ihrem ... Ihrem ..."

Ungeduldig mustert Linus den Mann, den er vor einigen Stunden aus dem Krankenhaus entführt hat. Vielleicht hätte er sich an einen bestechlichen Arzt wenden sollen. Er kennt einige, die für die richtige Summe in der Regel die Klappe halten. Doch es schien ihm zu gefährlich. Letztendlich darf niemand wissen, dass sie hier sind. Linus weiß nicht, wer alles nach ihnen sucht. Nach ihm und dem Mädchen. Wie viele hektische Fluchten wird sie in diesem Zustand noch überleben? Es grenzt an ein Wunder, dass sie es bis hierher geschafft haben. Auch wenn sie stärker ist, viel stärker, als er es vor ein paar Wochen noch geglaubt hat.

Überhaupt alles hat sich anders entwickelt, als er es geglaubt hat. Nun steht hier dieser verängstigte, verwirrte Mann und fürchtet um sein Leben. 'Gut so!' Er soll wissen, dass es Linus ernst ist. Immer ernster wird. Es geht überhaupt nichts voran.

„Sie sollen sie aufwecken. Das ist der Grund, weshalb Sie hier sind. Und der Grund, weshalb Sie noch leben. Verdienen Sie sich die nächsten Stunden!", treibt er den Arzt an.

Doch der Doktor rührt sich nicht. Er starrt lediglich abwechselnd ihn und das Mädchen an, scheint krampfhaft zu überlegen. 'Keine Optionen, Doktor. Es gibt nur einen Weg für Sie.'

„An die Arbeit!", sagt Linus kühl und der Arzt wird endlich aktiv. Er streckt die Hand nach ihrem Hals aus, um ihren Puls zu fühlen. Die Fingerspitzen des Doktors haben gerade ansatzweise ihre weiße Haut berührt, als sie plötzlich wie vom Blitz getroffen zusammenzuckt.

Ohne zu überlegen, packt Linus den Mann an der Schulter und wirft ihn in einer einzigen Bewegung hinter sich zu Boden. Mit versteinerter Miene sieht er nun zu, wie das Mädchen sich unter der Decke windet, nach Luft schnappt. Wie sie verzweifelt gegen etwas kämpft, was nur sie sehen oder begreifen kann. Sie beruhigt sich genauso plötzlich wie der Anfall begonnen hat und eine beklommene Stille breitet sich aus.

Ross' Herz pocht wild in seiner Brust. Der Anfall. Die Hand auf seiner Schulter, die ihn mühelos in den Raum geworfen hat. Er kann ihren eisernen Griff noch immer spüren. Alles scheint ihm wie ein tiefer, absurder Albtraum. Und er ist irgendwie hineingeraten.

„Sie Wahnsinniger! Was haben Sie mit ihr gemacht?", rutscht es ihm heraus. Erschrocken über seine eigenen Worte hält er die Luft an.

Ganz langsam dreht sich sein Entführer zu ihm um, als hinge er an einem Gedanken, den er jetzt noch nicht loslassen will. Ein finsterer, unergründlicher Blick trifft den Doktor am Nerv seiner Angst. Schnell rappelt er sich vom Boden auf, das Pochen in seinem Knie ignorierend.

„Wieso gehen Sie davon aus, dass ich das war?", knurrt der andere zurück.

'Weil Sie ein Psychopath sird, der Leute entführt und in sein Gruselkabinett sperrt!', will Ross ihm am liebsten entgegenschreien. Doch ein dicker Kloß im Hals lässt ihn würgen und so zuckt er lediglich hilflos mit den Schultern. Wieder blickt er zu dem Mädchen hinüber und fragt sich, wer sie ist und wie sie hier hineingeriet. Was dieser Mann mit ihr vorhat, sollte sie wieder erwachen ...

'Und ich soll sein Werkzeug sein ... ihm helfen ...'

Tränen unterdrückter Wut steigen Ross in die Augen, während er sich bemüht, ruhig zu bleiben. Wenn er sich nur irgendwie wehren könnte ...

Doch seinem Entführer scheint keine Regung zu entgehen und er erstickt seine Überlegungen im Keim: „Sparen Sie sich Ihren Ärger, Doktor! Am Ende machen Sie bloß irgendwelche Dummheiten."

Dann deutet er erneut auf das Mädchen. „An die Arbeit!"

Plötzlich kommt dem Arzt ein Bild in den Sinn: die alte Frau im Krankenhaus. Das alles scheint lange her zu sein. Und doch sieht er sie jetzt ganz deutlich vor sich. Hört das monotone Dauerpiepen der Kreislaufüberwachung. Sieht die Resignation in den Gesichtern der Assistenzärzte und Schwestern.

„Was, wenn ich ihr nicht helfen kann?", flüstert er kaum hörbar.

„Mein lieber Doktor", sagt die Verkörperung all seiner Angst und kommt ganz langsam auf ihn zu. Seine Stimme ist so kalt, dass sich Ross' Nackenhaare sträuben. Er wagt nicht, aufzusehen. Schließlich ist ihm der andere so nah, dass er seinen Schweiß riechen kann.

„Sie sollten sich lieber Mühe geben. Vielleicht habe ich mich noch nicht deutlich ausgedrückt: Ein Versagen ist inakzeptabel. Wenn sich Ihre Anwesenheit hier als sinnlos oder gar lästig erweist, werde ich nicht mit der Wimper zucken, ja vielleicht sogar Vergnügen daran finden, Ihr kümmerliches Leben zu beenden."

Die Worte brennen sich in Ross' Seele und er fühlt, wie ihn das letzte Fünkchen Mut und alle Kraft verlassen.

Ein zufriedenes Lächeln umspielt die Lippen seines Gegenübers.

„Und nun überzeugen Sie mich! Denn bisher gehen Sie mir einfach nur auf die Nerven."

4

Wirklichkeit und Traum

Auf einem kleinen Tisch breitet Linus die Instrumente, Kanülen und Fläschchen aus, die er aus dem Krankenhaus entwendet hat. Für eine gezielte Auswahl fehlen ihm die medizinischen Fachkenntnisse. Doch er geht davon aus, dass zumindest ein Teil seiner Beute hilfreich sein sollte.

Vielleicht holt er später noch die Liege und die Geräte aus dem Krankenwagen.

Er denkt an die alte Frau, deren leblosen Körpers er sich im Wald entledigt hat. Ihr Zustand ist dem des Mädchens ähnlich gewesen. Offenbar hätten die Geräte ihr helfen sollen. Aber das haben sie nicht. Sie ist im Schlaf gestorben.

Resignation breitet sich in Linus aus.

Er ist unachtsam gewesen. Dies ist nun seine Strafe.

Seine Drohung an den Arzt hat gesessen, das kann er fühlen. Doch statt in die Gänge zu kommen, scheint Ross regelrecht in Angststarre verfallen zu sein. Alle seine Bewegungen erfolgen in Zeitlupe. Ständig hält er inne und scheint überlegen zu müssen. Wieder geht nichts voran.

„Doktor Ross! Ich habe nicht den Eindruck, dass Sie ganz bei der Sache sind", sagt Linus in strengem Ton und reißt den Mann damit für einen Moment aus seiner Lethargie.

„Ich komme hier doch sowieso nicht lebend raus", antwortet er mit gepresster Stimme.

„Das habe ich nicht gesagt. Ich sagte nur, dass Sie etwas dafür tun müssen. Und das ist zu Ihrem großen Glück lediglich Ihr Job."

„Und wenn ich ihr helfen kann …", beginnt Ross vorsichtig und dreht sich zu Linus um.

„… dann lasse ich Sie gehen", beendet dieser den Satz.

Doch Linus spürt die Zweifel in dem Mann, den er vor nunmehr sechs Stunden aus seinem Leben gerissen und ihm mit dem Tod gedroht hat. Sie sind berechtigt, denn Linus hat nicht vor, ihn gehen zu lassen. Es wäre viel zu gefährlich. Aber das kann er ihm natürlich so nicht sagen.

Der ganze Erfolg dieser Mission würde von dem kleinen Funken Hoffnung abhängen, der sich, von seinem Versprechen angefacht, zwischen Todesangst und Misstrauen den Weg nach oben kämpft.

„Also geben Sie mir etwas", hört Ross die Stimme seines Entführers von weit weg.

Vor seinem inneren Auge durchlebt er noch einmal den Moment, in dem der andere ihn scheinbar mühelos durch den Raum geworfen hat. „Ich kann sie nicht untersuchen, ohne sie zu berühren … wenn sie wieder einen Anfall bekommt …", stammelt er.

„Ich werde wohl üben müssen, mich zurückzuhalten. Wir wollen ja nicht, dass Ihnen ein Unglück passiert. Zumindest nicht aus Versehen", sagt seine personifizierte Angst und grinst dabei zynisch, als hätte er einen Witz gemacht.

Als Antwort kann Ross seinen Entführer nur anstarren.

„Je besser Sie ihren Job machen, desto weniger fliegen Sie durch diesen Raum", fügt dieser scharf hinzu und das Grinsen verschwindet von einer Sekunde zur anderen spurlos. Stattdessen fixieren Ross nun wieder diese eiskalten Augen und verbieten jedes Widerwort.

Mit zitternden Händen zieht er den Tisch mit den wirr zusammengewürfelten medizinischen Utensilien zu sich heran. 'Ich kann so nicht arbeiten', denkt er verzweifelt. Und doch scheint ihm nichts anderes übrigzubleiben. Er holt tief Luft. „Ich ... ich fange jetzt an", sagt er vorsichtig und sein Entführer nickt kaum merklich.

Dann beginnt Ross, vorsichtig wie bei einem Neugeborenen, mit der Untersuchung. Jede Bewegung führt er in Zeitlupe aus, vor jeder Berührung wirft er seinem Entführer einen Blick zu, der um Erlaubnis fragt.

Als er die Decke zurückzieht, fällt ihm als Erstes auf, wie dünn das Mädchen ist. Beinahe abgemagert, als ob sie schon geraume Zeit nicht mehr richtig ernährt worden wäre.

'Wer weiß, wie lange der Irre sie schon hier fest hält ...', denkt Ross traurig.

Er fühlt Ihren Puls, der sich nach dem Anfall bereits wieder fast normalisiert hat.

Etwas zuversichtlicher fährt er mit der Untersuchung fort und macht sich auf einem Zettel kritzelnd Notizen, während sich Gedanken und Fragen überschlagen: *'Körperfunktionen stabil. Pupillenreflex spricht an. Körpertemperatur: 36,8 °C. Sie kann sich noch nicht lange in diesem Zustand befinden oder sie wurde vor kurzem noch medizinisch versorgt. Dafür sprechen auch die Einstich-Male an ihren Armen. Aber warum ist sie dann so abgemagert? Mittlerweile gehört sie dringend gewaschen und in eine andere Position gebracht, um einen Dekubitus zu vermeiden. Es muss ein Katheter gelegt werden. Die stickige Luft und der*

24

viele Staub sind wohl kaum hilfreich.'

Spuren von Gewalteinwirkung findet er zu seiner großen

Erleichterung wenige. Ihre Unterlippe war vor einiger Zeit einmal

aufgeplatzt. An den Füßen befinden sich fast verheilte

Schürfwunden.

Er muss schlucken, als er an seinen eigenen gescheiterten

Fluchtversuch denkt. 'Der Preis für mein Leben ist, dass ich sie

aufwecke – und ihm überlasse', wird ihm voller Schrecken

bewusst. 'Das kann ich nicht tun. Es muss einen anderen Weg

geben. Es muss einfach. Wie soll ich ihr überhaupt helfen unter

diesen schrecklichen Umständen?'

„Sie muss richtig versorgt werden ...", beginnt er vorsichtig.

„Dafür sind Sie doch hier", antwortet sein Bewacher nüchtern.

„Nein, Sie verstehen nicht!", erwidert Ross verzweifelt. „Sie

benötigt dauerhafte medizinische Versorgung. Bitte! Bringen Sie

sie dahin zurück, wo Sie sie herhaben!"

„Glauben Sie, wenn das eine Option wäre, hätte ich mir die Mühe

gemacht, Ihre Wenigkeit hierher zu holen?"

'Vermutlich nicht', denkt Ross. 'Doch wer kann schon wissen, was

in so einem wahnsinnigen Hirn vor sich geht?'

„Dann sagen Sie mir wenigstens, was passiert ist! Ich kann keine

Verletzungen an ihr entdecken, die sie in so einen Zustand

versetzen würden."

Doch der andere sieht ihn lediglich nachdenklich an, nur um dann

wieder seinen Blick auf das Mädchen zu heften.

Ross sinkt in sich zusammen. 'Keine angemessene Ausrüstung.

Keine Assistenz. Keine Informationen. Es ist aussichtslos! Was,

wenn sie stirbt? Das letzte, was sie gesehen, was sie erlebt hätte, wäre von diesem Mann entführt zu werden. Ihr Tod wird auch mein Ende sein.'

„Also? Wie ist ihr Zustand?", will der Mann, der vermutlich sein Mörder sein wird, wissen.

Ross schluckt und antwortet mit monotoner Stimme: „Ihre Vitalzeichen sind noch stabil."

„Was meinen Sie mit *noch*?"

„Wie ich schon sagte: sie muss dringend angemessen versorgt werden ..."

„Das wäre nicht nötig, wenn Sie sie einfach aufwecken würden."

Ross entgeht die wachsende Ungeduld in der Stimme des anderen nicht. „Das ist nicht so einfach", versucht er zu erklären und wird panisch. „Sie befindet sich vermutlich in einem sehr komplizierten Zustand. Ich kann noch nicht einschätzen, wie kompliziert."

„Dann tun sie das! Worauf warten Sie noch?"

Ross lässt den Blick über seine Instrumente schweifen. Vorsichtig zieht er eine Nadel aus dem Sortiment.

Sein Entführer runzelt misstrauisch die Stirn.

„Ich muss Ihre Schmerzreflexe prüfen", erklärt Ross. „Anders kann ich nicht herausfinden, wie tief sie schläft."

Der andere nickt missmutig.

Ross zieht die Decke von ihren Füßen und streicht ihr vorsichtig mit den Fingern über die Sohle, woraufhin sie zurückzuckt.

„Wie heißt sie?", fragt der Doktor leise.

„Su", antwortet der andere knapp und ein kaum merklicher Schatten huscht über sein Gesicht.

„Su", wiederholt der Doktor laut und deutlich. Als er den Namen ausspricht, kann er spüren, wie ihre Lage wieder ein kleines Stück realer wird. Er schluckt. „Mein Name ist Doktor Ross. Ich möchte dir helfen. Wenn du mich hören kannst, zeig es mir. Öffne die Augen oder bewege deine Hände."

Beide Männer halten die Luft an und starren regungslos auf das schlafende Mädchen. Warten eine Sekunde. Fünf. Zehn. Doch nichts geschieht. Dann nimmt Ross die Nadel und sticht ihr an der linken Fußsohle in die Haut.

Mit verblüffender Schnelligkeit zieht sie das Bein zurück, während ihre linke Hand ins Leere greift. Ihre großen Augen sind mit einem Mal weit geöffnet.

„Bitte nicht", fleht sie wimmernd und ihr unfokussierter Blick hetzt durch den Raum.

Dann schließt sie die Augen wieder und ihr Körper erschlafft.

Dieses Mal ist es Ross, der zuerst reagiert, indem er ihren Puls überprüft. Ihr Herzschlag, ihre Worte, ihr Blick, all das sagt nur eines: Angst. Er hasst sich dafür, ihr in dieser Situation auch noch Schmerzen zugefügt zu haben, auch wenn es aus medizinischer Sicht notwendig war.

„Reden Sie!", befiehlt sein Entführer, der das Mädchen entgeistert anstarrt.

Ross überlegt kurz. „Ich würde ihr neun, vielleicht sogar zehn Punkte geben."

„Das bedeutet?"

„Die Glasgow-Koma-Skala wurde entwickelt ..."

„Verschonen sie mich mit ihren Fachgeschwafel!"

„Sie öffnet die Augen auf den Schmerzreiz hin, gibt ganze Worte von sich, ist sichtlich desorientiert und zeigt eine ungezielte Schmerzabwehr", zählt der Arzt hektisch auf.

„Was bedeutet das?", fragt sein Entführer nun mit Nachdruck.

„Dass es vielleicht" Ross gibt sich Mühe, das letzte Wort zu betonen, um keine falschen Erwartungen zu wecken. „eine Hoffnung für sie gibt."

Linus ahnt, dass man Sus Zustand nicht mit normalen Methoden erfassen kann. Wer weiß, ob sie sich überhaupt noch in dieser Welt befindet? Und wenn nicht, ob sie jemals wieder zurückfinden wird?

Das zu erklären, scheint ihm jedoch zu umständlich und zu gefährlich. Im Augenblick würde es sowieso die Aufnahmefähigkeit des Doktors übersteigen. Er hat den Arzt während seiner Untersuchungen genau beobachtet. Zwar konnte er Su noch nicht wecken, aber immerhin kann er ihren Zustand ein Stück weit einschätzen.

'Dass es vielleicht eine Hoffnung für sie gibt. Vielleicht.'

Was soll Linus davon halten? Er weiß es nicht. Plötzlich fühlt er sich müde. Sein Körper ist noch voll funktionsfähig. Aber seinen Geist erfasst ein tiefes Bedürfnis nach Ruhe und Neuordnung.

Abwesend betrachtet er Doktor Ross, der sich neben Su auf einen Hocker gesetzt hat, fast so, als fühle er sich ihr zugehörig.

„Was haben Sie mit ihr vor, sollte sie tatsächlich wieder aufwachen?", fragt der Arzt nun leise. Die Angst in seiner Stimme verrät Linus, dass er das Schlimmste erwartet.

„Ich weiß es noch nicht", antwortet Linus und es ist die Wahrheit.

Darüber wird er sich Gedanken machen, wenn es so weit ist.

Nun kann er wieder den wachsenden Zorn des Doktors spüren.

Zorn und Angst – eine explosive Mischung. 'Du solltest ihn besser

28

nicht unterschätzen', warnt Linus eine leise Stimme in seinem Kopf. Doch er spürt noch etwas, das die Angst des Doktors nun überlagert. Es ist Mitleid.

Mitleid für dieses Mädchen, das er gerade erst getroffen hat. Inmitten seiner eigenen desaströsen Situation sind ihre Schicksale, das von Ross und Su, aufeinandergeprallt.

Und Linus spürt, entgegen all seinem Misstrauen, dass der Doktor ihr wirklich helfen will.

Er wird tun, was er kann. Das ist gut.

Su seufzt. Ihre Augenlider zucken.

'Was geht wohl gerade in ihrem Kopf vor?', fragt sich Linus und beide Männer versinken in Schweigen, während sie sie ansehen.

5

Traum und Wirklichkeit

Su starrte die Tür an, während sie darauf zuging. Es war eine
ganz normale Tür, und doch wusste Su, dass sie es nicht war.
Sie schien sie zu rufen, anzuziehen mit einer Macht, die Su weder
beschreiben noch verstehen konnte. Als wäre es gar nicht ihr
Körper, bewegten sich ihre Füße, hob sich ihre Hand. Schließlich
konnte sie die Klinke darin spüren. Sie fühlte sich heiß an, doch Su
konnte sie nicht loslassen, konnte nicht verhindern, sie
hinunterzudrücken. Eine schreckliche Angst trieb sie an. Sie
musste weiter, immer weiter. Dann öffnete sich das Portal und ein
grelles Licht schlug ihr entgegen, löste alles um sie herum auf, um
schließlich auch sie zu verschlingen.

Es dauerte einen Moment, bis sie erkannte, wo sie war.
Sie lag auf ihrer Liege in der Klinik und wunderte sich, wie sie
hierhergekommen war. Dann wunderte sie sich darüber, dass sie
sich wunderte. Wo sollte sie sonst sein? Sie lag schon eine ganze
Weile hier, wie schon so oft. Wie jeden Tag.
Aber war da nicht noch etwas anderes passiert? Sie dachte
angestrengt nach. Eine blasse, nicht greifbare Erinnerung löste
sich leise in Vergessen auf.
Stattdessen gingen ihr nun ganz andere Gedanken durch den Kopf.
Es gab einen neuen Wachmann. Su hatte gehört, wie sich die
anderen darüber unterhalten hatten. Heute Morgen. Oder gestern.
Womöglich lag es bereits ein paar Tage zurück. Es schien auch
nicht bedeutend. Es gab oft neue Wachmänner. Sie kamen und

gingen, genau wie die Pfleger. Bäumchen wechsele dich. Von den meisten kannte Su nicht einmal die Namen. Vielleicht hielten es normale Menschen einfach nicht lange aus an diesem Ort. Oder vielleicht lief es einfach so in einer Einrichtung wie dieser. Oder vielleicht war es ein Geheimnis, so wie alles hier Teil eines Geheimnisses war. Ein besonders geheimes Geheimnis.

Solcherlei Dinge gingen ihr durch den Kopf, während sie auf ihrer Liege lag und die weiße Zimmerdecke betrachtete. Anfangs hatte sie völlig leer gewirkt. Doch je länger man sie sich besah, desto mehr Details konnte man erkennen. Manchmal kam es ihr wie ein richtiges Kunstwerk vor und sie starrte verzückt auf jeden neuen winzigen Riss und jede Unebenheit, die sie entdeckte. Ihr eigenes Gemälde, das keiner außer ihr sehen konnte. Wenn sie kurz direkt in das weiße Deckenlicht schaute, konnte sie sogar ein paar Farben hineinzaubern.

Der Boden des Zimmers war aus blassem, mintgrünen Kunststoff und erinnerte sie immer an den Geschmack von altem Kaugummi. Die Wände waren gepolstert. Doch es war kein gemütliches, sondern abwaschbares Polster. Auch ihre Liege war damit überzogen. Wenn sie schwitzte, klebte ihre Haut daran fest. Am Anfang, das wusste sie auch nach all den Jahren noch, hatte sie das Gefühl gehasst. Nun fand sie es irgendwie lustig.

Wäre die Liege nicht festgeschraubt gewesen, hätte Su sie gern mal in eine andere Ecke gestellt. Bestimmt hätte sie dort ganz andere Dinge entdecken können.

Manchmal setzte sie sich stattdessen auf den Boden. Er fühlte sich warm an ihrem Po an. Fast ein bisschen wie Urlaub. Doch es wurde nicht gern gesehen, wenn sie auf dem Boden saß.

Deswegen tat sie es nicht oft.

Für einen Moment glaubte sie, ihren Namen zu hören, und zuckte zusammen. War bereits jemand auf dem Weg zu ihr? Doch die Stimme war nicht vom Gang gekommen, noch gehörte sie irgendjemandem, den sie kannte.
'Sie gehört Doktor Ross', dachte sie und fragte sich gleichzeitig, woher sie das wissen konnte. Sie kannte keinen Doktor, der so hieß. Auch wenn es hier viele Doktoren gab.
'Das habe ich mir nur eingebildet. Wie so vieles', sagte sie sich und schüttelte den Kopf, um diese wirren Gedanken loszuwerden.

Sie fröstelte. Für gewöhnlich war ihr Zimmer angenehm warm temperiert. Auch jetzt, vermutlich. Und doch lief ihr ein Schauer über den Rücken. Am liebsten hätte sie sich auf der Liege eng zusammengerollt, um sich zu wärmen. Aber das durfte sie nicht zeigen. Denn die kleinen schwarzen Augen der zwei Kameras würden es sofort merken, und dann würde es der Wachmann merken, der heute „Irren-TV" hatte, wie sie es immer nannten. Und dann würde untersucht werden, weshalb sie fröstelte, und ihr würden Flüssigkeiten gespritzt und Tabletten eingeflößt.

Ihre Aufmerksamkeit wurde in eine Ecke des Raumes zurückgelenkt, die sie die gesamte Zeit über versucht hatte nicht zu beachten.
'Es hat so gut funktioniert. Du darfst jetzt nicht hinsehen.'
Doch sie hatte das Gefühl, sie würde platzen, wenn sie es nur eine Sekunde länger nicht tat. Die Gedanken über den neuen

Wachmann, das Betrachten der Decke ... das alles vermochte sie nicht länger abzulenken.

Sie wusste, weshalb sie fröstelte. Weil sie nicht allein war. Und doch war sie allein.

'Lass mich in Ruhe! Hier ist niemand außer mir. Geh weg!', dachte sie verzweifelt.

Bisher hatte sie seine Anwesenheit nur aus den Augenwinkeln erahnen können. Ein Schatten. Eine Bewegung. Schon wieder fort. Weil es nur eine Einbildung war. Ein Teil ihrer Krankheit, wegen der sie sich hier befand. Su versuchte zu verbergen, dass sie die Wesen immer noch sah. Mit den neuen Tabletten kam es schon viel seltener vor. Aber wenn sie es sich doch anmerken ließ, wenn die Augen der Kamera beobachteten, dass sie sich seltsam benahm, dann bekam sie stets kurz darauf Besuch von Doktor Mehlinger, der enttäuscht den Kopf schüttelte und sagte: „Su, Su, Su ... So wird das nichts."

Dann wollte er jede Einzelheit wissen, an die Su sich erinnern konnte, wollte wissen, wie sie sich gefühlt, an was sie gedacht hatte. Er ging nicht, bis Su am Rande der Verzweiflung war. Am nächsten Tag kam er häufig mit neuen Tabletten, neuen Flüssigkeiten in Spritzen, neuen Strafen, die er „Therapien" nannte. Aber Su wusste, dass der Doktor eigentlich wütend auf sie war. Und sie hatte es verdient. Sie war nun schon so lange hier und noch immer nicht gesund. Vielleicht würde sie niemals gesund werden. Dabei gab sie sich solche Mühe. Versuchte stets mit aller Macht, nicht hinzusehen. Und doch wurde sie manchmal immer noch schwach.

So wie jetzt.

„Geh weg!", rief sie laut und erschrak über sich selbst. Sie wollte zu den Augen der Kameras hinaufschauen, doch sie kam nicht dazu.

Plötzlich konnte sie es so deutlich sehen wie nie zuvor. Mit weit aufgerissenen Augen starrte sie in die Ecke neben der Tür, wo das Wesen sich zu voller Größe aufbaute. Fast nahm es schon den halben Raum ein. Obwohl es keine Augen hatte, konnte Su spüren, dass sein Blick auf ihr ruhte. Es hatte auch keine Arme oder Beine, keinen Kopf. Am ehesten ähnelte die Kreatur einer vagen Kugel, die in der Luft schwebte wie eine dunkle Wolke. Je tiefer Su in ihr Innerstes blickte, desto schwärzer, desto furchteinflößender wurde es.

Kleine, dunkle Funken gingen von der Kugel aus und zogen lange Bahnen aus Rauch hinter sich her wie Kometen aus Finsternis. Sie griffen nach dem Licht, nach dem Leben, schienen es in sich aufzunehmen, es zu verschlingen. Schon kämpften die Lampen flackernd gegen den Tod.

Das Wesen wurde immer größer, je länger Su es anstarrte. Fast war es bei ihr angekommen.

Ängstlich drängte sie sich gegen die Wand, unfähig, etwas zu sagen oder zu tun.

Plötzlich war sie in einem anderen Raum, zu einer anderen Zeit. Su erkannte das Zimmer: Auf den großen, kühlen Fliesen dieser Küche hatte sie sich oft unter dem schweren Küchentisch versteckt. Es schien unendlich lange her zu sein. In einem anderen Leben.

Auch das Wesen war da. Sie wusste, dass es dasselbe war. Sie erinnerte sich an jedes Detail: Der Küchentisch lag umgekippt in der Ecke. Scherben und brauner Kaffee bedeckten den Boden. Groß und übermächtig schwebte die Kreatur im Raum, dessen Licht es fast völlig ausgelöscht hatte. Am Boden lagen reglos zwei Menschen, ein Mann und eine Frau, die Su schmerzlich kannte, auch wenn sie jetzt wie Fremde aussahen. Ihre Augen waren weit aufgerissen und starrten ins Leere. Su streckte die Hand nach ihnen aus. Doch das Wesen schickte einen Funken in ihre Richtung und sie wich erschrocken in die Ecke zurück. Dort kauerte sie eine Ewigkeit, ohne zu verstehen, was geschah. Voller Angst, jeden Moment zu sterben. Aber sie starb nicht.

Stunden später betraten aufgeregte Menschen lärmend den Raum, und das Wesen war verschwunden.
Stattdessen fand Su nun neben sich eine Tür, die ihr noch nie aufgefallen war. Eine schlichte, geschlossene Holztür, doch auf geheimnisvolle, seltsam vertraute Weise schien sie nach ihr zu rufen. Alles um sie herum verstummte und kam zum Stillstand.
Es gab nur noch das Mädchen und die Tür.
Und Su wollte hindurch gehen. Sie musste. Sie hatte das Gefühl, etwas Furchtbares würde passieren, wenn sie es nicht tat. Was auf der anderen Seite lag, war unwichtig. Weg, bloß weg von diesem Ort, von den zwei Menschen am Boden, von dem Lärm und der Angst.
Sie streckte die Hand nach der Klinke aus ...

Plötzlich ein Schmerz in ihrem Fuß.
Rote Farben explodierten vor ihren Augen.

Mit brutaler Gewalt drängte sich ihr ein Bild auf, das zu begreifen sie nicht in der Lage war.

Grelles Licht. Schmerz.

Sie spürte, wie sie ihr Bein zurückzog. Um sich schlug. Doch es schien nicht ihr Körper zu sein. Es war ein anderes Ich, weit weg von hier. Ein Traum. Eine Illusion.

Für den Bruchteil einer Sekunde glaubte sie, einen Raum zu erkennen. Zwei schemenhafte Gestalten. Zwei eisblaue Augen, die sie kannte. Doch sie konnte sich nicht erinnern, woher.

„Bitte nicht", hörte sie ihre angsterfüllte Stimme von weit weg sagen.

Dann brach das Bild zusammen und Dunkelheit umgab sie.

6

Der Anruf

Vor zwei Monaten

3. November 2002

Es war ein schicksalhaft stürmischer Morgen. Die Bäume
schwankten knarrend im Wind und braune, knisternde Blätter
wirbelten vor dunklen Regenwolken durch die Luft. Als Linus das
Vibrieren seines Mobiltelefons in der Hosentasche spürte, blieb er
stehen und spähte auf das Display. Die Nummer sagte ihm nichts.
Nachdenklich ließ er den Daumen über der Taste mit dem roten
Hörer kreisen, um den Anruf abzulehnen.
Er wollte jetzt mit niemandem reden. Niemanden hören.
Niemanden sehen.
Vielleicht war es Zufall oder Bestimmung oder Teil eines höheren
Plans. Das würde Linus niemals erfahren. Aber einer plötzlichen
Intuition folgend entschied er, den Anruf anzunehmen.
„Ja?", raunte er gereizt.
„Ich bin es. Erinnern Sie sich?", antwortete eine ruhige, höfliche
Männerstimme.
Linus hielt inne. Das Bild, dass sich unwillkürlich vor seinem
inneren Auge formte, war stechend scharf, selbst nach all den
Jahren noch. Woher hatte der Kerl seine Nummer? Und seit wann
tätigte er seine Anrufe persönlich?
„Was wollen Sie?", fragte Linus sachlich, während er überlegte, ob
er den anderen verärgert haben könnte. Im Grunde war es ihm
egal, machte ihm manchmal sogar Spaß, es sich mit Leuten zu

verscherzen. Dieser Anrufer jedoch zählte zu den wenigen, deren Grenzen Linus respektierte.

„Keine Sorge", sagte der andere beschwichtigend, als könnte er Linus' Gedanken lesen. „Ich kontaktiere Sie in freundlicher Absicht. Ich trete mit einem Anliegen an Sie heran."

„Ein Anliegen?", wiederholte Linus. „Da müssen Sie falsch informiert sein. Ich nehme keine Aufträge mehr an."

„Weil die Aufträge, die Ihnen für gewöhnlich angeboten werden, Sie langweilen, nicht wahr? Ich kann verstehen, dass ein Mann mit Ihren Talenten irgendwann keine Lust mehr auf niedere Tätigkeiten hat. Aber mein Angebot ist anders."

Während der andere sprach, verengten sich Linus' Augen argwöhnisch. Er wusste, dass sich hinter den schmeichelnden Worten ein berechnender Verstand mit einer Absicht verbarg. Einer Absicht, die Linus nicht kannte. Er musste auf der Hut bleiben.

Dass der andere mit seiner Vermutung Recht hatte, war umso alarmierender. Die Aufträge, mit denen Linus einst seinen Lebensunterhalt bestritten hatte, reizten ihn schon lange nicht mehr. Linus war klar geworden, dass er es nicht nötig hatte, sich für irgendjemanden die Hände schmutzig zu machen. Er brauchte niemanden, um sich zu nehmen, was er wollte. Doch auch sein neuer Lebensstil entpuppte sich auf Dauer als eher unbefriedigend.

„Worum geht es?", fragte er misstrauisch und die Stimme am anderen Ende fuhr bereitwillig fort.

„Ich möchte, dass Sie jemanden für mich finden."

„Und töten?", schlussfolgerte Linus und spürte bereits, wie ihn jeder Anflug von Lust auf diese Mission verließ.

„Nein. Ich möchte, dass Sie die Person zu mir bringen. Unversehrt."

„Und da kommen Sie ausgerechnet zu mir?", fragte Linus amüsiert. Zumindest schien es sich tatsächlich um keines seiner üblichen Angebote zu handeln. „Wer ist es?"

„Sie verstehen sicherlich, dass ich Ihnen keine näheren Informationen geben kann, solange Sie mir keine verbindliche Zusage erteilen."

Linus schnaubte. Er spielte dieses Spiel nicht zum ersten Mal. „Und Sie verstehen sicherlich, dass ich Zweifel habe, zuzusagen, solange ich keine näheren Informationen erhalte."

„Eine Zwickmühle, nicht wahr?", sagte der andere ohne eine Spur der Beunruhigung. „Normalerweise kann ich potenzielle Interessenten mit einer Vorauszahlung überzeugen. Aber ich weiß, dass es Ihnen nicht ums Geld geht."

„Sie sind gut informiert. Offenbar haben Sie sich genau überlegt, ausgerechnet mich zu fragen."

„Das habe ich. Meine Wahl ist bewusst auf Sie gefallen, weil ich Ihre ... besonderen Talente in dieser Sache als überaus hilfreich betrachte."

„Tun Sie das? Für mich klingt es nicht nach einer Mission, in der Kampfkraft übermäßig gefragt ist."

„Es ist auch nicht Ihre Kampfkraft, um die es mir geht."

Linus erstarrte. Dass man sich besser nicht mit ihm anlegte, war hinreichend bekannt. Von seinen anderen Fähigkeiten jedoch hatte Linus höchstens einer Handvoll Personen jemals erzählt. Die meisten davon lebten nicht mehr.

Während er grübelte, wie der Anrufer an solche Informationen gekommen war, fuhr der andere fort.

„Vielleicht kann ich Ihnen die Sache anders schmackhaft machen. Ich bin mir sicher, dass Sie noch nie einen vergleichbaren Auftrag hatten. Wahrscheinlich wird es nicht leicht. Aber sind es nicht Herausforderungen, die das Leben lebenswert machen? Auf der Stelle zu treten hat noch niemanden ans Ziel gebracht."

Linus schwieg. 'Ein lebenswertes Leben ... ans Ziel kommen ...' Die Begriffe erzeugten einen faden Geschmack in seinem Mund. Eine leise Wut entflammte in seiner Magengegend und fraß sich langsam in Richtung Hirn. 'Jedes seiner Worte ist mit Berechnung gewählt', rief Linus sich ins Gedächtnis und schluckte seinen Zorn geübt hinunter. Dies war nicht der richtige Zeitpunkt, um wütend zu werden.

'Auf der Stelle zu treten hat noch niemanden ans Ziel gebracht.' Ungern sah Linus ein, dass das stimmte. Stillstand bedeutete Rückschritt. Mehr noch, er bedeutete Tod.

Plötzlich wurde ihm bewusst, dass sich die Gesprächspause nun schon mehrere Sekunden andauerte. 'Der Auftrag!', mahnte er sich zur Konzentration und eine weitere Intuition schlich sich in seine Gedanken ein. 'Nimm ihn an! Was soll schon passieren, außer dass er sich als eine weitere Enttäuschung entpuppt? Sollte es eine Falle sein, wirst du sie rechtzeitig erkennen.'

Kurzerhand sagte er mit selbstsicherer, fester Stimme: „Also gut, wir sind im Geschäft."

„Sie werden es nicht bereuen."

„Das hoffe ich. Dann beweisen Sie mir mal, dass diese Mission mein Interesse verdient."

„Das Zielobjekt ist eine junge Frau. Ihr Name ist Susann Schmidt.

Sie befindet sich momentan in einer Klinik für psychisch kranke Straftäter. Ihre Einschleusung dort sollte kein Problem darstellen."

„Einschleusung?"

„Ja. Es ist alles vorbereitet. Sie werden sich unter das Wachpersonal mischen. Da dürften Sie nicht weiter auffallen."

„Warum der Aufwand? Wäre es nicht das Einfachste, nachts einzubrechen und sie mitzunehmen?"

„Ich fürchte, so leicht ist es nicht. Die Klinik ist groß und ich habe keine Ahnung, wo genau das Mädchen untergebracht ist. Außerdem ..." Er zögerte kurz, bevor er weitersprach. „... ist es vermutlich essentiell, sich ein Bild von der Situation zu machen, bevor Sie aktiv werden."

„Klingt, als hätte die Sache einen Haken", sagte Linus grimmig.

„Keinen Haken im eigentlichen Sinne. Ich würde Sie nicht fragen, glaubte ich nicht, dass Sie in der Lage sind, die Mission durchzuführen. Aber das Mädchen hat ebenfalls ... besondere Talente."

„Was für Talente?", fragte Linus scharf. In den letzten Jahren hatte er Etliche getroffen, die hinter der Maske eines unauffälligen, massenkonformen Menschen über unerklärliche Fähigkeiten verfügten. Manche versteckten sie. Manche übten sie heimlich aus. Nur wenige entschieden sich, ihr wahres Ich wirklich auszuleben. Auch wenn Linus den meisten dieser Gaben gewachsen war, konnte der Besitz einer solchen die Entführung des Mädchens erheblich erschweren.

„Das weiß ich nicht."

„Sie wissen es nicht?", wiederholte Linus missmutig.

„Nein."

Sollte er das etwa glauben? Wofür sollte sein Auftraggeber das Mädchen wollen, wenn er nicht wusste, ob ihre Fähigkeiten von Vorteil waren? Es gab genügend Menschen mit nützlichen Fähigkeiten, die nicht erst aus einer Klapse entführt werden mussten. Aber selbst wenn sein Auftraggeber mehr wusste, als er zugab, schien er nicht gewillt, diese Informationen zu teilen.

„Worauf muss ich vorbereitet sein?", versuchte es Linus auf eine andere Weise.

„Auf alles", sagte der andere bedeutungsschwer und wenngleich Linus wusste, dass er rein logisch betrachtet recht hatte, überraschte ihn dennoch die Wahl seiner Worte. „Die Ärzte der Klinik müssen einen Weg gefunden haben, ihrer Herr zu werden. Sonst wäre sie wohl kaum noch dort. Auch deshalb ist es wichtig, dass Sie sich unauffällig umsehen, bevor Sie irgendetwas unternehmen."

Vor seinem inneren Auge sah Linus eine Wahnsinnige, die an eine Trage gefesselt war, mit wirrem Haar und irrem Blick an den Ketten rüttelnd und wirre Flüche schreiend. Wenngleich es nur eine Vorstellung war, musste er bereits jetzt dem Drang widerstehen, sie zum Schweigen zu bringen. Hatte er diesem Auftrag zu schnell zugestimmt?

Stirnrunzelnd besann er sich auf eine der wichtigsten Fragen, die stets vorab geklärt werden mussten.

„Wie lauten die Bedingungen?"

„Erstens: Wie bereits erwähnt, brauche ich sie unversehrt. Das hat oberste Priorität. Zweitens: Kontaktieren sie mich ausschließlich unter dieser Nummer. Versuchen Sie unter keinen Umständen, mich ausfindig zu machen. Ich allein entscheide über Ort und

Zeitpunkt der Übergabe. Und drittens: Ich setze Ihre
Verschwiegenheit voraus. Behalten Sie dieses Telefonat und alles,
was die Mission betrifft, für sich!"

„Und Sie können mir wirklich nichts weiter über das Mädchen
sagen?", fragte Linus ein letztes Mal.

„Mehr Informationen kann ich Ihnen nicht geben. Aber stellen Sie
es sich nicht zu einfach vor. Bleiben Sie wachsam!"

„Rührend", erwiderte Linus spöttisch. „Dann schießen Sie mal los:
Wo ist diese Klinik?"

1. Dezember 2002

Als Linus wenige Wochen später zum ersten Mal vor dem
Gebäude stand, einem großen, grauen Klotz im Nichts, musste er
unwillkürlich schmunzeln.

'Eine forensische Psychiatrie', ging es ihm wieder und wieder
durch den Kopf. Auf eine sehr ironische Art und Weise wusste er,
dass er an diesen Ort gehörte. Allerdings auf die andere Seite der
Zellenwände.

Stattdessen stand er in der Uniform des hiesigen Wachpersonals
auf dem Parkplatz, bereit für seinen ersten Tag.

Nachdem sein Auftraggeber die Weichen gestellt und Linus eine
neue Identität besorgt hatte, war es tatsächlich ein Leichtes
gewesen, die Stelle zu bekommen. Offenbar herrschte chronischer
Personalmangel. Die Vorstellung, als vorgeblicher Mitarbeiter
Anweisungen zu befolgen und durchs Gebäude gescheucht zu
werden, ließ ihn das Gesicht verziehen.

'Vielleicht wird alles ganz schnell über die Bühne gehen',
versuchte Linus sich zu motivieren. Doch er musste sich eher
darauf einstellen, dass die Mission Tage, vielleicht sogar Wochen
in Anspruch nehmen würde.

Linus war es gewohnt, sich zu verstellen. Es war ein
unabdingbarer Teil seines Lebens geworden.

Allerdings war es noch nie zuvor nötig gewesen, die Maske über
einen so langen Zeitraum aufrechtzuerhalten. Sein ganzer Erfolg
hing davon ab, kein Misstrauen zu erregen. Nur so würde er sich
unbemerkt umsehen können.

Er war jetzt Rupert Müller, ein freundlicher junger Mann, der alle
Mitmenschen gleichermaßen mit Achtung und Respekt behandelte.

Der Mensch, der sich unter diesem sorgsam einstudierten
charmanten Lächeln verbarg, war ein anderer. Wer ihn zu sehen
bekam, lebte danach meist nicht mehr lange.

Während er der gestressten Sekretärin zum Aufenthaltsraum des
Personals folgte, nahm er ihre ausschweifenden Erläuterungen nur
am Rande wahr. Über die Geschichte der Klinik hatte er sich
bereits im Voraus ausgiebig informiert. Stattdessen versuchte er,
alles, was er sah, in sich aufzunehmen.

Kameras und Notausgänge. Rauchmelder und Feuertreppen.
Lange, mit mintgrünem Linoleum ausgelegte Korridore. Unzählige
Türen. Geschäftige Leute in weißer Kleidung oder Wachuniform
gingen umher, trugen Tabletts, unterhielten sich gedämpft. Er
grüßte sie höflich und die meisten grüßten zurück.

Rein optisch, soweit er das beurteilen konnte, machte alles einen
normalen Eindruck.

Und doch beschlich ihn schon bald das Gefühl, dass etwas nicht stimmte. Irgendetwas ging hier vor sich, das man zu verbergen versuchte. Und auch wenn Linus noch nicht den Finger darauflegen konnte, fühlte er einen neuen Ansporn in sich erwachen.

Rätsel hatte er schon immer gemocht.

Das Erste, was Linus gleich zu Beginn lernen musste, war, dass er sich die Erfüllung seines Auftrages in der Tat zu einfach vorgestellt hatte.

Zwischen der erwartungsgemäßen Bewältigung seiner beruflichen Aufgaben blieb so gut wie keine Zeit, sich weiter umzusehen, einen Blick auf die Patientenkarteien zu werfen oder sich ins Archiv davonzustehlen. Selbst der Zugang zum Überwachungsraum mit den Monitoren der Sicherheitskameras blieb ihm als Neuling verwehrt.

Stattdessen musste er die Pfleger zu den Patienten begleiten, diesen zum Teil sogar das Essen bringen, im Aufenthaltsraum anwesend sein oder, selten, in Eskalationen eingreifen, wobei er sich stets sehr zurückhalten musste, um niemanden ernsthaft zu verletzen.

Die Patientin namens Susann Schmidt blieb ihm verborgen. Anscheinend unterlagen ganze Teile des Gebäudes einer anderen Sicherheitsstufe und durften nur von ausgewählten Mitarbeitern betreten werden. Den Anstaltsleiter, einen gewissen Professor Mehlinger, hatte Linus bisher außerhalb des Vorstellungsgesprächs nicht zu Gesicht bekommen.

Als wäre das alles nicht schon genug, quälte Linus das

unerklärliche Gefühl, unter Beobachtung zu stehen. Je schwerer es ihm fiel, sich im Zaum zu halten, desto drückender wurde die Ahnung. 'Das ist ein schlechter Zeitpunkt, um paranoid zu werden', dachte er, während er einem vorbeigehenden Psychiater freundlich zunickte.

Sein wahres Gesicht durfte er erst nach Feierabend wieder zeigen, wenn er sich so weit wie möglich von diesem Ort entfernt hatte.

Rupert Müller war ein anständiger Mensch.

8. Dezember 2002

Reiner arbeitete seit sechsundzwanzig Jahren in der forensischen Psychiatrie und hatte schon alles erlebt, was man in dem Job mitmachen konnte. Neue Kollegen kamen und gingen. Nicht viele hielten es länger als ein paar Monate hier aus. Für gewöhnlich blieb das alteingesessene Personal unter sich. Die Grünschnäbel sollten sich erst einmal beweisen, bevor er sich die Mühe machte, sie näher kennenzulernen.

Und jetzt saß ausgerechnet der Neueste von ihnen mit an seinem Tisch in der Kantine.

'Rupert Müller. Was für ein bescheuerter Name. Klingt wie aus einem schlechten Film.'

Der naive, gutmütige Ralf hatte den jungen Kerl aufgefordert, sich zu ihnen zu setzen. Und da saß er nun, scherzte und lachte mit den anderen. So viel, dass er das Essen vergaß. Nicht, dass die zu Klumpen verschmolzenen Käsespätzle besonders gut waren ... Dennoch, hier wurde sonst nie gescherzt und geplaudert. Es gefiel Reiner nicht. Es war unangebracht.

Die klaren, hellblauen Augen des Neuen blitzten, wenn er lachte. So eine seltsame Augenfarbe hatte Reiner noch nie gesehen.

„Also, dieser Alfred, der ist echt Kannibale?", fragte Rupert Müller amüsiert. „Was kriegt der denn zu essen? Also, ihr wisst schon, kriegt der zu essen, was er am liebsten isst? Und bevorzugt er bestimmte Partien? Das würde zumindest den Wärterschwund erklären."

Gelächter.

„Na, der isst wenigstens überhaupt was", erwiderte Martin, ein Pfleger, nun grimmig. „Diese Su, ich sag´s euch. Die hat mir heute schon wieder auf die Schuhe gekotzt. Jetzt kotzt sie schon das Wasser wieder aus!"

„Su?", fragte Rupert sogleich. „Die kenn' ich noch gar nicht. Worauf steht die denn so? Zehen? Oder Gehirne?"

„Ich glaub, die steht auf überhaupt nichts. Das bisschen Verstand, das die noch in ihrem kleinen hübschen Schädel hat, reicht nicht mehr aus, um irgendwas zu mögen."

„Weswegen ist sie denn hier?"

„Das weiß keiner!", beschwerte sich Hans. „Aber sie gehört hier rein, Mann. Die musst du mal sehen! Starrt den ganzen Tag an die Decke. Sagt kein Wort, außer man quetscht es aus ihr raus. Und dann hat sie manchmal diese Anfälle!"

„Man sagt …", begann Walter mit verschwörerisch gedämpfter Stimme, „sie hätte als Kind ihre Eltern umgebracht. Sie war als einzige dort. Niemand weiß, wie sie es gemacht hat. Bis heute nicht."

„Man sagt", mischte nun Ralf in plumper Aufregung mit, „die hat mal die ganze Anstalt für eine Stunde lahmgelegt. Also mir ist die unheimlich."

„Jedenfalls hat keiner von uns Bock, sich länger als nötig mit ihr zu beschäftigen", schlug Martin wieder den Bogen und warf Ralf einen strengen Blick zu, der sich daraufhin wieder seinem Essen zuwandte. „Sie ist eh der Liebling vom Professor. Obwohl, wenn der die noch hinkriegt, fress' ich 'nen Besen."

„Naja, Besen können wir dir zumindest ohne größeren Aufwand besorgen!", scherzte Rupert Müller. Doch sein Blick wurde plötzlich nachdenklich.

'Nicht nachdenken, Grünschnabel!', dachte Reiner grimmig.

'Mitarbeiter, die denken, halten sich hier nicht lange.'

7

Gebunden

Doktor Ross hat Linus eine lange Liste geschrieben, die dieser jetzt sorgsam gefaltet in der Hosentasche bei sich trägt. Irgendwelche medizinischen Gegenstände, die er nicht kennt, aber auch Fläschchen, Lösungen und Medikamente, die Linus verabscheut. Ebensolche Chemikalien haben das Mädchen über Jahre hinweg ausgezehrt und ihren Verstand vernebelt. Verzweifelte Zeiten erfordern verzweifelte Maßnahmen. Es bleibt ihm nichts anderes übrig, als es den Arzt versuchen zu lassen. Jetzt ist allerdings etwas anderes wichtig. Die permanente Anspannung, der Aufenthalt mit Su und Ross in den engen Räumen des verlassenen Gebäudes haben an Linus' Kräften gezehrt und ihn nervös gemacht.

Noch nie, so wird ihm klar, während er hallenden Schrittes die verlassenen Flure durchläuft, hat er eine so drückende Last auf seinen Schultern gespürt. Er fühlt sich auf eine sehr unangenehme Weise gebunden. Manchmal malt er sich aus, einfach zu verschwinden und seine beiden Gefangenen ihrem Schicksal zu überlassen. Allein hätte er vielleicht eine Chance, den Fängen seines Auftraggebers zu entkommen. Doch etwas hält ihn zurück. Fast scheint es, als sei er ebenso gefangen an diesem Ort wie sie. Eine unsichtbare Kette hängt an seinen Beinen. Sie ist trügerisch lang und doch gibt es stets einen Punkt, an dem er plötzlich nicht mehr weiterkann. Ihm fällt ein Wort dazu ein. Er verjagt es wieder, sucht ein anderes. Aber es kehrt zurück wie ein Bumerang: Verantwortung.

'Was wird als Nächstes kommen? Gerechtigkeit?', denkt er und lacht bitter.

Er hat sich nie für irgendetwas verantwortlich gefühlt. Sein Weltbild hat sich stets an nur einer Regel orientiert: Wer nicht stark genug ist, sich über Wasser zu halten, wird früher oder später untergehen.

'Die Kette an deinem Bein existiert nur in deinem Kopf', sagt er sich selbst. 'Es ist an dir, nur an dir, sie wieder abzulegen.' Doch es will ihm nicht gelingen.

Nach mehreren Treppen unten angekommen, tritt er aus der Tür ins Freie und saugt gierig die kalte Abendluft ein. Ein klarer Kopf. Das ist es, was er braucht. Und er weiß genau, wie er den bekommt.

Er dreht sich noch einmal um und betrachtet den leerstehenden Verwaltungskomplex inmitten des verlassenen Industrieviertels. Die bröckeligen, abweisenden Mauern erzählen dem aufmerksamen Zuhörer Geschichten von einstigem Wohlstand, von Schicksalsschlägen, Niedergang und Ruin. Heute sind fast alle Fenster dunkel, die Scheiben eingeschmissen. Nur ein Schrottplatz einige Straßen weiter ist noch in Betrieb. Die Misere dieser Menschen ist, wie so oft, Linus' Glück. Hier hat er vorübergehend Unterschlupf gefunden.

Doch Linus vergisst keine Sekunde, dass sie sich immer noch auf der Flucht befinden. Lange wird er auch hier nicht bleiben können.

Vielleicht werden die ehemaligen Betreiber irgendwann zurückkehren, um nach dem Rechten zu sehen, Abriss oder Verkauf vorzubereiten. Spätestens beim Blick auf die Stromabrechnung dürfte irgendjemand misstrauisch werden und einen Kontrollgang machen. Linus wird ihnen einen gebührenden Empfang bereiten. Aber danach haben sie nur wenige Stunden, bis das Verschwinden der braven Bürger bemerkt wird. Sie müssen jederzeit bereit zum Aufbruch sein. Aber davon sind sie weit entfernt.

'Die Zeit drängt ... Es geht überhaupt nichts voran.'

Nun ist er an seinem Auto angekommen. Linus hat es an der Rückseite der Baracke geparkt und mit ein paar Wellblechplatten abgedeckt. Den Krankenwagen hat er in einem nahen Waldstück versteckt.

Als er, nicht ohne sich zuvor noch einmal wachsam umzusehen, die Abdeckung entfernt, strahlt das schwarze Fahrzeug im Glanz der letzten Sonnenstrahlen.

'Linus, der Verantwortungsvolle. Linus, der sich unter Kontrolle haben muss.'

Er schüttelt sich. Wenn er seine Beute erst mal von der Herde weggelockt hat, wird er sich nicht mehr zurückhalten müssen. Er wird ihnen schon zeigen, wer und was er wirklich ist. Und er wird sich selbst erinnern. Das ist es, was er jetzt braucht. Voller Zuversicht übergibt er dem Raubtier in sich die Führung in diesem vertrauten Ritual.

Er steigt ein und fährt los. Sein Hunger treibt ihn an. Führt ihn instinktiv in die richtige Richtung. Hinein in die Siedlung.

In die Nähe von Menschen.

Kurz nach der Untersuchung hat sein Entführer Johann Ross in eines der vielen verstaubten Zimmer gesperrt.

Zuvor hat der Arzt ihm aufgeschrieben, was er brauchen wird, um dem Mädchen weiter zu helfen, sollte sich ihr Zustand binnen der nächsten paar Stunden nicht bessern. Die Geräte im Krankenwagen sind ein Anfang, aber er wird auch Medikamente und Nährlösungen benötigen, die wiederum gekühlt werden müssen.

„Ich sage Ihnen ja, in einem Krankenhaus wäre das alles ...“

„Halten Sie die Klappe!“, hat ihn der andere rüde unterbrochen und ein Gefühl hat Ross gewarnt, ihn jetzt auf keinen Fall weiter zu reizen.

Dann hat sein Kidnapper ihn hierher geführt und die Tür sorgsam hinter ihm zugeschlossen.

Der Raum ist klein und Spuren im Staub verraten Ross, dass die wenigen Möbel entfernt worden sind. Das Fenster ist vernagelt.

Eine mickrige Glühbirne spendet das einzige karge Licht. Eine Flasche Wasser steht auf dem Boden, als wolle sie ihn verhöhnen.

Daneben eine Papiertüte, in der der Arzt ein trockenes Brötchen findet.

Er verschlingt es gierig und sinkt dann an der Wand nieder. Mit der Besorgungsliste hat er sich etwas Zeit verschafft. Sonst würde er vermutlich bereits nicht mehr leben.

Seine Augen suchen nach irgendetwas, das ihm helfen könnte.

Doch da ist nichts außer einem alten Plastikeimer in der Ecke. Er blickt auf seine Armbanduhr: es ist sieben Uhr. Abends, nimmt

Ross an, obwohl er nicht weiß, wie lange er nach der Entführung bewusstlos gewesen ist. Ohne zu überlegen hätte er das teure Stück im Krankenhaus aufgegeben, um seinen Hals zu retten.

Aber diesem Irren geht es offensichtlich nicht um Geld. Worum geht es ihm dann? Um das Mädchen? Wofür braucht er sie? Warum holt er sich nicht einfach ein anderes, sondern macht sich die Mühe, diese eine zu wecken?

Dann gleiten Ross' Gedanken in eine andere, verworrene Richtung. Er wird das Gefühl nicht los, dass mit seinem Entführer, einmal abgesehen von der Tatsache, dass er offenbar ein irrer Psychopath ist, irgendetwas nicht stimmt. Die Art, wie er ihn ansieht. Wie er ihn durch den Raum geworfen hat. Wie Ross bei seinem Fluchtversuch gestolpert ist. Worüber? Wieder und wieder spielt der Arzt die Szenen in Gedanken durch. Irgendetwas will sein Verstand ihm vor Augen führen. Aber so sehr er es auch versucht, es bleibt bei einem vagen, befremdlichen Gefühl.

Ross' Schädel dröhnt. Jetzt, da es um ihn herum still ist und er etwas zur Ruhe kommt, überfällt ihn eine bleierne Müdigkeit. Kann er es wagen, einzuschlafen? Sein Entführer wird ihn nicht einfach im Schlaf ermorden. Er braucht ihn noch. Zumindest so lange, bis er der Meinung ist, Ross habe versagt.

'Man sucht bestimmt bereits nach mir. Nicht mehr lange und sie werden mich finden.'

Noch während er das denkt, fallen ihm die Augen zu.

Johann Ross erwacht durch das Geräusch eines Schlüssels, der energisch im Schloss gedreht wird. Er schreckt hoch und muss kurz überlegen, wo er sich befindet. Doch es dauert nicht lange, bis ihn die Erinnerung wieder einholt.

Schon öffnet sich die Tür. „Kommen Sie!", sagt die unheilvoll vertraute Stimme. Er rappelt sich auf und lässt sich von seinem Entführer schnellen Schrittes in das Zimmer des Mädchens bringen.

Bestürzt sieht Ross, dass sie aus dem Bett gefallen ist. Schon wieder ein Anfall? Bei ihr angekommen stellt er erleichtert fest, dass sie sich nicht ernsthaft verletzt hat. Ein paar blaue Flecken, mehr nicht.

Er greift ihr unter den Armen hindurch um den Brustkorb. „Nehmen Sie die Beine", bittet er den kräftigen Anderen, doch dieser steht nur ungeduldig in einigem Abstand und schüttelt als Antwort den Kopf.

„Sie machen das."

'Was soll das nun wieder?', denkt sich der Arzt. Zum Glück wiegt das Mädchen nicht viel und Ross gelingt es, sie alleine wieder auf das Bett zu hieven. Dort dreht er sie auf die Seite, um der Haut auf ihrem Rücken eine Pause zu gönnen.

„Wir werden Sie festbinden müssen ...", stellt er fest und fühlt sich dabei unweigerlich wie der Gehilfe dieses Psychopathen. Was wird das Mädchen noch alles ertragen müssen? Was hat sie bereits durchgemacht und sie in diesen Zustand versetzt?

„Nein!", antwortet der andere entschieden. „Das werden wir nicht tun."

„Sie könnte sich ernsthaft verletzen", wirft Ross ein. Viele seiner bisherigen Patienten mussten fixiert werden, um sie vor ernsthaftem Schaden zu bewahren. 'Was für eine Art Entführer ist dagegen, seine Geisel zu fesseln?'

„Dann finden Sie eine Lösung! Wecken Sie sie auf! Ich habe besorgt, was Sie benötigen."

Ross schluckt. Er hat nicht gelogen mit seiner Liste. Doch auch diese Instrumente und Medikamente sind keine Garantie dafür, dass er das Mädchen wecken kann. Wie soll er das diesem Irren nur beibringen, ohne dass es seinen Tod bedeutet?

„Hören Sie mir zu, bitte! Ich brauche mehr Zeit. Ich kann sie nicht ... kein Arzt kann sie einfach ohne Weiteres zurückholen. Dafür ist ihr Zustand zu schwer einzuschätzen. Ich könnte sie vielleicht gewaltsam wecken, aber ..."

„Aber was?", schnappt der andere scharf.

„Der Wachzustand wäre wahrscheinlich instabil und hätte ihren Tod zur Folge."

Jetzt kommt der Andere auf Ross zu, der ängstlich zurückweicht, bis er mit der Hüfte an das Bett des Mädchens stößt.

„Wollen Sie damit sagen", knurrt sein Gegenüber bedrohlich und seine eisblauen Augen blitzen, „dass Sie entweder nichts tun oder sie umbringen können?"

„Nein", erwidert Ross schnell und sein Herz schlägt ihm bis zum Hals. „Damit möchte ich sagen, dass nichts überstürzt werden darf und jeder Schritt wohlüberlegt sein muss. Und dass noch nicht absehbar ist, wie viel Zeit ich brauche." Dass nicht sicher ist, ob sie überhaupt wieder aufwachen wird, will der Doktor angesichts der Umstände lieber nicht nochmal erwähnen. „Glauben Sie mir,", fügt er flehend hinzu, „ich tue mein Möglichstes."

Sein Peiniger scheint zu überlegen. Stirnrunzelnd sieht er abwechselnd zu dem Mädchen und wieder zu Ross. Dann rauft er sich das pechschwarze Haar und atmet tief durch.

„Also gut. Binden Sie sie fest", entscheidet er widerwillig.

„Sie muss vorher dringend gewaschen werden", lenkt Ross vorsichtig ein.

„Dann machen Sie das", erwidert sein Entführer barsch.

Verwirrt schüttelt der Arzt den Kopf. 'Kann es sein, dass der Wahnsinnige vermeiden will, sie zu berühren? Vielleicht wegen der Fingerabdrücke? DNA-Spuren? Will er die Sache mir anhängen? Er könnte Handschuhe benutzen. Nichts von alledem ergibt einen Sinn. Der Mann ist einfach völlig verrückt.'

Auf der Suche nach einem Waschbecken sieht Ross sich im Raum um. Dabei fällt sein Blick auf einen kleinen Tisch, den er vorher nicht bemerkt hat. Der Stuhl davor ist umgekippt, als wäre jemand hektisch aufgestanden. Auf der abgenutzten Tischplatte liegt ein aufgeschlagenes Buch. Es sieht alt aus und die Zeilen wirken von Hand geschrieben. Mehr kann Ross nicht erkennen, denn sein Entführer geht mit wenigen Schritten hinüber und schlägt es mit einem grimmigen Blick in seine Richtung zu.

„Konzentrieren Sie sich auf Ihre Aufgaben", faucht er.

Dann bringt er Ross, der mühsam das Mädchen trägt, in ein heruntergekommenes Badezimmer mit zwei Klokabinen und einem Waschbecken. Das Wasser, das daraus hervorsprudelt, als der Psychopath den Hahn betätigt, ist braun vor Rost.

Einmal mehr wird der Arzt daran erinnert, dass das ganze

Vorhaben unter einem schlechten Stern steht. 'Im Grunde ist es völlig verrückt. Nur ein Wunder kann sie wecken', denkt er traurig. Wieder schleicht sich hilflose Wut in seine Gedanken.

„Das sind alles denkbar schlechte Bedingungen ...", bemerkt er gepresst.

„Die Ortswahl musste sehr spontan erfolgen. Ich bitte die Unannehmlichkeiten zu entschuldigen", erwidert der andere in gespielt höflichem Tonfall und beobachtet Ross dabei kritisch.

„Ich dachte immer, Psychopathen planen alles ganz genau im Voraus", murmelt Ross leise.

„Dachten Sie das?", sagt sein Entführer und lächelt bitter. „Nun, mein Plan ist dieses Mal leider etwas durcheinander geworfen wurden."

„Was ist Ihnen in den Weg geraten?", fragt Ross vorsichtig. Sollte es ihm etwa gelingen, seinem Entführer etwas über die Hintergründe dieser absurden Situation zu entlocken? Hat er ihn in einem zugänglichen Moment erwischt?

Der andere öffnet den Mund, schließt ihn aber sogleich wieder, als hätte er es sich anders überlegt. Dann antwortet er lediglich knapp: „Die Umstände haben ein Umdenken erfordert."

„Hören Sie ...", sagt Ross, der die Unterhaltung hier noch nicht versiegen lassen will. „Es lässt sich nicht vermeiden, zu bemerken, dass Ihnen offenbar etwas an diesem Mädchen liegt. Bitte, um ihretwillen, bringen Sie sie in ein Krankenhaus! Sie braucht angemessene Hilfe!"

Sein Entführer blickt ihm in die Augen und zum ersten Mal glaubt Ross, anstelle von Eiseskälte eine Spur von Bitterkeit darin zu sehen. „Es wird Sie wahrscheinlich überraschen, aber ich bin nicht derjenige, vor dem sie beschützt werden muss. Zumindest bin ich nicht ihr größtes Problem. Sie kann nicht in ein Krankenhaus. Zu ihrem eigenen Schutz."

„Was wollen Sie damit sagen? Dass Sie ... dass Sie einer von den Guten sind?"

Der andere lacht laut auf. „Nein, Doktor. Machen Sie sich da mal keine Hoffnungen. Es liegt mir etwas an diesem Mädchen, so ungern ich es auch zugebe. Aber Sie sind mir völlig egal. Sollten Sie mir zur Last fallen, werde ich nicht zögern, meine Drohung in die Tat umzusetzen."

Ross schluckt und verstummt.

Nachdem er seine Patientin ächzend auf einem Handtuch abgelegt hat, drückt ihm der andere einen halbwegs sauberen Waschlappen in die Hand und der Arzt beginnt schmerzhaft kniend mit seiner Arbeit.

Während sein Entführer neben ihm steht, bemerkt Ross einen handtellergroßen Blutfleck auf dessen dunkler Jeans. Erschrocken blickt er auf, sieht in diese Augen, in denen jedes Gefühl bereits wieder erfroren ist.

„Die werde ich später noch wechseln müssen", sagt der Irre scherzhaft. Und dann fügt er mit Blick auf das Mädchen in strengem Ton hinzu: „Beeilen Sie sich! Sie kühlt aus."

8

Alles Freunde

Su spürte den Griff der Klinke heiß in ihrer Hand. Ihre Finger
zitterten, als sie sie herunterdrückte. Doch sie konnte nicht anders.
Sie musste weiter. Fort. Nur fort.

Gleißendes Licht schlug ihr entgegen, packte sie und warf sie
hinein in ein anderes Ich, zu einer anderen Zeit, an einem anderen
Ort.

„Und was empfindest du dabei?", fragte Professor Mehlinger
geduldig und beobachtete dabei jede Regung auf ihrem Gesicht.
Eine Video-Kamera unterstützte ihn bei dieser Aufgabe.
„Nichts", antwortete Su und blickte zu Boden.
Sie saß auf einem Stuhl mit Armlehnen. Ihre Finger krallten sich
ins Holz. Schon oft hatte sie hier gesessen. So oft, dass sie es nicht
mehr zählen konnte.

Heute lagen keine Spritzen in Plastikhüllen herum, keine kleinen
braunen Fläschchen oder durchsichtige Ampullen. Stattdessen
hingen Kabel an ihren Armen und an ihrem Kopf. Ein Gerät, das
ihre Gehirnaktivitäten aufzeichnete. Eines maß ihren Puls. Hilflos
starrte Su auf die gezackten Linien auf den Monitoren. Sie wusste
nicht, was sie bedeuteten. Doch sie hoffte verzweifelt, dass alles
normal war.

„Nichts? Bei so einem Albtraum?", hakte der Professor nach und
beugte sich erwartungsvoll nach vorn.

„Nein", antwortete Su, den Blick wieder zu Boden gewandt.

„Warum hast du keine Angst?"

„Ich stehe nur daneben", antwortete Su.

„Verstehe", sagte Professor Mehlinger nachdenklich und schaute auf die Uhr.

„Ich würde sagen, wir hören erstmal auf für heute. Oder möchtest du mir noch etwas sagen?"

Sie schüttelte den Kopf und atmete erleichtert auf.

Ein Wachmann und ein Pfleger entfernten die Kabel von ihrem Körper. Dann nahm jeder der beiden einen ihrer Arme und sie stand auf. Ihre Beine fühlten sich wackelig an. Mehlinger beobachtete sie missmutig. „Noch immer keine Nahrungsaufnahme?", fragte er den Pfleger.

Der schüttelte nur den Kopf.

Dann wurde sie herausgeführt, den Gang entlang, nach drei Türen kam der Fahrstuhl. Zwei Etagen nach unten. Den Flur entlang, dann rechts abbiegen. Die vierte Tür links. Sie kannte den Weg. Sie ging ihn fast jeden Tag.

Später saß sie auf ihrem Bett und betrachtete die Wand. Sie hatte keine Uhr in ihrem Zimmer. Doch sie wusste, dass gleich ein Pfleger kommen würde, um ihr das Abendessen zu bringen. Der Gedanke daran ließ ihr schlecht werden.

Und tatsächlich öffnete sich kurz darauf die Tür. Doch statt einer betraten dieses Mal zwei Personen den Raum und Su wandte den Blick von der Wand ab, um zu sehen, wer der zweite Mensch war. Sie blickte in ein fremdes Gesicht mit zwei eisblauen Augen, die sie kühl musterten.

Dann spürte sie es. Ein Kribbeln. Ein Zittern. Der ganze Raum schien kaum merklich zu beben, Umrisse verschwammen. Eine

Kraft schien von dem fremden Mann auszugehen, die sie sich

verboten hatte, zu spüren. Die sie sonst mit aller Macht zu

ignorieren versuchte. Mit immer größer werdenden Augen glaubte

sie, einen wabernden Schatten um ihn herum zu erkennen.

Dann war es vorbei, so wie es immer von einem Moment zum

anderen vorbei war. Als ob es nie geschehen wäre. Als ob ihr

Verstand sie nur quälen wollte.

Ihr Herz pochte bis zum Hals. Schnell blickte sie zurück an die

Wand und versuchte, normal zu atmen. Doch sie wusste, es war

vergebens. Die zwei Menschen im Raum, die Augen der Kameras -

sie hatten ihr seltsames Verhalten längst bemerkt.

„Su? Was ist mit dir?", fragte Martin, ihr Pfleger, alarmiert.

„Nichts", hauchte sie schwach und unglaubwürdig. Dabei wagte

sie nicht, in Martins Richtung zu blicken, denn aus den

Augenwinkeln sah sie, dass neben ihm noch immer der Fremde

stand.

„Ja, klar", sagte Martin genervt und zückte sein Handy.

„Professor Mehlinger? Sind Sie noch im Haus?"

Der Fremde schwieg und Su spürte, wie sein Blick sie

durchbohrte. Ihr wurde schwindelig.

„Su, du musst mit mir kommen", hörte sie Martins Stimme weit

entfernt.

Sie schüttelte den Kopf. 'Das passiert nicht wirklich', versuchte sie

sich einzureden. 'Das ist nur ein Albtraum.'

„Su!", sagte eine strenge, laute Stimme. Sie presste sich die

Hände auf die Ohren.

Hinterher erinnerte sie sich nur vage, wie Martin versucht hatte,

sie zum Aufstehen zu bewegen, doch sie hatte sich gewehrt.

*Dann waren immer mehr Menschen hinzugekommen, die sie mit
großen, starken Händen festgehalten hatten, bis sie sich nicht
mehr rühren konnte. Der Fremde war keiner von ihnen gewesen.
Su glaubte, sich zu erinnern, dass sie geschrien hatte. Dann ein
Stich in ihren Arm. Kurz darauf war alles um sie herum zu einer
dumpfen, schwarzen Masse verschwommen.*

„Su, sieh mich an!"
*Eine andere, vertraute Stimme hallte wie ein Echo durch ihren
Kopf. Sus Augen waren bereits geöffnet, doch es dauerte noch
einen Moment, bis sie in der Lage war, etwas zu erkennen.
Sie war an einen Stuhl gebunden. Alles war verschwommen. Ein
dünner Speichelfaden hing an ihrem Kinn.
„Su!", sagte Professor Mehlinger mit Nachdruck. „Su!"
Langsam fokussierte sich ihr Blick und sie erkannte den
Psychiater vor ihrem Gesicht. Leute starrten sie an. Wie lange saß
sie schon hier?
„Su! Konzentriere dich! Es ist alles gut. Du musst keine Angst
haben."
Su betrachtete das Gesicht des Mannes, das ihr, obwohl sie es seit
Jahren beinahe jeden Tag erblickte, nun merkwürdig fremd
erschien.
„Warum hast du dich so erschrocken? Erinnert dich dieser Mann
an jemanden?", fragte er.
'Welcher Mann?' Krampfhaft versuchte Su, ihre Gedanken zu
ordnen. Ein Bild zuckte vor ihren Augen auf. Nur kurz, aber doch
so klar, dass sie erstarrte: Ein Mann und eine Frau. Sie lagen am
Boden. Ringsherum Scherben. Su kniff die Augen fest zusammen,*

bis bunte Flecken in der Schwärze tanzten und das Bild verschwand. Als sie sie wieder öffnete, war da wieder Mehlingers ungeduldiges Gesicht.

„Kommen Sie her!", herrschte er den Fremden an, der etwas abseits der Menge im Raum stand.

Zögernd trat er hervor, die Hände hinter dem Rücken verschränkt. Als Su ihn sah, richtete sie ihren Blick sofort wieder zu Boden. Ihre Finger krallten sich in die Lehnen ihres Stuhls.

„Kennen Sie diese Frau?", fragte der Doktor nun den Neuen.

Er ließ sich Zeit mit seiner Antwort, als würde er überlegen.

„Nein, ich habe sie noch nie gesehen.", antwortete er schließlich.

„Su", sagte der Doktor nun ruhiger. „Du brauchst keine Angst zu haben. Wir wollen dir alle nur helfen. Jetzt sieh mich an!"

Langsam wanderte ihr Blick nach oben, bis sie ihm mit tränenverschleierten Augen in die seinen sah.

„Was glaubst du, wer das ist?"

„Ich weiß es nicht", flüsterte Su.

„An wen erinnert er dich?'

Sie dachte angestrengt nach. Was sollte sie sagen? Dass sie wieder einen Rückfall gehabt hatte? Dass sie es wieder nicht geschafft hatte, ihre Wahrnehmungen zu kontrollieren? Dass sie diesen Ort niemals verlassen würde?

„An eine Person aus meinem Traum", antwortete sie zögerlich und betete, man würde ihr glauben.

„Und ist das tatsächlich der Mann, der in deinem Traum vorkam?", fragte der Doktor nun mit scharfem Ton. Er bedeutete dem Fremden, sich vor ihr hinzuhocken. Mit unendlicher Überwindung schaute Su ihm schließlich ins Gesicht. Seine

eisigen Augen fixierten sie auf eine beinahe brutale Art und Weise.

Aber sie konnte keinen Schatten entdecken, der um ihn

herumwaberte. Kein Beben. Keine unheimliche Kraft.

„Nein."

„Nein?", fragte der Doktor nach.

„Er ist es nicht", sagte sie kraftlos.

„Dann brauchst du keine Angst mehr vor ihm zu haben, oder?",

fragte der Doktor nun sichtlich erleichtert. „Das ist Rupert Müller.

Er arbeitet schon seit ein paar Wochen bei uns und ist ein

ausgesprochen netter und freundlicher Mann."

„Hallo!", sagte Rupert Müller und lächelte, als lachte er sie aus.

Sie sagte nichts und blickte weiter zu Boden.

„Bist du damit einverstanden, wenn Rupert Müller dich und

Martin zu deinem Zimmer begleitet? Dann kannst du dich selbst

davon überzeugen, was für ein netter Mann das ist."

Sie blickte kurz zum Doktor auf, dann in die Meute, dann wieder

zu Boden. Schluckte. „Ja", sagte sie kaum hörbar.

„Braves Mädchen. Ich möchte, dass du jetzt schlafen gehst. Und

gleich morgen werden wir uns viel Zeit nehmen, um über deinen

Traum zu reden."

Sie sank noch ein bisschen mehr in sich zusammen. Dann wurde

sie vom Stuhl losgemacht. Der Mann, der sich Rupert Müller

nannte, hielt sich zurück. Als Su schließlich mit Martin und ihm

auf dem Gang allein war, fragte der Neue ihren Pfleger: „Passiert

sowas öfter?"

„Nein, Mann. Nicht mehr zumindest. Du hast ja echt ein

Händchen für Irre."

Su humpelte unbeholfen neben ihnen her und schwieg. Martin hielt ihren Arm fest. Rupert Müller lief nebenher.

Als die Tür zu Sus Zelle hinter ihr ins Schloss gefallen war und der Schlüssel sich gedreht hatte, drangen die gedämpften Stimmen der beiden Männer zu ihr hindurch.

„Warum ist sie in Isolation?" Das war Rupert Müller, der da sprach.

„Frag lieber nicht", antwortete Martin. „Je weniger man weiß, umso besser, glaub mir. Sei einfach vorsichtig, wenn du mit ihr arbeitest, okay? Sie ist Meklingers Lieblingsprojekt. Und es macht wirklich keinen Spaß, ihm ans Bein zu pissen. Stell einfach keine Fragen und mach deinen Job."

Diese Nacht musste Su an ihr Bett gebunden werden. Es war die Strafe dafür, dass sie sich heute nicht unter Kontrolle gehabt hatte. Natürlich nannte es keiner so. Sie nannten es „Sicherheitsmaßnahme".

Irgendwann nachts stellte sie fest, dass sie wach war. Sie hätte sich gerne umgedreht, aber sie war ja festgebunden. Sie blickte zu den schwarzen Augen der Kameras hinüber, die sie im schwachen Schein der Notbeleuchtung als dunkle Schemen ausmachen konnte. Doch irgendetwas war anders.

Die roten Blinklichter: Sie leuchteten nicht.

Ihr Herz machte einen Sprung. Die roten Blinklichter hatten bisher immer Tag und Nacht geblinkt.

Sie sah nach links – und zuckte zusammen.

Neben ihrem Bett hockte im Halbdunkeln Rupert Müller auf dem Boden und sah sie an.

'Das ist ein Traum', dachte sie panisch. 'Nur ein Traum.'

Doch irgendwie wusste sie, dass es keiner war. Der Mann, der sich Rupert Müller nannte, hockte wirklich im Halbdunkeln neben dem Bett, auf dem sie gefesselt war.

„Eine Person aus deinem Traum ...", sagte er leise, und seine Stimme klang plötzlich nicht mehr freundlich, sondern scharf und berechnend. „Interessant. Darüber würde ich mich gern mal in Ruhe mit dir unterhalten."

„Hilfe", flüsterte sie kläglich und holte tief Luft, um mit aller Kraft nochmal zu rufen.

Sie glaubte, ihn im Halbdunkeln lächeln zu sehen.

Blitzschnell hechtete er zu ihr und bevor sie in der Lage war, irgendeinen weiteren Ton von sich zu geben, lag seine Hand auf ihrem Mund und ihrer Nase und drückte ihr die Luft ab. Panik übermannte sie. Mit Leibeskräften zerrte sie an ihren Fesseln. Doch sie hielten und so hielt seine Hand. Sie spürte, wie ihr schwindlig wurde und sich ein Druck in ihren Ohren aufbaute. Er hielt noch ein bisschen länger und sah ihr dabei zu, wie sie vergeblich um ihr Leben kämpfte. Dann kam er ihr so nah, dass sie seinen Atem in ihrem Gesicht spüren konnte.

„Du und ich: wir werden doch keine Probleme miteinander bekommen, oder?"

Verzweifelt versuchte sie, den Kopf zu schütteln.

Schließlich löste er die Hand von ihrem Gesicht. Sie schnappte nach Luft. Ihre Haut kribbelte dort, wo er sie berührt hatte.

„Gut. Schließlich sind wir hier doch alle Freunde", sagte er sachlich und stand auf. „Das war natürlich nur ein Traum", meinte er abschließend beim Rausgehen. „In Wahrheit schläfst du

noch. *Morgen früh wird dir Rupert Müller dein Frühstück
bringen.*"

Damit verschwand er aus dem Raum und die Tür schloss sich
lautlos. Su lag noch einen Moment wie erstarrt, dann begann sie
zu schluchzen. Eine kurze Weile später blinkten die roten Lichter
der Kameras wieder.

9

Alte Bekannte

19. Dezember 2002

Gedankenverloren lief Linus durch die nächtlichen Straßen und versuchte, die letzten Tage in der forensischen Psychiatrie zu resümieren.

Kilian Hempers, ein erfahrener Pfleger, hatte vom einen zum anderen Tag gekündigt. Freiwillig? Wer wusste das schon? Der Personalmangel war so akut, dass man Linus' beispielloses Engagement schließlich mit der Zulassung zu einem neuen Sicherheitsbereich belohnt hatte.

Daraufhin hatte er endlich die Patientin Susann Schmidt kennenlernen dürfen. Als allererstes war ihm aufgefallen, dass keiner sie so nannte. Weder Susann noch Frau Schmidt, obwohl sie schon fast siebzehn war. Sie hieß immer nur Su und Linus hatte sich dieser Tradition fraglos angeschlossen.

Bei ihrer ersten Begegnung, als Martin die Tür zu ihrer Zelle geöffnet hatte, hatte sie jede seiner Vorstellungen zunichte gemacht. Die Frau mit dem wirren Haar und dem wahnsinnigen Blick, die unentwegt Flüche ausstieß, war schlagartig verdrängt worden von einem blassen, schmalen Mädchen, nicht mehr als ein Schatten ihrer selbst.

Er hatte spüren können, wie schwach sie war. Eingeschüchtert. Ängstlich. Traurig. Verwirrt. Offenbar hatte sie unter dem Einfluss von Drogen gestanden, denn ihm war nicht entgangen, wie schwer es ihr gefallen war, sich auf ihn zu konzentrieren. Fast war er ein bisschen enttäuscht gewesen. Das war der Gegenstand seiner Mission? Ein Häufchen Elend, nichts weiter.

Doch als sich ihre Blicke getroffen hatten, war etwas überaus Seltsames geschehen. Linus seinerseits war für einen beunruhigenden Moment gebannt, ja regelrecht gelähmt worden von dem tiefen, dunklen Blau ihrer Augen. Kurz, ganz kurz, hatte sich der Vorhang aus bleierner Betäubung und unterdrückter Angst zur Seite geschoben und einen Blick freigegeben auf das, was darunter lag: etwas Großes, Unbegreifliches, fast schon Furchteinflößendes. Eine Sekunde später hatte sich der Vorhang wieder geschlossen. Schon war sie nur noch das verstörte, kraftlose Mädchen gewesen, eingesperrt in einer Zelle, so groß wie ihr Selbstvertrauen.

Doch sie hatte ihn weiterhin angestarrt und ihre Augen waren immer größer geworden. Schlagartig hatte Linus begriffen, dass dieser kurze Blick hinter den Vorhang beidseitig gewesen war. Sie hatte ihn erkannt. Erkannt, was er war. Das war schlecht. Sehr schlecht. Er hatte sie noch nie zuvor gesehen und angeblich befand sie sich seit ihrem neunten Lebensjahr in der Klinik. Sie konnten sich nicht getroffen haben.

Und doch, sie hatte ihn erkannt.

Er selbst wusste noch so gut wie nichts über sie. Den Grund ihrer Einweisung. Art und Ausmaß ihrer Fähigkeiten. Warum sie noch nicht geflohen war. All das galt es herauszufinden, und zwar schnell. Würde sie ihn verraten und ihr jemand auch nur ansatzweise glauben, drohte alles zu scheitern.

Letzte Nacht hatte er ihr einen Besuch abgestattet. Wie lange der vorhalten würde, wusste er nicht. Er musste sich beeilen, wenn er nicht riskieren wollte, von den Ereignissen überrumpelt zu werden.

Mit diesem Gedanken bog er in eine Nebenstraße ein, an deren Ende er seinen Wagen geparkt hatte. Plötzlich erkannte er eine Gestalt im Schatten. Wer immer es war, er schien auf Linus zu warten.

Widerwillig vertagte er seine Überlegungen, um seine Aufmerksamkeit der Gegenwart zu widmen. Was sollte das? Ein Überfall? Dafür fehlte ihm jetzt wirklich die Geduld. In einer Stunde würde seine Nachtschicht beginnen.

Aber nun löste sich der Schemen aus dem Dunkeln und Linus erkannte, wer ihm gegenüberstand.

„Du solltest wissen, dass man mir nachts nicht in Gassen auflauert, Cornelius."

Der Mann sah etwas älter aus als er, hatte kurzes, mausgraues Haar und ein Paar verschmitzte, hellbraune Augen in einem von Sorgenfalten geprägten Gesicht. Am auffälligsten an seiner Erscheinung war seine gelblich beige Hautfarbe, die selbst die ledernen Handschuhe und der tief ins Gesicht gezogene Schal nicht verbergen konnten.

„Kann ich mir dir reden?", fragte Cornelius vorsichtig.

„Du hast ja Nerven, nach all den Jahren", entgegnete Linus grimmig.

„Ich wäre nicht hier, wenn es nicht wichtig wäre."

„Ich fürchte, unsere Vorstellungen von *wichtig* gehen stark auseinander."

„Ja. Das tun sie wohl. Aber ich möchte dich trotzdem bitten, mir zuzuhören."

„Ich hatte einen schlechten Tag, alter Mann", sagte Linus mit eisiger Ruhe. „Dein Anliegen sollte meine Zeit besser wert sein." „Mir ist zu Ohren gekommen, dass du dich in einer gewissen Klinik herumtreibst."

„So?", entgegnete Linus knapp und verengte argwöhnisch die Augen.

„Darf ich fragen, was du dort tust?", fragte der andere vorsichtig.

„Was interessiert dich das? '

„Möglicherweise suchen wir das Gleiche."

„Tun wir das? Was für ein unglücklicher Zufall. Damit bist du wohl mein Konkurrent." Ohne es Cornelius merken zu lassen, formte Linus die Hände zu hohlen Fäusten, bereit der Situation ein Ende zu machen, sollte es erforderlich sein. Es waren nicht seine empathischen Fähigkeiten, die ihn aus Gewaltsituationen fast immer als Sieger hervorgehen ließen. Vielmehr war die Empathie nur eine Nebenwirkung seiner eigentlichen Gabe: Die Energie zu spüren, die alle Lebewesen umgab und allgegenwärtig war. Er liebte und hasste diese Kraft, die sich nun als immer stärker werdender Druck in seinen Handflächen ballte, bereit, ihm zu gehorchen, wie schon tausende Male zuvor. Unter der Bedingung, dass später er ihr gehorchen würde. Das war der Preis.

„Oder ..." Cornelius legte eine bedeutungsvolle Pause ein. „... wir arbeiten zusammen."

Linus lachte auf. „Ich habe gute Gründe, weshalb ich nur noch allein arbeite. Außerdem kommst du zu spät. Du solltest lieber das Feld räumen, bevor noch ein Unglück geschieht."

„Es muss schwierig für dich sein, dort unerkannt zu agieren", vermutete Cornelius vorsichtig.

Plötzlich kam Linus ein beunruhigender Gedanke: Wenn Cornelius ihn auffliegen lassen würde, wäre alles umsonst. „Überlege dir gut, wie du jetzt weitermachst", knurrte er drohend. Die geballte Energie pulsierte erwartungsvoll an seinen Handflächen. „Ich würde dich hier nicht aufsuchen, wenn ich dir schaden wollte."

„Dann sag mir endlich, was du willst!"

„Du suchst das Medium, nicht wahr?"

Ein lautes Lachen entfuhr Linus' Mund und blieb ihm im Hals stecken. „Was?", fragte er perplex und ärgerte sich sogleich über seine unverblümte Verblüffung.

„Oder ... etwa nicht?", fragte Cornelius verunsichert.

„Ein Medium?", wiederholte Linus ungläubig. „Wie zur Hölle kommst du auf sowas?"

Doch gleichzeitig überschlugen sich Linus' Gedanken. Die Stimme seines Auftraggebers erklang klar und deutlich in seinem Kopf.

'Aber das Mädchen hat ebenfalls ... besondere Talente.'

'Was für Talente?'

'Das weiß ich nicht.'

'Worauf muss ich vorbereitet sein?'

'Auf alles.'

War es möglich, dass dieses unscheinbare Mädchen ... Nein. Medien waren Märchen. Selbst wenn sie es nicht wären, ausgerechnet sie? Das konnte doch alles nicht wahr sein. Oder doch?

Anscheinend stand ihm die Verwirrung im Gesicht geschrieben, denn Cornelius sagte in beschwichtigendem Ton: „Du weißt nichts davon, oder? Wer auch immer dich geschickt hat, hat es dir nicht gesagt. Jetzt, da ich so darüber nachdenke, kann ich verstehen, warum. Bei so einer Angelegenheit ist es klug, möglichst wenig Staub aufzuwirbeln."

„Du meinst das wirklich ernst?"

„Es spricht einiges dafür. Ich fürchte, du weißt nicht, worauf du dich eingelassen hast."

„Sag bloß, du machst dir Sorgen", knurrte Linus und verfluchte seine unprofessionelle Reaktion. Aber er entspannte seine Hände wieder. Möglicherweise hatte dieses Treffen doch einen höheren Sinn. Zumindest hatte Linus einen neuen Hinweis, auch wenn er diesbezüglich noch durchaus skeptisch war.

„Was weißt du über die Medien?", hakte Cornelius nach.

„Ich kenne Ammenmärchen, die man kleinen Kindern erzählt, um sie das Fürchten zu lehren."

„Möglicherweise sind die alle wahr. Und? Fürchtest du dich?"

Ein bitteres Lachen entwich Linus' Mund. „Versuchst du, mich einzuschüchtern?"

„Ich versuche, an deine Vernunft zu appellieren."

„Sag mir eines: Warum sollte jemand, der solche Macht besitzt, sich an so einem erbärmlichen Ort einsperren lassen?"

„Das gilt es herauszufinden. Du darfst dem Medium auf keinen Fall trauen. Hörst du? Egal, was du tust, traue ihm nie."

„Habe ich nicht vor. Also spar' dir deine Belehrungen. Ich habe die Sache im Griff."

Aber Cornelius' Blick war voller Zweifel. „Bist du sicher, dass du den richtigen Auftraggeber gewählt hast?"

Wieder lachte Linus bitter. „Was willst du sagen? Dass du der Richtige gewesen wärst? Du änderst dich wohl nie."

73

Dann blickte Linus auf seine Armbanduhr. Er musste los.

Plötzlich war er froh, einen Grund zu haben, das Gespräch zu beenden.

„Ich wünschte wirklich, ich könnte noch bleiben und mit dir über die alten Zeiten plaudern. Aber ich muss los. Die Arbeit ...", sagte er mit zynischer Freundlichkeit. Dann setzte er sich in Bewegung und ging an Cornelius vorbei.

„Sagst du mir, wenn du etwas findest?", rief dieser ihm hinterher.

Aber Linus ging wortlos weiter, ohne sich noch einmal umzudrehen. Er durfte schließlich seine Nachtschicht nicht verpassen.

10

Entdeckt

Eine angespannte Stille liegt über dem Raum, die weder Doktor Ross, noch Linus zu durchbrechen wagen. Sus Zustand ist unverändert. Tag für Tag kann Linus spüren, wie sie langsam schwächer wird. Ross hat ihm erzählt, was er vorhat – einen Herzkatheter nennt er es, was auch immer das sein soll. Alles in Linus sträubt sich dagegen. Doch was für eine Wahl hat er? Noch nie hat er selbst versucht, ein Leben zu retten. Noch nie gespürt, wie kräftezehrend, wie zermürbend es sein kann. Das Warten. Die Szenarien, die einem währenddessen durch den Kopf gehen. Er vermisst die Zeit, als er sich um niemanden geschert hat. Sie liegt ihm nicht, diese Seite des Geschehens. Für gewöhnlich ist er der Verursacher des Leides, nicht derjenige, der versuchen muss, es zu verhindern.

Ross hat das ganze Material, das Linus besorgt hat, vor sich ausgebreitet und befühlt Sus entblößten Oberkörper. Seine Finger verweilen rechts unter ihrem Schlüsselbein – einer der wenigen Knochen, die Linus benennen kann.

Jetzt zieht der Arzt eine Kanüle aus dem Sortiment, an der sich ein dünner Schlauch befindet. Linus holt angespannt Luft, was Ross kurz innehalten lässt. Aber Linus sagt nichts. Es gibt nichts für ihn zu sagen. Nichts zu tun, außer hier zu stehen und zuzusehen, bei diesem Vorgang, dessen Richtigkeit er nicht nachvollziehen kann.

Er muss darauf vertrauen, dass der Arzt sein Bestes gibt und bei klarem Verstand ist. Linus ist nicht gut im Vertrauen.

Der Doktor scheint nun ganz in seine Arbeit versunken. Seine Hände sind ruhig. Sein Blick konzentriert. Linus presst die Lippen aufeinander, als der Arzt mit einer Kanüle die Haut seiner Patientin durchsticht. Su zuckt kaum merklich zusammen. Doch sie ist jetzt festgebunden und könnte sich dem Eingriff, selbst wenn sie wollte, nicht entziehen.

Missmutig beobachtet Linus, wie der dünne Schlauch Stück für Stück in ihrem Körper verschwindet, auf dem Weg zu ihrem schwachen Herzen.

Schließlich scheint das Werk vollbracht zu sein. Ross hört sie noch einmal aufmerksam ab und verklebt anschließend die Einstichstelle großzügig mit verschiedenen Pflastern. Dann sieht er kurz auf und nickt Linus ernst, aber zuversichtlich zu. Offenbar ist alles nach Plan verlaufen.

Nun nimmt er einen Infusionsbeutel in die Hand.

„Halt!", bricht Linus endlich das Schweigen und seine Stimme klingt lauter, als er beabsichtigt hat. „Sie zuerst", fügt er ruhiger hinzu.

„Was meinen Sie?"

„Testen Sie das Zeug an sich selbst."

„Glauben Sie, ich würde sie vergiften?"

„Ich glaube, dass ich mir nicht leisten kann, das herauszufinden."

Jetzt fangen die Hände des Arztes doch an zu zittern. Aber er gehorcht und desinfiziert sich die Armbeuge. Dann greift er nach einer eingeschweißten Spritze, entfernt die Plastikfolie, zieht ein paar Milliliter der klaren Flüssigkeit auf und injiziert sie sich in den Arm. Trotzig blickt er Linus entgegen. „Es ist eine Nährlösung, wie ich Ihnen schon gesagt habe." Er schließt den Beutel an, hängte ihn an das gestohlene Gestell, schraubt an irgendwelchen Rädchen und packt notdürftig seine Utensilien zusammen. Schließlich schauen beide Männer zu, wie die Flüssigkeit langsam in ihren Körper rinnt. Ross scheint mit seiner Arbeit zufrieden zu sein.

Für Linus aber kommt sie einem Urteil gleich: Dem Urteil, dass Su so bald nicht erwachen wird. Dem Urteil, dass ihr Körper, dass sie es allein nicht mehr schafft. Wie hat er zulassen können, dass es so weit kommt?

Die leise Stimme des Arztes unterbricht seine Gedanken: „Warum entführen Sie gewissenlos Menschen und geben sich auf der anderen Seite solche Mühe, dieses eine Mädchen am Leben zu halten?"

'Ja, warum?', denkt Linus. Die Antwort liegt ihm auf der Zunge. Doch er schluckt sie hinunter, will sie nicht hören und noch weniger aussprechen. Stattdessen sagt er nichts.

Sein Gegenüber schweigt und Ross wagt nicht, weiterzusprechen. Also wendet er sich wieder seiner Patientin zu. In Anbetracht der Umstände ist das Anbringen des Herzkatheters gut verlaufen. Er muss davon ausgehen, dass das Mädchen vorerst nicht erwachen wird. Alle anderen Möglichkeiten, ihren Körper mit Flüssigkeit und Nähstoffen zu versorgen, sind für lange Zeiträume nicht ausgelegt.

Doch obwohl die Prozedur nach so vielen Dienstjahren für Ross längst zur Routine geworden ist, hat dieses Mal eine beklomme

Schwere auf seiner Entscheidung gelegen. Die Akzeptanz der Tatsache, dass ihr Koma sich noch über Monate oder gar Jahre erstrecken kann, kommt einem Urteil über sein eigenes Leben gleich. Oder das, was ihm davon noch bleibt. Verstohlen betrachtet Ross von der Seite das Gesicht des Mannes, der neben ihm steht. Er sieht unzufrieden aus. Frustriert. Vielleicht sogar ein kleines bisschen traurig. Seine kalten Augen sind, wie so oft, auf das Mädchen gerichtet, aber sein Blick ist abwesend. Die harten Züge seiner Wangenknochen in Kombination mit dieser ungewöhnlichen, stechend blauen Augenfarbe lassen ihn gefährlich aussehen. Abgebrüht. Berechnend. Aber nicht verrückt. Muss er sie wirklich schützen? Werden die zwei verfolgt? Erklärt das die Verletzungen, die er offensichtlich vor ihm zu verbergen versucht? Was hat es mit dem Buch auf sich? Die Erinnerung, wie er durch den Raum geworfen wurde, schleicht Ross wieder in den Sinn. Es kommt ihm vor, als ob sich eine Erkenntnis den Weg in sein Bewusstsein bahnt. Eine große, erschreckende Erkenntnis. Doch kurz bevor sie sich ihm eröffnet, kurz bevor er danach greifen kann, gelangt sie zum Stillstand, als würde sein Verstand ihr den Zutritt verwehren. Egal, wie sehr er sich das Hirn zermartert, sie bleibt unerreichbar und Ross versinkt erneut in Ratlosigkeit.

Plötzlich hebt der Andere den Kopf und erstarrt. Von einem Moment auf den anderen sind seine Augen wach und fokussiert. Er dreht den Kopf ein winziges Stück, als folge er einem Geräusch.

Ross lauscht angestrengt in die Stille, kann aber nichts hören außer dem ruhigen Atmen seiner Patientin. Er holt Luft, doch bevor er ein Wort sagen kann, hebt sein Entführer die Hand und befiehlt ihm mit drohendem Blick, zu schweigen.

'Oder er ist doch einfach nur wahnsinnig?', setzt Ross seine Gedanken von eben fort. 'Vielleicht schizophren? Was soll ich tun, wenn er jetzt durchdreht?'

Der andere gebietet ihm mit einer Handbewegung, sich hinzuhocken. Ross gehorcht und kniet nun hinter dem Bett des Mädchens, von wo aus sich die Tür seinem weiteren Blick entzieht. Ihm bleibt nichts anderes übrig, als zu warten. Sein Knie hämmert. Er hört, wie sein Entführer den Raum verlässt. Die darauffolgende Stille zieht sich über eine Ewigkeit.

'Das ist doch verrückt', denkt er.

Dann geht alles ganz schnell.

Vom Gang her kracht es zwei Mal in kurzer Folge. Schüsse! Dann bricht ein wilder Tumult aus, unterlegt von halb überraschten, halb angst- und schmerzerfüllten Schreien.

'Da ist wirklich jemand. Vielleicht die Polizei. Oder die Verfolger ...', schießt es Ross durch den Kopf. Während er sich weiter duckt, scheint das Geschehen auf dem Gang sich unaufhaltsam zu nähern. Etwas prallt von außen gegen die Wand des Zimmers.

Plötzlich fliegt die Tür auf und die Geräusche des Kampfes schmettern mit brutaler Realität auf ihn ein. Wie in einem grauenvollen Albtraum macht sich der Arzt hinter dem Bett so klein wie möglich, wohl wissend, dass ihn das nicht retten wird. Jemand brüllt mit einer tiefen, kehligen Stimme: „Hier!"

Dann Schritte im Raum. Ross kämpft gegen das Bedürfnis an, nachzusehen. Zwingt sich, unten zu bleiben. Das Herz schlägt ihm bis zum Hals.

All seine Sinne richten sich nun auf den Eindringling, der sich schnell dem Bett nähert. Eine Person, die ausreichen würde, um den unbewaffneten Arzt zu töten.

'Das passiert doch alles gar nicht wirklich', denkt er verzweifelt. Auf einmal tauchen zwei Beine neben seinem Kopf auf. Sie gehören zu einem Menschen, der komplett in schwarz gekleidet und dessen Gesicht bis auf die Augen verhüllt ist. In den Händen hält er eine Pistole.

Als er Ross hinter dem Bett erblickt, erstarrt er in der Bewegung und für einen kurzen Moment mustern sich die beiden mit weit aufgerissenen Augen. Die des Fremden sind von einem warmen, dunklen Braun. Doch dann ist der Moment vorüber und der Vermummte richtet seine Waffe auf den vor ihm am Boden knienden Arzt.

Dieser will die Augen schließen, doch er kann nicht. Stattdessen starrt er in den Lauf der Pistole, unfähig, einen klaren Gedanken zu fassen, außer, dass er leben will.

Bevor er versteht, was geschieht, wird der Angreifer von den Füßen gerissen und mehrere Meter durch den Raum geschleudert. Er prallt mit einer solchen Wucht gegen die Wand, dass er seine Waffe verliert und der Länge nach hart auf dem Boden aufschlägt. Wie gelähmt starrt der Doktor auf die schwarz umhüllte Person mit den braunen Augen, die wenige Meter entfernt auf dem Bauch liegt und leise stöhnt. Die ihm um ein Haar eine Kugel in den Kopf gejagt hat. Die nun scheinbar selbst schwer verletzt ist.

Plötzlich taucht sein Entführer vor ihm auf. Sein Haar steht in wirren, verklebten Strähnen vom Kopf ab. Blut rinnt ihm über die rechte Hälfte des Gesichtes und seine rechte Hand. Er atmet schwer und sein abwesender Blick streift den Arzt nur flüchtig. Dann humpelt er zu dem röchelnden Vermummten am Boden, zerrt ihm mit zitternden Fingern die Maske vom Gesicht und legt die Hände um seinen Hals.

'Er will ihn erwürgen!', wird Ross klar. Doch der Eindringling läuft nicht blau an. Stattdessen beginnen dessen Adern schwarz hervorzutreten. Seine Augäpfel drehen sich nach innen, bis nur noch das Weiße zu sehen ist. Ein röchelnder Laut bleibt dem Fremden im Halse stecken, als sein Körper unkontrolliert zu zucken beginnt, als hätte er einen epileptischen Anfall. Blutiger Schaum quillt aus seinem Mund hervor und tropft zu Boden. Gelähmt vor Angst schaut Ross zu, bis der Fremde schließlich erschlafft und leblos in sich zusammensinkt. Langsam richtet sich sein Entführer auf.

„Was …? Was …?", stammelt Ross und starrt mit weit aufgerissenen Augen die Leiche des Mannes an, der eben noch gelebt hat.

Der Blick, den der Arzt als Antwort erhält, lässt ihm das Blut in den Adern gefrieren. Es ist nichts Menschliches mehr in den Augen, die ihm nun entgegensehen. Panisch krabbelt Ross zurück, aber sein Entführer, falls es überhaupt noch die gleiche Person ist, wendet sich ab und verschwindet wieder auf dem Gang.

Wenig später hört Ross einen weiteren unterdrückten Schrei. Dann wird es still.

Irgendwann kehrt sein Entführer zurück. „Stehen Sie auf! Wir müssen hier weg", sagt er mit rauer Stimme. Ross hört es kaum.

Nur undeutlich erinnert er sich später, wie er durch den Flur gegangen ist, über leblose Körper steigend. Das Mädchen. Der unheilvoll vertraute Krankenwagen. Das monotone Geräusch des Motors in der schwärzesten Nacht seines Lebens.

11

Auf der Flucht

19. Dezember 2002

Medien … mächtige, hinterlistige Zauberer, die mit unsichtbaren
Geistern kommunizieren und die Welt ins Chaos stürzen wollen.
Wesen aus Energie wurden diese Gespenster in den Sagen genannt.
Als Nächstes würde ihn vermutlich jemand losschicken, um einen
Kobold zu fangen.

Schnaubend schüttelte Linus den Kopf, während er durch die
nächtlichen Gänge der forensischen Psychiatrie lief.

Er mochte die Nachtschichten und seine Kollegen traten sie stets
gerne an ihn ab. Es war fast immer ruhig und er konnte, ohne
aufzufallen, allein unterwegs sein und seinen Gedanken
nachgehen. Pfleger und Ärzte blieben meist auf Abruf. Nur selten
gab es Zwischenfälle, die ein Eingreifen erforderten.

Die stündlichen Treffen mit den zwei anderen Nachtwachen zum
Lagebericht waren nur ein kleines Übel.

Die Unterhaltung mit Cornelius vorhin hatte ihm neue Anreize
gegeben und ihn gleichzeitig an seinen Zeitdruck erinnert. Er hatte
seit zwei Tagen Zugang zu dem neuen Sicherheitsbereich, jedoch
noch so gut wie keine Zeit gehabt, sich richtig umzusehen. Das
sollte sich heute Nacht ändern. Gerade mal zweiundzwanzig Uhr.
Noch sieben Stunden voller Potenzial.

'Wesen aus Energie. Wenn es solche Wesen gäbe, wäre ich in der
Lage, sie wahrzunehmen.'

Manchmal, sehr selten, spürte er tatsächlich vage Energiefelder, die er nicht einordnen konnte. Aber die Tatsache reichte ihm nicht aus, um dafür an ein Märchen zu glauben.

Und ausgerechnet Su sollte in der Lage sein, mit diesen Dingern zu kommunizieren? Warum hatte sie sich dann nicht längst befreit? Warum hatte sie ihn nicht vernichtet, als er sie letzte Nacht hätte töten können? Wegen der Drogen? Oder verrannte er sich hier in ein folgenschweres Missverständnis?

Aber selbst, wenn sie kein Medium war: Irgendetwas schien definitiv ungewöhnlich an ihr. Sie hatte ihn erkannt. Alle fanden sie unheimlich. Er konnte durchaus verstehen, weshalb sein Auftraggeber Interesse an ihr hegte.

Und er war nur eine Etage und einen Flur von ihr entfernt. Linus musste sich stark zurückhalten, um nicht hier und jetzt ihre Zelle zu stürmen und sie mitzunehmen. Die Vorstellung war zu schön.

Für immer raus aus diesem Rattenloch und weit, weit weg von dem vorbildlichen, freundlichen Rupert Müller.

Doch Cornelius' Warnung verunsicherte ihn. Konnte sie wirklich so gefährlich sein? Sollte sie wirklich ihre Eltern ermordet haben, wie es am Mittagstisch gemunkelt wurde? Schwer vorzustellen. Aber nicht unmöglich. Er musste wissen, worauf er sich einließ. Irgendwo musste es einen Bericht geben, eine Akte oder Ähnliches. Auch zum Medikamentenlager musste er sich Zugang verschaffen und unauffällig ein paar Dosen ihrer Pillen an sich nehmen. Vielleicht konnte er auch das in der heutigen Nachtschicht noch erledigen.

Während Linus darüber nachgrübelte, bog er um eine Ecke und wurde sich bewusst, dass er hier noch nie gewesen war. Am Ende des Ganges, auf dem er sich befand, entdeckte er eine Tür mit einem Milchglasfenster. Er sah sich um und bemerkte, dass keine Kamera darauf zeigte. Ein Griff zur Klinke sagte ihm, dass sie abgeschlossen war. Keiner der Schlüssel an seinem Schlüsselbund wollte passen.

Aber davon würde er sich nicht aufhalten lassen. Heute nicht. 'Kein Sicherheitsschloss', dachte er grinsend und es dauerte bloß knapp eine Minute, bis er die Tür geöffnet hatte. Wie ein Schatten schob er sich hindurch und schloss sie lautlos.

Dahinter war es zu dunkel, um irgendetwas zu erkennen. Das Licht einzuschalten, schien ihm zu riskant. Der Schein seines Handys musste genügen. Er spiegelte sich auf dem gefliesten Fußboden und Linus erkannte einen weiteren Gang mit fünf Türen, jeweils zwei auf jeder Seite und eine am Ende.

Er fing links an und öffnete die erste Tür. Es war eine Abstellkammer für Reinigungsutensilien. Ihr gegenüber befand sich ein kleines Bad mit WC.

Die nächste Tür links führte in einen Untersuchungsraum. Im schwachen Lichtkegel erkannte Linus eine Liege mit Schnallen zur Fixierung, diverse Schränke, Tischchen und Ablageflächen, eine Stehlampe und zwei Monitore. Alles war sauber und aufgeräumt. In der Ecke neben der Tür entdeckte er eine Kamera. Sie war ausgeschaltet, was er dem fehlenden Blinken entnahm. Erleichtert atmete er auf und ging weiter.

Auf der anderen Seite befand sich ein Überwachungsraum mit Monitoren und einem Schaltpult. Zudem stapelten sich an der Wand etwa fünfzehn Kisten. Linus öffnete ein paar davon und fand darin allerlei medizinischen Krimskrams, aber auch seitenlange maschinell erstellte Protokolle. Sie waren ordentlich abgeheftet und sauber übereinandergestapelt. Anscheinend hatten sie irgendeine dokumentierende Bedeutung, wenngleich sich Linus fragte, weshalb sie dann nicht zusammen mit den Patientenakten im Archiv verwahrt wurden. Auf einigen Stapeln fand er den Namen, den er gesucht hatte: Auch Susann Schmidt war hier behandelt worden. In diesem versteckten Gang, dokumentiert in geheimen Unterlagen.

'Offenbar bin ich nicht der Einzige, der hier Dreck am Stecken hat.'

Er trat wieder auf den Flur. Nur noch eine Tür blieb übrig. Ohne weitere Umschweife ging er darauf zu. Sie wirkte extrem stabil. Ein Blick durch das kleine Sichtfenster verriet, dass es auch dahinter dunkel war. Das Licht seines Handys spiegelte sich in der Scheibe und erschwerte zusätzlich die Sicht. Linus streifte den Ärmel seiner Uniform über die Hand und zog vorsichtig am Griff. Wie erwartet tat sich nichts. An der Wand befand sich ein Zahlenfeld zum Eingeben eines Sicherheitscodes. Enttäuscht verzog er das Gesicht. Gegen ein Zahlenschloss konnte er nichts ausrichten.

Nun entdeckte er links der Tür eine kleine Schalttafel. In deren Ecke bemerkte er als Erstes einen großen roten Knopf mit der Aufschrift „Alarm". Einige der anderen Knöpfe schienen eine Klimaanlage zu steuern. Darunter befand sich eine verblüffend komplizierte Reihe von Schaltern, Knöpfen und Reglern, die den Symbolen nach für die Beleuchtung zuständig war. Er zögerte kurz, aber die Verlockung siegte: Er schob den ersten Schalter nach unten und zuckte unwillkürlich zusammen. Hinter der Tür blitzte ein Licht auf, das so grell war, dass bunte Flecken vor seinen Augen tanzten. Es blitzte immer wieder und wieder in kurzen Abständen und machte jedes Denken unmöglich. Blind tastete er nach dem Schaltkasten und bemühte sich dabei, die Hand so weit wie möglich von der Stelle mit dem großen roten Alarmknopf fernzuhalten. Mit zusammengekniffenen Augen ertastete er die zweite Reihe von Schaltern und drückte auf irgendeinen Knopf. Daraufhin beschleunigte das Blitzlicht, das durch seine Lider drang, als wären sie aus Glas. Er spürte eine unbändige Wut in sich aufsteigen und unterdrückte das Bedürfnis, laut aufzuschreien, gefolgt von dem Drang, sich umzudrehen und blind durch den Gang in Richtung Ausgang zu rennen. Schließlich legte er einen weiteren Hebel um und das Licht wurde, wenn auch weiterhin grell, beständig. Es dauerte eine Weile, bis sich seine Augen daran gewöhnt hatten und er verharrte regungslos, bis es so weit war. Schließlich konnte er das Schaltpult wieder klar erkennen und atmete auf. Sein Handylicht brauchte er nun nicht mehr. Dann blickte er durch das Sichtfenster und erkannte einen leeren Raum. Es schien sich um eine enge, quadratische Patientenzelle zu handeln, was er den gepolsterten Wänden und dem weißen Boden entnahm, der unter dem Licht fast selbst zu leuchten schien. Eine Lüftungsklappe befand sich an der oberen Wand, eine Kamera in der Ecke dicht unter der Decke. Doch es gab keinerlei Einrichtungsgegenstände. Für ein Bett wäre nicht einmal Platz gewesen. Bloß eine dünne Spur Angst schien sich in den Wänden der Kammer verewigt zu haben.

„Interessant", flüsterte Linus, warf einen beiläufigen Blick auf seine Uhr und erschrak: Es war gleich elf. Er musste sich beeilen, um noch rechtzeitig zum Treffen mit den anderen beiden Nachtwachen zu kommen. Es würde auffallen, wenn er fehlte. Auf einmal hörte Linus, wie sich hinter ihm die Tür leise öffnete und wieder schloss. Sofort waren all seine Sinne auf die Person gerichtet, die gerade den nur vom Licht der Zelle erhellten Gang betreten hatte. Er ließ es sich nicht anmerken und blickte weiter in Richtung Sichtfenster. In Gedanken ging er alle möglichen Szenarien durch, was er jetzt tun konnte. Irgendetwas zu leugnen, wäre zwecklos.

Er konnte spüren, wie die Person sich langsam und beinahe lautlos näherte. Sie war aufgeregt, aber völlig fokussiert. Ohne sich umzudrehen, hob Linus beiläufig die Hand, führte sie langsam zum Schaltkasten und schaltete mit einem leisen Klicken die einzige Lichtquelle, das Licht in der Zelle, aus. Der gesamte Gang versank augenblicklich in Dunkelheit.

Einen Schuss erwartend, wich Linus blitzschnell zur Seite und wandte sich in der Bewegung dem anderen zu. Dieser war jedoch erstarrt und für einen Moment standen beide regungslos da. Keiner konnte sehen, wie der jeweils andere instinktiv die Augen weit aufriss, vergeblich auf der Suche nach einem winzigen Fünkchen Licht.

Aber Linus war nicht völlig blind. Er konnte die Gegenwart des anderen spüren. Zwar konnte er dessen Körperumrisse nicht präzise ausmachen, wohl aber seine etwaige Position in der Mitte des Ganges und seine schlagartig angestiegene Unsicherheit. Wer könnte es sein? Die Kollegen, mit denen er sich die Nachtschicht teilte, waren Ralf und Reiner. Ralf traute er nach allem, was er über ihn wusste, nicht zu, sich so anzupirschen. Es musste Reiner sein. Oder schlich noch jemand auf den nächtlichen Gängen herum?

Je weniger er sah, desto leistungsfähiger wurden seine anderen Sinne. Er hörte, wie sein Gegenüber schnell atmete und ruckartig den Kopf hin und her drehte, um ihn zu orten. Aber Linus gab ihm nichts, nicht das kleinste Geräusch. Schließlich kam er zu dem Schluss, dass es keine Möglichkeit gab, diese Situation zu lösen, ohne dass es schwerwiegende Konsequenzen nach sich ziehen würde. Ließe er ihn laufen, würde der andere ihn verraten. Drohungen wären zu riskant. Tötete er ihn, würde er binnen kürzester Zeit als vermisst gemeldet werden. So oder so sah er die Stunden, die ihm noch blieben, durch seine Finger rinnen. Ohne weiteres Zögern setzte er sich in Bewegung. Er warf sein Handy gegen die Wand und vernahm, wie sein Verfolger reflexartig dem Geräusch folgte. Mit zwei großen Schritten trat Linus an ihn heran und schlug zu. Der Körper des Anderen gab nach. Sein Verfolger schnappte nach Luft. Linus griff nach dessen Kleidung, bekam Teile seiner Weste zu fassen und hinderte ihn so am Umdrehen. Er trat ihm fest in den Schritt – ein Tabu, das er nie als seines betrachtet hatte - und tastete dann nach seinem rechtem Arm. In seiner Hand fand er eine Pistole, die er ihm ohne große Schwierigkeit entwand. Dass der Angreifer sie noch nicht abgefeuert hatte, sagte Linus, dass er sie nur zur Abschreckung bei sich trug. Dennoch fühlte sie sich echt an.

'Und mir haben sie nur einen billigen Schlagstock gegeben', dachte er und steckte sich die Schusswaffe in den Gürtel. Ein Handy klingelte in der Hosentasche des Mannes, den er festhielt. Linus ließ es klingeln.

„Reiner?", flüsterte Linus, als er den anderen nun an den Haaren nach oben zog und mit dem Gesicht gegen die Wand drückte.

Außer lautem Schnaufen keine Antwort. Linus half nach und schlug ihm in die Nierengegend. Sein Opfer unterdrückte einen Schmerzensschrei.

„Rupert? Was soll das?", hörte Linus Reiners Stimme stöhnen.

„Du bist es nicht, der hier die Fragen stellt", antwortete Linus. „Ihr habt das Mädchen in diesen Raum gesperrt, Su, nicht wahr?" Wieder musste Linus nachhelfen, bevor Reiner gequält schrie: „Ja! Auch!"

„Sch!", flüsterte Linus. „Wir wollen doch nicht gehört werden. Wie lange läuft das schon? Was habt ihr über sie herausgefunden?"

„Das kann ich dir nicht sagen! Damit habe ich nichts zu tun, ich passe bloß auf!"

„Und dabei hast du nichts mitbekommen?"

„Nein!"

„Rein gar nichts?"

„Nein!"

Linus ergriff Reiners Arm und drehte ihn auf den Rücken, bis er aufjaulte.

„Okay, okay! Das ist irgendwelcher kranker Scheiß! Wir sollen nicht darüber reden! Die haben alle einen an der Klatsche! Der Professor, das Mädchen, ... die sind alle wahnsinnig! Kranker Voodoo-Scheiß!"

„Was für Voodoo-Scheiß?"

„Irgendwelche Geister, was weiß ich ... Ich versuch da nicht hinzuhören! Das ist alles krank! Das macht dich irre mit der Zeit!"

„Was meinst du damit!"

„Fast jeder, der hier länger dabei war, ist irgendwann durchgedreht."

„Kilian Hempers, der Pfleger, der angeblich gekündigt hat. War er hier dabei?"

„Ja ..."

„Was ist wirklich mit ihm passiert?"

„Er hat sich erhängt. In der Wärterkammer ... Wir sollten es vertuschen", stöhnte Reiner.

„Wie unartig! Wer hat euch das befohlen?"

„Der Professor. Er will nicht, dass hier jemand von draußen rumschnüffelt. Warst du ein Freund von Kilian Hempers?"

„Ich bin niemandes Freund", sagte Linus und schleifte den sich heftig wehrenden Mann in Richtung Abstellkammer. Linus' Diensthandy klingelte in seiner Hosentasche. Er ließ es klingeln. „Wenn du mich erschießt, wird man das hören!", sagte Reiner panisch. „Man wird das Blut finden. Damit wirst du nie davonkommen!"

„Aber ich brauche keine Waffe, um dich umzubringen", flüsterte Linus ihm ins Ohr, während er die Tür zur Abstellkammer ertastete und öffnete. „Und es gibt auch kein Blut, wenn ich es nicht will."

Sekunden später stand er über Reiners Leiche, durchsuchte deren Taschen und nahm einen Schlüsselbund an sich. Dann schloss er die Tür zu der Kammer und tastete sich noch einmal zurück, um in der Dunkelheit sein eigenes Handy am Boden zu suchen. Er fand es und stellte erleichtert fest, dass es lediglich einen Sprung im Display zu haben schien.

Dann verließ er den mysteriösen Gang und rief Ralf zurück, der bereits außer sich vor Sorge war.

„Rupert, Mann, wo seid ihr? Ich such euch schon wie blöde."

„Ich habe Reiner gesucht. Ich kann ihn nicht finden."

„Oh Mann, was machen wir denn jetzt?", fragte Ralf mit sich vor Verzweiflung überschlagender Stimme.

„Treffen im Pausenraum. Jetzt."

Kurz darauf trafen beide Männer fast gleichzeitig in dem kleinen Aufenthaltsraum für Mitarbeiter ein. Ralf war völlig außer Atem. „Wahrscheinlich hat er es nur vergessen", sagte Linus ruhig, während er sich Ralf beiläufig näherte.

„Aber er geht nicht ans Handy!", jammerte Ralf gequält und man hörte fast, wie seine trägen Gedanken ratterten.

„In vielen Teilen dieses Bunkers hat man miesen Empfang. Ich würde mir noch keine großen Sorgen machen. Ich habe im Westflügel bereits nach ihm gesucht. Warum versuchst du es nicht im Ostflügel?"

„Wollen wir nicht erst auf die Verstärkung warten?"

„Du hast Verstärkung gerufen?", fragte Linus perplex. 'Ralf? Der trottelige Ralf?' Linus war fast ein bisschen beeindruckt. Wäre da nicht die Tatsache, dass seine Mission der letzten Wochen auf Messers Schneide stand.

„Ja", entgegnete Ralf plötzlich voller Unsicherheit. „Meinst du, ich hätte noch warten sollen?"

„Ob du …? Verdammt nochmal, ja, hättest du!", fluchte Linus. Dann zog er seine neu gewonnene Pistole und richtete sie auf Ralfs Gesicht, dessen Augen sich im plötzlichem Verstehen weiteten. 'Jetzt ist es auch egal', dachte Linus und mit einem lauten Knall verteilte er das, was Ralf an Gehirn besessen hatte, an der Wand über der Kaffeemaschine. Noch während dessen Körper in sich zusammensank, drehte Linus sich weg und lief wieder auf den Gang.

Er hätte noch mehr Zeit gebraucht. Aber jetzt zählte jede Sekunde.

In der Ferne konnte er bereits Sirenen hören.

'Die machen keine halben Sachen', dachte er und legte einen Zahn zu.

An Sus Zelle angekommen, entriegelte er das Schloss und stieß die Tür mit solcher Wucht auf, dass sie mit einem ohrenbetäubenden Knall aus den Angeln flog.

Das Mädchen fuhr in dem Licht, das nun durch die Öffnung in ihr dunkles Zimmer brach, zusammen und starrte ihn an, während sie ans Kopfende ihres Bettes kroch.

Linus richtete seine Pistole auf sie und sagte freundlich: „Hi! Wir machen einen kleinen Ausflug. Steh auf!"

Su starrte ihn an und rührte sich nicht.

„Beweg dich! Wir haben nicht die ganze Nacht Zeit!"

Zaghaft, wie in Zeitlupe, schob sie ihre nackten Füße aus dem Bett und setzte erst die Zehenspitzen und dann die ganze Sohle auf den Boden. Beim Aufstehen hielt sie den Saum ihres Klinik-Kittels fest, damit er nicht über ihr Becken rutschte und ihren Unterleib entblößte. Währenddessen wendete sie keine Sekunde lang den Blick von ihm und der Waffe ab.

Wachsam spähte Linus auf den Gang. Die Sirenen waren jetzt sehr nah, aber noch wähnte er sich in Sicherheit.

„Abmarsch!", fauchte er und deutete mit dem Lauf der Pistole nach draußen. Quälend langsam ging sie auf die Tür zu und hielt dabei so viel Abstand wie möglich zu ihm. Nach einer gefühlten Ewigkeit traten sie hinaus auf den wie leergefegten Flur.

Mit der freien Hand ergriff er ihren nackten Oberarm. Sofort spürte er das vertraute Kribbeln in seiner Hand und wusste, dass auch sie es spürte. Aber sie wehrte sich nicht. Vielleicht lag es an ihrem unerklärlichen Wissen darüber, was er war, dass sie sich widerstandslos in eines der Untersuchungszimmer führen ließ, ohne zu zappeln, zu schreien oder ihn irgendwie anders unnötig zu reizen. 'Sie ist entweder deutlich klüger oder deutlicher abgestumpfter, als ich vermutet hatte', ging es Linus durch den Kopf. Er öffnete einen Schrank und fand darin eine Kiste mit Verbandsmaterial. „Leg deine Hände auf den Rücken."

Wieder schien es eine Ewigkeit zu dauern, aber sie gehorchte. Linus öffnete die erste Rolle Mullbinde und wickelte sie fest um ihre Handgelenke. Eine zweite folgte. Dann drehte er sie zu sich um. Für einen Moment sahen sie sich in die Augen. Die ihren groß, angsterfüllt, unergründlich. Die seinen kalt, berechnend, prüfend. Dann nahm er ihr mit einer weiteren Binde die Sicht und rollte sie so oft um ihren Kopf ab, bis er das Ende verknoten konnte.

Bereit zum Aufbruch betrachtete er seine Gefangene noch einmal. Sie hatte noch kein einziges Wort gesagt, noch irgendeine Form von Widerstand an den Tag gelegt. Auch jetzt stand sie regungslos vor ihm und wartete, ihrem Schicksal ergeben. Er schüttelte den Kopf und brachte sie zurück auf den Gang.

Sein Lärm beim Eintreten der Tür hatte die anderen Insassen geweckt und einige davon begannen zu schreien, als sie ihn und die gefesselte Su nun durch die Sichtfenster ihrer Zellentüren erblickten.

Er sah sich um und wägte seine Optionen ab. Den Fahrstuhl zu nehmen, schien ihm zu riskant. Es blieben noch die normale und die Feuertreppe an der Rückseite des Gebäudes. Noch wusste das Einsatzkommando nicht, was hier los war. Weder, dass er der Feind war, noch dass er jemanden in seiner Gewalt hatte.

Er blickte aus einem der kleinen, vergitterten Fenster auf den von Scheinwerfern ausgeleuchteten Hof. Zwei Polizeiwagen und mehrere Privatfahrzeuge parkten chaotisch direkt vor dem Haus. Auch Mehlingers Wagen war dabei.

'Immer parken sie chaotisch', dachte Linus zufrieden lächelnd. 'Sie bedenken nicht, dass das Ausparken dann umso länger dauert.' Sein eigener Wagen stand auf dem Mitarbeiterparkplatz außerhalb des Areals.

Der kurze Blick hatte ausgereicht, um zwei Polizisten zu entdecken, die draußen die Stellung hielten. Alle anderen waren offenbar ins Haus gegangen. Aus dem Treppenhaus am Ende des Ganges konnte er bereits hektische Schritte und Stimmen hören. 'Feuerleiter', entschloss er sich, ohne weiter zu überlegen.

An der Tür zum Leiterpodest angekommen, kramte er nach dem Schlüssel. Als er ihn in das Schloss steckte und drehte, ertönte im gesamten Gebäude ein ohrenbetäubender Alarm. Das Mädchen und er zuckten zusammen und sein Griff um ihren Arm wurde fester. Aber die Tür öffnete sich.

Kalte Luft schlug ihnen entgegen und erschwerte für einen Moment das Atmen. Ein heftiger, ungemütlicher Wind traf sie, als sie ins Freie traten. Linus schloss die Tür hinter ihnen, zwang das Mädchen auf dem Gitterboden in die Knie und spähte zwischen den Stufen nach unten. Auf der Rückseite des Geländes befand sich noch niemand. Drei Etagen und sie würden festen Boden unter den Füßen haben. Er zog sie wieder hoch und konnte spüren, wie das Gitter an ihren nackten Sohlen schmerzte. Aber er schob sie schnellen Schrittes vorwärts und sie stolperte los. Sie waren fast unten angekommen, als Linus aus den Augenwinkeln sah, wie die Feuertür erneut geöffnet wurde. Er feuerte einen Warnschuss in den schwarzen Nachthimmel ab, der die gewünschte Wirkung erzielte: Die Verfolger blieben vorerst in Deckung.

Nun waren sie auf dem Rasen angekommen. Die Feuertreppe bot ihnen von oben Schutz, während er sich mit seiner Gefangenen an der Rückwand des Hauses entlang zur nächsten Ecke bewegte.

Er wagte einen Blick und konnte den Schein des Blaulichts der Polizeiwagen an den Mauern sehen, die die Anstalt umgaben.

Doch auch hier war vorerst kein Mensch in Sicht. Offenbar waren die beiden Polizisten auf den Eingang der Klinik und das Tor fixiert, wohl wissend, dass es keinen anderen Weg zum Verlassen des Geländes gab.

Als Linus und Su die Ecke zur Frontseite erreichten, konnte Linus den Funkspruch verstehen, der gerade abgegeben wurde: „… Schüsse abgefeuert. Mindestens ein Toter. Benötigen dringend Verstärkung. Ende."

„Die lernen wir hoffentlich nicht mehr kennen", flüsterte er dem zitternden Mädchen ins Ohr. Endlich stellte jemand den Alarm ab.

Sofort ergriff Linus die Gelegenheit und rief mit fester, lauter Stimme: „Die Waffen runter! Ich habe eine Geisel!"

Dann hielt er Su den warmen Lauf der Pistole an die Schläfe und trat aus seiner Deckung hervor.

Die beiden Polizisten wirbelten herum, ließen aber sofort gehorsam die Waffen sinken. Weitere Menschen kamen aus dem Gebäude gelaufen, erkannten die Situation und erstarrten. Hinter sich konnte Linus das metallische Poltern von Schritten auf der Feuertreppe hören und ging einen Schritt in Richtung Eingangsportal, um den nahenden Schützen kein Ziel zu bieten. Er blieb nicht stehen, wusste, dass er den Moment der Überraschung und Verwirrung für sich nutzen musste. Dass er den Ton angeben musste, auf den die anderen zu reagieren gezwungen waren. Nun lief er seitwärts, die chaotisch geparkten Autos vor sich, den Eingang zur Anstalt schräg links, die Angreifer aus Richtung Feuertreppe links aus den Augenwinkeln im Blick. Rechts lag sein Ziel, die mit Scheinwerfern und Stacheldraht besetzte Mauer. Er lief schnell und sicher und zog das Mädchen, das immer wieder stolperte, stets sofort wieder hoch, duckte sich hinter sie, nur die Augen ihren Kopf überragend. Einen kurzen Moment hatte er das Gefühl, ihr Herz in seinen Ohren schlagen hören zu können. Die aufgeregten Stimmen, die auf ihn einredeten, die Aufforderung zur Vernunft, die durch das Megafon gerufen wurden, ignorierte er. Lediglich eine Stimme schaffte es bis in sein Bewusstsein und zauberte ihm ganz kurz ein Lächeln aufs Gesicht. Es war die von Professor Mehlinger, der ins Freie getreten war und sowohl ihm als auch den Polizisten zurief: „Um Himmels willen, nicht schießen!"

Linus hatte bereits die Mauer erreicht und drehte sich so, dass er sie im Rücken hatte. Die Deckung aus Stein hinter sich, die Geisel vor sich, arbeitete er sich zum Tor vor. Er wusste, dass er so gut wie gewonnen hatte, aber ebenso ein kleiner Fehler seinerseits genügen würde, um irreparabel zu scheitern.

Nun war er fast am Tor angekommen. Der Feuerleiter-Trupp gesellte sich zum Ort des Geschehens und erkannte die Regeln.

Seine Regeln.

„Aufmachen!", rief er in einer Schallpause des Megafons.

„Danach soll sich der Pförtner ebenfalls zum Eingang der Anstalt begeben!"

Voller Genugtuung konnte er sehen, wie die Polizisten mit Mehlinger hilflose Blicke und schnelle Worte wechselten. Sie zögerten. Linus wurde langsam ungeduldig. Statt auf seine Forderungen einzugehen, gingen die Megafon-Rufe wieder los: „Herr Müller, kommen Sie zur Vernunft! Lassen Sie uns verhandeln! Wir geben Ihnen, was Sie verlangen!"

'Aber was ich verlange, habe ich schon', dachte Linus. Er musste in Bewegung bleiben. Durfte den anderen keine Gelegenheit für einen Gegenschlag bieten. Je länger alles dauerte, desto geringer wurden seine Chancen. Aber das wusste er.

„Das Tor! Jetzt!", rief er herrisch.

Zwischen dem Professor und den Polizisten wurde nun wild gestikuliert, doch Linus konnte das Gesagte nicht verstehen. Schließlich machte der Professor eine Geste in Richtung Tor und ein langsames, gleichmäßiges Rumpeln verriet Linus, dass er gewonnen hatte. Dann trat der Pförtner heraus, warf Linus und Su einen ängstlichen Blick zu und rannte zu den Polizisten hinüber in die vermeintliche Sicherheit.

Die Fliehenden standen schon vor dem Tor, da löste sich eine Gestalt mit hoch erhobenen Händen aus der Menge und kam langsam auf sie zu. Es war Mehlinger.

„Sie haben Mut, das muss ich Ihnen lassen", sagte Linus anerkennend, ließ sich aber nicht aufhalten, rückwärts weiterzugehen.

„Herr Müller! Ich bitte Sie, seien Sie vernünftig! Was auch immer Sie zu dieser Tat veranlasst hat, wir können darüber reden. Aber lassen Sie das Mädchen gehen. Sie ist unschuldig."

„Jetzt tun Sie nicht so, als ob Sie sie wiederhaben wollen, weil sie unschuldig ist. Ich habe ihr Frankenstein-Labor entdeckt. Sie sind keinen Deut moralischer als ich."

Mehlingers Gesicht veränderte sich. Die Besorgnis wich blankem Ernst.

„Die Wissenschaft fordert manchmal ihre Opfer. Herr Müller. Rupert. Das hier muss doch nicht noch unschöner werden, als es schon ist. Ich bin sicher, wir können uns irgendwie einigen."

„Rupert Müller ist tot. Er liegt neben Ralf und Reiner in Ihrem Irrenhaus. Es muss Sie doch wurmen, dass ich Ihnen all die Wochen direkt vor Ihrer Nase etwas vorgemacht habe."

„Das tut jetzt nichts zur Sache. Ich glaube, Sie verstehen nicht, was Sie da in den Händen halten. Das Mädchen ist gefährlich. Auch Sie werden vor ihr nicht sicher sein."

„Sie denken vermutlich, ich sei nur irgendein Krimineller, nicht wahr?"

„Egal, wer oder was Sie sind. Sie können nichts gegen sie ausrichten. Bevor Sie sie auf die Welt loslassen, sollten Sie sie lieber hier und jetzt erschießen."

Bei diesen Worten fuhr ein Ruck durch den schmalen Körper seiner Geisel.

„Oh, nach all der Mühe, die wir beide uns ihretwegen gemacht haben, wäre das doch wirklich zu schade. Es gibt noch andere, die Interesse an ihr haben. Sie haben lange genug mit ihr gespielt. Machen Sie es gut! Und danke für alles!"

Dann löste Linus seine linke Hand vom Arm des Mädchens und schickte dem Leiter der Anstalt eine Druckwelle, die ihn von den Füßen riss und mehrere Meter durch die Luft schleuderte.

Die Ablenkung für sich nutzend, ging Linus mit Su weiter, durch das Tor hindurch, bis die aufgeregte Meute schließlich aus ihrem Blickfeld verschwand.

An seinem Auto angekommen, öffnete Linus den Kofferraum und zwängte das Mädchen hinein. Dabei ließ er das Tor nicht aus den Augen. Noch wagte niemand, ihnen zu folgen. In der Deckung seines Wagens schlich er geduckt zur Fahrertür, stieg ein, startete und gab Gas.

Über den Rückspiegel konnte Linus Mehlinger im Tor stehen sehen und hinter ihm die Blaulichter, die sich in Bewegung setzten.

Einige Kilometer von der Anstalt entfernt befand sich ein kleines, verschlafenes Dorf. Dort drosselte Linus schlagartig das Tempo, bog in eine Seitenstraße ein und hielt vor einer Garagenzeile. Noch vor seinem ersten Tag in der forensischen Klinik hatte er hier eine Garage angemietet und einen vollgetankten Fluchtwagen für Notfälle deponiert.

Als er ausstieg, hörte er die Polizeisirenen bereits im Ort. Dennoch zwang er sich zur Ruhe. Sie konnten nicht gesehen haben, dass er abgebogen war. Sie würden sich verteilen müssen, um ihn zu suchen. Einige würden weiterfahren. Zügig öffnete er die Garage und schloss den dort abgestellten Fluchtwagen auf. Dann öffnete er den Kofferraum. Das Mädchen zitterte am ganzen Körper, als er sie heraushob und zum Kofferraum des anderen Fahrzeugs trug.

Dann vertauschte er die Fahrzeuge und verschloss die Garage sorgfältig. Mit dem nächtlichen Wohngebiet angemessener Geschwindigkeit fuhr er in einem unauffälligen schwarzen Kleinwagen davon.

12
Dunkelheit

Eine Tür. Sie kam Su so vertraut vor. Aber woher? Es schien, als hätte sie sie überall schon einmal gesehen und gleichzeitig nirgendwo. Aber sie war da, jetzt und hier, und rief nach ihr. Zu fordernd, zu mächtig, um nicht real zu sein. Schon lag Sus Hand auf der Klinke.

Sie öffnete das Portal und trat hindurch.

Die Augen weit aufgerissen, starrte Su in die absolute Finsternis. Ihr war bewusst, dass sich eine Kamera in der oberen Ecke befand. Doch im Gegensatz zu denen in ihrem Zimmer blinkte diese nicht. Es gab nichts an diesem Ort, nichts als Schwärze. Sie konnte die gepolsterte Wand hinter sich fühlen, wagte nicht, von ihr zu weichen. Obwohl sie genau wusste, dass die Kammer sehr klein war, wuchs sie in ihrer Vorstellung mit jeder Minute. Schon schien die andere Wand Kilometer weit entfernt, der Ausgang unerreichbar. Sie hatte das Gefühl, wenn sie sich jetzt bewegen würde, würde sie nie wieder Halt finden. Schon verschwamm ihr Gefühl für die Grundsätze dieser Welt. Links und rechts. Oben und unten. Die Kammer schien sich zu drehen. Lehnte sie an der Wand? Oder lag sie auf dem Boden? Die Stille war unerträglich. Sie wollte schreien, doch ihre Kehle war wie zugeschnürt. Wie schon seit Minuten. Stunden. Jahren. War es wirklich stockfinster? Hatte sich nicht gerade in der Ecke neben ihr etwas bewegt? Ruckartig drehte sie den Kopf, doch da war nichts. Oder doch?

Plötzlich schnellte etwas auf sie zu, kaum mehr als ein dunkelgrauer Schemen inmitten der Schwärze.

Sie zuckte und kniff die Augen zusammen, voller Furcht abwartend. Nichts geschah.

'Das bildest du dir alles nur ein', dachte sie verzweifelt. 'So wie immer. Du bist nur in einer kleinen dunklen Kammer. Rechts von dir ist die Tür und dahinter liegt die echte Welt. Es ist eine Probe. Wenn du sie bestehst, darfst du wieder raus.'

'Was, wenn es nicht wahr ist? Wenn dort draußen gar keine Welt existiert und alles, was es noch gibt und jemals wieder geben wird, ist Dunkelheit und Stille?'

'Nein! Doktor Mehlinger wird die Tür wieder öffnen! Das ist nur ein Test. Nur ein Test.'

Sie musste an seinen tiefen ernsten Blick denken, als er ihr mit ruhiger Stimme erklärt hatte, was er vorhatte: „Das ist eine Probe, um herauszufinden, wie viel von deiner Krankheit noch in dir steckt. Ich kann dich nur heilen, wenn ich weiß, womit ich es zu tun habe. Das verstehst du doch, oder?"

Su verstand. Es war eine Probe, und sie war dabei, zu versagen.

Sie hatte gar nicht gemerkt, wie sie die Augen wieder geöffnet hatte. Doch nun erstarrte sie vor Angst, als sich im Dunkeln etwas vor ihr aufbaute, wo nichts als Schwärze war. Sie konnte es sehen und sah es nicht. Sie hörte ein Flüstern, wo nur Stille war. Sie konnte es fühlen, konnte spüren, dass es da war und wie es nach ihr griff.

Sie konnte nicht mehr anders, als zu schreien.

Auf einmal war sie an einem anderen Ort. Auch hier war es so *dunkel, dass sie nicht einmal ihre Hand vor Augen sah. Doch filziger Stoff streifte ihr Gesicht und der Geruch von Mottenkugeln, Schuhcreme und Schweiß stieg ihr in die Nase. Auch dieser Ort schien immer größer zu werden. Oder sie immer kleiner. Etwas raschelte zwischen den Kleidungsstücken und sie erstarrte. Wenn sie sich nicht rührte, wenn sie keinen Laut von sich gab, dann würde es sie vielleicht nicht finden. Dann würde es vielleicht wieder gehen. Doch das Rascheln wurde stetig lauter, kam näher, kam von überall. Unmittelbar neben ihrem Ohr ertönte ein Zischen, nein, viel mehr ein Flüstern, aus Worten, die sie nicht verstand, mit einer Stimme, die es gar nicht geben durfte. Voller Panik begann Su, gegen die Tür vor sich zu hämmern. Doch sie bewegte sich kein Stück.*

„Papa!", rief sie und ihre kleine, zarte Stimme überschlug sich dabei. „Papa!"

Doch ihr Vater kam nicht.

Finsternis umgab sie. Ihr war kalt und ihre Füße schmerzten. Sie hatte nicht gesehen, wo der Mann, der sich Rupert Müller nannte, sie hingebracht hatte. Sie glaubte, sich an furchtbaren Lärm zu erinnern. An kalten Wind auf ihrer Haut und eine nasskalte Masse zwischen ihren Zehen. Doch die Erinnerungen waren surreal und verschwommen. Vielleicht hatte sie es nur geträumt. Wo war sie wirklich? Ein gleichmäßiges Brummen, hin und wieder unterbrochen von einem Holpern, und die unbequeme Haltung ihrer Arme, die hinter ihrem Rücken zusammengebunden waren, machten ihr bewusst, dass sie sich nicht in der Kammer befand und auch nicht im Schrank. Zwar war es ebenso dunkel, aber die

Geräusche und die Bewegung gaben ihr ein Gefühl von Zeit und erweckten den Eindruck, zumindest nicht ganz allein zu sein.

Als es besonders stark holperte, stieß sie sich den Kopf an der Decke und stellte mit Schrecken fest, wie klein der Raum - viel mehr ein Behälter - war, in dem sie sich befand.

Auf einmal verstummten die Geräusche und die Bewegung stoppte. Dann war es still. Sie lauschte. Lauschte weiter. Nichts. Die Angst holte sie ein.

'Er lässt mich zurück', dachte sie und stumme Tränen der Hilflosigkeit stiegen ihr in die Augen. Auf einmal hatte sie das Gefühl, nicht genügend Luft zu bekommen. Während der Schrank und die Kammer immer größer geworden sind, schien dieser Behälter zu schrumpfen. Die Kälte griff bereits nach ihr und sie begann, heftig zu zittern.

„Hilfe", flüsterte sie und es kostete sie alle Willenskraft, die ihr noch geblieben war.

Aber es gab keine Hilfe für sie. Kein Entkommen. Sie war allein.

13
Fast wie Ferien

5. Januar 2003

„Es ist perfekt", sagt Linus zufrieden und kann spüren, wie das Herz der älteren Frau, die eine blumige Schürze über einem schlichten, grauen Kleid trägt, einen erleichterten Sprung macht. Er besieht sich jeden Winkel der kleinen Hütte ganz genau. Sie ist etwas heruntergekommen, notdürftig und furchtbar altmodisch möbliert. Aber es gibt Strom und fließendes Wasser, und was am wichtigsten ist: Mehrere Kilometer Wald trennen sie von der nächsten menschlichen Behausung. Nicht einmal Wanderer kommen hier vorbei. Perfekt, um drei Menschen zu verstecken, die auf keinen Fall entdeckt werden dürfen.

„Und dass es so abgelegen ist und es kein Fernsehen und Internet gibt, macht Ihnen gar nichts aus?"

„Nein. Meine Freundin und ich legen Wert auf absolute Ruhe und Privatsphäre. Nur so können wir wirklich entspannen. Sie brauchen auch nicht nach uns zu sehen. Wir melden uns schon, wenn wir etwas brauchen", sagt er mit einem Augenzwinkern.

Die Existenz einer dritten Person – Ross – zu erwähnen, hält er für zu auffällig, zumal das Ferienhaus nur für zwei Personen ausgeschrieben ist.

„Wo ist Ihre Freundin?", fragt die Frau neugierig und versucht, dabei nicht unhöflich zu wirken.

„Sie sucht ihrerseits auch nach einer neuen Unterkunft. Wir haben uns aufgeteilt, um die Suche zu beschleunigen, nachdem unsere vorherige Bleibe eine solche Enttäuschung war."

„Aber ich brauche beide Personalausweise, um das Mietformular ausfüllen zu können."

Zähneknirschend denkt Linus an Sus falschen Ausweis, den er kurz nach ihrem Ausbruch aus der Klinik organisiert und nun vorbildlich im Krankenwagen liegen gelassen hat.

„Können wir den zweiten Ausweis nicht nachreichen?", fragt Linus mit seinem charmantesten Lächeln. „Ich kann ihn Ihnen gleich morgen vorbeibringen."

„Ich kann auch nochmal herkommen", sagt die Frau sofort pflichtbewusst.

„Die Mühe müssen Sie sich wirklich nicht machen", entgegnet Linus schnell. „Wir müssen sowieso einkaufen gehen. Ich bringe den zweiten Ausweis morgen vorbei. Ehrenwort."

„Also gut!", beschließt die ältere Dame lächelnd, seinem höflichen Charme verfallen. „Wie lange gedenken Sie denn, zu bleiben?"

„Wie lange können wir denn bleiben?"

„Ich habe überhaupt keine Buchungen", antwortet sie klagend. „Diese jungen Leute, die wollen doch sowas alle nicht mehr. Die wollen die City und ihr Internet ..."

„Dann würde ich sagen, mindestens einen Monat."

Überrascht blickt sie auf und mustert ihn mit fragendem Blick.

Linus ist klar, dass es seltsam auf sie wirken muss.

Beim Betreten des Objektes hat er sich höflich geweigert, die Kleidung abzulegen. Nun ist ihm furchtbar warm. Der Schweiß steht ihm auf der Stirn und rinnt unter seiner dicken Wollmütze in Sturzbächen seinen Nacken hinab. Aber nur so kann Linus die dicken Verbände um seinen Kopf und seinen Oberarm verbergen.

Einzig Schuhe und Handschuhe hat er ausgezogen, um nicht völlig weltfremd zu wirken. Nun bleibt der Blick der Frau neugierig an den Mullbinden hängen, die er mit seiner ungeschickten Linken schlampig um seine rechte Hand gewickelt hat.

„Holzschnitt", erklärt er verlegen grinsend. „Wir sind beide freischaffende Künstler. Die Ruhe und Abgeschiedenheit hier ist genau das, was wir zum Arbeiten brauchen."

„Künstler! Wie schön! Ich verstehe!"

Linus lächelt in sich hinein. Es ist ihm schon immer leichtgefallen, Leute von etwas zu überzeugen. Nach dem ersten Misstrauen verfallen sie alle zuverlässig seiner Gabe, das Gespräch mittels seines sechsten Sinnes in die richtige Richtung zu lenken. Nie hören sie auf die innere Stimme, die sie zu warnen versucht, wenn sie ihm zum ersten Mal in die Augen sehen. Sein einstudiertes Lächeln gewinnt immer. Fast immer.

Später läuft er zu Fuß zum Krankenwagen zurück, den er auf einem einsamen Waldweg geparkt hat.

Sein Auto hat er nach dem Überfall zurückgelassen.

Es nachträglich noch zu holen, wäre zu riskant. Er muss sich ein Neues besorgen, um nicht aufzufallen. Den Krankenwagen darf er so wenig wie möglich benutzen. Mit Sicherheit wird bereits danach gesucht.

Wer hat sie gestern Nacht überfallen? Und warum? Ihm fallen nur zwei Männer ein, die von seiner Mission wissen: sein Auftraggeber und Cornelius. Doch der heuert keine Söldner an, und seine eigenen Leute sind es mit Sicherheit nicht gewesen.

Außerdem kann Linus sich einfach nicht vorstellen, dass Cornelius derartig gewaltbereit geworden ist. Sein Auftraggeber hingegen kennt keine Skrupel. Aber was für einen Grund hätte er, an Linus' Verschwiegenheit und Zuverlässigkeit zu zweifeln?

Natürlich gibt es noch eine Möglichkeit: eine unbekannte dritte Partei. Vielleicht sogar eine vierte, eine fünfte. Wie viele Leute suchen nach dem Mädchen? Und wie viele davon sind ihnen bereits auf der Spur?

Ein stechender Schmerz flammt in seiner Schulter auf, wie um ihn daran zu erinnern, dass er nicht beliebig viele Kämpfe durchstehen wird. Es muss dringend etwas vorangehen. Und bis dahin müssen Sie unentdeckt bleiben.

Bei dieser Flucht ist er schlauer gewesen. Obwohl er gehofft hat, dass der Umzug erst später vonnöten wäre, hat er sich rechtzeitig nach potenziellen Bleiben umgesehen.

Dieses alte, unbeliebte Ferienhaus ist mit Abstand das Beste, was ihnen passieren kann. Die leichtgläubige Alte hat seine Geschichte Wort für Wort geschluckt. Sie wird keinen Ärger machen.

In der Hütte gibt es sogar einen Kühlschrank. Linus wird die Fenster öffnen können – ein Punkt, den der Arzt bei Sus Pflege wieder und wieder bemängelt hat.

Der Arzt … Linus hofft, dass er das, was er während des Überfalls gesehen hat, halbwegs gut verdaut. Er hat einen Blick auf Linus' wahres Wesen erhascht – ein Anblick, der die Leute tausendmal mehr verstört, als wenn er nur ein normaler Mörder wäre.

Natürlich läuft beides auf dasselbe heraus: auf ihren Tod. Aber ein Psychopath, das ist etwas, was sie in ihrem Weltbild noch unterbringen können. Die Existenz übernatürlicher Kräfte hingegen ist häufig zu viel für ihren kleinen, verkümmerten

Verstand.

Normalerweise ist es Linus egal, ob er Menschen traumatisiert. Er verachtet ihre naive Weltsicht. Es verschafft ihm regelrechte Genugtuung, ihnen vor Augen zu führen, wie wenig sie in Wahrheit wissen. Warum sollen sie verschont bleiben, sie mit ihrem unverschämt einfachen Leben, ihrem vermeintlichen Glück, ihren lächerlich unbedeutenden Sorgen?

Ross aber wird er noch brauchen. Er hat sich bisher den Umständen entsprechend ganz gut geschlagen. Sich einen anderen Arzt zu suchen, wäre mit weiterem Aufwand und zusätzlichen Risiken verbunden, auf die Linus momentan verzichten kann.

Beim Krankenwagen auf der Waldlichtung angekommen, atmet er tief ein und lässt die Luft, die nach Harz und feuchter Erde riecht, in seinen Lungen kreisen.

Dann öffnet er die Tür zum Laderaum und stellt fest, dass der gefesselte Doktor bewusstlos ist. Er überprüft seinen Puls, der ruhig und gleichmäßig ist.

'Zumindest kann er so keinen Ärger machen', denkt Linus und setzt sich hinters Steuer, um seine zwei schlafenden Gefangenen zu ihrer nächsten Bleibe zu bringen.

Als Johann Ross erwacht, glaubt er, neben seiner Frau in ihrem Ehebett zu liegen. Er lässt die Augen geschlossen und verliert sich für einen Moment in der Vorstellung, dass alles nur ein böser Traum gewesen ist. Dass in Wahrheit alles gut ist.

Dann hört er ein Geräusch und öffnet die Augen. Seine Hoffnung zerplatzt wie eine Seifenblase. Er liegt in einem fremden Bett in einem fremden Zimmer, welches absurd freundlich und zugleich geschmacklos eingerichtet ist. Die Bettwäsche ist mit einem rosa Blümchenmuster versetzt, die Tapete gelb gestreift. Künstliche Blumengestecke und billige Kopien von Aquarellen mit goldfarbener Umrahmung hängen an den Wänden. Zwei Fenster. Dahinter Wald. Sonst nichts. Ein schlichter Holztisch in der Ecke wird von zwei alten Stühlen gesäumt. An der gegenüberliegenden Wand steht ein weiteres Bett, in dem er unter der Decke die Umrisse des Mädchens erkennt. Daneben hängt der Infusionsbeutel. Auf einem großen, chaotischen Haufen neben der Tür stapeln sich vollgestopfte Taschen zwischen lose aufgeschütteten Gegenständen. Ross erspäht einige seiner medizinischen Utensilien. Aus einer Tasche ragt der lederne Einband eines alten Buches hervor, aber dem verwirrten Arzt will nicht einfallen, wo er es schon mal gesehen hat.

Krampfhaft versucht er, sich zu erinnern, wie er hierhergelangt ist. Doch stattdessen fallen ihm andere Dinge wieder ein. Bilder, die sich vor seinem inneren Auge abspielen wie ein Film und ohne dass er in der Lage ist, sie aufzuhalten: Schüsse auf dem Gang. Er selbst hinter dem Bett. Zwei braune Augen. Und dann …

'Ich verliere den Verstand!', denkt er voller Schrecken. Als er sich mit den Händen übers Gesicht fahren will, bemerkt er, dass sein linker Arm mit Handschellen an ein Heizungsrohr gekettet ist.

'Das ist verrückt! Das ist alles völlig verrückt! Ich bin in den Händen eines Mörders! Eines …'

Die Tür öffnet sich und die Verkörperung all seines Horrors betritt den Raum. Er trägt einen langärmeligen Pullover über dunklen Jeans. Unter seinem pechschwarzen Haar hebt sich hell ein Verband ab. Sein Gesicht wirkt blass. „Guten Morgen!", sagt er übertrieben freundlich. „Ich hoffe doch, diese Bleibe entspricht etwas mehr Ihren hohen Ansprüchen. Genießen Sie Ihren Aufenthalt bereits?" Dann mustert er seinen Gefangenen genau und sein Lächeln weicht einem nachdenklichen Gesichtsausdruck.

Anstatt irgendetwas Weiteres zu sagen, kommt er direkt auf Ross' Bett zu und der Arzt zieht panisch die Beine an. Doch sein Entführer stellt lediglich eine Wasserflasche auf den Nachttisch und legt einen Müsliriegel daneben. Auch seine rechte Hand ist mit einer dicken Schicht Mullbinden bandagiert.

Ross' ungläubigem Blick schenkt er keine weitere Beachtung und wendet sich zum Gehen.

Er ist schon fast wieder draußen, als Ross' Lippen die Frage formen, die er sich seit Tagen verboten hat, auch nur als Option anzusehen: „Was sind Sie?"

Der andere bleibt stehen und dreht sich nochmal um. Da ist es wieder, dieses spöttische Lächeln, das Ross so hasst und fürchtet.

„Nichts, was in ihr bisheriges, kleingeistiges Weltbild passt, nicht wahr?"

„Wie … wie ist das alles möglich? So etwas habe ich noch nie gesehen."

Die Stimme seines Entführers klingt, als spräche er mit einem Kind: „Weil Sie, so wie alle Menschen, nur sehen, was Sie sehen wollen. Dinge, die Sie begreifen und einordnen können. Gut und böse. Gerecht und ungerecht. Real und fiktiv. Alles, was dort nicht hineinpasst, wird verleugnet. Nicht wahr?"

Ross denkt an all die seltsamen Begebenheiten, die seit seiner Entführung vorgefallen sind, über die er immer wieder gegrübelt und sie letzten Endes wieder verdrängt hat. „Wer waren diese

Menschen?", fragt er stumpf.

„Ich hab Ihnen doch gesagt, dass es nicht so einfach ist, wie Sie es sich vorstellen", antwortet der andere schulterzuckend.

„Dieser Mann ... er wollte mich töten. Dabei habe ich gar nichts getan. Ich war nicht mal bewaffnet ... und dann haben Sie ..."

„Nur weil diese Leute gegen mich sind, sind es nicht automatisch die Guten. Und dass ich Ihr Leben gerettet habe - übrigens gern geschehen - macht mich nicht zum Helden. Die Guten gibt es nicht, Doktor. Machen Sie die Augen auf! Die Welt ist voller Monster. Ich bin nur eines davon."

„Das ... das kann doch alles gar nicht sein. Ich bin nur ... meine Wahrnehmung ist nur ..."

„Suchen Sie sich die Version aus, mit der Sie am besten zurechtkommen", sagt der andere mit bitterer Nüchternheit. „Mir ist egal, was Sie glauben, solange Sie noch funktionieren."

Mit diesen Worten verlässt er das Zimmer wieder. Ross bleibt allein mit seiner Angst und Verwirrung zurück und versucht mit aller Macht, nicht hier und jetzt wahnsinnig zu werden.

14

Eine wertvolle Fracht

20. Dezember 2002

Linus war nun etwa anderthalb Stunden auf der schmalen Landstraße unterwegs. Seit knapp vierzig Minuten kein anderes Fahrzeug. Ein trüber Nebel hing zwischen den Bäumen des hügeligen Nadelwaldes und erstarrte an den Zweigen und Gräsern zu Reif. Nebel, der Deckung bot, ihn aber gleichzeitig zwang, das Tempo zu drosseln, denn die Sicht war schlecht und die Fahrbahn stellenweise vereist. Einen Unfall konnte er jetzt als letztes gebrauchen. Der Anzeige nach betrug die Außentemperatur 1 °C. Er konnte spüren, wie seine Fracht im Kofferraum fror. Aber außer einem von ihm im Auto deponierten mit Benzin gefüllten Reservekanister, zwei kleinen Flaschen Wasser, einer Ersatzwaffe und der Kleidung an seinem eigenen Leib hatte er nichts bei sich. Für gewöhnlich musste er sich nicht um das Wohlbefinden der Passagiere kümmern, die er im Kofferraum transportierte. Nun musste er sich etwas einfallen lassen. Er konnte es sich nicht leisten, dass sie krank wurde.

Er bog in einen Forstweg ein und brachte den Wagen hinter einer leichten Anhöhe, die als Sichtschutz zur Straße diente, zum Stehen. Dann stieg er aus und lehnte sich von außen an den Wagen, um seine Gedanken zu sammeln. Blasses Mondlicht drang durch die Kronen der alten Bäume und verlieh den Nebelschwaden ein mystisches Leuchten. Sein Atem bildete kleine Wölkchen vor seinem Mund. Er lauschte. Nichts. Kein anderes Auto. Keine Regung aus dem Kofferraum. Nicht einmal ein Tier, das durch den nächtlichen Wald streifte.

Er prüfte seinen Handyempfang: zwei Balken. Dann wählte er Cornelius' Nummer. Nach zweimaligem Klingeln nahm er ab.

Linus begann das Gespräch ohne Umschweife: „Okay, nehmen wir einfach mal an, ich glaube an Medien. Was weißt du darüber?"

„Du hast ihn gefunden!", hauchte Cornelius fassungslos.

„Sie. Ich habe sie gefunden."

„Eine Frau? Wo ist sie?"

„Im Kofferraum."

„Im ... ist sie ...?"

„Keine Sorge, ihr geht's bestens."

„Wie hast du ... wie verhält sie sich?"

„Unproblematisch."

„Bist du sicher?"

„Natürlich bin ich sicher. Sonst wäre sie wohl kaum in meinem Kofferraum."

„Sag mir, wo ihr seid! Lass mich dir helfen!"

„Klingt irgendetwas von dem, was ich sage, als ob ich deine Hilfe bräuchte? Nachdem du mir erzählt hast, dass du ebenfalls an ihr interessiert bist, soll ich dir sagen, wo wir uns befinden? Hältst du mich für so dumm?"

„Linus, diese Sache übersteigt deine Macht. Du weißt nicht, wen du da bei dir hast!"

„Ich weiß nicht, was du dir vorstellst. Aber alles, was ich hier habe, ist ein verängstigtes, verwirrtes Kind."

„Vielleicht kann sie es noch nicht kontrollieren ..."

„Was kontrollieren?"

„Du kennst die Sagen ..."

„Unglaubwürdige Märchen, ja."

„Wesen aus Energie haben einst über diesen Planeten geherrscht. Tun es vielleicht jetzt noch. Wenn es stimmt, dann sind Medien in der Lage, diese Wesen zu kontrollieren."

„Ist das so?"

„Sie könnte dich, ohne mit der Wimper zu zucken, umbringen."

„Ich sie auch. Wo ist das Problem?"

„Nein! Du verstehst nicht! Ich habe das Buch, Linus. Ich habe es teilweise übersetzt. Sie könnte Stimmungen, Wahrnehmungen beeinflussen. Sie könnte dich lähmen. Dich in den Wahnsinn treiben. Dich dazu bringen, dir jedes einzelne Körperteil selbst abzuschneiden."

„Wie soll ich mir den zweiten Arm abschneiden?", fragte Linus scherzhaft.

„Die Lage ist ernst!", schrie der Mann am anderen Ende, bekam einen Hustenanfall und hielt das Telefon von sich weg.

Linus wartete schweigend. Damals, als sie sich noch täglich gesehen hatten, war er oft Zeuge dieser Hustenanfälle geworden, bei denen Cornelius sich stets instinktiv von den anderen abwendete.

Als der Krampf vorüber war, sagte Linus ruhig: „Okay. Also, sie wirkt nicht, als ob sie all dies könnte."

„Du solltest beten, dass sie es noch nicht weiß."

„Beten ist nicht so mein Ding. Es fällt mir schwer, auch nur ein Wort von dem zu glauben, was du sagst."

„Gerade du solltest so etwas glauben, wenn man es dir erzählt! Deine eigene Existenz ist ein einziges unwahrscheinliches Mysterium. Vielleicht willst du es nur nicht glauben, weil du nicht einsehen willst, dass es Wesen gibt, die mächtiger sind als du, und dass eines davon sich gerade in deinem Kofferraum befindet."

Linus schwieg und erinnerte sich daran, wie sie ihn erkannt hatte. Dann dachte er an all die Jahre, in denen er versucht hatte, Antworten über sich selbst zu finden. In denen er nach anderen gesucht hatte, nach Wesen, die so waren wie er. Von allen, die er gefunden hatte, schien ihm Cornelius am ähnlichsten. Und doch, er war nicht dasselbe. Cornelius wusste nicht, wie es sich anfühlte. Er hatte eine Wahl, die Linus verwehrt blieb, und für die ihn ein Teil von Linus hasste.

Irgendwann hatte er aufgehört, weiterzusuchen.

'The show must go on.'

Die Gedanken kreisten in seinem Kopf und hinterließen einen bitteren Geschmack auf seiner Zunge.

„Linus?", fragte Cornelius vorsichtig.

Aber Linus sagte noch immer nichts. Ihm war die Lust auf diese Unterhaltung vergangen.

Auf einmal regte sich etwas im hinteren Teil seines Wagens. Für einen Moment starrte Linus auf den Kofferraum. Halb erwartete er, dass gleich etwas Beeindruckendes geschehen würde. Doch es blieb bei zaghaften Bewegungen, begleitet von unterdrücktem Wimmern.

Er fing sich wieder und sagte: „Dornröschen ist aufgewacht. Ich muss Schluss machen."

Mit diesen Worten legte er auf.

Dann holte er seine Pistole und ging mit langsamen, bedächtigen Schritten um den Wagen herum. Als er sich dem Kofferraum näherte, verstummten die Geräusche darin. Er sammelte sich, holte tief Luft und öffnete dann die Klappe.

Seine Gefangene lag noch immer so da, wie er sie hineingelegt hatte, die Hände hinter dem Rücken gefesselt, die Augen verbunden. Mittlerweile zitterte sie am ganzen Körper. Vor diesem Mädchen sollte er sich fürchten? Er seufzte, steckte die Waffe in den Gürtel und richtete sie auf, wobei das vertraute Kribbeln durch seine Hände ging. Im Halbdunkel glaubte er, dunkles Blut an ihren nahezu schneeweißen Füßen zu sehen. Oder war es Dreck?

Er hob sie aus dem Kofferraum, wobei er zum ersten Mal bewusst wahrnahm, wie leicht sie war. Sie konnte sich fast nicht auf den Beinen halten und so schleifte er sie mehr zur Beifahrertür, als dass sie lief.

Mit geübten Bewegungen löste er die Fesseln hinter ihrem Rücken und band ihre Hände stattdessen vor ihrem Körper zusammen.

Dann drückte er sie in den Sitz und entfernte die Augenbinde.

Als er wieder hinter dem Lenkrad saß, sah er eine Weile gedankenverloren geradeaus. Schließlich drehte er sich zu ihr um und sie wandte den Blick zu Boden. „Sieh mir ins Gesicht!", befahl er ruhig. Es fiel ihr sichtlich schwer, der Anweisung Folge zu leisten. Doch dann sah sie ihn an, ganz kurz. Eingeschüchtert. Das Schlimmste erwartend. Unwillkürlich fragte er sich, was wohl das Schlimmste war, das sie sich vorstellen konnte.

„Ich werde dir nichts tun, solange du mir gehorchst", sagte er langsam und beobachtete jede Regung auf ihrem schmalen, blassen Gesicht. „Du warst sehr lange in der Klinik, in deiner Zelle oder in dem anderen, kleineren Raum, in den dich der Professor manchmal gesperrt hat. Er ist sehr wütend auf dich, weißt du?" Zufrieden registrierte er, wie ihre großen, tiefblauen Augen sich weiteten.

„Du hast gehört, wie er gesagt hat, ich soll dich erschießen. Wenn du zurückkehrst, wird er dich schlimm bestrafen. Verstehst du das? Ich an deiner Stelle würde mir gut überlegen, ob ich dorthin zurückkehren will."

Dann ließ er die Worte kurz wirken, bevor er fragte: „Möchtest du dorthin zurück?"

Es schien einen Moment zu dauern, bis ihr klar wurde, dass er eine Antwort von ihr erwartete. Sie starrte ihn an und er merkte, wie die Entscheidung sie innerlich zerriss, während stille Tränen ihre Augen füllten. Er wartete geduldig. Die Erkenntnis musste von ihr selbst kommen. Nur dann würde sie ihren Zweck erfüllen.

Schließlich schüttelte sie kaum merklich den Kopf.

Linus betrachtete sie noch ein paar Sekunden. Dann nickte er und sagte: „Gut. Dann möchte ich, dass du mir jetzt genau zuhörst. Hörst du mir zu?"

Ihre großen Augen blickten kurz scheu in die seinen.

„Die ganze Welt sucht nach dir und mir. Wenn sie uns finden, wenn wir entdeckt werden", fuhr er ruhig fort und fixierte sie dabei mit eindringlichem Blick, „dann bringen sie dich zurück und dann kommst du dort niemals wieder raus. Sie werden nicht zulassen, dass so etwas je wieder passiert. Verstehst du das?"

Linus konnte spüren, wie eine tiefe, existenzielle Angst in ihrem Innersten aufkeimte. Sie verstand.

„Das bedeutet, dass du und ich uns unauffällig verhalten müssen. Kein Schreien. Kein Rufen um Hilfe. Kein Winken." Er nahm ihr Kinn und drehte ihren Kopf zu sich herüber. „Keine Fluchtversuche. Kein Kämpfen. Du wirst nichts tun, verstehst du, nichts, außer ich sage dir, dass du es tun sollst. Wenn du mich verärgerst, bist du schneller wieder im Kofferraum, als du 'Bitte nicht!' sagen kannst. Wenn du mich sehr verärgerst, wird es keinen Kofferraum mehr für dich geben. Verstehst du auch das?"

Wieder nickte sie und eine einsame Träne lief über ihre Wange. Linus spürte ihre Verzweiflung und Unterwürfigkeit in seiner Hand. Zufrieden ließ er sie los, steckte den Schlüssel ins Schloss und der Motor heulte auf.

Dann stellte er die Heizung an. Seiner Beute war kalt. Er konnte es sich nicht leisten, dass sie krank wurde.

15

Verleumdung

Ross' Hände zittern, als er das Mädchen heute versorgt. Sein Entführer steht hinter ihm und beobachtet jeden seiner Handgriffe. Der Arzt kann seinen Blick im Nacken spüren und fragt sich, was wohl in dessen Hirn vor sich geht.

Im Grunde hat sich Ross' Lage nicht geändert. Und doch hat sich alles geändert.

Vor einem Tag noch hat er sich völlig selbstverständlich als normalen Menschen gesehen, als Opfer, das in die Fänge eines Verrückten geraten ist.

'Nun bin ich selbst der Verrückte. Oder ist die Welt verrückt geworden? Nein! Das kann ich nicht akzeptieren. Es geht einfach nicht. Es muss an mir liegen. An meiner Angst und Verwirrung. An der Gegenwart dieses Psychopathen. An der verstrickten Situation, in die ich geraten bin. An Schlafmangel und Unterversorgung.

'Was soll ich jetzt tun? Was kann ich tun? Habe ich überhaupt eine Chance?'

'Nicht, wenn er wirklich diese Fähigkeiten hat', schießt es ihm durch den Kopf.

'Aber er hat sie nicht. Auch, wenn er offenbar selbst davon überzeugt ist. Er kann sie nicht haben. Es ist einfach nicht möglich. Du musst dich zusammenreißen', erwidert er sich selbst.

Und das Mädchen? Ihre Lider zucken, wie so oft in diesen Tagen.

121

'Sie hat Glück, dass sie all dies nicht miterleben muss. Was auch immer sie gerade durchmacht: Alles ist besser als das hier.'

Doch als er sie wieder zudeckt, trifft ihn plötzlich ein Gedanke wie ein Schlag. Dass dem Killer ausgerechnet an ihr so viel liegt, dass er ausgerechnet um ihr Leben kämpft, während er es anderen so leichtfertig nimmt ... ist es möglich, dass sie ...

Während er sich zu seinem Bewacher umdreht, spricht er seine Ahnung mit stockender Stimme aus: „Ist sie auch so ... wie Sie?"

Der andere lächelt milde und lässt sich Zeit mit einer Antwort.

„Nein", entgegnet er schließlich nachdenklich. „Sie ist ganz anders."

Ross hat seine Arbeit beendet und will seine Utensilien zusammenpacken. Aber eine Hand legt sich mit eisernem Griff um seinen Arm und sein Entführer raunt mit rauer Stimme: „Wir sind noch nicht fertig."

Ross' Herz setzt einen Schlag aus. 'Was jetzt? Was habe ich getan? Habe ich etwas falsch gemacht?'

Der andere lässt los und mustert den Arzt mit einem Ausdruck, den dieser nicht zu deuten vermag. Plötzlich zieht der Irre eine Pistole hervor. Ross' Blut rauscht in seinen Ohren. 'Es ist so weit. Jetzt werde ich sterben.'

„Machen Sie sich mal nicht ins Hemd. Noch haben Sie mir keinen Grund gegeben, Sie zu töten. Noch. Ich erweitere nur kurzfristig Ihren Aufgabenbereich."

„Meinen ...?", stammelt der Arzt und ringt um Atem.

„Ja. Sie bekommen heute ein bisschen Abwechslung. Ich habe noch einen Patienten für Sie."

„Wen?", haucht Ross fassungslos. Die gnadenlose Härte im Gesicht des anderen zwingt ihn fast in die Knie.

„Mich", antwortet die Verkörperung all seiner Ängste. Die Eiseskälte in seinen Augen bohrt sich förmlich in Ross' Seele.

„Sollte ich merken, dass Sie irgendein krummes Ding drehen, mich vergiften oder hinterrücks angreifen wollen, werden Sie sich wünschen, niemals geboren worden zu sein. Und glauben Sie mir: Ich merke es. Tun Sie uns beiden einen Gefallen und bleiben Sie brav."

Ross steht wie angewurzelt. Die Worte hallen in seinem Kopf, der sich standhaft weigert, ihre Bedeutung zu akzeptieren.

„Umdrehen!", befielt sein Entführer und Ross gehorcht mit zitternden Knien.

Hinter sich hört er Rascheln und unterdrücktes Stöhnen. Dann Schritte und Knarren.

„Kommen Sie her! Los jetzt, ein bisschen zackig, wenn ich bitten darf!", knurrt die raue Stimme hinter ihm und Ross dreht sich zurück. Der Psychopath hat sich seines Pullovers und seiner Hose entledigt und sitzt nur noch in Unterhosen auf dem hölzernen Stuhl in der Ecke. Sein linker Arm ruht, die Pistole in der Hand, in seinen Schoß. Sein argwöhnischer Blick fixiert den Arzt mit ungebrochener Härte.

Als Ross sich schließlich von den furchteinflößenden Augen des anderen lösen kann, hält er die Luft an. Die Verbände an Kopf und Hand hat er vorhin bereits bemerkt. Aber nicht einmal ansatzweise hat er geahnt, was für ein Bild sich ihm unter der Kleidung bieten würde. Ein wüstes Zusammenspiel aus roten Schwellungen, tiefdunklen Hämatomen, Schrammen und Kratzern sowie ein blutdurchtränkter Schulterverband verwandeln den Körper seines Entführers in ein irres Kunstwerk aus Schmerz und Leid. Der rechte Unterarm und das linke Wadenbein scheinen laienhaft geschient und vervollständigen das Bild eines ins Kreuzfeuer geratenen Kriegsinvaliden.

„Was um alles in der Welt ...", keucht Ross und kann den Blick nicht von dem geschundenen Körper abwenden. „Was ist mit Ihnen passiert? Ich meine ..."

„Nette Erlebnisse wie gestern Abend hinterlassen eben einen prägenden Eindruck", knurrt der andere grimmig.

„Das ist ... so etwas ... Wie um Himmels willen können Sie noch aufrecht stehen?"

Ein bitteres Lächeln umspielt die Mundwinkel seines Entführers.

„Weil ich muss", entgegnet er. Darauf fällt Ross nichts ein. Benommen bleibt er, wo er ist.

„Hören Sie gefälligst auf, zu gaffen, und machen Sie Ihren Job! Sind Sie jetzt Arzt oder nicht?", reißt ihn sein Peiniger schließlich aus seiner Lethargie.

„Ja", antwortet Ross erschrocken und sucht unter wachsamer Beobachtung mit zitternden Händen Verbandsmaterial, Nadel, Faden und Desinfektionsmittel in dem Chaos am Boden zusammen.

Dann beginnt er wie ferngesteuert, die Wunden des Mannes zu behandeln, der ihn vermutlich töten wird. Weder bei der Desinfektion noch beim Vernähen entweicht dessen Mund auch nur ein einziger Laut. Lediglich zwei- oder dreimal hält er die Luft an, nur um im nächsten Moment wieder ruhig weiter zu atmen.

„Wenn Sie nicht wollen, dass sich die Wunden entzünden, sollten

Sie ein Antibiotikum bekommen", sagt der Arzt schließlich stumpf. Er fühlt sich, wenngleich er mit keinerlei körperlicher Anstrengung konfrontiert wurde, am Ende seiner Kräfte.

„Nun, Sie wissen ja, wie das läuft", sagt der andere ebenso kraftlos und blickt grimmig auf Ross' eigenen Arm. Der Arzt schnauft nur und schüttelt den Kopf. Aber er gehorcht und injiziert sich das Medikament unter strengster Beobachtung selbst. 'Wer weiß, wofür es gut sein wird', denkt er.

Dann zieht er eine weitere Spritze auf und reicht sie wortlos seinem Entführer. Dieser wirft Ross einen letzten, kritischen Blick zu und führt dann entschlossen die Nadel in seinen Oberarmmuskel ein.

Als Ross später wieder allein und an seinem Bett angekettet ist, zittert er am ganzen Körper.

Was soll er davon halten? Was hat das alles bloß zu bedeuten? Er hat das Gefühl, am Rande eines Nervenzusammenbruchs zu stehen.

'Reiß dich zusammen! Konzentriere dich! Denk an das Mädchen! Der Eindringling gestern Abend hätte sie erschießen können, so wie er es mit mir vorgehabt hat. Weshalb hat er sie verschont? Hat er sie retten wollen? Oder seinerseits entführen? Was geht nur um dieses Mädchen vor sich?'

'Sie ist ganz anders', hat sein Entführer gesagt. Die Antwort hat Ross zunächst erleichtert. Und doch kann sie so vieles bedeuten. Dass sie ein unschuldiges Opfer ist. Dass sie keine Psychopathin ist und keine Mörderin. Dass sie ganz normal ist. Doch es könnte auch heißen, dass sie ebenso geisteskrank ist, nur in eine andere

Richtung. Dass sie genauso brutal ist, nur mit anderen Neigungen.
Dass sie ebenfalls irgendwelche mysteriösen Fähigkeiten hat, nur
andere.

'Diese Fähigkeiten gibt es nicht!', wirft die Stimme der Vernunft in
seinem Kopf wieder ein. 'Für alles, was hier geschieht, gibt es eine
völlig logische Erklärung.'
Plötzlich kommt ihm eine Nachrichtenmeldung vor einigen
Wochen in den Sinn. Damals hat er ihr keine weitere Bedeutung
zugemessen, sie seitdem völlig vergessen. Doch nun glaubt er sich
zu erinnern, dass nach zwei flüchtigen Personen gesucht wurde:
Einem extrem gefährlichen Mörder mit ungewöhnlich hellblauen
Augen und seiner Geisel, die unter Umständen ebenfalls gefährlich
sei. Nach einigen Tagen der erfolglosen Suche waren diese
Meldungen nicht mehr interessant genug für die Tagesnachrichten
gewesen und schleichend wieder verebbt.

Wieder schaut der Arzt zu dem Mädchen hinüber, wie sie hilflos
daliegt, ihr Leben in den Händen eines Psychopathen und eines
Gefesselten. Ross erinnert sich, wie ihre Augen, als sie sie kurz
geöffnet hat, voller Angst schienen.

'Nein, sie ist unschuldig. Sie muss einfach unschuldig sein.'
Ihre Unschuld scheint der letzte Zipfel der Logik zu sein, an dem
Ross sich noch festhalten kann. Dieses Mädchen und er teilen das
gleiche Schicksal. Sie braucht ihn. Und er braucht sie. Und doch
scheinen sie beide verloren.

Bestimmt wird nach ihm, dem verschwundenen Arzt, gesucht.
Vielleicht ist die Polizei ihnen schon dicht auf den Fersen
gewesen. Aber nun, da sie ihren Aufenthaltsort nochmal geändert
haben, ist auch eine Rettung wieder in die Ferne gerückt.

Der Tag seines Todes könnte schon morgen sein. Oder heute.

Wieder spielt sich der Film vor seinen Augen ab, wie der Mann, der Ross beinahe erschossen hätte, sein Ende gefunden hat. Ein kalter Schauer läuft ihm über den Rücken und er kneift die Augen fest zusammen, doch die Bilder bleiben, um ihn zu quälen.

'Wie groß ist die Wahrscheinlichkeit, dass wir rechtzeitig gefunden werden? Kann die Polizei überhaupt wissen, womit sie es zu tun hat?' Ross denkt wieder an die letzte Nacht, an die maskierten, bewaffneten Männer, die nun alle tot sind.

Wenn er doch nur irgendetwas tun könnte ...

Schon ein paar Mal in den letzten Tagen hat er mit sich gerungen, seinen Entführer anzugreifen. Nun, da er weiß, wie schwer der andere verletzt ist, drängt sich ihm die Option noch stärker auf als zuvor.

'Dass der Mann sich noch auf den Beinen halten kann, gleicht einem medizinischen Wunder. Aber das hat ihn gestern Abend nicht davon abgehalten, all diese Leute zu ermorden.' Das Wort *übermenschlich* kommt ihm in den Sinn. 'Wenn er den gestrigen Kampf gewonnen hat, was für eine Chance habe ich dann?'

Die bloße Vorstellung einer physischen Konfrontation lässt seinen Puls in die Höhe schießen. Das letzte Mal hat sich Ross in der dritten Klasse geprügelt. Und verloren.

'Ich bin ein Feigling', denkt er traurig. 'Aber es gibt noch einen anderen Weg hier raus: Ich könnte fliehen. Fliehen bei Nacht und Nebel ...'

Dann würde er das Mädchen zurücklassen müssen. Aber vielleicht könnte er Hilfe holen. Sein Entführer würde ihr nichts tun.

Vielleicht könnte Ross rechtzeitig zurückkehren, bevor der Irre es erneut schafft, mit ihr unterzutauchen. Und wenn doch, vielleicht würde ihre Spur noch frisch sein, die Polizei sie noch finden können.

'Vielleicht. Das ist kein besonders solider Plan', denkt er, während es draußen langsam wieder dunkel wird. 'Aber es ist der Einzige, den ich habe', stellt er resigniert fest. 'Ich werde es versuchen müssen. Vielleicht bin ich ein Feigling. Aber ich werde nicht einfach tatenlos warten, bis ich sterbe, und das Mädchen ihrem Schicksal überlassen ...'

16

Am Abgrund

Eine Tür öffnete sich und grelles Licht blendete ihre Augen ...

Das grelle Licht einer Deckenlampe. Es war farblos und kalt. Su sah sich um und erkannte gleich, wo sie war. Sie lag auf ihrem Bett in der Klinik und starrte an die Decke. Hier gab es keine Schatten. Keine mysteriösen Geräusche. Es war still und weiß. Und doch, obwohl alles so war wie immer, kam es ihr plötzlich fremd vor. Ein ganz anderes Mädchen schien hier Jahre seines Lebens verbracht zu haben. Für einen Moment glaubte Su, sich selbst von außen zu sehen. Über sich zu schweben. Körperlos. Gar nicht da.

Die Tür öffnete sich, doch das verhieß nichts Gutes.

Jemand trat ein. Er sah wie Martin aus, doch auf seinem Gesicht lag ein diabolisches, unmenschliches Grinsen.

Er trug ein Tablett mit einer Schüssel, gefüllt mit etwas, das zunächst Müsli zu sein schien. Je mehr Su jedoch zu erkennen versuchte, was sich darin befand, desto mehr sah es aus wie Erbrochenes, es roch sogar danach. Ihr wurde übel.

„Immer schön schlucken", sagte Martin grinsend und hielt Su die Schüssel hin. „Du weißt, was sonst passiert", fügte er hinzu und sein Grinsen wurde noch breiter.

Langsam hob Su ihre Hand. Dann holte sie Schwung und schlug Martin das Tablett aus der Hand.

Doch anstatt wütend zu werden, lachte er nur. „Du kommst hier nie mehr raus. Verstehst du? Nie mehr! Nie!"

Dann erstarrte er in dieser Pose.

In dem winzigen weißen Raum befand sich plötzlich eine große
dunkle Tür, die fast die gesamte Wand einzunehmen schien. Mit
zitternden Knien stand Su auf und stolperte darauf zu. Ungelenk
drückte sie die Klinke hinunter und trat durch das Portal
hindurch.

Statt in das Gesicht von Martin blickte sie nun in die eisblauen
Augen von Rupert Müller. Sie saßen in einem Auto, umgeben von
Welt. Bäume, Kälte, Wind und Wolken mischten sich zu einem
Wirbelsturm aus Eindrücken, der um das Auto herumtobte und sie
zu erdrücken drohte. Nur die dünnen, kalten Fensterscheiben
schienen sie vor dem Ersticken zu bewahren.

„Möchtest du zurück in die Anstalt?", fragte Rupert Müller
langsam und seine Augen schienen sie zu durchschauen wie Glas.

Wieder glaubte Su, einen Schatten um sein Gesicht zu sehen, der
sich sofort in Einbildung auflöste, bevor sie Näheres erkennen
konnte.

Es dauert einen Moment, bis ihr klar wurde, dass er eine Antwort
von ihr erwartete.

Ihre Zunge schien schwer, beinahe taub zu sein und ihre
Stimmbänder versagten.

Über diese Frage hatte sie sich noch nie Gedanken gemacht. Es
war nie nötig gewesen, denn von Anfang an hatten andere darüber
entschieden, was mit ihr geschah. Menschen, die mehr Macht und
mehr Wissen besaßen als sie. Menschen, die wussten, was das
Beste war. Su hatte nie darüber nachgedacht, was sie tun sollte,
würde sie die Klinik jemals wieder verlassen. Vielleicht hatte sie

auch nie daran geglaubt, dass dieser Tag einmal kommen würde.
Doch nun war sie hier. Wollte sie zurück in die Anstalt? Der
Gedanke, eine Wahl zu haben, machte ihr Angst. Was, wenn sie
sich falsch entschied?

Wenn sie sagte, dass sie zurückwollte, würde Rupert Müller sie
dann zurückbringen?

Sie konnte es sich nicht vorstellen.

Sie schaute kurz zu dem Mann herüber, der sie einige Wochen
betreut, der Menschen Schmerzen zugefügt, der sie gefesselt und in
einen Kofferraum gesperrt hatte. Der sie seitdem in Ruhe gelassen
hatte. Der sie noch nicht umgebracht hatte. Nicht erschossen, als
der Professor es gesagt hatte.

Sie fürchtete, dass er voller Ungeduld auf ihre Antwort drängte.
Doch er betrachtete sie nur.

Als sich ihre Blicke trafen, huschte der ihre wieder zu Boden.
Dann zum Fenster. Der Sturm, der sie zunächst in die Knie
gezwungen hatte, hatte sich etwas beruhigt. Blasses Mondlicht fiel
durch die kahlen Zweige. Die knorrigen, blattlosen Äste gaben den
Blick auf einen tiefschwarzen Himmel frei, in dem unzählige
Sterne glitzerten wie Tautropfen.

Ein Himmel, den sie in der Anstalt nie gesehen hatte. Sie dachte
an Professor Mehlinger. Würde er sie bestrafen für ihr Versagen?

Sie dachte an den Raum mit den schweren Vorhängen, in dem er
sie unzählige Male stundenlang ausgefragt hatte. An die Spritzen
und Tabletten. Den anderen Raum. Ihre Hände ballten sich.

Als sie aus diesen Gedanken hochschreckte, saß Rupert Müller
noch immer neben ihr und wartete auf ihre Antwort. Viel
geduldiger, als Professor Mehlinger es je gewesen war.

131

Dann schüttelte sie kaum merklich den Kopf. Nein, sie wollte nicht zurück in die Klinik. Es war eines der wenigen Dinge, die sie mit Sicherheit sagen konnte. Sie wusste nicht, was Rupert Müller mit ihr vorhatte. Sie hatte Angst vor der Zukunft. Doch nun, da sie den Ort verlassen hatte, von dem sie glaubte, sie würde dort den Rest ihres Lebens verbringen, konnte sie nicht mehr zurück. Sie konnte einfach nicht.

Ihr Gegenüber musterte sie noch ein paar Sekunden. Dann nickte er zufrieden und sagte: „Gut. Dann möchte ich, dass du mir jetzt genau zuhörst. Hörst du mir zu?"

Plötzlich waren sie nicht mehr im Auto.

Sie standen an einem Abgrund, der so tief und dunkel war, dass die Dunkelheit sich auszubreiten und nach ihnen zu greifen schien. Panisch sah Su sich um, aber außer ihrem Entführer, der hinter ihr stand, schien es nichts zu geben. Die kleine Fläche, auf der sie standen und die sie noch sehen konnte, war völlig leer. Wurde immer leerer. Su konnte den Anblick nicht ertragen und wandte sich wieder dem Abgrund zu.

„Geh weiter", flüsterte Rupert Müller in ihr Ohr, doch es klang mehr, als würde der Wind es sagen.

„Ich kann nicht", sagte sie voller Angst, starrte noch immer in die Dunkelheit, in der Hoffnung, etwas zu erkennen. Doch dort war nichts. Nichts als Ungewissheit.

In diesem Moment gab er ihr einen Stoß.

Sie taumelte, versuchte, in letzter Sekunde das Gleichgewicht zu halten. Doch es war zu spät. Sie kippte vorn über und fiel.

17

Hunger, Durst und Kekse

20. Dezember 2002

Schweigend lenkte Linus den Wagen durch die zunehmend abflachende, sanft hügelige Landschaft. Der Morgen brach an und ein kaltes, dumpfes Licht schwappte mühsam über den Horizont. Der Himmel war nunmehr von grauen Wolken bedeckt und der nächtliche Reif verwandelte sich in Matsch. Es war ein hässlicher, abweisender Anblick, der sich den großen Augen des Mädchens bieten musste, deren Welt fast ein Jahrzehnt lang etwa acht Quadratmeter gemessen hatte.

Su hatte den Kopf erschöpft gegen die kalte Scheibe gelehnt und blickte wie in Trance seit Stunden aus dem Fenster. Nur selten drehte sie plötzlich den Kopf nach etwas. Wenn Linus in dieselbe Richtung blickte, sah er stets nur ein weiteres Feld, einen weiteren Baum, ein weiteres Straßenschild. Ihr seltsames Verhalten schob er auf ihre Krankheit oder ihre Gabe, oder beides. So oder so musste er das Ganze wohl zunächst einmal hinzunehmen, bis andere, wichtigere Dinge geklärt waren.

Er hatte ihr etwas Wasser gegeben, doch wie in all den letzten Wochen in der Klinik musste Linus auch jetzt wieder feststellen, dass selbst kleine Mengen ihr Übelkeit verursachten. Tapfer hatte sie ein paar Schlucke hinuntergewürgt und Linus hatte es vorerst damit gut sein zu lassen. Drohungen und Zwang würden ihm hierbei vermutlich nicht weiterhelfen. Es blieb ihm nichts anderes übrig, als es weiter zu versuchen.

Allerdings fragte er sich allmählich, wie er sie auch nur durch die nächsten Tage bringen sollte ohne die Möglichkeiten der Klinik, ihren Körper ohne ihr Zutun mit dem Nötigsten zu versorgen.

Obwohl ihre Kräfte stetig schwanden, schien sie keinerlei Hunger zu verspüren. Als hätte ihr Organismus einfach aufgegeben. Ihre Lage, die Entführung, die Ungewissheit über ihr Schicksal schien sie beinahe gleichgültig hinzunehmen.

Linus musste wieder an die Zelle denken, die er kurz vor der Flucht entdeckt hatte, an die Tabletten und Spritzen, über die dem Mädchen täglich irgendwelche Medikamente zugeführt worden waren.

'Vielleicht war sie einfach zu lange dort. Der ganze Scheiß hat ihr Hirn zu Mus verarbeitet. Niemand hält das ewig durch. Egal wie stark man ist', dachte er grimmig.

Warum nur kamen ihm die Stunden seit der Entführung trotz ihres kooperativen Verhaltens so kräftezehrend vor? 'Das muss an ihrem Zustand liegen', sagte er sich selbst. 'Du hast dich auf Widerstand eingestellt, auf eine Herausforderung. Der ganze Aufwand hierfür ...'

Oder übersah er was? Konnte es sein, dass ihre Lethargie ganz langsam auch seinen Verstand umnebelte?

'Reiß dich gefälligst zusammen! Schau sie dir an: Das ist nur ein psychisch instabiles Kind. Der Einzige, der dich in den Wahnsinn treibt, bist du selbst, wenn du zulässt, dass dich solche Gedanken beeinflussen', mahnte er sich kopfschüttelnd und gab sich innerlich eine Ohrfeige. Er verspürte das Bedürfnis, auch ihr eine Ohrfeige zu geben. Nicht, weil sie irgendetwas Verbotenes tat, denn er war überzeugt davon, dass ihre Unterwürfigkeit echt war. Doch es würde ihn vorübergehend von seinen kreisenden Gedanken befreien und ihm noch einmal versichern, wer hier die Fäden zog und wer nicht. Aber er ließ es bleiben. Stattdessen konzentrierte er sich wieder auf die Straße, auf die Flucht. 'Dieses Mädchen wird mich nicht aus der Fassung bringen. Das wäre ja noch schöner.'

Als er wenig später einen Blick zur Seite warf, sah er, dass sie nun in den Fußraum starrte und bemüht unauffällig ihre Füße von dort wegzog. Ihre Körperhaltung war angespannt, auch wenn sie offenbar versuchte, es sich nicht anmerken zu lassen. Sie konnte nicht wissen, dass es zwecklos war, ihm diesbezüglich etwas vorzumachen. Oder konnte sie? Schließlich hatte sie ihn in der Klinik erkannt. Oder etwa nicht? Doch bevor Linus´ Gedanken wieder zu wandern beginnen konnten, sagte sie etwas und er musste das Radio leiser drehen, um ihre zaghaften Worte zu verstehen.

„Es ist Zeit für meine Tabletten", flüsterte sie gepresst, den Blick noch immer nicht vom Fußraum abwendend.

„Was?", fragte Linus verblüfft. Von allen Dingen, die sie ihn fragen, um die sie ihn hätte bitten können, hatte er damit als Letztes gerechnet. Wochenlang hatten die Pfleger der Klinik sie täglich zwingen müssen, diese widerlichen kleinen Pillen hinunterzuwürgen. Erst jetzt fiel ihm wieder ein, dass er noch eine Dose von dem Zeug hatte besorgen wollen. Im Aufruhr ihrer spontanen Flucht hatte er keinen Gedanken mehr daran verschwendet.

„Bitte", fügte sie flehend hinzu und sah ihn schließlich direkt an. Bei einem Blick auf die Fahrzeuguhr stellte er verblüfft fest, dass es zehn nach sieben war. Zehn Minuten nach ihrer normalen *Frühstückszeit.*

Auf einer Hügelkuppe hielt er an und warf einen Blick in den Fußraum, der ein ganz normaler, sauberer Fußraum war. Dann sah er ihr fest in die Augen und antwortete ruhig, wohl aber genau ihre Reaktion beobachtend: „Ich habe deine Tabletten nicht dabei. Du wirst ohne sie klarkommen müssen."

Entgeistert starrte sie ihn an, als würden die Worte keinen Sinn ergeben. „Wann wirst du sie holen?", flüsterte sie kaum hörbar.

Aber Linus entgegnete nichts, schüttelte lediglich verständnislos den Kopf und fuhr weiter.

Daraufhin wurde sie wieder still. Linus spürte, wie nun, zugegebenermaßen sehr spät, zum ersten Mal echte Panik in ihr aufstieg. Fast schien es, als würde sie aus einer Art Schlaf erwachen und schrittweise begreifen, was hier tatsächlich geschah. 'Zumindest eine Spur normalen Verhaltens', dachte er verdrossen. Doch dann begann er sich zu fragen, was für einen Zweck diese Tabletten mit ihren langen, komplizierten, nichtssagenden Namen hatten. In der Forensischen Klinik hatte er das nie hinterfragt. Nun würde sie ohne deren Wirkung auskommen müssen. Und er auch. 'Vielleicht verhält sie sich dann endlich wie eine normale Geisel?' Er widerstand erneut dem Drang, ihrem starren Blick in den Fußraum zu folgen, während er sich langsam der Bundesstraße näherte.

Am Nachmittag verfrachtete er sie auf einem abgelegenen Forstweg wieder in den Kofferraum. Nicht der Genugtuung halber, die er dabei empfand. Auch ihre seltsame Angst vor dem Fußraum, die ihm zunehmend auf die Nerven ging, war nicht der Grund. Er hatte kaum noch Benzin. Der Reservekanister war längst eingefüllt, aber seine Streckenführung verlangte nun mal viel Kraftstoff bei minimalem Vorankommen. Immer in Bewegung bleiben und nie zu lange der gleichen Richtung folgen. Im Zickzack fahren, unter Umständen sogar ein Stück zurück. Eine Technik, die sich schon oft bewährt hatte. Die Polizei ging davon aus, dass er so schnell wie möglich das Weite suchte, und erweiterte den Suchradius stündlich.

Sein Auftraggeber hatte Wort gehalten und ihm ohne weitere Fragen ein anderes, sauberes Fluchtfahrzeug organisiert. Es würde in etwa 60 Kilometern am vereinbarten Übergabepunkt für sie bereitstehen. Mit Schlüssel, vollem Tank und einigen anderen, nützlichen Dingen, die Linus angefordert hatte.

Bis dahin reichte der Kraftstoff allerdings nicht mehr. So blieb ihm nichts anderes übrig, als die nächste Tankstelle aufzusuchen. Dort direkt vorzufahren, schien ihm allerdings zu riskant. Das Mädchen allein im Auto sitzen zu lassen, kam ebenfalls nicht in Frage. Der Kofferraum sollte es sein.

Nachdem er sie gefesselt, geknebelt und verstaut hatte, warf er missmutig einen Blick in den Seitenspiegel. Das eisige Blau seiner Augen entfachte Furcht in den Gesichtern seiner Gegner und Opfer. Doch noch nie hatte er irgendjemand anderen mit einer solchen Augenfarbe gesehen. Es war eine der vielen Eigenschaften, die ihn abgrenzte von anderen Wesen dieser Welt, ob er nun wollte oder nicht. Sein Bild wurde sicher auf allen Kanälen gesendet. Darauf, auf dieser bisher sehr erfolgreich verlaufenden Flucht erkannt zu werden, konnte er verzichten.

Also kramte er im Handschuhfach nach einer Sonnenbrille. Dann lief er zügig die verbleibenden fünfhundert Meter zur Tankstelle.

Etwa zwanzig Minuten später kehrte er mit einem vollen Benzinkanister, ein paar Flaschen verschiedener Getränke und einigen Snacks zurück. Zufrieden stellte er fest, dass Su im Kofferraum keinen Laut von sich gab.

Doch als er die Klappe öffnete, waren die Augen des Mädchens rot und glasig. Seine Rückkehr schien sie nur sehr entfernt wahrzunehmen. Er setzte ihren dünnen, zitternden Körper auf den Rand des Kofferraums, entfernte den Knebel und wedelte mit der Hand vor ihren Augen, aber sie starrte in stillem Schrecken an ihm vorbei in den menschenleeren Wald. Er folgte ihrem Blick, suchte mit all seinen Sinnen jede Lücke zwischen den Bäumen ab. Doch er konnte nichts finden, nicht mal einen Vogel. Allmählich beunruhigte ihn dieses Verhalten doch etwas mehr, als er sich eingestehen wollte. „Und ich dachte immer, ich wäre unheimlich", murmelte er missmutig vor sich hin.

„Trink etwas!", forderte er und reichte ihr die angefangene Wasserflasche von vorhin.

Nur zögernd leistete sie Folge, hielt inne und verzog das Gesicht. Dann beugte sie sich plötzlich nach vorne und verteilte, einem Statement gleich, den wenigen, klaren Inhalt ihres Magens auf seinen Schuhen.

„Na klasse", murmelte er grimmig.

Doch sie hörte es vermutlich nicht mehr. Ganz langsam rutschte ihr Körper von der Kante und er hielt sie gerade noch an den schmalen Schultern fest, damit sie nicht in ihrem eigenen

Erbrochenen landete, während sie bewusstlos wurde.

Als sie Stunden darauf aufwachte, war es bereits Abend und Linus hatte sie längst auf den Beifahrersitz des neuen, planmäßig vorgefundenen Fluchtfahrzeugs gesetzt, um ihrem Körper die überlebensnotwendige Wärme zuzuführen. Aus den Augenwinkeln beobachtete er nun, wie sie zusammenzuckte und sich ruckartig aufsetzte. Langsam sah sie sich um, betrachtete ihn, das Auto, die Straße. Linus entging nicht, dass sie schnell zu bemerken schien, dass dies ein anderes Fahrzeug war. Noch vor einigen Stunden hatte sie kaum gemerkt, wie sie sich übergeben hatte. Ein bisschen Bewusstlosigkeit wirkte doch manchmal wahre Wunder.

„Wir versuchen das mit dem Trinken nochmal", sagte er und hielt am Straßenrand. Und tatsächlich schaffte sie es ohne Zwischenfälle, ein paar Schlucke Wasser am Stück zu nehmen. Daraufhin griff er in den Fußraum hinter sich und fand eine Packung Kekse, die er unter Geraschel und Gebrösel öffnete.

„Iss das!", sagte er und hielt ihr einen Keks vor die Nase. Er hatte gesehen, wie der Mann vor ihm an der Kasse ebenfalls eine Packung von dem Gebäck gekauft hatte. Offenbar war dessen Kauf und Verzehr demnach üblich. Das Mädchen aber betrachtete die trockene Scheibe regelrecht befremdet.

„Ich … ich kann nicht", flüsterte sie flehend.

„Iss, oder ich helfe nach", drohte er. Irgendwann musste sie mehr als nur Wasser zu sich nehmen. Auch wenn sie es selbst nicht zu merken schien, ihr erschöpfter Körper verlangte, ja schrie fast nach Energie.

Sie gab sich einen Ruck und biss beinahe in Zeitlupe eine winzige

Ecke ab. Das entstehende Geräusch schien sie zu verunsichern.
Nochmal eine halbe Ewigkeit schien zu vergehen, bis sie den
winzigen Krümel zerkaute und schließlich schwer
hinunterschluckte. Hoffnungsvoll sah sie auf.

„Alles!", befahl er mit strengem Blick.

Irgendwie schaffte sie es mit unzähligen winzigen Bissen,
zwischen denen sie immer wieder innehalten und sich sammeln
musste, den ganzen Keks hinunterzuwürgen. Als sie fertig war,
musterte Linus sie prüfend. Doch es sah tatsächlich so aus, als
würde sie es im Magen behalten.

Er beschloss, sie mit seinem durchdringenden Blick nicht länger
zu quälen. Eine Scheibe von diesem trockenen Zeug war für den
Anfang immerhin besser als nichts.

Er warf den Motor wieder an und fuhr weiter.

Irgendwann lehnte Su den Kopf wieder ans Fenster und betrachtete
schon deutlich aufmerksamer die vorbeiziehende Welt, die im
blassen Licht der winterlichen Sonnenstrahlen nun nicht mehr
ganz so düster wirkte.

Gegen Abend machten sie eine kurze Pause auf einem leeren
Rastplatz, in dessen Mitte verloren ein Toilettenhäuschen stand.
Dort lotste er Su hinein. Der schäbige Innenraum war nicht
beheizt. Großflächig verteiltes Klopapier, benutzte Pflaster und ein
beißender Gestank verbesserten den abweisenden Eindruck nicht.
Doch es musste genügen. Er wies Su an, sich auszuziehen und zu
waschen. Ihr magerer Körper begann binnen kürzester Zeit heftig
zu zittern und er trieb sie zur Eile an. Das Nachthemd aus der
Klinik verschwand in einer gelben Mülltüte. Stattdessen reichte er

ihr die Kleidung, die sein Auftraggeber von dessen Handlangern hatte besorgen lassen: eine Unterhose, Socken, ein paar Turnschuhe, Jeans und einen dicken, schwarzen Kapuzenpullover. Als sie fertig war, betrachtete er sie missmutig. Die Sachen waren ihr deutlich zu groß. Nur ein Gürtel, für dessen Einfädeln sie ein gefühltes Jahr brauchte, hielt die Hose an ihren Hüften. 'Naja, besser als dieser elende Fetzen zumindest', dachte er und ließ sie wieder ins Auto steigen.

Als die Dunkelheit hereinbrach, nahm ihre Angst wieder zu. Die Schatten, in denen Linus sich gerne bewegte, weil sie die Konturen verschwimmen ließen, schienen sie nervös zu machen. Tapfer blieb sie wach bis kurz vor Mitternacht, wobei sie immer häufiger wegnickte, dann doch wieder auffuhr, nicht aus Angst vor ihm, sondern vor einem namenlosen Schrecken, den er nicht sehen oder wahrnehmen konnte.

Schließlich versagten ihr die Kräfte und sie sank erschöpft in sich zusammen. Auch im Schlaf noch zuckte sie, runzelte die Stirn und stöhnte immer wieder leise, doch er ließ sie schlafen und auch am nächsten Morgen weckte er sie nicht auf. Er konnte spüren, wie der Teil ihres Kopfes arbeitete, der all die Eindrücke, Gedanken und Ängste verarbeiten musste, für die tagsüber keine Zeit gewesen war. Letzte versteckte Energiereserven wurden zutage gefördert und angebrochen, alle Kräfte gesammelt für den nächsten, ungewissen Morgen.

Als das erste Licht in den Wagen fiel, machte er eine Pause und nahm sich erstmals die Zeit, seine Gefangene in Ruhe und ungestört zu betrachten. Ein einsamer, unwirklicher Sonnenstrahl lag auf ihrem nun entspannten Gesicht und verlieh ihr das Aussehen einer biblischen Märtyrerin auf einem Kirchengemälde. Hätte sie etwas mehr Fleisch auf den Rippen gehabt, wären ihre Wangen nicht eingefallen und weiß gewesen und die Ringe unter ihren Augen nicht so breit und dunkel, hätte sie durchaus hübsch sein können. So aber wirkte sie kränklich und fragil, als könnte der leiseste Windhauch sie zerbrechen. Aber da war noch etwas an ihr. Eine Art Aura, die er nicht einordnen konnte und die ihn gleichermaßen zutiefst faszinierte und alarmierte.

Während sein Blick auf ihr ruhte, wachte sie auf. Verwirrt, aber deutlich weniger verstört, als es ein normaler Mensch gewesen wäre, sah sie ihn an und reckte dann vorsichtig die eingeschlafenen Glieder.

Wortlos reichte er ihr einen Keks und sie aß ihn zu beider Erstaunen mit zwei großen Bissen. Verblüfft gab er ihr noch einen und noch einen und schließlich die ganze Packung. Anfangs noch zögerlich, dann immer hemmungsloser stopfte sie sich das Gebäck in den Mund, schneller, als sie kauen konnte, als fürchtete sie, er würde es ihr gleich wieder wegnehmen. Es war der angestaute Hunger all der Jahre voller Tabletten und Tee, der urgewaltigste, der stärkste aller Triebe: das nach langem Schwelen neu entfachte Verlangen zu überleben.

Während sie die bröcklige Nahrung in ihren lechzenden Körper schaufelte, konnte Linus nicht anders, als sie anzustarren. Wie immer, wenn er anderen Menschen beim Essen zusah, erwachte hinter seiner gleichgültigen Fassade ein Wechselbad der Gefühle: Abscheu und Befremdung, aber auch Faszination und nur noch ganz selten, aber heute stärker denn je, Neid, begleitet von einem leisen, unerklärlichen Hauch Sehnsucht. So starrte er auch jetzt, ohne verbergen zu müssen, wer oder was er war. Das Mädchen merkte es gar nicht oder es war ihr egal. Er konnte spüren, wie die Generatoren in ihrem Körper aktiviert wurden, wie ein bizarres, krümeliges Etwas zu der Energie umgewandelt wurde, die diesen Organismus am Leben hielt.

Als er das Gefühl bekam, dass ihr lange unterforderter Magen unter der plötzlichen Arbeitsflut doch zu rebellieren drohte, nahm er ihr den kleinen Rest, der noch in der Packung war, wieder weg. Während er ihre Finger löste, die sich in die Folie krallten, als ginge es um ihr Leben, spürte er es wieder, das vertraute Kribbeln. Es war stark. Es war verlockend. Ihr Drang, zu überleben, schwappte auf ihn über. Ihr Hunger wurde zu seinem. Schnell beendete er den Körperkontakt und verstaute die eroberte Kekspackung wieder hinter dem Sitz. Aber der Hunger nistete sich in seiner Brust ein und erinnerte ihn an seinen eigenen Trieb, der stets in ihm schlummerte und durch keine Kekspackung dieser Welt befriedigt werden konnte. Wie ein lauerndes Tier, das in ihm wohnte, bereit, im unpassendsten Moment hervorzuschießen. Über die Jahre hatte Linus gelernt, dass es nur einen Weg gab, seinen Trieb zu kontrollieren. Der Drang zu ignorieren, sich abzulenken, verwandelte ihn in eine tickende Zeitbombe. Lediglich das Versprechen baldiger Erlösung vermochte es, die Bestie zurückzuhalten, bis ein geeigneter Moment, ein geeignetes Opfer gefunden war. Und die Bestie merkte, merkte immer, wenn er log.

18
Monster gibt es nicht

*Eine Tür. Immer wieder eine Tür. Su drückte die Klinke hinunter.
Jede neue Klinke schien sich ein bisschen schwerer zu bewegen
als die vorherige. Jedes Durchschreiten ein bisschen mehr Kraft
zu kosten. Sie hatte keine Wahl. Sie musste weiter. Sie musste ...*

*Ein Mann hielt die weinende Su am Arm. Er war übermenschlich
groß, und ebenso riesig waren das Zimmer und die Möbel darin.
Sein wütendes Gesicht erschien vor ihrem und er schüttelte sie an
den Schultern, dass der Raum sich drehte.*
*„Monster gibt es nicht!", schrie er, und sein Atem roch nach Wurst
und Bier.*
*Die kleine Su sah ihn an. Dann blickte sie an ihm vorbei in die
Ecke des Raumes, wo ein undeutliches, zottiges Wesen mit langen
Beinen und noch längeren Armen betreten zu ihr hinüber.*
*Der Mann folgte ihrem Blick, und Angst und Sorge mischten sich
in seinen Zorn.*
*„Hör endlich auf damit!", brüllte er wieder und mit einem lauten
Klatschen traf seine riesige Pranke ihr kleines, schmales Gesicht.*
*Etwas abseits stand eine Frau in einer fleckigen Küchenschürze
und weinte. Auch ihr Gesicht war voller Angst. Der Blick, den sie
mit ihrem Mann wechselte, war verzweifelt und hilflos.*
„Was sollen wir nur mit ihr machen?", fragte sie schluchzend.
„Ich halte das nicht mehr aus!"
*„Das schaffen wir schon. Irgendwas fällt uns schon ein",
erwiderte der Mann, und versuchte dabei tröstend zu klingen,*

145

doch das Zittern in seiner Stimme verriet, dass auch er am Ende seiner Kräfte war.

„Ich kann nicht mehr!", schrie die Frau nun unter Tränen. „Gestern Abend habe ich mich kaum getraut, das Licht auszumachen! Was haben wir nur falsch gemacht?"

„Ich weiß es nicht. Aber wir kriegen das wieder hin. Irgendwie schaffen wir das."

Dann packte er wieder Sus kleinen, dünnen Arm, so fest, dass es aussah, als würde er ihn brechen. Sie schrie auf, doch er zog sie unerbittlich auf den riesigen, massiven Kleiderschrank zu, der an der Wand stand.

„Nein!", flehte das Mädchen mit sich überschlagender Stimme und die Frau wandte sich ab, bevor sie von Weinkrämpfen geschüttelt am Türrahmen zu Boden sank.

Der Griff des Mannes blieb eisern. Grob zerrte er Su zum Schrank und stieß sie hinein, zwischen muffige Mäntel und Jacken.

Mit einem letzten Blick konnte sie sehen, dass auch der Mann weinte, als er die Tür mit einem lauten Knall ins Schloss fliegen ließ. Dann war es dunkel. Ein Schlüssel wurde gedreht.

Plötzlich streifte etwas ihr Haar. Da war sie wieder, die flüsternde Stimme, so dicht neben ihrem Ohr, dass Su vor Schreck die Luft anhielt. Sie verstand die Worte nicht, hatte sie nie verstanden. Sie wollte, dass sie verstummten. Sie wollte normal sein. Angst und Hilflosigkeit formten einen harten Kloß in ihrem Hals, der anschwoll, bis sie fast daran erstickte.

Als etwas im Dunkeln ihre Hand berührte, schrie sie los.

19
Mausefalle

Es ist dunkel und still. Kein Laut dringt aus dem Vorzimmer. Selbst der Wald schweigt wie ein Grab. Mit weit aufgerissenen Augen starrt Johann Ross in die Finsternis hinter der Fensterscheibe, wieder und wieder geplagt von der immer gleichen Frage: Wie soll er es bloß lebendig hier raus schaffen? Vielleicht könnte er in den durchaus gegebenen Momenten entkommen, in denen sein Entführer außer Haus ist? Aber dieser kettet ihn stets an das Heizungsrohr an, welches unbeeindruckt standhält, egal wie sehr Ross daran zerrt und rüttelt. Jetzt inspiziert er ganz genau jeden Gegenstand, den er schemenhaft auf dem Boden des Zimmers erkennen kann, wägt jede noch so irrwitzige Idee ab, was er damit anstellen könnte. Die medizinischen Utensilien wurden inzwischen aufgeräumt. Zurückgeblieben sind nur irgendwelche Plastikbeutel, Kleidung, Wasserflaschen und Snacks. Nichts, was er ohne Weiteres als wirksame Waffe gebrauchen kann. Nichts zum Durchtrennen des Heizungsrohres oder zum schnellen Öffnen der Handschellen. Zudem liegt nichts davon in seiner Reichweite. Schließlich kommt er zu dem Schluss, dass er seinen Bewacher irgendwie ablenken muss, während er gerade nicht angekettet ist. Es ist die einzige Möglichkeit. Die Ablenkung muss effektiv genug sein, dass der Psychopath ihn für ein paar Sekunden aus den Augen lässt.

Der Blick des Arztes bleibt schließlich an einem kleinen Gegenstand hängen, der einen verlorenen Strahl Mondlicht einfängt und dadurch zwischen all dem Gerümpel glänzend hervorsticht. Ein Feuerzeug? Es scheint aus einer Hosentasche gerutscht zu sein.

Feuer. Könnte das sein Ausweg sein?

'Damit spielst du wortwörtlich mit dem Feuer. Wenn es schiefgeht, steht das Leben des Mädchens genauso auf dem Spiel wie dein eigenes. Der Psychopath wird sie retten. Sie wird seine oberste Priorität sein. Mich wird er vorerst nicht beachten. Wenn ich es schaffe, ein Feuer zu legen, wird der Rauch vielleicht sogar in einer Ortschaft gesehen. Ich muss es versuchen. Ich bin es leid, Spielball seines Willens zu sein. Zu tun, was er sagt und wann er es sagt. Zu sterben, wenn er es mir sagt. Ich werde nicht untätig hier liegen und warten, bis der Zeitpunkt gekommen ist.'

Er muss irgendwie an das Feuerzeug herankommen. Es dann am besten erst einmal verstecken. Das allein stellt angesichts der allgegenwärtigen Aufmerksamkeit seines Entführers bereits eine kaum zu bewältigende Herausforderung dar. Aber eine bessere Idee will ihm einfach nicht einfallen.

'Auch wenn es nicht danach aussieht, sein Zustand schwächt ihn. Vielleicht habe ich in einer körperlichen Auseinandersetzung noch immer keine Chance. Aber seine Wahrnehmung und seine Konzentrationsfähigkeit sind ebenfalls herabgesetzt. Die Chancen, ihn zu täuschen, werden nie wieder so gut stehen. Was, wenn ich scheitere? Wenn er es merkt?'

Nein, darüber darf er einfach nicht nachdenken.

Er muss es versuchen. Er muss einfach.

Je öfter er die verschiedenen möglichen Varianten seines wahnwitzigen Planes durchspielt, desto schneller schlägt sein Herz, rückt der Schlaf in weite Ferne. Sehnlichst wünscht er, die Zeit des Wartens möge endlich vergehen. Doch sie zieht sich über Ewigkeiten, Erdzeitalter, Äonen.

Als die ersten Sonnenstrahlen sich endlich durchs Fenster wagen, starrt Ross mit tief unterlaufenen, leicht wahnsinnig dreinblickenden Augen auf die Tür, durch die sein Entführer den Raum betreten wird. Als er schließlich Schritte vernimmt und die Klinke sich senkt, kommt dies einer Erlösung gleich.

„Guten Morgen!", begrüßt ihn sein personifizierter Albtraum gut gelaunt und Ross wünscht sich nichts so sehr, als ihm sein überhebliches Lächeln aus dem Gesicht zu schlagen.

Er erwidert nichts und blickt seinem Entführer stumm entgegen. Dieser hält inne, noch immer das eingefrorene Lächeln im Gesicht, und mustert den Arzt aufmerksam. Von der Erschöpfung nach der Behandlung gestern scheint nichts mehr übrig zu sein. Wären die Verbände um Kopf und Hand nicht deutlich sichtbar, würde Ross ernsthaft zweifeln, ob er sich die Verletzungen nur eingebildet hat.

„Sie sind müde", stellt der andere fröhlich fest.

Ross schluckt. „Warum haben Sie eigentlich so verdammt gute Laune?", versucht er abzulenken.

Das Lächeln seines Entführers wird nur noch breiter. „Nur weil ich lächle, heißt das noch lange nicht, dass ich gute Laune habe. Aber ich muss üben. Sie ahnen gar nicht, wie viele Türen mir dieses Lächeln schon geöffnet hat. Mindestens genauso viele wie die hier", erwidert er und hält zur Verdeutlichung beide Hände hoch. Dann mustert er Ross noch einmal, während dieser krampfhaft versucht, sich normal zu verhalten, was auch immer das heißt.

„Dann wollen wir mal", sagt sein Entführer schließlich voller Elan. So sehr sich Ross auch bemüht, er vermag nicht zu deuten, was hinter dem lächelnden Pokerface vor sich geht. Der Wunsch wächst, dem Psychopathen dieses gottverdammte Lächeln wenigstens einmal von den Lippen zu fegen. Allein dafür würde Ross in diesem Moment ein Scheitern in Kauf nehmen …

'Dann wollen wir mal', wiederholt Ross in Gedanken und setzt sich langsam auf. Die Realität, was er ab jetzt sagt und tut, fühlt sich plötzlich fern an. Einzig der Puls in seinen Ohren erinnert ihn daran, dass das alles wirklich geschieht. Aber die Finger des Arztes, als er das Mädchen untersucht, sind so ruhig wie eh und je. Er versorgt Su wie jeden Tag. Ihr Zustand ist unverändert, nur ihr Herz schlägt heute ungewöhnlich schnell. Fast so schnell wie seines.

Danach sagt er, er müsse auf die Toilette. Sein Entführer eskortiert ihn. Auch das Humpeln scheint beinahe verschwunden. Er stellt einen Fuß in die Tür, damit Ross sie nicht ganz schließen kann – ein mittlerweile alltägliches Ritual.

Auf dem Rückweg zum Zimmer ist es so weit.

'Jetzt oder nie.'

Als sie den Haufen Gerümpel passieren, stößt Ross geräuschvoll mit dem Fuß dagegen und lässt sich taumelnd nach vorne fallen. Er reißt beide Hände nach vorne, um sich abzufangen, und schließt die linke Faust fest um das glatte, kalte Feuerzeug. Sein Herz setzt einen Schlag aus. Ein dumpfer Schmerz hämmert in seinem Knie.

150

Erst nach einigen Sekunden wagt er aufzusehen.

Der andere lächelt unverändert. „Vielleicht sollte ich das mal aufräumen", sagt er entschuldigend, geht an dem Arzt vorbei und bückt sich, um ein paar der Sachen notdürftig zur Seite zu schieben. Dann richten sie sich zeitgleich wieder auf. Als ihre Blicke sich treffen, wollen Ross' Glieder zu Stein erstarren. Aber er zwingt sich, weiterzugehen. Nur noch zwei Meter trennen ihn von seinem Bett.

Als er seinen Entführer schon fast hinter sich gelassen hat, senkt sich ein Arm wie eine Schranke vor seine Brust und schiebt ihn zurück.

Als Ross nun in das Gesicht des anderen blickt, ist das charmante Lächeln verschwunden. Mehr kann Ross nicht erkennen, denn derselbe Arm wirft ihn unvermittelt mit so viel Schwung gegen die Wand, dass der Aufprall ihm die Luft aus den Lungen presst.

„Für wie blöd halten Sie mich eigentlich? Hatte ich Ihnen nicht gesagt, Sie sollen vernünftig sein?" Es ist der enttäuschte Tonfall eines Lehrers, dessen Schüler schon wieder die Hausaufgaben vergessen hat. Ross sucht nach einer Ausrede, begreift aber im gleichen Moment, dass es sinnlos ist, irgendetwas zu leugnen.

„Hand auf!"

Panik übermannt den Arzt. Der schlimmste Fall ist eingetreten. Der, über den er sich verboten hat, weiter nachzudenken. Er umschließt das Feuerzeug so fest, dass seine Knöchel sich weiß färben.

„Haben Sie wirklich geglaubt, das würde funktionieren?"

Da ist es wieder, das arrogante, breite Lächeln, das der Arzt hassen gelernt hat. Unbändige Wut löst Ross' Panik ab, so schnell, dass dieser selbst kaum begreift, was geschieht. Ohne weiter darüber nachzudenken, ballt er die freie rechte Hand zur Faust, holt aus und schlägt seinem Gegenüber so fest ins Gesicht, dass es sich anfühlt, als würden seine Finger dabei brechen.

Verblüfft taumelt der andere zurück und presst eine Hand auf die Nase. Triumph gepaart mit Verzweiflung spornt Ross an, nun mit der Linken auszuholen, die noch immer das Feuerzeug umschließt. Aber er kommt nicht weit. Die Schrecksekunde ist um und eine Hand, so unnachgiebig wie Beton, fängt seine Faust ab und bringt sie mitten in der Bewegung schmerzhaft zum Stehen. „Genug gespielt."

Kein Lächeln ziert mehr das Gesicht seines Gegenübers, keine rügende Strenge. Vielmehr kalter, drohender Ernst. Das Blut, das aus dessen Nase über die blasse Haut rinnt und von seinem Kinn tropft, vervollständigt nur noch das Bild eines entlaufenen Wahnsinnigen.

Sein Entführer nimmt die Faust, die er abgefangen hat, und beginnt, sie mit voller Wucht wieder und wieder gegen die Wand zu schlagen. Verzweifelt versucht der Arzt, sich zu befreien. Doch die andere Hand seines Angreifers legt sich um seinen Hals, als wäre das ihr angestammter Platz, und drückt ihm die Luft ab. Er kann nichts weiter tun, als mit seiner freien Hand wild herumzufuchteln, in dem verzweifelten Versuch, den Griff um seine Kehle zu lockern.

Der Schmerz in seiner Faust geht währenddessen in dumpfe Taubheit über. Ross kann nicht länger verhindern, dass seine Finger erschlaffen und den Schatz, für den er sein Leben riskiert hat, preisgeben.

Abrupt lässt sein Peiniger von ihm ab und starrt den eroberten Gegenstand an. Zum ersten Mal seit Beginn der Entführung verwandelt sich sein Gesicht dabei in eine wütende Fratze. Seine Augen blitzen wie die eines Dämons und seine sonst so ruhige Stimme zittert vor Rage, während er fragt: „Hatten Sie etwa vor, das verfluchte Haus in Brand zu setzen?"

„Ich wollte Sie nur ablenken", hustet der Arzt, während er um Atem ringt.

Mit der flachen Hand schlägt ihm sein Gegenüber zweimal hintereinander gegen die Stirn und stößt den Kopf des Arztes dabei so heftig gegen die Wand, als wollte er sie auf diese Weise einreißen. Noch bevor Ross sich besinnen kann, dass er noch lebt, liegt wieder eine Hand an seiner Kehle, doch dieses Mal überdeckt der brennende Schmerz in seinem Hals noch die Panik, keine Luft mehr zu bekommen. Nur aus weiter Ferne fällt ihm auf, dass seine Füße den Boden nicht mehr berühren.

„Jetzt hören Sie mir mal ganz genau zu! Hören Sie mir zu?", sagt die noch immer zitternde Stimme. Auf einmal wünscht sich Ross das überhebliche, kalte Lächeln zurück. Aber es scheint nichts mehr übrig zu sein als glühende, nackte Wut. „Es ist mir egal, ob Sie Mordgelüste gegen mich hegen. Ich kann es nachvollziehen und, offen gestanden, bin ich es nicht anders gewohnt. Aber wenn Sie diesem Mädchen", er deutet auf Su und ihr Anblick scheint seinen Zorn nur noch weiter anzufachen, „auch nur ein einziges Haar krümmen, anstatt ihr zu helfen – raten Sie mal, was dann passiert! Sagen Sie mir, was dann passiert, Doktor, denn ich bin mir plötzlich nicht mehr sicher, ob Sie unsere Abmachung wirklich verstanden haben!"

Er lässt Ross gerade genug Luft, dass dieser in der Lage ist, die Worte herauszupressen. „Sie bringen mich um ..."

„Glauben Sie mir, ich habe viel Fantasie, was Bestrafungen angeht, und der Tod ist dabei die langweiligste Variante. Ich war bisher sehr freundlich zu Ihnen. Also. Reizen. Sie. Mich. Nicht. Haben wir uns verstanden?"

Ross versucht verzweifelt, zu nicken.

Plötzlich dringt lautes, metallisches Klappern zu ihnen herüber. Ross' Angreifer dreht den Kopf zu Su und sieht, wie sie sich unter ihrer Decke windet und an ihren Fesseln zerrt. Unvermittelt löst er seinen Griff und der Arzt sackt röchelnd zu Boden. Jeder Atemzug schmerzt und er glaubt, niemals wieder genug Luft zu bekommen. Sein Hals und seine Hände fühlen sich an, als würden Tausende Ameisen darüber laufen und unentwegt zubeißen. Mit verschwommenem Blick sieht er, wie sich sein Entführer das Haar rauft, während er tief durchatmet, bis sich das Zittern in seiner Atmung legt. Schließlich sagt er mit nun wieder erkalteter Stimme: „Übrigens sind Sie ein miserabler Schauspieler."

Dann wischt er sich nochmal die blutige Nase und lässt Ross liegen, um nach dem Mädchen zu sehen.

20

Monster

21. Dezember 2002

Auf einem verwaisten Parkplatz machte Linus Halt. Ein Schild bewarb einen nahen See mit seltenen Vögeln. Am Wochenende und in den Ferien wimmelte es hier vermutlich nur so von Wanderern und Naturliebhabern. Aber heute war ein normaler Wochentag und so würdigte niemand den Waldparkplatz auch nur eines Blickes.

Ein einziges anderes Auto stand dort und Linus beobachtete, wie ein älterer, leger gekleideter Mann ausstieg und ein Stück in den Wald ging, wohl um sich zu erleichtern. Ob er zu viel Kaffee getrunken, gesundheitliche Probleme oder sich verfahren hatte, vermochte Linus nicht zu sagen und es interessierte ihn auch nicht. Er hatte schon lange aufgehört, sich irgendwelche Fragen über seine Opfer zu stellen. Es führte zu nichts.

Wenn sie die Möglichkeit hatten, mit ihm zu sprechen, bevor er sie tötete, stellten sie stets die eine Frage: „Warum ich?" - Sie klammerten sich stets an die Vorstellung, dass den Dingen, die in ihrem Leben geschahen, ein höherer Sinn oder eine Art Plan zugrunde lag. Offenbar machte dieser Gedanke es leichter, Tiefschläge zu verkraften. Selbst der eigene Tod schien dann erträglicher zu sein. Aber Linus glaubte nicht an diesen höheren Sinn. Er hatte nie befriedigende Antworten auf seine Fragen erhalten. Und wenn er sie nicht bekam, würden seine Opfer auch keine bekommen.

155

Der Ausdruck auf ihren Gesichtern bei der Erkenntnis, dass es, wenn sie nicht genau zu diesem Zeitpunkt an diesem Ort gewesen wären, jemand anderen getroffen hätte, verschaffte Linus Genugtuung. Er wies Su an, sich ruhig zu verhalten, band ihre Hände an den Griff der Beifahrertür und sperrte sie im Auto ein. Das Tier in ihm knurrte ungeduldig und er war froh, dass das Mädchen ihn einmal mehr nicht provozierte. Dann sah er sich ein letztes Mal um und folgte dem Mann in den Wald.

Als er wiederkehrte, fühlte er sich besser. Viel besser. Nun würde er sich wieder geduldig und konzentriert den ungewohnten Herausforderungen widmen können, die in den letzten Tagen an ihm gezehrt hatten.

Er wechselte seinen beschmutzten Pullover und Su beobachtete ihn stumm. Er fragte sich, wie viel sie wirklich über ihn wusste und wie viel davon sie verstand. Jedenfalls verhielt sie sich nicht anders als zuvor, während er mit neuem Elan die Beifahrertür öffnete und ihre Hände losband.

Dann widmete er sich der weiteren Fahrtplanung. Zwar wuchs das Bedürfnis stetig, das seltsame Mädchen endlich loszuwerden, aber zu diesem Zeitpunkt, dessen war er sich sicher, würde sein Auftraggeber keiner Übergabe zustimmen. Offensichtlich legte er Wert darauf, unerkannt zu bleiben. Solange Linus' und Sus Bilder auf allen Kanälen liefen, würde er bestimmt kein Treffen vereinbaren. Je eher es Linus also gelang, sichere Gefilde zu erreichen, desto besser.

Am ersten Tag der Flucht war es ihm gelungen, vorwiegend über einsame Landstraßen oder Feldwege zu fahren. Doch allmählich mussten sie mehr Abstand zum Epizentrum der Aufmerksamkeit gewinnen. Früher oder später würde ihm nichts anderes übrig bleiben, als sich auf die dichter befahrenen Bundesstraßen oder gar Autobahnen zu wagen. Das Wichtigste war, gut informiert zu sein und Sperrungen und Staus zu vermeiden.

Während ihnen an diesem Tag die ersten Autos und LKW auf der Zubringerstraße entgegenkamen, war Linus angespannt. Würden sie jemandem auffallen? Würde sie jemand aus den Nachrichten erkennen? Aber die Leute waren alle viel zu sehr mit ihren eigenen Gedanken beschäftigt, um sie bewusst wahrzunehmen.
Auch Su hatte er im Auge behalten. Aber sie schien sogar noch weniger darauf erpicht, die Aufmerksamkeit dieser Leute auf sich zu ziehen, als er. Je mehr Verkehr aufkam, umso tiefer sank sie in ihren Sitz. Schließlich wagte sie kaum mehr, aus dem Fenster zu sehen. Gerne hätte sich Linus dieses entgegenkommende Verhalten selbst zugeschrieben. Aber etwas verriet ihm, dass mehr dahintersteckte als seine Drohungen. Dunkle Erinnerungen spiegelten sich in ihren Augen und ihre Furcht saß viel zu tief, als dass sie nur ein paar Tage alt sein könnte. Einmal mehr war es nicht er, der die Angst in ihr verursachte. Einmal mehr fand er diese Erkenntnis äußerst befremdlich.
Als sich der Verkehr vorübergehend lichtete, beobachtete sie Linus' routinierten Umgang mit dem Fahrzeug. Ihr Blick folgte seiner Hand zum Radio, wenn er den Sender wechselte oder die Lautstärke änderte. Registrierte, wenn er die Heizung verstellte,

wie er schaltete und die Fensterheber bediente.

'Sie ist viel aufmerksamer geworden', schoss es ihm durch den Kopf. Er nahm sich vor, auch seine eigene Wachsamkeit eine Stufe hochzuschrauben. Auch wenn es verführerisch leicht war, das Mädchen als harmlos einzustufen.

Am späten Vormittag fiel ihm auf, dass ihre Finger zitterten. Manchmal schien es ihren ganzen Körper durchzuschütteln. Doch dieses Mal nicht vor Kälte. Vielmehr schien sie irgendeine Form von Stress zu durchleben, den Linus jedoch nicht einordnen konnte. Mit zunehmender Häufigkeit schien sie Dinge zu entdecken, die sie nervös machten. Obwohl sie stets bemüht war, es ihn nicht merken zu lassen, entging es ihm nie. In Fällen wie diesem verfluchte er seinen sechsten Sinn, der sich nicht abschalten ließ, selbst wenn Linus es wollte. So langsam wurde ihm bewusst, weshalb das Mädchen Jahre ihres Lebens bis zum Erbrechen mit Tabletten vollgestopft worden war. Er betrachtete sich selbst als abgestumpft, doch nicht einmal er war in der Lage, ihr merkwürdiges Verhalten zu ignorieren. Er konnte sich nur zu gut vorstellen, wie normale Menschen darauf reagieren mussten. Was war es, das sie sah und kein anderer Mensch entdecken konnte? Auf der Straße, im Wald, sogar hier im Wagen. Wesen aus Energie? Warum konnte er sie dann nicht wahrnehmen, hatte er doch sonst ein so zuverlässiges Gespür für die unsichtbaren Kräfte, die allen Lebewesen innewohnten, sie umgaben und verrieten? Oder handelte es sich doch nur um eine Nebenwirkung ihres geistigen Zustandes, die mangels wissenschaftlicher Erklärungen mystifiziert worden war?

'Gerade du solltest so etwas glauben, wenn man es dir erzählt!
Deine eigene Existenz ist ein einziges unwahrscheinliches
Mysterium.' Wieder hallten Cornelius' Worte durch seinen Kopf
und er ärgerte sich darüber, dass er ihnen ungewollt eine solche
Bedeutung zumaß. Cornelius war ein äußerst intelligenter Mann.
Er schien an seine eigene Theorie wirklich zu glauben. Aber selbst
wenn, was sollte er dann mit dem Mädchen vorhaben?

Wusste sie selbst, was sie war? Oder was er war?

„Genug!", sagte er so plötzlich, dass Su zusammenzuckte.

Auf einen Feldweg brachte Linus den Wagen zum Stehen.

„Wir zwei werden uns jetzt unterhalten", sagte er und Su wurde
noch ein bisschen kleiner in ihrem Sitz.

'Womit beginnen?', fragte er sich, während er sie mit seinem
unnachgiebigen Blick ins Visier nahm. Doch im Grunde wusste er
bereits, welche Frage er als Erstes stellen würde. Diejenige, die
ihm am dringendsten auf den Lippen lag. Seit Stunden, Tagen und
Jahren.

„Was glaubst du, was ich bin?" Eine schlichte Frage, und doch
hielt er das Warten auf ihre Antwort kaum aus.

Doch sie mied seinen Blick, starrte stattdessen auf ihre Hände
herab. Schwieg.

„Bin ich ein Mensch?", versuchte er, ihr auf die Sprünge zu helfen.

Wieder keine Antwort. Unbehaglich versteifte sich ihre Haltung.

'Sie sagt nicht ja', dachte er stirnrunzelnd. „Antworte!"

„Ich weiß es nicht", flüsterte sie matt.

„Was hast du bei unserem ersten Treffen in der Klinik in mir
gesehen?"

„Nichts", hauchte sie mit wachsender Angst.

Nun ergriff er ihr Kinn und zwang sie, ihn anzusehen. „Lüg mich nicht an. Damit kommst du bei mir nicht durch."

„Nichts", wiederholte sie mit hoher Stimme. „Nur einen Schatten."

„Einen Schatten? Was für einen Schatten?", fragte er und spannte jede Faser in seinem Körper.

„Ich weiß nicht. Ich sehe Dinge, die nicht da sind. Es war nur ein Schatten", stammelte sie.

„Und der Schatten hat dir solche Angst gemacht?"

Sie nickte heftig.

„Siehst du solche Schatten oft?"

Wieder nickte sie, schüttelte dann den Kopf. Als ihr panischer Blick den seinen traf, flüchtete er sofort wieder in ihren Schoß.

„Sie sind verschieden", wisperte sie und schien nichts sehnlicher zu wünschen, als dass die Unterhaltung enden möge.

'Noch bin ich nicht fertig, Mädchen', dachte Linus. Ihre Antwort passte zu keiner seiner Fragen. Sie rief lediglich neue Fragen hervor. Er deutete er auf den Fußraum des Beifahrersitzes.

„Was siehst du dort? Und sag nicht *nichts!*"

„Ni ..." Sie verschluckte sich an dem Wort. Ihre Stimme wurde so kläglich leise, dass Linus sich zu ihr hinüber beugen musste, um sie zu verstehen: „Ein Monster."

Als sie es ausgesprochen hatte, wagte sie nicht, ihn anzusehen. Wie ein ungehorsames Kind hielt sie, in Erwartung einer Strafe, den Kopf gesenkt. Schuldbewusst. Demütig. Verschämt.

Linus musterte sie lange. Obwohl er mit allem gerechnet hatte, verunsicherte ihn die Antwort. Sie war so schlicht. Präzise und unwirklich. Und doch keine Spur von einer Lüge, weder in ihrem Gesicht, noch ihrer Aura. Wieder warf er einen Blick in den

Fußraum. Nichts.

'Nur weil sie es sieht, heißt das nicht, dass es existiert. Immer schön an die Fakten halten', ermahnte er sich selbst. „Wie sieht es aus?", hakte er nach.

Erst jetzt wagte sie aufzusehen. „Ich ... ich sehe es nie ganz ...", flüsterte sie mit zitternder Stimme.

„Es ist sowieso nicht immer da, oder?"

Kopfschütteln.

„Womit hängt das zusammen? Siehst du es nur, wenn du dich darauf konzentrierst?"

Wieder Kopfschütteln.

Er konnte die Furcht spüren, die sich in ihr aufgebaut und angestaut hatte, von all den Gesprächen, in denen ihre Worte nichts als Unverständnis, Verstörung und Ablehnung erzeugt hatten. Aber Linus konnte sie mit ausweichenden Gesten nicht davonkommen lassen. Er musste eine Antwort haben. Hier und jetzt. Es würde keinen anderen Ausweg aus dieser Situation für sie geben, als ihm zu sagen, was er wissen wollte. Sie würde es begreifen und sich ergeben.

Sie begriff und ergab sich.

„Nein ... ich sehe sie nur, wenn sie das wollen", erwiderte sie schließlich und Tränen füllten ihre Augen.

Ungläubig runzelte Linus die Stirn. Er hatte heute Morgen einen Mann im Wald ermordet. Aber diese Antwort und der Ernst in ihrer Stimme waren das Unheimlichste, was ihm seit Langem zu Ohren gekommen war. Obwohl ein Teil von ihm sich wünschte, das Ganze hier und jetzt als Humbug abzustempeln und das Gespräch zu beenden, quoll die nächste Frage bereits aus seinem Mund:

„Und was siehst du?"

„Arme." Ihr Blick nahm etwas Verzweifeltes an, als würde es ihr Schmerzen bereiten, weiterzusprechen.

„Arme?", wiederholte Linus ungläubig. „Menschliche Arme?"

„Nein", flüsterte sie. „Sie sind lang und schwarz."

„Was tun diese Monster?"

Die Frage schien sie zu überfordern.

„Was tut dieses hier?", half er nach.

„Es greift nach meinen Füßen."

Ein Laut der Verblüffung entfuhr ihm und er konnte nicht verhindern, dass sein Blick sich an ihren Fußraum heftete, während er weitersprach. „Tut es dir weh?"

„Nein."

„Spricht es mit dir?"

„Dieses nicht."

„Wie lange siehst du diese Wesen schon?"

Ihr gequälter Blick sagte alles.

Mehr Fragen fielen ihm nicht ein. Ihre Worte schwirrten durch seinen Kopf wie ein Bienenschwarm, bauten sich auf zu einem Sinn, nur um wieder zusammenzufallen und neue Kreise zu ziehen. Es war genug. Für sie beide. Genug zu verdauen, genug Aufruhr, genug zum Grübeln.

Er wollte schon den Motor einschalten, als sie noch einmal die Stimme hob: „Du … du sagst gar nicht, dass ich verrückt bin."

„Möchtest du das hören?"

„Es ist die Wahrheit", erwiderte sie verzweifelt. „Es gibt diese Wesen nicht."

Er sah ihr lange in die Augen und dieses Mal schaffte sie es, seinem Blick standzuhalten.

„Das gilt es herauszufinden", sagte er ruhig. Dann fuhr er weiter und ignorierte, dass Su ihn wie im Schock anstarrte. Das Radio ließ er aus. Es galt nachzudenken.

21

Das Buch

Gegenwart

10. Januar 2003

Johann Ross erwacht durch ein lautes Rumpeln. Er öffnet die
Augen gerade weit genug, um zu sehen, wo er sich befindet: in der
Waagerechten, in diesem unsäglichen Bett, in diesem verfluchten
Raum. Licht und Geräusche vermischen sich in seinem Kopf zu
einem ohrenbetäubenden Dröhnen. Er hebt die rechte Hand, um
nach seinem Hals zu tasten, doch er kommt nicht weit. Das
vertraute Klirren der Handschellen bringt seine Bewegung nach
wenigen Zentimetern zum Stillstand. In seiner Linken meldet sich
ein pulsierender Schmerz. Vorsichtig bewegt er die Finger. Dann
tastet er über seinen Hals und seinen Hinterkopf. Ein scharfes
Stechen entflammt und brennt sich den ganzen Weg durch seinen
Schädel bis hin zu seinen Augen, vor denen rote Flecken tanzen.
Reflexartig zieht er die Finger zurück, hält die Luft an und wartet,
bis das Pulsieren nachlässt.

Erneute Geräusche. Er riskiert einen weiteren Blick. Sein
Entführer hockt keine zwei Meter entfernt mit dem Rücken zu ihm
auf dem Boden und schafft Ordnung in das dort herrschende
Chaos, indem er den Krempel in verschiedene Beutel und
Pappkartons sortiert.

'Er will verhindern, dass ich so etwas erneut versuche', kommt es
Ross in den Sinn. 'Also habe ich ihn zumindest ein bisschen

erschreckt.'

Er denkt an den verblüfften Gesichtsausdruck, als er seinem Peiniger mit voller Kraft ins Gesicht geschlagen hat. Ungeachtet seines schmerzerfüllten Zustandes kann Ross nicht verhindern, dass ihm die Vorstellung, den Mann aus der Ruhe gebracht zu haben, ein schadenfrohes Lächeln auf die Lippen zaubert.

Sein Entführer kann ihn unmöglich sehen. Und doch hält er plötzlich inne, dreht sich zu ihm um und lächelt spöttisch zurück. Seine rechte Wange ist angeschwollen und seinen Nasenrücken ziert eine frische Schramme. „Da erwachen plötzlich ganz neue Seiten an Ihnen zum Leben, mein lieber Doktor. Es ist doch immer wieder erstaunlich, wozu Menschen in Extremsituationen in der Lage sind. Dennoch hoffe ich sehr, dass Ihnen der Inhalt dieser Lektion in ihrem geschundenen Kopf erhalten bleibt."

Ross blickt ihm trotzig entgegen. Zusammen mit ein paar seiner Knochen scheint auch ein gewisses Eis gebrochen. Trotz all seiner Überlegenheit, seiner Überheblichkeit, seiner Fähigkeiten, die sein Entführer hat oder auch nicht, ist es ein Mensch, der ihm hier gegenüber hockt. Ein Mensch, der Fehler macht. Der verletzbar ist. Der auch mal Angst bekommt.

Fragen liegen dem Arzt auf den Lippen und auf einmal kann er keinen Grund mehr finden, sie nicht zu stellen. „Sie haben gewusst, dass ich etwas vorhabe, als Sie zur Tür hereingekommen sind, oder?"

„Sagen wir geahnt, ja."

„Warum haben Sie mich überhaupt so weit kommen lassen?"

„Ich war neugierig. Ihr Plan hat mich wirklich interessiert."

Wieder klingt es, als spräche er geduldig mit einem Kind.

Doch dieses Mal lässt sich Ross davon nicht einschüchtern. 'Er hat nur mit mir gespielt', denkt er. 'Aber dass ich mich traue, ihn zu schlagen, damit hat er nicht gerechnet.'

Sein Peiniger betrachtet ihn und sagt dann wieder lächelnd: „Freuen Sie sich nur. Ich würde ja gern sagen: Diese Runde geht an Sie. Aber das wäre glaube ich an der Realität vorbei."

„Woran haben Sie gemerkt, was mein Plan war?"

Der andere zieht die Brauen hoch, bereit für irgendeine spöttische Antwort.

Aber Ross kommt ihm zuvor: „Sie werden mich so etwas doch eh nie wieder versuchen lassen."

„Sagen wir es so: Beim nächsten Mal werden Sie um Einiges kreativer sein müssen."

„Dann können Sie es mir auch sagen, oder?"

„Was glauben Sie, woran ich es gemerkt habe?" Nun dreht er sich ganz um und mustert den Arzt, als würde er die Antwort irgendwo in dessen Gesicht ablesen.

„Ich weiß nicht. Offenbar sind Sie gut darin, Mimik zu deuten. Aber ich kann mir nicht vorstellen, dass Mimik allein ..."

Dem anderen scheint es eine schiere Freude zu sein, seinem Gestammel zuzuhören.

„Können Sie Gedanken lesen?", fragt Ross schließlich und ärgert sich sogleich über die Ehrfurcht, die dabei in seiner Stimme liegt.

Er kann es selbst nicht glauben, so eine absurde Frage zu stellen.

Fast erwartet er, der andere würde laut loslachen.

Aber stattdessen antwortet er: „Nein, Gefühle."

Verständnislos blickt Ross zurück. Ist das ein Scherz?

Aber der andere wirkt auf einmal sehr ernst und scheint gespannt auf seine Reaktion.

„Was soll das bedeuten?"

„Es bedeutet, dass ich sehr ausgeprägte empathische Fähigkeiten habe. Man merkt mir das vermutlich nicht immer an," - er lächelt charmant - „weil es mir in den meisten Fällen egal ist, was andere empfinden. Aber ich spüre jede Nuance, ob ich will oder nicht. Ich spüre, dass Ihnen der Hinterkopf und die linke Hand schmerzen und dass Ihr Schädel dröhnt. Ich spüre, dass Su" - bei dem Namen hält er kurz inne und wirft einen prüfenden Blick zu ihr hinüber - „gerade keinen Albtraum hat. Als ich heute Morgen den Raum betreten habe, habe ich sofort gewusst, dass Sie in der Nacht nicht geschlafen haben. Ich habe Ihre Nervosität gespürt und Ihre zwanghaft gesteigerte Aufmerksamkeit. Sie mussten tatsächlich auf Toilette, vermutlich der Aufregung geschuldet. Aber mir war sofort klar, dass Sie nicht wirklich gestürzt sind. Dafür waren Sie viel zu konzentriert in diesem Moment. Als ich Sie wieder habe aufstehen lassen, haben Sie für einen kurzen, hoffnungsvollen Moment geglaubt, dass Sie damit wirklich durchkommen. Und jetzt gerade" - wieder lächelt er - „jetzt gerade können und wollen Sie nicht glauben, was ich Ihnen erzähle. Die Zahnräder in Ihrem Gehirn rasen und fördern ganz langsam eine tiefe, existenzielle Angst zutage, die von der Erkenntnis kommt, dass es wahr sein muss."

Eine ganze Weile sagt der Arzt nichts. Was ist schlimmer? Diese abstruse Geschichte zu glauben, wenn es vielleicht eine völlig logische Erklärung gibt? Oder sie zu leugnen, trotz der unwahrscheinlichen Möglichkeit, dass sie stimmen könnte? Während Ross angestrengt grübelt, lässt ihn der andere keine

Sekunde aus den Augen.

„Wie ... wie ist das möglich?", stammelt der Arzt schließlich.

Ein zufriedenes Grinsen breitet sich auf dem Gesicht des Psychopathen aus, der ihn vor wenigen Stunden noch grün und blau geschlagen hat.

„Es ist noch so viel mehr möglich, wovon Sie nicht im Ansatz etwas ahnen, Doktor."

„Gibt es noch andere ...?"

„So wie mich?"

„Menschen ... Wesen mit solchen Fähigkeiten?"

„Es gibt etliche, die besondere Fähigkeiten haben, wenn auch nicht die meinen. Sie wären schockiert."

„Was können Sie noch?", fragt der Arzt stockend und erinnert sich an das furchtbare, kribbelnde Gefühl auf seiner Haut, nachdem der Wahnsinnige ihn wieder losgelassen hat. Instinktiv hebt er die freie Hand an die Kehle.

„Wäre es nicht furchtbar langweilig, gleich alles zu verraten?"

Sein Entführer zwinkert verschwörerisch.

„Angenommen, was Sie sagen ist wahr, und Sie spüren wirklich, was andere fühlen ... warum gebrauchen Sie Ihre Fähigkeiten für so schreckliche Dinge? Sie könnten damit Gutes tun."

Der andere lacht laut auf.

„Wie ein Held? Aber wozu? Das wäre pure Verschwendung! Sie können sich nicht vorstellen, was für Möglichkeiten sich eröffnen, wenn man sich selbst erst einmal die moralischen Schranken genommen hat."

„Vielleicht sind Sie auch einfach zu schwach, der Versuchung zu widerstehen", sagt Ross leise, wohl aber laut genug, dass der andere es hören kann.

Schlagartig verschwindet dessen Lächeln. „Sie reden über Dinge, die Sie nicht ansatzweise verstehen. Deshalb werde ich Ihnen Ihre naive Dreistigkeit dieses Mal noch durchgehen lassen. Aber ich lege Ihnen den gut gemeinten Rat ans Herz, nicht noch einmal mit dem Feuer zu spielen." Mit diesen Worten wendet er sich wieder ab und fährt fort, den Krempel zu sortieren.

'Sie könnten damit Gutes tun.'

Obwohl Linus weiß, dass es sinnlos ist, ärgern ihn diese Worte. Eine Aussage, wie sie ausschließlich von jemandem stammen kann, der sich mangels greifbarer Alternativen auf moralische Stärke berufen muss. Moral. Die Waffe der Schwachen. Die Wahl, vor die Linus gestellt wird, vor der er immer wieder aufs Neue steht, ist eigentlich keine. Niemand würde sich anders entscheiden. Aber das kann der Arzt nicht wissen. Unter normalen Umständen hätte Linus Ross gezeigt, wozu er fähig ist, und ihm seine Unwissenheit vor Augen geführt, bevor er ihn seine Respektlosigkeit mit dem Leben hätte bezahlen lassen. Die Tatsache, dass er den Arzt noch braucht und sich beherrschen muss, verschlechtert seine Laune zusehends. Jemand anders wird später dafür bezahlen müssen, dass ihm hier vorerst die Hände gebunden sind.

Er muss wieder an das Feuerzeug in der Hand des Doktors denken. Er hat Su nicht absichtlich schaden wollen, dessen ist sich Linus sicher. Und doch kann er sich seitdem der Vorstellung nicht erwehren, wie dieser wahnwitzige Fluchtversuch ihr Leben gekostet hätte. Auch jetzt kann er das Bild nicht rechtzeitig verdrängen, wie ihr Bett in Flammen steht, sie sich darauf windet und schreit, vermutlich noch ein letztes Mal aufwacht, bevor sie endgültig stirbt.

Er schließt die Augen und atmet tief durch. 'Es ist nichts passiert', denkt er. 'Der Plan hätte niemals funktioniert. Ich ziehe hier die Fäden. Ich und niemand sonst.'

Trotzdem muss er zugeben, dass der Arzt ihn überrascht hat. Linus wäre enttäuscht gewesen, wenn er keinen Fluchtversuch unternommen hätte. Doch so viel Mumm – und Dummheit – hat Linus ihm nicht zugetraut. Dummheit, die ihnen beiden fast zum Verhängnis geworden wäre. Um ein Haar hätte Linus wirklich die Kontrolle verloren. Seine Geistesgegenwart hat auf Messers Schneide gestanden. Wieder erschrickt er, wie instabil er geworden ist. So viele Jahre hat er sich eisern im Griff gehabt. Hat es geschafft, seine Bedürfnisse zu kanalisieren. Rational entschieden, wann und wo er es riskieren kann, zu töten. Nun hat er binnen eines Monats gleich zweimal sein wahres Wesen nicht im Zaum halten können. Und beide Male kennt er den Auslöser nur zu gut.

Grimmig sortiert er weiter, bis er einen Gegenstand in den Händen hält, der eine hervorragende Ablenkung bietet von den lästigen, erbärmlichen Gedanken, die gerade in ihm aufzusteigen drohen. Es ist das Buch von Cornelius.

Behutsam streicht er über den abgegriffenen, fleckigen Ledereinband. Kein Autor. Kein Titel. Die Seiten sind vergilbt und geknickt. Linus kann nicht sagen, wie alt es ist. Doch sein Zustand berichtet von einer turbulenten Vergangenheit. Von etlichen Händen und schlechten Zeiten.

Linus hat es verbrennen wollen.

Ebenso hat er Su töten wollen.

Doch beide, sowohl das Mädchen als auch das Buch, konnte er nicht vernichten.

Beiden scheint eine Macht innezuwohnen, die sich seinem Verständnis entzieht.

Wie schon so oft blättert er auch jetzt durch die Seiten. Grübelnd. Suchend. Erfolglos.

Die handgeschriebenen, oft hastig niedergeschmierten Zeilen entstammen einer Sprache, die er nicht versteht. Nur sehr wenige, zusammenhangslose Wörter ähneln dem Deutschen und lassen ihn eine äußerst spekulative Bedeutung erahnen.

'Wie ein Zauberspruch ...' Er belächelt seinen eigenen, kindischen Gedanken. Und doch verspürt er gewisse Hemmungen, die Zeilen laut auszusprechen.

„Was ist das?" Doktor Ross hat sich im Bett aufgerichtet und betrachtet interessiert den Gegenstand in Linus' Hand.

Mit einem lauten Knall schlägt dieser das Buch zu und entzieht die Seiten damit beider Blicke. Die Frage des Arztes scheint ihm zu plump, um auch nur mit einer sarkastischen Bemerkung zu antworten.

„Es sieht alt aus. Worum geht es?", versucht dieser es erneut.

„Um Dinge, die sich bei Weitem Ihrem weltlichen Verständnis entziehen, Doktor."

„So schnell, wie Sie darin blättern, schauen Sie sich auch nur die Bilder an", erwidert der Arzt trocken, woraufhin Linus ihm einen Blick zuwirft, der töten könnte.

Für einen Moment herrscht Stille im Raum.

Aber Linus entscheidet, sich keine Blöße zu geben, und übergeht die Bemerkung. Er wendet sich ab und überlegt, mit welcher der tausend Baustellen er sich den restlichen Tag vertreiben soll. Sein Hunger meldet sich leise zu Wort. Vermutlich sollte er ein bisschen an die frische Luft gehen …

„Vielleicht kann ich helfen", sagt eine Stimme aus dem Hintergrund, die einfach nicht die Klappe halten will.

„Übernehmen Sie sich nicht, Doktor! Sie sind ja schon mit Ihrer anderen Aufgabe überfordert."

„Ich spreche einige Sprachen. Was macht es für einen Unterschied, ob Sie mir das Buch zeigen oder nicht?"

'Einen großen', denkt Linus und wirft einen Blick zu Sus Bett. Nein, er hat nur wenig Ahnung, worum es in diesem Buch geht. Das einzige, dessen er sich sicher ist: Es geht um sie. Um ihresgleichen. Das hat Cornelius ihm zumindest gesagt. Linus kann es nicht riskieren, dass der Arzt, dass irgendjemand anders mehr über sie weiß als er selbst. Andererseits enthalten diese vergilbten Seiten vielleicht Hinweise, wie man sie wecken kann. Und was, wenn die Informationen des Buches Ross dazu bringen, sich gegen Su zu wenden?

'Das würdest du im Keim bemerken', wendet Linus´ innere Stimme ein. 'Er wäre nicht in der Lage, diesen Sinneswandel vor dir zu verbergen. Du hast die volle Kontrolle über die Situation. Aber was, wenn ich versage? Wenn ich schwach geworden bin, mich täuschen lasse?'

Der Vorfall von heute Morgen beginnt, wie Linus sich zähneknirschend eingestehen muss, an seinem Selbstvertrauen zu nagen.

'Es gibt noch eine Möglichkeit', kommt es ihm plötzlich in den Sinn. 'Ross muss nicht wissen, dass es darin um Su geht. Das Buch ist zu alt, als dass ihr Name darin erwähnt sein könnte. Er weiß fast nichts über das Mädchen. Er sieht sie als Opfer. Der Zusammenhang ist mehr als unwahrscheinlich.'

Unzufrieden rauft er sich das Haar. Dann erhebt er sich und geht auf den Arzt zu, der unsicher die Beine anzieht. Doch Linus schlägt lediglich das Buch auf und hält dem Doktor eine zufällige Seite vor die Nase.

„Was ist das für eine Sprache?", fragt er ungeduldig.

Ross sucht hektisch seine Brille, findet sie auf dem Nachttisch und setzt sie sich ungeschickt auf die Nase. „Das sieht aus wie Französisch."

„Können Sie das verstehen?"

„Ich … bin vermutlich etwas eingerostet", sagt der Arzt unsicher. „Aber ich war mal sehr gut darin."

Linus schlägt das Buch wieder zu und wägt ein letztes Mal die unterschiedlichen Optionen ab. Was ist in dem Buch noch beschrieben? Medien und wozu sie fähig sind? Wesen aus Energie, die unter uns leben? Ist es überhaupt gut, einen normalen Menschen in solche Dinge einzuweihen? Würde er sie glauben? Würde er sie verkraften?

Er atmet tief durch und fragt: „Sind Sie ein gläubiger Mensch, Doktor Ross?"

„Ich wurde katholisch erzogen."

„Und? Glauben Sie daran? An die Hölle? Geister? Dämonen?"

„Nein. Worauf wollen Sie hinaus? Dass Sie … ein Dämon sind?"

Linus lacht laut auf. „Nein. Ich bin nur ein Psychopath mit ein paar besonderen Talenten. Aber die Annahme der Existenz von Geistern und Dämonen könnte es Ihnen möglicherweise erleichtern, mit dem fertigzuwerden, was dort drinnen steht. Immerhin brauche ich Sie noch bei Verstand ..."

„Wie meinen Sie das?"

Linus geht in die Hocke, um dem Arzt in die Augen zu schauen und zu beobachten, wie dessen Zweifel an seinem Angebot wachsen. Er kann es sich nicht verkneifen, eine unheilvolle Stimme aufzulegen, als er raunt: „Ich meine, dass es noch deutlich größere und mächtigere Mysterien gibt als meine Wenigkeit. Ich meine Dinge, die selbst ich nur in Ansätzen erahnen kann."

„Und die stehen in diesem Buch?"

„Möglich." Eindringlich mustert Linus den Arzt, gespannt auf seine Reaktion.

„Ich glaube an die Wissenschaft", sagt Ross nun mit fester Stimme und erwidert standhaft seinen Blick.

„Natürlich. Und an die Moral", erwidert Linus spöttisch. Vermutlich wird der Doktor die Tragweite des Buches gar nicht begreifen. Wenn einem Verstand so lange nur gestattet wird, sich innerhalb bestimmter Strukturen zu bewegen, ist es vielleicht gar nicht möglich, von jetzt auf gleich den Horizont zu erweitern. Der Arzt wird den Inhalt des Schriftstückes als Unsinn abstempeln.

Linus legt ihm das Buch hin, begleitet von dem unheilvollen Gefühl, einen unumkehrbaren Schritt zu wagen. Möglicherweise das Falsche zu tun.

Schnell dreht er sich weg, bevor er es sich anders überlegt.

Frustriert von seiner eigenen Unentschlossenheit wendet er sich wieder dem Haufen Gerümpel zu, der mittlerweile fast beseitigt ist.

„Ich brauche Zettel und Stift", sagt Ross hinter seinem Rücken.

„Und … ich möchte duschen."

Linus dreht sich um und blickt in ein Gesicht voll trotziger Entschlossenheit. Der Arzt hat wirklich mehr Mut, als Linus ihm zu Beginn zugetraut hat. Diese Entwicklung sollte er im Auge behalten. Sein Gefangener darf schließlich nicht vergessen, wo hier sein Platz ist.

„Die nachfolgenden Aufzeichnungen mögen verrückt klingen. Nein, sie sind es. Ich würde es selbst behaupten, hätte ich das Geschehene nicht mit eigenen Augen bezeugt.

Obwohl es erst wenige Wochen her ist, beginnen schon die Ersten, spöttisch den Kopf über uns zu schütteln. Vielleicht ist das ein Teil des Fluches, dass aus Zeugen Verrückte, aus Berichten Gerüchte werden. Gerüchte werden zu Sagen, Sagen zu Märchen. Wieder und wieder, auf dass wir niemals lernen werden.

Ich kann dir, der du das liest, nicht mehr als mein Wort geben, dass das, was nun folgt, wahr ist. Und ich bete, dass du meinen Worten Glauben schenkst, auf dass all das Leid nicht umsonst geschah.

Es begann mit dem Großen, Alten. Mit jenem, den sie ihren Vater nennen. Manch einer mag glauben, dass es sich dabei um Gott handelt.

Doch ich weigere mich, diese These als die

Wahrheit zu akzeptieren. Jedoch, wenn es einen

Gott gibt – und ich kann nicht glauben, dass ich

solch einen blasphemischen Gedanken zu Papier

zu bringe – dann frage ich mich: Warum das

alles? Warum tut er nichts? Ist es eine Prüfung?

Ich weiß es nicht.

Ich weiß auch nichts über den Großen, Alten,

außer dass er die Quelle zu sein scheint, denn

die Medien, wie sie sich nennen, sprechen von

ihm. Dienen ihm. Verehren ihn. Er ist es, der sie

schickt und dieses Unheil auf die Welt loslässt.

Ihn selbst scheint noch kein Mensch gesehen zu

haben. Oder niemand überlebte, um davon zu

berichten. "

22

Dämmerung

Als sich dieser triste, graue Nieseltag dem Ende neigte, durchbrach die Sonne noch einmal die Wolkendecke und ließ den Horizont für wenige Minuten in milderen, wärmeren Farben erstrahlen. Su und der Mann, der sich Rupert Müller genannt hatte, aber eigentlich Linus hieß, standen auf einer einsamen Hügelkuppe und blickten schweigend auf den dem Winter trotzenden, immergrünen Nadelwald zu ihren Füßen hinab. Für einen Moment verlor Su sich in diesem Anblick und ein ganz ungewöhnlicher Gedanke, viel mehr ein Gefühl, erfüllte und überraschte sie: dass es zwar eine oftmals beängstigende, aber auch eine schöne Welt war, in der sie lebte.

Sie warf Linus einen verstohlenen Blick zu und sah, dass er die Augen geschlossen hielt. Die starken Wangenknochen, die markante Nase, die oftmals kritisch zusammengezogenen Augenbrauen, wirkten im letzten Sonnenlicht weicher, entspannter. Wie so oft fragte sie sich, was wohl gerade in ihm vorging. Was er wirklich mit ihr vorhatte. Eine Stimme aus ihrem Unterbewusstsein warnte sie, dass er gefährlich war. Viel gefährlicher als jeder andere Mensch, den sie kannte. Vielleicht war gerade das der Grund, weshalb sie keine Angst vor ihm empfand, wenngleich sie wusste, dass sie es sollte.

Keiner der Menschen in ihrem bisherigen Leben hatte ihr sagen können, wie sie mit ihrer Krankheit umgehen konnte. Die Lösung hatte immer darin bestanden, so zu tun, als sei sie nicht da. Sie zu ignorieren, wenn nötig mit der Hilfe von Tabletten.

All diese Menschen hatten sich stets vor ihr gefürchtet, auch wenn sie es nicht zugegeben haben. Ihr Handeln, ihre Entscheidungen waren stets von Angst bestimmt gewesen. Keiner von ihnen hatte je wirklich verstanden, wie es ihr ging und was mit ihr geschah. Vielleicht hatten sie die Antwort gar nicht wissen können? Vielleicht hatten sie nur aus Verzweiflung gehandelt? Vielleicht hatte Su ihnen all die Jahre ganz umsonst vertraut? Der Gedanke traf sie wie ein Dolch ins Herz.

Der Mann mit den zwei Namen schien sich nicht vor ihr zu fürchten. Er wirkte anders. Stärker.

Wieder warnte sie eine leise Stimme, dass es falsch war, zu ihm aufzusehen. Es war die gleiche Stimme, die Su immer wieder vor sich selbst zurückschrecken ließ. Die ihr wieder und wieder sagte, dass sie selbst falsch war. Aber heute hörte Su weg.

Sie schloss ebenfalls die Augen und atmete tief durch. Spürte die Sonne auf ihrem Gesicht. Allmählich beruhigten sich die Gedanken, und die Angst, die sie begleitete, wo auch immer sie war, ebbte ab. Su spürte ihre Finger, ihre Zehen, atmete die harzige, kalte Luft. Ganz kurz hörte sie auf, sich den Kopf darüber zu zerbrechen, wer oder was sie war. Hier, an diesem Ort, in diesem Moment, schien es niemanden zu stören, dass sie existierte. Nicht einmal sie selbst.

Schon in der nächsten Sekunde schreckte sie hoch. Was sie tat, war falsch. Was war nur in sie gefahren? Sie hatte gesehen, was passierte, wenn ihr wahres Ich die Oberhand gewann. Sie musste diesen Teil von sich bekämpfen. Um jeden Preis.

Auf einmal legte sich ein kaum wahrnehmbarer Schatten über sie, gleich dem einer blassen Wolke. Instinktiv hielt Su die Luft an. Fast gleichzeitig öffnete Linus die Augen und musterte sie wachsam.

Sie versuchte, wie so oft, die dunkle Ahnung zu ignorieren. Sich auf etwas zu konzentrieren, das real war, wie Professor Mehlinger es ihr beigebracht hatte: Sie starrte auf ihre Schuhe und die kleinen Kieselsteinchen darum. Aber es gelang nicht. Das Gefühl hielt an, wurde stärker und verkündete ihr, dass die Zeit der Ruhe und des Friedens vorbei war. Sie hatten sie gefunden, so wie sie sie immer fanden. Es war stets nur eine Frage der Zeit.

Aus den Augenwinkeln sah sie, wie sich vom Wald vage Umrisse abhoben, Form annahmen und schließlich zu bizarren Kreaturen wurden. Wesen, die sie, und nur sie, schon ihr ganzes Leben lang verfolgten. Die der Gruna waren, dass sie nicht normal war. Dass sie allein war.

Ein tiefes Brummen ließ den Boden unter ihren Füßen vibrieren. Riesige, behäbige Leiber schoben sich zwischen den Baumkronen hindurch, ohne auch nur ein einziges Blatt zu bewegen. Eines der Monster erhob sich keinen Steinwurf von ihnen entfernt. Von allem, was Su kannte, ähnelte es am meisten einer riesigen, albtraumhaften Raupe. Statt Füßen besaß es kurze, rundliche Knubbel. Hinter seiner grünlichen, durchscheinenden Haut konnte Su noch immer den Wald erkennen. Der Kopf saß tief im Rumpf. Anstelle von Augen streckte sich ein ganzes Dutzend Fühler und Tentakel neugierig in ihre Richtung. Als Su erschrocken zurückwich, wandte sich die Kreatur wieder dem Wald zu und betastete gemächlich die Rinde einer alten Kiefer, während sie ein weiteres, vibrierendes Brummen zu ihren Artgenossen aussandte.

179

'Diese Wesen gibt es nicht. Du musst dich einfach normal
verhalten', befahl ihre Vernunft. Aber eine andere, leise Stimme
flüsterte: 'Ich werde niemals normal sein.'
Sie kniff die Augen zusammen und ein neues, verzerrtes Bild
entstand.

Für einen Moment stand sie wieder auf dem Schulhof, umringt von
einer lauten Meute aufgebrachter Kinder. Sie waren nah, viel zu
nah, ließen ihr keinen Raum, sich zu bewegen. Keinen Raum,
wegzulaufen. Zu atmen.
'Du alte Hexe!'
'Die hat sie doch nicht mehr alle!'
'Ja! Hau ab!'

Su riss die Augen wieder auf. Blickte in den Wald. Auf die Wesen,
die ihre Krankheit formte, um sie zu quälen.
Mehr als je zuvor wünschte sie sich, dass Martin käme, um ihre
Tabletten zur bringen. Tabletten, die ihr Übelkeit verursachten, sie
müde und taub machten. Die aber bewirkten, dass das hier
aufhörte.
„Warum könnt ihr mich nicht in Ruhe lassen?", brach es aus ihr
hervor und sie erschrak sogleich, dass sie die Worte laut
ausgesprochen hatte. Das raupenartige Wesen, das ihnen am
nächsten war, zuckte zusammen und brach, wohl mehr vor Schreck
als mit Absicht, den Stamm der alten Kiefer durch wie ein
Streichholz. Mit einem ohrenbetäubenden Krachen stürzte der
Baum zu Boden.
Erschrocken blickte Su zu Linus hinüber, der sie alarmiert

anstarrte. Doch da war noch etwas in seinem Blick, etwas, das sie
viel mehr fürchtete als diese Wesen, die sie schon ihr Leben lang
verfolgten: Skepsis und Befremdung.

'Selbst er hält mich für verrückt', schoss es ihr durch den Kopf.
'Ich werde immer allein sein.'

Plötzlich war sie wieder ein Kind. Wieder in ihrer alten Küche. Sie
wusste, was nun folgte. Doch sie konnte nicht wegsehen, nicht
fliehen. Das Wesen, das aus Dunkelheit und schwarzen Funken
bestand, schwebte unheilvoll im Raum. Verschluckte das Licht,
verschluckte alles. Griff nach ihr ...

10. Januar 2003

„Ihr Herz schlägt mal wieder sehr schnell", stellt Johann Ross fest,
während er das Mädchen mit dem Stethoskop abhört. Der
Psychopath steht hinter ihm und erwidert nichts. Vermutlich hat er
diese Nachricht schon erahnt, sollte er wirklich in der Lage sein,
Gefühle und Stimmungen wahrzunehmen.
Aber Ross fragt sich, wie schon so oft, was in dem Mädchen vor
sich geht. Ihr schwacher Körper kämpft ungewöhnlich tapfer
gegen den ständigen Stress, dem sie offenbar ausgesetzt ist.
Er wollte ihr ein Beruhigungsmittel geben. Aber sein Entführer
verweigerte diese Option so vehement, als würde sie einem
Todesurteil gleichkommen.
Jetzt blickt der Mann wieder nur nachdenklich drein. Ross erkennt
gerade noch, wie sich eine tiefe Frustration in dessen Gesicht
einstellt, bevor er sich schließlich wegdreht.

181

'Wie lange wird er das alles noch dulden, wenn sich kein Fortschritt zeigt? Hoffentlich komme ich wenigstens mit dem Buch weiter ...'

Ross denkt an die konfusen ersten Zeilen, die genauso absurd sind, wie ihre gesamte Lage.

Resigniert betrachtet der Arzt das Mädchen, ihre zuckenden, geschlossenen Lider.

'Sie ist genauso gefangen in einer ausweglosen Situation wie ich. Gibt es noch Hoffnung für uns beide? Oder bin ich ein Narr, noch daran zu glauben?'

'Wir finden schon noch einen Weg aus unserer Hölle', denkt er.

Doch es scheint mehr, als wolle er ihr damit Mut machen, als dass er selbst noch daran glaubt. Er würde ihr so gern helfen, wenn er schon nicht in der Lage ist, sie beide zu befreien. Doch mit den wenigen Informationen, die er zu ihrem rätselhaften Zustand hat, und den eingeschränkten Möglichkeiten fühlt er sich klein und machtlos. Eine Welle der Hilflosigkeit übermannt ihn. Da ihm nichts Besseres einfällt, um ihr Kraft zu geben, aber auch, damit er selbst sich nicht mehr ganz so verloren fühlt, nimmt er vorsichtig ihre am Bett fixierte Hand. Sie ist kalt und zuckt unkoordiniert. Aber er hält sie fest und versucht, etwas von seiner Wärme und Ruhe auf sie zu übertragen.

Plötzlich erwidert sie seinen Griff und schließt ihre Finger um seine mit einer Kraft, die er ihr unter keinen Umständen zugetraut hat. Bevor Ross weiß, wie ihm geschieht, beginnt sein gesamter Körper auf unerträgliche Art zu beben. Ein ohrenbetäubendes Dröhnen erschüttert den Raum. Dann wird dem Arzt schwarz vor Augen.

Linus hat lange überlegt, ob er den Arzt duschen lassen oder ihm lieber erneut eine Lektion erteilen sollte. Schließlich ist er zu dem Schluss gelangt, dass eine Strafe dem Arzt nur bestätigen würde, dass Linus sich von ihm bedroht oder unter Druck gesetzt fühlt. Er ist dem Mann haushoch überlegen. Um ihm das zu beweisen, darf er nicht ständig überreagieren. Also hat er ihm die Bitte zähneknirschend gewährt.

Und doch fällt es Linus schwer, wird immer schwerer mit jedem Tag, an dem nichts voran geht, nicht einfach alles hinzuwerfen. Manchmal versteht er selbst nicht ganz, woher er die Kraft dafür nimmt.

Ein Poltern reißt ihn aus seinen Gedanken und er wirbelt herum. Der Arzt liegt zuckend am Boden und schnappt nach Luft. Seine Augen sind weit aufgerissen, die Augäpfel verdreht wie bei einem Besessenen. Nur sein rechter Arm befindet sich eisern im Griff einer zierlichen, gefesselten Hand.

Sus Zustand ist beinahe derselbe wie vor wenigen Minuten. Noch immer zucken ihre geschlossenen Lider im Albtraum. Ihre Atmung geht schnell und flach, als habe das, was sie durchlebt, noch an Intensität gewonnen. Schon will Linus instinktiv nach ihr greifen, um ihre Finger vom Arm des Arztes zu lösen und dem Spuk ein Ende zu machen.

Doch dann kommt ihm eine erschreckende Erkenntnis und er erstarrt mit ausgestreckter Hand.

'Sie macht es nicht bewusst. Vermutlich kann sie Traum und Realität nicht unterscheiden. Was, wenn ich gleich ebenfalls zuckend am Boden liege? Was, wenn sie uns beide tötet, ohne es zu merken?'

Eine Erinnerung bohrt sich in sein Bewusstsein. Auch er hat schon mit der Macht Bekanntschaft gemacht, die in ihr schlummert. Er weiß, dass er sich im Ernstfall nicht wehren kann. Er muss, jetzt mehr denn je, Herr der Lage bleiben.

Also zwingt er sich zur Ruhe und atmet tief durch. Das Adrenalin entweicht seinen Adern so plötzlich, wie es eingeschossen ist. Jetzt fühlt er sich müde.

'Ich sollte gar nicht hier sein', kommt es ihm in den Sinn.

Noch immer zuckt und windet sich der Arzt zu seinen Füßen und Linus verspürt auf einmal große Lust, ihn dort einfach liegen zu lassen. Er ist ohnehin in den letzten Tagen recht lästig geworden. Der Fluchtversuch, die schwindende Angst vor ihm, die dummen Fragen, und neuerdings sogar Forderungen!

Er könnte sich immer noch einen neuen Arzt besorgen. Was ihre Flucht wieder anheizen würde. Neue Notfallpläne, neue Spuren verwischen, wieder umziehen. Den Neuen anlernen. Ihm seine Lage verdeutlichen … die Lustlosigkeit übermannt ihn.

Nein, ganz rational betrachtet ist es doch viel einfacher, diesen Arzt, den er bereits hat, und der immerhin sein Bestes gibt, zu retten. Zumal er durch ihn vielleicht endlich mit dem verfluchten Buch weiterkommen und ein paar Antworten erhalten wird.

Er kann Ross auch befreien, ohne ihn oder Su zu berühren. Neben seiner Empathie verfügt Linus immerhin noch über eine weitere nützliche Gabe. Eine, die er aus gutem Grund nur selten verwendet. Die aber doch stets bereit ist und nur auf ihn wartet.

Linus spürt, wie sich die Energie in seiner Hand ballt, so wie immer, wenn er sie ruft.

Binnen einer Sekunde ist er soweit und schleudert Ross durch die unsichtbare Kraft von dem Mädchen fort. Mit einem dumpfen Aufprall landet der Arzt einige Meter weiter auf dem Boden. Su hält ihre Finger, als würden sie die Hand des Arztes noch immer umschließen. Dann bringt sie ein hilfloses Wimmern hervor und sinkt erschöpft in sich zusammen.

Während Linus wartet, bis sie wieder gleichmäßig atmet, registriert er im Hintergrund bereits, wie sich der Doktor aufrappelt. Schließlich dreht er sich zu ihm um. Ross ist rückwärts an die Wand gewichen und sieht sich panisch um. Als er Linus erblickt, fragt er mit angstverzerrter Stimme: „Wer sind Sie? Wo bin ich? Wo sind meine Eltern?"

„Ihre Eltern?", wiederholt Linus überrascht. „Sie sind weit weg von zuhause, Doktor. Reißen Sie sich zusammen!"

Aber Ross betrachtet ihn nur mit glasigem, verstörten Blick und scheint rein gar nichts zu verstehen. Sein Geist ist noch immer gefangen in einer anderen Realität. Linus geht zu dem Arzt hinüber und verpasst ihm, nicht ohne eine gewisse Genugtuung, eine Ohrfeige. Dann packt er ihn am Kragen und schüttelt ihn.

„Konzentrieren Sie sich, Mann! Sie sind Johann Ross, ein anerkannter Arzt. Ich bin Linus und habe Sie entführt! Erinnern Sie sich!"

„Linus ...", wiederholt der Arzt verwirrt und Linus verpasst ihm gleich noch eine, während er sich darüber ärgert, dass ihm sein Name rausgerutscht ist.

Die zweite scheint gesessen zu haben, denn so langsam klärt sich der Blick des Doktors. Er kneift kurz die Augen zusammen, öffnet sie dann weit. Verstört blickt er in das Gesicht vor seinen Augen.

Es dauert noch einen Moment, dann scheint die Erinnerung zurückzukehren, wer hier vor ihm steht. Panisch schlägt er nach Linus' Händen. Dieser lässt ihn los und beide richten sich auf. Ross betastet vorsichtig seine Wange, sieht sich abermals im Raum um. Scheint sich zu fangen. Linus atmet auf. Er konnte die Situation retten. Doch wie soll er Ross das Geschehene erklären, ohne dass dieser sich von Su abwendet?

„Was ist passiert? Was haben Sie mit mir gemacht?", stammelt der Arzt.

„Sie können sich nicht erinnern?", fragt Linus mit prüfendem Blick.

Der Doktor zieht angestrengt die Brauen zusammen, schüttelt schließlich den Kopf. Linus kann spüren, dass es die Wahrheit ist. Vielleicht kann er die Amnesie zu seinen Gunsten nutzen.

„Ich hatte Ihnen doch gesagt, dass ich noch andere Talente habe ...", erklärt er nüchtern.

„Warum um alles in der Welt haben Sie das getan?"

„Sie sind hier nicht zum Händchenhalten", antwortet Linus kühl.

„Sie sind völlig wahnsinnig, Linus."

„Die Medien ... es sind im Grunde Gaukler.
Nein, Hexer. Listig. Hinterhältig. Grausam.
Sie machen gestandene Männer und ehrwürdige
Frauen zu willenlosen Sklaven ihrer Sache und
zögern nicht, jene, die ihnen nicht von Nutzen
erscheinen, teils auf grausamste und bizarrste
Weise zur ermorden. Sie lassen das Korn
verdorren und das Vieh verenden. Man erzählt

sich, dass selbst die Naturgewalten ihren
rätselhaften Zauberformeln hörig sind. Fürsten,
Bettler, ganze Dörfer, selbst Frauen und Kinder
sind dem Wahnsinn verfallen.
Was für Macht in diesen wenigen, geflüsterten
Worten liegt ... Gezielt angewendet würde jeder
Feind binnen kürzester Zeit unterliegen und sich
ergeben oder seiner Vernichtung ins Auge sehen.
Doch die Medien verbünden sich nicht mit
Menschenvolk. "

23

Unter Menschen

Su blinzelte. Die Erinnerung an die Küche, an die Tür im Raum war längst wieder in ihrem Unterbewusstsein verschüttet. Verwirrt stellte sie fest, dass sie sich in einem Wald befand. Angst brach wie eine Flutwelle über sie herein. Das Hämmern des Herzschlages in ihren Ohren übertönte noch ihren keuchenden Atem. Ein stechender Schmerz bohrte sich mit jedem Atemzug in ihre Rippen.

Wie war sie hierhergekommen? Was war passiert?

Ein verschwommenes Bild formte sich vor ihren Augen: Ein einsamer Parkplatz. Nieselregen. Heftiger Wind, der das braune Laub keine Sekunde zur Ruhe kommen ließ. Plötzlich grelles Scheinwerferlicht. Linus hatte sie ins Gebüsch gezerrt und ihr eingeschärft, sich versteckt zu halten, während er selbst lässig zurück zum Auto ging. Dann Stimmen, zu gedämpft, um sie zu verstehen. Wer waren die fremden Menschen? Waren sie gekommen, um sie zu holen?

Ihr Kopf hatte ihr gesagt, dass sie bleiben und auf Linus warten sollte.

Doch ihre Füße hatten etwas ganz anderes gesagt: Lauf!

Und das hatte sie getan.

Benommen blickte sie auf ihre nackten, schmutz- und blutverschmierten Füße. Was war mit ihren Schuhen geschehen? Atemlos ging sie in die Knie und ihre zitternden Hände gruben sich in feuchtes, kaltes Erdreich. Erst jetzt fiel ihr auf, dass ihre dünne Kleidung bereits durchgeweicht war.

Als sie endlich wieder Luft bekam, sah sie sich um.

Inzwischen war es dunkel geworden. Ein paar knarrende, blattlose Bäume starrten feindselig auf sie hinab. Links von ihr zeichnete ein Felsen die Silhouette eines lauernden Tieres. Mehr konnte sie in der mondlosen Nacht nicht erkennen.

Schwankend stand sie auf. Betäubt setzte sie einen Fuß vor den anderen und ging weiter.

Sie wusste nicht wohin oder was sie zu finden hoffte. Auf dem Weg fürchtete sie sich nicht. Dachte nichts. Alle Gedanken und Gefühle waren ihr entwichen und hinterließen Leere.

Einzig der Schmerz in ihren Füßen und allmählich auch in ihren Ohren und Fingern erinnerte sie daran, dass all das wirklich passierte.

Nach einer Weile ging der Wald in ein Feld über. Su lief auf einer schmalen, schlammigen Spur, von der aus sie die nächtlich schwarzen Pflanzen zu beiden Seiten überragten. Ein tiefes Grunzen ließ sie zusammenfahren. Aber sie lief mit steifen Beinen weiter, den Blick stur geradeaus gerichtet.

Erst als sie, ihre Füße bereits nicht mehr spürend, die Zivilisation erreichte, wurde ihr drückend schwer bewusst, dass sie allein war. Auf sich gestellt. Die Erkenntnis zerrte sie aus dem Delirium zurück in die Realität und ließ das Pochen ihres schlagenden Herzens in ihrem Kopf dröhnen.

Sie konnte Lichter sehen und Stimmen vernehmen. Sie blieb stehen.

Die bloße Vorstellung einer Menschenmasse schnürte die Kehle zu

189

und lähmte ihre Glieder.

'Wenn ich jetzt nicht weitergehe, werde ich sterben.'

Wie eine Marionette setzte sie sich wieder in Bewegung. Fast fiel sie mehr, als wirklich einen Schritt zu machen. Ihre Beine schienen nicht mehr die ihren zu sein.

Sie stolperte über Schottersteine und mehrere lange Stücke Metall. Ein Gebäude zeichnete sich verschwommen vor ihr ab. Ein Bahnhof. Ringsherum brannten Straßenlaternen und ließen dahinter weitere Häuser erkennen. Fast alle Fenster waren erleuchtet. Dahinter noch mehr Menschen.

Wie in Trance trat Su ins Licht. Noch hatte sie niemand bemerkt. Noch könnte sie umdrehen, zurück ins Feld, in den Wald. Doch das schien keinen Sinn zu ergeben, auch wenn ihr der Grund dafür entfallen war.

Vor dem kleinen Bahnhofsgebäude befand sich der Bahnsteig. Darauf die Menschen, deren Stimmen sie gehört hatte. Waren es fünf? Oder zwanzig? So oder so, es waren genug. Die meisten unterhielten sich gut gelaunt. Nur wenige starrten stumpf vor sich hin oder telefonierten etwas abseits.

Als sie sich gerade über die letzte Schiene mühte, wurde sie entdeckt und einer nach dem anderen verstummte, bis die ganze Gruppe in Schweigen versank und ihr fassungslos entgegenstarrte. Wie mechanisch setzte Su weiter einen Fuß vor den anderen. Als sie über eine Rampe auf den Bahnsteig trat, drehten sich die, an denen sie vorbeiging, nach ihr um und ließen sie nicht aus den Augen. Ihre Blicke durchbohrten ihre Haut. Ihr Schweigen schnürte ihr die Kehle zu.

Einige begannen zu tuscheln. Über sie. Su.

Ein Mann stellte sich ihr in den Weg und irgendwie schaffte sie es, stehenzubleiben, um nicht in ihn hineinzulaufen. Er trug eine braune Mütze, die seine Ohren bedeckte, und einen langen weißen Bart.

„Mädchen, was um alles in der Welt machst du hier? Du holst dir ja den Tod!"

Su wollte etwas erwidern, aber ihre Lippen bewegten sich, ohne dass ein Wort daraus hervorkam.

Er drehte sich um und rief: "Hol doch mal einer einen Krankenwagen!"

Bei dem Wort zuckte Su zusammen und stolperte zurück.

Krankenwagen. Die Klinik. Weiße Zimmer und grelle Deckenlichter. Ärzte und Spritzen und Klettverschluss-Bänder.

Benommen drehte sie sich um und taumelte in eine andere Richtung. Doch auch hier waren Menschen, kamen näher, redeten auf sie ein. Ihre Worte verschwammen zu lautem Getose. Wohin sie sich auch drehte, überall fremde Augen. Es schienen immer mehr zu werden. Immer mehr Menschen, die sie umringten. Die dafür sorgen würden, dass sie in den Krankenwagen kam.

Plötzlich ein Augenpaar, das sie kannte. Die ganze Welt um sie herum schien schlagartig zu verstummen.

Es waren Linus' eisblaue Augen und sie funkelten zornig, aber das war ihr egal.

In ihrem ganzen Leben war sie noch niemals so erleichtert gewesen.

Eine Hand griff sie unsanft am Arm und zog sie weg, weg von der Menge, zurück in die Dunkelheit. Sie hörte seine Stimme, die viel

191

freundlicher war als seine Augen. Sie verstand die Worte nicht mehr, doch sie schienen zu bewirken, dass ihnen niemand folgte. Er drückte sie grob in den Sitz eines Autos, stieg ein und fuhr los.

Das eisige Schweigen und die Erschöpfung, die über sie hereinbrach, ließen sie zitternd in sich zusammensinken. Erst als sie das Dorf, die Lichter und Menschen hinter sich gelassen hatten, brachte er den Wagen am Straßenrand zum Stehen.

Er betrachtete sie lange mit streng zusammengezogenen Augenbrauen. Vermutlich überlegte er, wie er sie am besten bestrafen konnte.

Su blickte demütig zu Boden. Was immer es sein würde, sie wusste, sie hatte es verdient.

Schließlich drehte er sie zu sich um und sah ihr tief in die Augen, während er mit ruhiger, kalter Stimme sagte: „Ohne mich bist du dort draußen aufgeschmissen. Niemand würde dir helfen. Sie würden sich früher oder später alle vor dir fürchten. Sie würden dich alle einsperren. Du würdest niemals allein klarkommen ...“

Dann wurde sein Blick noch eindringlicher, seine Stimme noch erbarmungsloser. „... und das weißt du. Lauf nie wieder von mir weg!“

Su wusste es.

Sie würde nie wieder von ihm weglaufen.

24

Von Auge zu Auge

21. Dezember 2002

Gebannt starrte Maurice auf den Fernseher. Von dramatischer Musik untermalt, quetschte sich der Ermittler gerade durch ein Kellerfenster ins Untergeschoss eines verlassenen Hauses. „Natürlich bei Nacht! Immer machen sie so etwas in der Nacht ...", murmelte er, nahm einen Schluck Cola und ließ dabei das Bild keine Sekunde aus den Augen. Plötzlich sprang eine Gestalt aus dem Schatten und griff den Polizisten mit einem Messer an. Maurice zuckte unwillkürlich zusammen. Gerade setzte er zu einem weiteren Schluck an, als sich die Tür zur Rezeption öffnete und ihn zwang, sich auf die Wirklichkeit zu konzentrieren. Begleitet vom hellen Klang des Glöckchens über der Tür betraten zwei Menschen den weihnachtlich geschmückten Raum, ein Mann und eine Frau.

Sofort nahm Maurice eine aufrechte Haltung ein, schaltete hüstelnd den Spielfilm aus und setzte ein freundliches Lächeln auf. „Guten Tag!", sagte er pflichtbewusst und musterte die beiden späten Ankömmlinge unauffällig. Sie sahen eher wie Gestrandete als wie Urlauber aus. Besonders die junge Frau wirkte sehr erschöpft. Ihr abwesender Blick aus dunkel umrandeten Augen war zu Boden gerichtet. Ihn schien sie gar nicht wahrzunehmen. Der Mann, unter dessen grauer Wollmütze schwarzes Haar hervorquoll und der eine dunkel getönte Brille trug, blickte sich hingegen neugierig um.

„Hallo!", erwiderte er nett auf Maurice' Begrüßung. „Wir haben uns verfahren und suchen jetzt ein Quartier für die Nacht. Hätten Sie vielleicht noch ein Zimmer frei?"

„Eins?", antwortete Maurice lachend. „Sie haben freie Auswahl!" Vermutlich wollte der Gast nicht unhöflich sein, doch Maurice konnte sich nicht vorstellen, dass ihm der gähnend leere Parkplatz entgangen war. Wer wollte schon kurz vor Weihnachten hier unterkommen? Zum Ski-Langlaufen fiel schon seit Jahren zu wenig Schnee. Für Romantiker war das alte Hotel zu muffig. Für Pendler zu weit entfernt von der Autobahn. Erst im Frühjahr würde die Gegend hoffentlich für Wanderer wieder attraktiver werden und die Gästezahlen würden wieder steigen.

„Mit Doppelbett, nehme ich an?", fragte Maurice automatisch, während seine Gedanken noch kurz um die letzte Stromrechnung kreisten.

Der Mann nickte nur. Die Frau schien noch immer keine Notiz von ihrer Umgebung zu nehmen. War sie betrunken? Oder krank?

„Sind sie schon lange unterwegs?", erkundigte sich Maurice vorsichtig.

„Es kommt mir wie eine Ewigkeit vor."

„Dann will ich Sie gar nicht lange von Ihrer wohlverdienten Ruhe abhalten. Ich bräuchte nur eben noch einen Personalausweis."

„Moment ...", sagte der Gast, suchte in seiner Brieftasche und reichte ihm dann lächelnd das Dokument. Maurice nahm das Plastikkärtchen entgegen und tippte mit flinken Fingern die Daten in ein Formular.

„Leider bieten wir im Moment kein Frühstück an", erklärte er entschuldigend, während er den Ausweis zurückreichte. „Es lohnt sich nicht bei den wenigen Gästen. Aber in den Nachbarorten gibt es ein paar empfehlenswerte Cafés. Wenn Sie wollen, gebe ich Ihnen ein paar Adressen."

„Nicht nötig! Wir fahren sowieso sehr zeitig weiter."

„Oh! Wenn Sie möchten, können Sie gleich bezahlen. Dann können Sie morgen den Schlüssel einfach hier hinein schmeißen." Dabei klopfte er auf einen kleinen Briefkasten.

„Perfekt! Was bekommen Sie denn?"

„Fünfzig Euro für unser Doppelzimmer mit der schönsten Aussicht."

„Vielen Dank!" Der Gast schmunzelte. Wohl, weil es bereits dunkel war und die Aussicht keine Rolle spielen dürfte. Fünfundfünfzig Euro in bar und ein Zimmerschlüssel wechselten den Besitzer. Maurice bedankte sich für das Trinkgeld.

„Dann wollen wir Sie auch nicht weiter stören. Einen schönen Abend noch!", sagte der Mann schließlich augenzwinkernd mit einem Blick auf den Fernseher. Der Krimi, den Maurice geschaut hatte, war sicher schon fast zu Ende. Dennoch lächelte Maurice verschmitzt.

Unauffällig sah er den beiden nach, als sie die Treppe hinaufgingen. Hätte der Mann seine Begleiterin nicht am Arm geführt, wäre sie wahrscheinlich einfach vor dem Tresen stehengeblieben. Hätte er sich nach ihrem Befinden erkundigen sollen?

'Ach was!', schob er den Gedanken beiseite. 'Das geht mich gar nichts an. Ihr Freund wird sich schon um sie kümmern. Wahrscheinlich ist sie nur völlig übermüdet.' Dann schaltete er den Fernseher wieder ein. Nachrichten … gelangweilt wechselte er den

Sender und stieß auf eine Wiederholung von *Wer wird Millionär?*.
'Besser als nichts.'

Während Su sich zaghaft an den letzten Lebensmittelvorräten
bediente, ließ Linus sich auf den zweiten Stuhl fallen und fuhr sich
müde mit den Händen übers Gesicht. Sus merkwürdiges Verhalten
trug nicht gerade zu ihrer Unauffälligkeit bei. Der Portier hatte sie
nicht aus den Suchmeldungen erkannt. Linus hätte die
Überraschung, die plötzliche Aufregung, selbst das leiseste
Misstrauen in seinem Gegenüber sofort gespürt.
Aber es würde sicher nicht ihre letzte Unterkunft auf dieser Flucht
sein.

„Su!", rief er mit rauer Stimme.

Erschrocken hielt sie im Kauen inne und sah ihn an. „Du musst
dich normal verhalten, wenn du unter Menschen bist. Dann starrt
dich auch niemand an."

Noch immer wagte sie nicht, weiterzukauen. Er konnte spüren, wie
das Thema ihre Angst zutage förderte.

Schließlich schluckte sie schwer und fragte leise: „Was, wenn
etwas passiert?"

„Was meinst du? Wenn man nicht entdeckt wird, passiert auch
nichts. Aber dafür muss man unauffällig sein."

„Nein, ich meine … was, wenn etwas Seltsames passiert?"

Linus verstand. Er kannte die Geister nicht, die Su umgaben. Er
hatte keine Vorstellung davon, was sie verbergen musste. Aber eine
Erinnerung aus seiner eigenen Vergangenheit drängte sich ihm auf.
Auch ihm war es nicht immer leichtgefallen, seine Kräfte zu
kontrollieren. Nicht nur einmal hatte er deshalb ungewollt im

Rampenlicht gestanden. „Das musst du eben unter Kontrolle haben", sagte er streng, wohl wissend, dass er selbst dafür Jahre gebraucht hatte. Aber es würde nichts Konstruktives zur Situation beitragen, das zuzugeben.

„Und wenn ich das nicht kann?", fragte sie kaum hörbar.

„Dann brauchst du einen Plan B."

„Was ist das?"

„Ein Notfallplan, wenn alles schief geht."

„Hast du einen?", fragte Su scheu.

„Ja. Keine Zeugen", antwortete Linus nüchtern.

„Oh", entwich es ihr. Dann blickte sie wieder schweigend und verloren auf ihre Schoko- und Energieriegel hinunter. Doch er konnte spüren, wie die Gedanken in ihr arbeiteten.

„Linus?", brach sie etwas später das Schweigen.

„Hm", brummte er. Er hatte keine Lust auf eine weitere Unterhaltung mit ihr.

„Was hast du mit mir vor?", fragte sie mit offensichtlicher Überwindung.

Die Frage überraschte ihn. Im Vergleich zu anderen Gefangenen, die er irgendwann schon in seiner Gewalt gehabt hatte, stellte Su sie so spät, dass er eigentlich gar nicht mehr damit gerechnet hatte. Aber er musste sich wohl einfach daran gewöhnen, dass bei diesem Mädchen nichts so lief, wie er es gewöhnt war.

„Ich habe deine Auslieferung vereinbart, sobald sich die Lage beruhigt", antwortete er sachlich. Er wusste nicht, was sein Auftraggeber mit ihr vorhatte. Darüber zu spekulieren, würde weder sie noch ihn irgendwie weiterbringen.

„Oh", sagte sie wieder und schaute unbeholfen auf ihre Hände.

Nach einer Pause flüsterte sie: „An wen?"

„Spielt das eine Rolle?", fragte er zurück.

Eine Weile schien sie nachzudenken. Schließlich sagte sie leise:

„Ich glaube, ich möchte nicht ausgeliefert werden."

Linus schnaubte amüsiert. Es interessierte ihn nicht, was sie wollte oder nicht. Er konnte sich sein Schicksal auch nicht aussuchen. Außerdem bezweifelte er, dass sie die Tragweite der Umstände, in die sie verstrickt war, überhaupt begriff.

„Du weißt doch überhaupt nicht, was du willst", erwiderte er knapp.

„Doch. Ich habe darüber nachgedacht", sagte sie und versuchte, mit fester, entschlossener Stimme zu sprechen. Aber es klang nur noch kläglicher.

Er lachte bitter. „Hast du das? Und, was ist dabei herausgekommen?", fragte er mit übertriebener Neugier.

„Ich sollte bei dir bleiben."

Schlagartig wich jeglicher Spott in seinem Gesicht blanker Entgeisterung. „Und welche verkorkste Überlegung in deinem vernebelten Hirn hat dich zu dieser glorreichen Erkenntnis gebracht?"

„Es macht am meisten Sinn …", piepste sie und schaute ihn dabei an wie ein verschrecktes Reh.

„Du bist noch viel verwirrter als ich dachte. Erinnere mich daran, dich niemals eine wichtige Entscheidung treffen zu lassen." Dabei klang seine Stimme aufgebrachter, als er sich erlauben wollte.

„Nichts macht weniger Sinn als das! Ist dir klar, ich meine, begreifst du, dass ich Menschen töte?"

198

„Aber mich hast du noch nicht umgebracht", erwiderte sie mit dem Trotz der Verzweiflung.

„Glaub mir, ich musste mich schon mehr als einmal stark zurückhalten. Und weißt du, warum ich mich zurückhalte? Es gibt nur einen einzigen Grund."

Sie sah ihn mit großen Augen an.

„Ich habe der falschen Person mein Wort gegeben, dich unversehrt auszuliefern."

Sie begann, auf einem Riegel herumzukneten. „Du hast selbst gesagt, dass ich ohne dich aufgeschmissen bin", sagte sie so kleinlaut, dass sie ihm fast, aber auch nur fast, leidtat.

„Du wärst allein aufgeschmissen. Den Babysitter könnte jeder andere genauso gut spielen. Wahrscheinlich deutlich besser."

„Ich dachte ..."

„Was? Was dachtest du? Dass wir ein Team sein könnten?" Wieder lachte er auf und schüttelte fassungslos den Kopf. Was für eine absurde Vorstellung. Je mehr Zeit er mit einem anderen Lebewesen verbrachte, desto sicherer wusste er, dass er ein Einzelgänger war. Sein musste.

Su bewegte stumm die Lippen und rang sichtlich um Worte.

„Ich dachte … du hättest vielleicht eine Antwort", sagte sie so leise, dass es beinahe ungehört verklang. Beinahe.

Das spöttische Lächeln fiel ihm aus dem Gesicht. 'Was denn für eine Antwort?', wollte er schnippisch fragen. Aber er blieb stumm.

Ihre Worte, obwohl geflüstert, hallten in seinem Kopf wie ein Schrei zwischen Häuserwänden. Er wusste, welche Antwort sie meinte. Glaubte, die Frage zu kennen. Die Frage nach dem Warum. Nach dem wie. Was sollte er erwidern? Nach Worten suchend sah er ihr aus Versehen in die Augen. Unwillkürlich verfluchte er sich dafür. Was er sah, zog ihn in seinen Bann und zerbrach seinen Thron, als wäre er aus Glas: Es war die gleiche Hoffnung, die gleiche Verzweiflung, die gleiche Einsamkeit, die ihn selbst vor vielen Jahren fast zerstört hätte. Es war ihm gelungen, sie in sich wegzuschließen. Für immer, so hatte er geglaubt.

All die Jahre der Suche und der Resignation zogen vor seinem inneren Auge vorüber, formten sich zu einem Dolch und versetzten seinem Herz einen solchen Stich, dass er fast davon in die Knie ging.

Er wollte ihr irgendeinen sarkastischen Spruch entgegenschleudern. Das Gespräch beenden. Sie zum Schweigen bringen. Wenn nötig mit Gewalt. Aber als er schließlich etwas erwiderte, versagte ihm fast die Stimme. Nur ein einziger Satz verließ seinen Mund. „Ich habe sie nicht", flüsterte er kraftlos. Warum sagte er ihr das? Wie sollte sie jetzt noch Respekt vor ihm haben?

Erneut suchte er ihren Blick. Da war keine Verachtung. Kein Spott. Sie sah zu ihm herauf, mit ihren großen, dunklen Augen, und zum ersten Mal hatte er das Gefühl, nicht über ihr zu stehen. In diesem Moment gab es nichts, was ihn über sie erhob. Er war genauso ratlos. Genauso alleingelassen. Noch nie hatte sich irgendetwas so real angefühlt. Noch nie hatte er etwas so klar gesehen.

Dann löste er sich von ihrem Blick, schüttelte ihn ab, stand auf und trat einen Schritt zurück. Als er es wieder wagte, sie anzusehen, war seine Unsicherheit blankem Argwohn gewichen. Sie vermochte es tatsächlich, ihn zu beeinflussen. Sie war gefährlich. Viel gefährlicher, als er es geahnt hatte. Er musste sich in Acht nehmen. Durfte sich nicht mehr auf solche Gespräche einlassen. Er würde sich nicht von ihr kontrollieren lassen. Er nicht.

„Steh auf!", befahl er kühl und ließ sie dabei keine Sekunde aus den Augen.

Sie gehorchte aufs Wort, sichtlich verunsichert von seinem Verhalten. Er packte sie am Arm und fingerte ein Paar Handschellen aus seinem Rucksack. Dann stieß er sie auf das Bett. Ihre erschrockenen Augen beim Anblick der Fixierung erfüllten ihn mit purer Genugtuung.

„Streck deine Hände aus!", befahl er kalt.

„Bitte nicht ...", flüsterte sie. Ihre Hände ballten sich zu Fäusten.

„Ich sag es nicht nochmal."

Zitternd kam sie seiner Aufforderung nach. Linus dachte an die Nacht, als sie in der Klinik an ihr Bett gefesselt war. Zufrieden registrierte er, wie sie zu schluchzen begann, als er die Kette durch das gusseiserne Bettgestell fädelte und ihre Handgelenke mit einem metallischen Klicken daran band. Mit geübter Sorgfalt achtete er darauf, dabei ihre Haut nicht zu berühren.

Dann verließ er das Zimmer. Er hielt es keine Sekunde länger mit ihr in einem Raum aus. Zu beunruhigt war er von dem Einfluss, den sie für einen Moment auf ihn gehabt hatte. Zu aufgewühlt von den Erinnerungen, die ihn noch immer durchströmten.

Auf dem verlassenen Flur ließ er sich zu Boden sinken und starrte durch den orientalisch gemusterten Teppich hindurch. Hinter sich konnte er Su schluchzen hören. Doch den Autos auf dem Parkplatz zufolge waren sie die einzigen Gäste. Von der Rezeption unter ihnen klang das gedämpfte Geräusch des Fernsehers die Treppe hinauf. Niemand würde sie hören.

Allmählich beruhigte er sich wieder. Fing jedes der lächerlichen Gefühle wieder ein und sperrte es in das Verlies zurück, aus dem es entkommen war. Nur eines, das Bedrückendste von allen, konnte er an diesem Abend nicht verbannen. Er verfluchte das Mädchen in dem Zimmer hinter ihm und schwor sich, nie wieder so schwach zu sein. Es war Einsamkeit, die blieb, nachdem alles andere verstummt war.

Als er Stunden später wieder in das Zimmer trat, war Su der Erschöpfung erlegen. Eine Weile blieb Linus regungslos vor ihrem Bett stehen und betrachtete sie im Schlaf. Sie lag auf der Seite, die Beine angezogen, zuckte und wimmerte. Was auch immer gerade in ihrem Kopf vor sich ging, es machte ihr Angst.

'Es wäre so einfach, sie jetzt zu töten', dachte er. Jetzt hatte sie keine Macht über ihn. Aber er musste sich an die Abmachung halten, die er mit seinem Auftraggeber hatte. 'Wer bist du, dir von einem verwirrten Kind Angst machen zu lassen? Bist du so schwach geworden?' Nein. Er würde ihrem Einfluss standhalten.

Oder er hätte es nicht anders verdient.

Er legte sich auf den Teppich neben dem Bett, schloss die Augen und atmete ruhig ein und aus. Nur langsam gelang es ihm, einen Gedanken nach dem anderen aufzulösen.

Ein letztes Mal lauschte er auf Sus ruhigen Atem und vergewisserte sich, dass auch draußen alles still war.

Dann erlaubte er sich für einen kurzen Moment, loszulassen.

Er ließ los von diesem schäbigen Hotel.

Von seiner Mission.

Von der Flucht und seinem Auftraggeber.

Von den seltsamen Mädchen, das nun schutzlos neben ihm schlief.

Das ihn zur Weißglut trieb.

Von all der Zeit, die hinter ihm lag.

Von dem, wer und was er war.

Schließlich blieb nur noch Leere übrig.

Autoreifen knirschten im Kies. Widerwillig öffnete Linus die Augen. Es dauerte nur einen Sekundenbruchteil, bis alles wieder zurückkehrte. Wer und was er war, die Zeit, die hinter ihm lag, das Mädchen, die Flucht, die Mission, das Hotel. Er stand auf und ging zum Fenster. Aber es war nur ein später Gast, der einen in Folie geschweißten Anzug mitnahm, als er über den Parkplatz zur Rezeption stapfte.

Linus legte sich wieder hin, doch mit der Ruhe war es vorbei. Schließlich gab er auf und erhob sich. Er musste die Zeit nutzen, solange sie schlief.

Einen Vorteil hatte die soziophobe Ader seiner Gefangenen. Sie fürchtete andere Menschen. Sie hasste es, im Mittelpunkt der Aufmerksamkeit zu stehen. Was er ihr nach ihrem Fluchtversuch gesagt hatte, schien Früchte zu tragen. Würde sie um Hilfe rufen, wenn sie erwachte? Das konnte er sich nicht vorstellen. Sie würde still dort liegen bleiben, bis er zurückkehrte. Weil ihre Angst vor dem Rest der Welt größer war als vor ihm.

Verständnislos schüttelte er den Kopf, nahm seine Jacke vom Stuhl und ging nach draußen. Die Tür schloss er sorgfältig ab.

Ein paar Sekunden hielt er sein Mobiltelefon in der Hand, wägte Optionen ab. Der Wunsch, diese ganze Farce endlich zu beenden, war stark. Doch die Vorstellung, sich jetzt noch selbstsicher und

203

sachlich geben zu müssen, erschöpfte ihn. Wut schlich sich in seine Gedanken. Ihm hätte von vornherein klar sein müssen, dass dieser Auftrag ihm keine Befriedigung verschaffen konnte. Er sollte sich ein für alle Mal von der jämmerlichen Suche nach Alternativen loszusagen. Nichts würde ihn jemals mit Zufriedenheit erfüllen. Nichts außer einem. Wenn diese verfluchte Angelegenheit endlich zum Abschluss kam, würde er sich nie wieder irgendwelchen albernen Hoffnungen hingeben, dass irgendeine Aufgabe ihn mit Sinn erfüllen könnte. Er atmete tief durch, zählte bis zehn. Schließlich tippte er eine beiläufige Textnachricht: „Schon eine Vorstellung vom Zeitpunkt der Übergabe?"

Dann schlenderte er lange vor dem Morgengrauen in die Dunkelheit. Der nächste Ort war ein paar Kilometer entfernt. Die kalte Luft würde ihm guttun. Und aus Erfahrung wusste er, dass er früher oder später immer auf einen Menschen traf, der sehr spät oder sehr früh auf den Beinen war.

25
Ein Grund

„Warum ich?" Johann Ross' Stimme durchbricht das Schweigen, das über dem Raum liegt. Er hat das ominöse Buch vor sich aufgeschlagen und arbeitet an der Übersetzung. Aber er kann sich schon seit geraumer Zeit nicht mehr darauf konzentrieren. Ständig gleiten seine Gedanken ab zu jener Frage, die ihm einfach keine Ruhe mehr lässt.

Sein Entführer, der nach eigener Aussage offenbar Linus heißt, wechselt gerade die Infusionsbeutel des Mädchens. Dabei wendet er lediglich kurz den Kopf in Richtung des Arztes, fährt dann aber unbeeindruckt und fokussiert mit seiner Tätigkeit fort.

„Warum ich?", fragt Ross erneut. „Warum nicht Angelowski oder einer aus der Intensivstation?"

Schließlich dreht sich sein Entführer zu ihm um und mustert ihn nüchtern. „Was, wenn ich Ihnen sage, dass es purer Zufall war?" Ross schnappt nach Luft. „Dann würde ich Ihnen nicht glauben! Es muss doch irgendeinen Grund geben! Ist das … eine Strafe für irgendwas? Eine Prüfung?"

Der andere lacht. „Sie haben einen respektablen Ruf. Und Ihre Schicht hat gut in meinen Zeitplan gepasst."

„Meine Schicht?", wiederholt Ross betäubt. „Das ist alles? Meine Schicht hat gut in Ihren Zeitplan gepasst? Wenn jemand anderes im Dienst gewesen wäre . ."

„... dann hätten wir vielleicht niemals diese nette Bekanntschaft gemacht. Das wäre doch furchtbar schade, nicht wahr?"

Ross öffnet und schließt den Mund, ohne dass ein Ton daraus hervorkommt. „Das ... das kann doch nicht alles sein", stammelt er schließlich.

Erneut lächelt der Mann, der ihn aus seinem Leben gerissen, ihn entführt, bedroht und zusammengeschlagen hat, nur milde.

„Was gibt es denn da zu lachen?", fragt Ross wütend.

„Es ist immer wieder erstaunlich, was man sich alles einreden will. Immer muss alles irgendeinen Grund haben. Irgendeinen höheren Sinn. Wenn einem nichts Logisches einfällt, gibt es immer noch Gottes Willen. Niemand möchte an den Zufall glauben. Weil Zufall nicht beeinflussbar ist. Weil er den Menschen Angst macht."

„Nur Sie stehen natürlich mal wieder über den Dingen, nicht wahr? Sie müssen sich nicht fragen, warum. Sie ziehen einfach mordend, entführend und wer weiß was durch die Welt und bringen Unheil über alle anderen, um die sie sich einen feuchten Dreck scheren."

Schon einen Moment später verflucht Ross seine Worte.

Mit wenigen Schritten durchquert Linus den Raum. Als er vor dem erschrockenen Arzt stehen bleibt, ist das Lächeln verschwunden und ein wütendes Funkeln elektrisiert das Eis in seinen Augen.

„An solchen Aussagen merkt man mal wieder, wie erbärmlich bequem ihr verkümmertes Weltbild ist! Glauben Sie, ich hätte mir diese Lage ausgesucht? Glauben Sie, ich könnte mir nichts Besseres vorstellen, als mich wie eine Ratte im Wald zu verstecken, mich nicht frei bewegen zu können, Sie irgendwie am Leben erhalten zu müssen, obwohl Sie sich bisher als völlig

nutzlos erwiesen haben? Glauben Sie, mir hätte jemals
irgendjemand eine Wahl gelassen oder mir auch nur einen Grund
genannt für die Dinge, die mit mir geschehen? Glauben Sie, dass
Su ..." Als er ihren Namen ausspricht, bricht seine Stimme ab und
er schließt ganz kurz die Augen, bevor er fortfährt. „… jemals
einen Grund erfahren hätte, weshalb sie sich jetzt in dieser Lage
befindet? Niemand von uns weiß die Antwort und niemand wird
sie jemals erfahren. Also hören Sie auf, ihr unbedeutendes
Schicksal zu bejammern! Sie sind nicht der einzige Mensch, der
Probleme hat und damit irgendwie leben muss."

Noch nie hat Ross seinen Entführer so viel am Stück reden hören.
Als er verstummt, wagt der Arzt zunächst nichts zu erwidern.
Stattdessen versucht er, die Worte im Kopf zu wiederholen und
keines davon entgleiten zu lassen. Sollte es ihm tatsächlich
gelingen, einen Zugang zu dem Psychopathen zu finden?
„Was … was meinen Sie mit Dingen, die mit Ihnen geschehen?"
Aber der andere schnaubt nur verächtlich.
„Sie … Sie können dieses Desaster jederzeit beenden. Was hält Sie
davon ab, wenn Sie all das im Grunde gar nicht wollen?"
„Sehr, sehr viel ...", antwortet Linus mit abwesendem Blick,
gerade so, als würde er in Gedanken alle Gründe nacheinander
durchgehen. Dann schaut er zu dem Mädchen hinüber und eine
verbitterte Traurigkeit überschattet sein Gesicht. Sie dauert nur
eine Sekunde an, dann kehrt die ausdruckslose Maske zurück. In
kühlem Ton sagt er schließlich: „Wenn Sie schon nicht in der Lage
sind, ihren Aufgaben als Arzt nachzukommen, sehen Sie wenigstes
zu, dass Sie mit dem Buch vorankommen! Überzeugen Sie mich,
dass Sie zu irgendetwas taugen, außer meine Zeit zu vergeuden."

Dann verlässt er den Raum und Ross bleibt mit seinen Fragen zurück.

Das Buch ... die Bruchstücke, die der Arzt davon bisher übersetzt hat, sind so absurd, dass er sich stets kaum traut, sie seinem ungeduldigen Entführer zu zeigen. Jedes Mal fürchtet er, der andere wird ihm die Seiten um die Ohren schlagen und ihn fragen, ob er ihn zum Narren halten will.

Doch zu Ross' großem Erstaunen liest Linus jeden neuen Abschnitt ernst und mit höchster Konzentration. „Sehen Sie zu, dass Sie schneller werden!", ist alles, was er sagt, wenn er das Notizbuch zurückgibt.

Seufzend wendet sich der Doktor wieder den Zeilen zu, die er heute übersetzt hat. Viel ist es nicht. Wer auch immer dieses Buch geschrieben hat, erlaubt sich entweder einen schlechten Scherz, hat eine ausgeprägte Fantasie oder leidet noch viel mehr an geistiger Verwirrtheit, als Ross' Entführer es vermutlich tut.

Bisher jedenfalls klingt der Text wie der Ausschnitt eines mittelmäßigen Fantasy-Romanes. Eine ausgedachte Geschichte, die möglicherweise über Ross' Leben entscheidet.

Andererseits: Die letzten Tage haben Ross vorsichtig werden lassen, Behauptungen über das Mögliche und Unmögliche aufzustellen. Selbst wenn es noch so absurd klingt ...

Warum liegt seinem Entführer so viel an diesem Buch? Was erhofft er sich von der Übersetzung? Hat das Ganze irgendetwas mit dieser Situation zu tun? Oder gar mit Linus selbst?

'Glauben Sie, mir hätte jemals irgendjemand eine Wahl gelassen oder mir auch nur einen Grund genannt für die Dinge, die mit mir geschehen?'

Vielleicht erhofft sich der Mann aus diesem Buch genau dasselbe, wie Ross aus seinen Fragen und Grübeleien: eine Antwort. Eine Antwort aus einem Märchen.

„Doch das Tückischste und Gefährlichste an ihnen ist, dass sie sich nicht zu erkennen geben. Dass sie unter uns leben. Uns vorlügen, zu uns zu gehören. In den Landstrichen, die bisher verschont blieben, werden unsere Warnungen nicht selten als Unglauben abgetan. Selbst in den betroffenen Gegenden werden die Vorfälle oftmals als Strafe Gottes, Werk des Teufels oder gar mit sogenannten Wissenschaften erklärt. Wie blind die Menschen doch sein können, wenn sie sich fürchten ...

Selbst jene, die zu überzeugen sind, dass hier Hexer am Werk waren, lassen sich nur allzu schnell zu voreiligen Entschlüssen hinreißen. Für so viel Unheil wurden die Falschen gefoltert und hingerichtet. Nun, es geschah im Dienste der Allgemeinheit, denn nur so war es möglich, schließlich die Richtigen zu finden und nachts im Schlaf zu fassen. Bei Tage wären wir vermutlich alle des Todes gewesen. "

26
Böser Linus

22. Dezember 2002

Als Linus irgendwann im Morgengrauen zurückkehrte, fühlte er sich taub.

Zwar war es ihm wie immer gelungen, seinem Trieb Genüge zu tun, aber nun hatte eine merkwürdige Ziellosigkeit von ihm Besitz ergriffen. Aus einer Situation, mit der er bestens vertraut war und die für ihn nahezu Routine sein sollte, hatte sich etwas entwickelt, für das er keine richtigen Worte fand. Ihn beschlich die Ahnung, dass ihm die Sache ganz schleichend entglitt. Obwohl sein Stolz ihm gebot, aus dem Vorfall von dieser Nacht keine große Sache zu machen, war er doch zu verunsichert, um das Geschehene zu ignorieren. Er sollte das Mädchen schnellstmöglich loswerden. Dann hätte der Spuk ein Ende. Aber sein Auftraggeber ließ sich Zeit. Zähneknirschend musste Linus einsehen, dass er an dessen Konditionen gebunden war. Was wusste der Mann über das Mädchen, das er Linus verschwiegen hatte? Dann war da noch Cornelius ... Was hatte der überhaupt für ein Interesse an seiner Gefangenen? Was auch immer seine Absichten waren: Weder ihm, noch seinem Auftraggeber durfte Linus trauen. Er durfte niemandem trauen.

Auf halber Strecke zurück zu ihrer Unterkunft hielt er inne und bog in einen Waldweg ein. Schon seit etwa einer Stunde hatte er das nagende Gefühl, verfolgt zu werden. Doch so sehr er sich auch bemühte, er war nicht in der Lage, diese Ahnung zu begründen oder zu konkretisieren.

'Das ist das Mädchen. Sie treibt dich langsam in den Wahnsinn, absichtlich oder nicht', dachte er verdrossen.

Noch einmal ging er im Kopf jede einzelne Station seiner nächtlichen Wanderung durch, bis er sich sicher war: Er hatte keinen Fehler gemacht. Niemand konnte ihn bemerkt haben. Niemand, der noch lebte.

Trotzdem versteckte er sich in einer Biegung hinter dem Stamm einer gewaltigen, uralten Eiche. Er spürte die furchige, kühle Rinde im Rücken und balte all seine Sinne zu voller Konzentration. Wenn ihn jemand verfolgte, dann würde er hier vorbeikommen. Linus wartete fast zwanzig Minuten. Aber es blieb bei zwei Mäusen, im fahlen Morgenlicht nicht mehr als kleine dunkle Schatten, von denen eine bis fast an seinen Schuh herankam, so regungslos stand er da.

'Du wirst langsam verrückt', dachte er verärgert, sah sich aber trotzdem nochmal wachsam um, als er wieder auf die Straße trat. Dann stampfte er grimmig zurück zum Gegenstand seiner Vereinbarung, für den er viel auf sich genommen hatte und der ihm immer mehr zur Last wurde.

'Irgendwie wird sich alles klären. Du hast schon viel schwierigere Aufgaben gemeistert', sagte er zu sich selbst, als er wieder vor der Tür zu ihrem kleinen Zimmer stand. 'Nur nicht die Nerven verlieren.'

Aber die Gedanken vermochten nicht, seine Stimmung zu bessern.

Als er eintrat, war Su bereits wach. Nur wenige, blasse Strahlen des ersten Tageslichtes schafften es durch die herunter gezogene Jalousie und warfen Streifen auf ihre Gestalt. Wie erwartet hockte sie still am Kopfende, scheinbar ohne auch nur den geringsten Versuch einer Flucht unternommen zu haben. Linus ignorierte ihren scheuen Blick und ging entschlossen ins Badezimmer. Erst unter der heißen Dusche gelang es ihm, seine zweifelnden Gedanken abzuwaschen. Trotz allem handelte es sich lediglich um ein unsicheres, verwirrtes Kind. Sie war verängstigt. Naiv. Manipulierbar. Er war es, der sie ausspielen musste. Nicht umgekehrt. Er durfte sich nicht von ihr verunsichern lassen. Er hatte immer noch die Oberhand. Er durfte es nur nicht vergessen. So einfach war das.

Er musste ihr gerade genug Sicherheit geben, dass sie nicht auf die Idee kam, zu meutern. Bei allem, was darüber hinausging, galt es, sie klar in die Schranken weisen. Sie bettelte geradezu um Führung. Eine bessere Geisel gab es im Grunde nicht.

Was alles andere betraf, blieb ihm nichts anderes übrig, als wachsam zu bleiben, sich heranzutasten und nichts zu überstürzen.

Diese Erkenntnisse im Kopf, trat er schließlich aus der Dusche heraus, bereit für den neuen Tag.

Abgetrocknet und angezogen ging er zurück in den Wohnraum, wo er Su loskettete, ihr ein trockenes Handtuch hinwarf und sie dann ebenfalls ins Bad schickte. Dabei achtete er sorgsam darauf, dass sie die Tür nicht komplett hinter sich schloss. Dann sammelte er ihre Sachen zusammen.

Die Inventur ergab nur noch eine sehr begrenzte Auswahl an sauberer Wäsche für sie beide. Auch die Lebensmittelvorräte würde er noch heute aufstocken müssen.

Schließlich kam Su wieder heraus, das Handtuch um den mageren Körper geschlungen. Ihre Wangen hatten vom warmen Wasser etwas Farbe bekommen und unter ihren nassen Wimpern, betont von ihrem nun dunkler wirkenden Haar, sahen ihre Augen noch größer aus als sonst.

Er warf ihr die letzte saubere Unterhose hin und wollte sie gerade zur Eile antreiben, da kam sie ihm zuvor.

„Da draußen ist jemand", flüsterte sie beunruhigt.

Ein ungutes Gefühl kroch seinen Nacken hinauf. „Bist du sicher?" Sie nickte heftig.

Auf einmal wusste er, ohne irgendeine weitere Erklärung zu benötigen, dass es stimmte. Sein Gefühl von letzter Nacht, es hatte ihn nicht getäuscht. Es war ihm tatsächlich jemand gefolgt. Wie hatte er nur so unvorsichtig sein können?

Seine Gedanken hatten ihn so in Beschlag genommen, dass er einen Teil seiner Wachsamkeit eingebüßt hatte. Innerlich verfluchte er sich für solch einen Anfängerfehler.

Er näherte sich dem Fenster neben der Tür und bedeutete Su mit einer Handgeste zu bleiben, wo sie war. Glücklicherweise schien sie das Zeichen zu verstehen, denn sie beobachtete ihn gebannt und rührte sich nicht.

Vorsichtig spähte er durch die schmalen Schlitze der heruntergezogenen Jalousie. Er erblickte die leere Straße, den Parkplatz, die drei Autos darauf, die auch gestern Nacht dort schon gestanden hatten. Eines gehörte dem Portier, eines dem Mann mit dem Anzug. Eines war ihres. Sollte sich einer der beiden anderen als Gefahr erweisen? Aber Linus' sechster Sinn verriet ihm, dass sich noch jemand hier befand. Jemand, der nicht so dumm war, sein Auto auf den Parkplatz zu stellen.

Als Nächstes lauschte er an der Tür. Alles still, bis auf das ferne Rauschen eines Fernsehers.

Wenn sich jemand auf dem Gang oder in den Zimmern unmittelbar neben ihnen aufhalten würde, könnte er das wahrnehmen. Aber er spürte nichts. Alles schien trügerisch ruhig.

„Los, zieh dich an!", befahl er knapp und Su tat, wie ihr geheißen. Nur das Wichtigste stopfte Linus in den Rucksack, den er bei sich trug. Ausweise, Handy, Bargeld.

Den Rest ließ er liegen.

Er zückte seine Pistole, überprüfte, ob sie geladen war. Ob der Schalldämpfer richtig saß. Dann atmete er tief durch und sammelte sich, um seine Sinne zu schärfen und jeden seiner Muskeln in Bereitschaft zu versetzen.

Als Su fertig war, ergriff er ihren Arm, streifte ihr schief seine Mütze über das nasse Haar und öffnete die Tür zum Flur. Das Hotel war wie ausgestorben. Wachsam führte Linus Su die Treppe hinunter, durch das menschenleere Foyer, hinaus ins Freie. Er blieb stehen, sah sich um. Begutachtete mit scharfem Auge jeden Winkel, jedes Fenster des Gebäudes. Suchte den Waldrand ab. Nichts.

Dann inspizierte er die Autos und erstarrte: Die Reifen waren zerstochen. Ebenso die der beiden anderen Fahrzeuge.

„Na klasse", murmelte er und dachte angestrengt nach, was sie jetzt tun sollten.

„Die Autoreifen sind ...", setzte Su erschrocken an.

214

„Halt die Klappe!", würgte er sie ab. Dann schob er sie vor sich. Wer immer ihnen hier auf den Fersen war, war wahrscheinlich hinter ihr her. Und wollte sie lebend.

Sie als Schutzschild verwendend, schob er Su dicht an der Hauswand entlang, bis sie das Ende des Gebäudes erreicht hatten, auf das Rauschen des Fernsehers zu. An der Ecke spähte Linus durch das Fenster der Rezeption. Er wusste bereits, was er dort finden würde. Von draußen spürte er keinen Funken Leben aus dem Inneren des Raumes. Er erhaschte einen flüchtigen Blick auf den im Dunkeln liegenden Bürostuhl des Rezeptionisten, der mit dem Rücken zum Fenster gedreht war. Seine Hand hing leblos über der Armlehne nach unten und sein Kopf ragte in einem unnatürlichen Winkel links hinter dem Polster hervor.

Die Szene gab ihm keinerlei Anhaltspunkte, mit wem oder was sie es hier zu tun hatten, und so beachtete Linus den Leichnam nicht weiter. Su hingegen hatte ebenfalls durch das Fenster gespäht und konnte nun den erschrockenen Blick nicht von dem Bild abwenden, das nur vage angedeutet und doch unmissverständlich war. Aber Linus schob sie weiter. Sie hatten keine Zeit für Gefühlsduselei.

Am Ende des grauen Klotzes bogen sie in den Wald ein. Es gab keinen Weg, nicht mal einen Trampelpfad. So stolperten sie über die dicke, von Raureif zusammengeklebte Laubdecke, durchsetzt von unsichtbaren Ästen und Wurzeln, immer tiefer ins Dickicht der niedrigen Büsche und Sträucher hinein. Ein paar kleine Vögel flogen erschrocken aus den Zweigen eines Holunderbusches auf. Sonst war es so trügerisch ruhig um sie herum, als wären sie allein auf diesem Planeten.

Plötzlich raschelte etwas unmittelbar neben ihnen.

In Sekundenschnelle wirbelte Linus herum und schoss, ohne zu überlegen. Noch während sie den dumpfen Knall vernahmen, schlug die Kugel etwa zwei Meter entfernt in den Boden ein und zerfetzte eine Amsel. Ihr Innerstes verteilte sich hellrot über die weiße Schicht aus Reif und ein paar schwarze Federn segelten langsam und lautlos zu Boden.

Für einen Moment starrten Linus und Su gebannt auf den roten Fleck, den Schreck noch in den Gliedern. Der ganze Wald schien für ein paar Sekunden zu verstummen, selbst die Bäume hörten auf zu knarren. Dann packte Linus Su wieder am Arm und schob sie weiter.

Auf einer Lichtung machten sie halt und Linus sah sich hektisch um. Ihr Verfolger war nah, das konnte er spüren. Doch noch immer konnte er nicht das Geringste von ihm hören oder zu sehen. Wie paranoid drehte er sich im Kreis, suchte mit seinen Augen die winterliche Kulisse ab. Nichts. 'Vielleicht ist es nur dein eigener Wahnsinn, der uns verfolgt.'

Aber nein, da war jemand. Linus spürte seine Gegenwart, wenn auch so rätselhaft und ambivalent, als hielte er Ausschau nach einem Geist.

'Es muss ein Übernatürlicher sein', dachte er. 'Sonst könnte er sich nicht so gut vor mir verbergen.'

Vom Drehen drohte ihm schwindelig zu werden und er blieb von einen zum anderen Augenblick regungslos stehen. Su und er standen nun einander zugewandt und er zielte auf den Wald hinter ihrem Rücken, ohne irgendetwas erkennen zu können, auf das er schießen sollte.

Aber es schien besser, als nichts zu tun.

Die angespannte Stille war fast nicht zu ertragen. Aber Linus war mehr als jeder andere auf der Welt ein Meister der Selbstbeherrschung. Blinde Panik würde hier bestimmt nicht helfen. Er atmete tief ein, schloss die Augen und rührte sich nicht.

„Da!", brach Su die Totenstille und deutete hinter ihn.

Linus wirbelte herum und konnte gerade noch einen Schatten erspähen, der an ihnen vorbeiraste wie ein geisterhafter Blitz, bevor er lautlos wieder im Unterholz verschwand.

Ein Hauch, nicht mehr als eine Brise, streifte Linus' Nacken. Als er sich danach umdrehte, war der Schatten auf einmal so nah, dass er fast nach Su greifen konnte. Blitzschnell packte Linus sie an der Schulter und warf sie hinter sich zu Boden. Plötzlich spürte er einen stechenden Schmerz, der sich in seine rechte Schulter einbrannte wie flüssiges Blei. Der Geist drehte wieder ab, verschwand im Unsichtbaren, während Linus rückwärts taumelte und seine Waffe fallen ließ. Heißes Blut tränkte binnen weniger Sekunden seine Kleidung. So schnell er konnte, richtete er sich wieder auf. Um die Wunde zu untersuchen, blieb keine Zeit. Die Erkenntnis, dass er sich noch bewegen konnte, musste ausreichen. Schon hörte er wieder hinter sich die Zweige rascheln.

Ohne auch nur eine Sekunde darüber nachzudenken, ballte er die unsichtbare Kraft in seinen Händen und schleuderte sie dem Schatten, gerade als er erneut zwischen den Bäumen hervorschnellte, mit voller Macht entgegen. Laub und Steine wirbelten auf, Sträucher bogen sich, Äste krachten, als das Kraftfeld durchs Dickicht schoss. Es traf den Angreifer frontal, riss ihn von den Füßen und schleuderte ihn mit einem unschönen Geräusch gegen eine haushohe Kiefer, die von der Wucht des Aufpralls zweimal respektvoll schwankte, bevor sie wieder so gerade stand wie die letzten achtzig Jahre ihres Lebens.

Als sich der Wirbel aus Eiskristallen gelegt hatte, konnte Linus erkennen, dass sich die geisterhaften Schemen in einem menschlichen, ganz in schwarz gehüllten Körper manifestiert hatten. Die Gestalt stand noch, aber zuckte vor Wellen des Schmerzes, während eine Klinge aus ihrer Hand zu Boden glitt. Keuchend stolperte Linus auf den Baum zu. Erst beim Näherkommen konnte er erkennen, warum der Angreifer noch stand: Ein Astende hatte sich von hinten durch seinen Brustkorb gebohrt, Rippen und Lunge zerstört.

Hellrotes Blut quoll zwischen röchelnden Atemzügen aus dem Mund des Mannes und seine im Schock geweiteten Pupillen fixierten Linus voller Angst, als dieser schließlich vor ihm stand. „Kein Spuk und Hokuspokus mehr", zischte Linus bedrohlich.

Auch er atmete schwer. Er konnte seinen rechten Arm noch bewegen, doch der Schnitt in seiner Schulter brannte, als würde die Klinge noch immer darin stecken. Das Blut hatte bereits nicht nur seinen Ärmel durchtränkt, sondern lief auch das rechte Hosenbein herab in seinen Schuh.

Schmerz, Wut und die nachlassende Wirkung des Adrenalins ließen seinen Hunger so heftig aufbegehren, dass ihm schwarz vor Augen wurde. Er beugte sich nach vorn und stützte sich auf seinen Oberschenkeln ab, um nicht das Gleichgewicht zu verlieren.

Jedes Mal, wenn er zu schwach, das Tier in ihm zu fordernd wurde, schien es, als würde es ihn selbst verschlingen.

Als die Welt um ihn herum sich nicht mehr drehte, richtete Linus sich auf und packte den Sterbenden mit beiden Händen an der Kehle. Seine zitternden Finger bohrten sich in dessen Haut, als suchten sie nach Halt. Das Kribbeln war unerträglich, wurde immer unerträglicher, bis endlich der Strom begann. Der Strom, der das Tier in ihm und dadurch auch ihn selbst am Leben erhielt, während er dem anderen den Tod brachte. Aus weiter Ferne hörte er einen gurgelnden Laut, der mal ein Schrei hätte werden sollen, sah undeutlich, wie sich die Adern seines Opfers von seinen Händen aus in alle Richtungen schwarz färbten. Spürte das unkontrollierte Zucken der Muskeln unter seinen Händen und schwache Finger, die verzweifelt an seinen Ärmeln zerrten. Er spürte die Todesangst, als wäre es seine eigene. Vielleicht war es seine eigene.

Aber vor allem spürte er die Kraft, den letzten Funken Leben, der über Linus' Hände in seinen Körper fuhr und ihm rauschartige Erlösung verschaffte, wenn auch nur für kurze Zeit. Ein bisschen fühlte es sich an, als würde Linus jedes Mal selbst mit sterben. Sterben, um zu leben.

Als er seine Umgebung wieder bewusst wahrnahm, war der Körper seines Opfers erschlafft, der Strom versiegt.
'Das Mädchen', war Linus' erster klarer Gedanke.
Er drehte sich zur Lichtung um und erblickte Su, die sich längst wieder aufgerappelt hatte und ihn nun mit weit aufgerissenen Augen anstarrte. Erst jetzt wurde Linus bewusst, dass sie das Ganze mit angesehen hatte. Für gewöhnlich ließ er niemanden am Leben, der Zeuge dieser Vorgänge wurde. Es gefiel ihm nicht.

Zumindest schien sie starr vor Schreck und machte keinerlei Anstalten, davonzulaufen.

Als Nächstes befühlte er vorsichtig die klaffende Wunde. Sie musste versorgt werden. Auch wenn sein Körper nun neue Kraft hatte, würde er in diesem Zustand nicht lange durchhalten.

Dann erst nahm sich Linus die Zeit, den Angreifer, sein Opfer genauer zu betrachten.

Die Augen des Mannes waren noch immer weit aufgerissen und starrten ins Leere. Die Pupillen wurden bereits trüb. Aus seinem geöffneten Mund liefen noch die letzten Tropfen bereits gerinnenden Blutes. Eine Strähne schweißgetränkten dunklen Haares klebte ihm auf der Stirn. Er war jung, fast noch ein Kind.

'Wenn er mehr Erfahrung gehabt hätte, hätte er diesen Kampf vielleicht für sich entschieden', stellte Linus grimmig fest. 'Ich hätte es nie so weit kommen lassen dürfen.'

Dann durchsuchte er die Kleidung des Toten, seine Taschen, konnte aber nichts Hilfreiches finden.

Nichts an ihm konnte Linus einer Gruppierung zuordnen, die er kannte.

„Wer hat dir von uns erzählt, du Hurensohn?", fragte er. Noch viel wichtiger: Wer wusste sonst noch, dass sie hier waren? Aber hier und jetzt würde Linus keine Antwort mehr erhalten.

Also ging er wieder zu Su zurück. Aufrecht, keine Schwäche zeigend, obwohl jeder Schritt, jede Erschütterung ihn aufs Neue daran erinnerte, wie knapp er gewonnen hatte.

Das Mädchen schien noch immer unfähig, irgendetwas zu sagen.

Ihr Blick glitt von seinem ausdruckslosen Gesicht über all das Blut an seiner zerrissenen Kleidung, dann wieder zu der Leiche zurück, die Linus an den Baum gebunnt gelassen hatte.

Als er die Hand nach ihrem Arm ausstreckte, wich sie zurück.

Aber Linus war schneller, und dass sie endlich zusammenzuckte, als er sie ergriff, erleichterte ihn beinahe.

So liefen die Dinge nunmal. So war es immer gewesen und so würde es immer sein. Es war seine Bestimmung, Menschen Schaden zuzufügen und sie das Fürchten zu lehren.

Obwohl er Acht darauf gab, sie nur an der Kleidung zu berühren, konnte er sich vor ihren Gefühlen, wie so oft, nicht abschirmen.

Er spürte die Angst und Verstörung, die ihn sein ganzes Leben lang schon begleiteten. Aber da war noch etwas anderes: Eine Art tiefe Traurigkeit, die er nicht näher einordnen konnte.

Selbst jetzt noch vermochte sie es, ihn zu verwirren.

Als die ersten Sonnenstrahlen den Waldboden zum Dampfen brachten, stapften sie schweigend in Richtung Osten davon.

27

Schrei

Diese Tür war aus Glas und beklebt mit Zetteln und Postern. Statt einer Klinke hatte sie gelbe, halbrunde Griffe. Su musste sich dagegenstemmen, damit sie nach innen aufschwang.

„Susann! Jetzt komm endlich hierher!" Die Stimme der Sportlehrerin, Frau Werner, hallte gereizt und unbarmherzig durch die riesige Halle. Su hatte bis jetzt am Rand gehockt, die Arme um die angewinkelten Knie geschlungen, und unglücklich beobachtet, wie ein Kind nach dem anderen aufgestanden war, um sich mit einem Partner an den Turngeräten zu betätigen.

Jetzt war nur noch ein Junge übrig, Harro. Er war klein und dick und roch etwas streng, obwohl der Sportunterricht noch gar nicht richtig begonnen hatte. Aber selbst er musterte Su missmutig, als sie sich umständlich erhob und auf die beiden zu schlurfte.

„Ich kann heute nicht mitmachen", sagte Su mit gesenktem Kopf. „Mir geht es nicht gut."

„Und letzte Woche ging es dir auch schon nicht so gut und die Woche davor ebenfalls", stellte die Sportlehrerin fest und rollte genervt die Augen. Dann beugte sie sich zu Su runter und setzte einen Ton auf, der freundlich wirken sollte. Aber Su wusste, dass die Frau eigentlich keine Lust und keine Geduld hatte, sich jetzt mit ihr abzumühen.

„Schau mal!", sagte sie seufzend und bemühte sich um ein Lächeln. „Jetzt haben wir extra den ganzen Morgen die Geräte aufgebaut. Soll die Arbeit etwa umsonst gewesen sein? Vielleicht

macht dir ja eine der Stationen Spaß? Na komm, welche möchtest
du zuerst probieren?"

Su ließ den Blick über die Gummimatten, Holzbänke, Medizinbälle
und Kletterstangen schweifen.

Überall waren bereits lärmende, lachende Kinder am Werk, die
ihr, wann immer sie an ihr vorbeiliefen, spöttische oder
misstrauische Blicke zuwarfen.

"Mit der will ich das nicht machen!", plärrte Harro trotzig und
zeigte mit dem Finger auf Su, ohne sie dabei anzusehen.

"Hier wird kein Kind ausgeschlossen!", zitierte die Lehrerin einen
Satz, den sie irgendwo abzulesen schien.

"Sie haben die Station mit den Hexenbesen vergessen!", rief ein
anderer Junge, Malte, zu ihnen herüber und lachte dann mit
seinen Kumpels schallend über seinen eigenen Witz. Su wurde rot
und senkte den Kopf.

"In einer Minute komme ich rüber und schau mir deine
Kniebeugen an, Malte!", keifte Frau Werner zurück und der Junge
wandte sich schnell wieder seiner Station zu, während ihm seine
Freunde noch einmal auf die Schulter klopften.

"Na los, ihr zwei!", sagte sie streng, als sie sich wieder Harro und
Su widmete. "Ab zu dem Gummimatten mit euch. Ich will ein paar
Sit-ups sehen!"

Augenrollend setzte sich Harro in Bewegung und auch Su fügte
sich schließlich mit hängendem Kopf in ihr Schicksal.

Bei den Gummimatten angekommen, standen sie beide missmutig
da, mieden den Blick des anderen und keiner von beiden wollte
derjenige sein, der anfangen musste.

"Los! Los! Los! Harro, Susann! Das hier ist Sportunterricht! Ich

will etwas Bewegung sehen! Harro, du fängst an!", gellte Frau Werners Stimme durch den Raum und ließ keinen Widerspruch zu. Stöhnend ließ sich Harro auf die Matte nieder und Su ging vor ihm in die Knie, um seine Füße zu halten. Sie zögerte und warf Harro einen unsicheren Blick zu. Der musterte sie argwöhnisch aus zusammengekniffenen Augen und sagte dann trotzig: „Was soll's? Bringen wir's endlich hinter uns!"

Also legte Su ihre Hände um seine Knöchel und Harro quälte seinen Oberkörper mit hinter dem Kopf verschränkten Händen halbherzig in die Senkrechte.

„Eins ... zwei ... drei ...", begann Su zu zählen, den Blick stetig auf seine Füße gerichtet und seine Bewegungen nur aus den Augenwinkeln registrierend. Im Hintergrund glaubte sie, eine Gruppe Mädchen etwas von einem Traumpaar kichern zu hören. Aber sie sah nicht hin und versuchte, sich auf ihre eigene Stimme zu konzentrieren.

Plötzlich konnte sie etwas spüren. Eine Art Windhauch, der ihr Gesicht zu streifen schien, begleitet von einem kaum hörbaren Rascheln in ihrem Ohr. Sie kniff die Augen zu und zählte blind weiter, während sie mit aller Macht versuchte, die Ahnung auszublenden.

Auf einmal merkte sie, wie Harro zusammenzuckte. Sofort ließ Su ihn los und sah sich hektisch um. Noch während sie versuchte, das Geschehene zu begreifen, holte Harro mit weit aufgerissenen Augen tief Luft und begann zu schreien. Es war ein schriller Schrei blanken Entsetzens, und nach rasselndem Luftholen folgte ein zweiter und ein dritter. Der Junge schrie und schrie, während er

224

von Su weg kroch, sich unbeholfen aufrappelte und schließlich
stolpernd aus der Halle rannte. Noch als er schon längst draußen
war, konnte man ihn über den Schulhof hinweg hören.

Starr vor Schreck sah Su ihm nach.

Als sie sich wieder besann, war es still in der Turnhalle. Niemand
wagte auch nur zu flüstern, selbst Frau Werner fehlten die Worte.

Kein Lachen oder Kichern mehr, keine Späße.

Alle Augen waren stumm auf eine einzige Person gerichtet: auf Su.

28
Ein Zug

22. Dezember 2002

Nach fast zwei Stunden zu Fuß durch den Wald wies eine illegale
Müllkippe Linus darauf hin, dass sie sich wieder der Zivilisation
näherten. Zwischen Plastiksäcken voller Abfall lagen
Geschirrspüler, kaputte Stühle, ein ausgebranntes Autowrack.
Linus erspähte eine abgewetzte Lederjacke und streifte sie sich mit
steifen Bewegungen über sein blutiges, zerrissenes Shirt. Sie war
ein bisschen zu klein und ließ sich nicht schließen. Zudem mischte
sich nun auch noch der Geruch von kompostierendem Müll zu
dem von Blut und kaltem Schweiß, der ihm seit über einer Stunde
auf der Stirn stand. Angewidert verzog er das Gesicht. So konnten
sie nicht unter Menschen gehen. Er ließ den Blick weiter
schweifen und entdeckte einen Haufen verbeulter Farbeimer. In
einigen davon befand sich noch ein kleiner Rest flüssiger Farbe,
blau und weiß, die er mit beiden Händen großzügig auf seiner
Kleidung verschmierte. So würde niemand mehr näher auf die
Blutflecken achten, die den Großteil seiner Kleidung unter der
Lederjacke bedeckten, und der Geruch der Chemie überdeckte jede
Form natürlicher Ausdünstungen.

Dann informierte er seinen Auftraggeber per SMS knapp über den
Zwischenfall. Bis dessen Hilfe eintraf, mussten die beiden jedoch
bereits Land gewonnen haben.

Kurze Zeit später passierten sie eine ordentliche, kleine

Gartenanlage. Daran grenzte eine Kleinstadt. Es musste etwa neun Uhr morgens sein, schätzte Linus am Stand der Sonne. Zügig führte er Su im Schatten der Häuser durch die gepflegten Straßen, auf denen zwar nicht viel los war, wohl aber genug, dass er es nicht riskieren konnte, hier ein Auto zu klauen.

Sie erreichten einen kleinen Bahnhof und Linus musste sofort wieder an jene Nacht zurückdenken, als Su ihm fast entkommen war. Ein Blick in ihre Richtung genügte, um zu wissen, dass ihr dasselbe durch den Kopf ging. Vermutlich wünschte sie sich in diesem Moment, ihr Fluchtversuch wäre geglückt.

Er schleifte sie auf die Herrentoilette, was sie mit einem unterdrückten Laut der Empörung kommentierte. Drinnen schlug ihnen der Gestank von Urin entgegen. Niemand da. Das war gut so. Er befahl Su, wegzusehen, aber es entging ihm nicht, wie sie doch den Kopf ein bisschen drehte und aus den Augenwinkeln beobachtete, wie er sich vor Schmerz stöhnend seiner Oberbekleidung entledigte, sich über das verdreckte Waschbecken beugte und mit dem eiskalten Wasser vorsichtig die klaffende Wunde reinigte. Dann zerriss er sein T-Shirt, wickelte ein dickes Knäuel Klopapier darin ein und band es sich mit mehreren Stoffstreifen straff um die Schulter. Dabei atmete er tief und gleichmäßig, um dem sengenden Brennen keine Möglichkeit zu geben, sich in ihm einzunisten.

Fertig verbunden betrachtete er verdrossen sein Bild in dem angelaufenen Spiegel. Der körperlich empfundene Schmerz nagte weniger an ihm als das Wissen darum, wie knapp er mit dem Leben davongekommen war. Dieses Mal …

Wenn niemand zu genau hinsehen würde, könnten sie es bis

irgendwohin schaffen, wo er sich neu organisieren konnte. Jetzt mussten sie erst mal so weit wie möglich fort von diesem verfluchten Hotel, in dessen Umkreis sie nicht mehr sicher waren.

In dem heruntergekommenen Bahnhofsgebäude befand sich kein einziges Geschäft und nur ein Penner schlurfte auf dem Weg zu den Gleisen müde an ihnen vorbei. Einer der beiden Fahrkartenautomaten schien kaputt zu sein. An dem anderen erwarb Linus zwei Tickets für den nächsten Zug, welcher in ein anderes Kaff fuhr, dessen Name ihm nichts sagte. Aber es spielte keine Rolle, wie es hieß. Hauptsache fort.

Er stopfte die Fahrscheine in irgendeine Tasche. Dann warteten sie schweigend.

Als der Zug schließlich quietschend einfuhr, stieg niemand außer ihnen ein. Auch im Zug selbst befand sich, wie durch eine Fügung des Schicksals, kaum eine Menschenseele. Für die täglichen Berufspendler war es schon zu spät. Sonst wollte wohl auch niemand in diese Kaffs, was Linus nicht weiter verwunderte. Im Gegenteil, es kam ihm sehr gelegen. Auf neugierige Blicke konnte er durchaus verzichten.

Er drückte Su in eine Vierer-Sitzgruppe, stellte seinen Rucksack neben sie und ließ sich dann vorsichtig auf der gegenüberliegenden Sitzbank nieder.

Als sich das Gefährt in Bewegung setzte, war das Mädchen sichtlich aufgeregt und untersuchte zwischen prüfenden Blicken aus dem Fenster vorsichtig den Abfallbehälter.

Kurz zuckte ein schmunzelndes Lächeln über sein Gesicht, dicht gefolgt von Verärgerung. Er hatte ihr doch eingebläut, sich unauffällig zu verhalten. Wie schwer konnte es denn sein, einfach nur ruhig dazusitzen?

Sie hatten Da-wo-der-Pfeffer-wächst fast erreicht, als sich plötzlich die Tür zu ihrem Waggon öffnete. Linus traute kaum seinen Augen: Da trat tatsächlich ein Schaffner ein. Noch nie war er auf solchen Strecken jemals kontrolliert worden.

„Guten Tag! Die Fahrscheine bitte!", rief der Schaffner fröhlich und unnötig laut durch den Waggon, in dem, Linus und Su eingeschlossen, genau vier Personen saßen.

Die ersten beiden Gestalten, von denen Linus nur die Hinterköpfe sah, waren schnell abgehandelt. Dann stand er vor ihnen, ein älterer Herr mit klassisch ergrautem Schnauzbart. Su starrte ihn an wie einen Geist und versank eingeschüchtert und schweigend in ihren Sitz.

„Moment!", sagte Linus sogleich. Schnell zog er die Aufmerksamkeit des Schaffners auf sich, indem er aufstand und sich steif zu seinem Rucksack bewegte, der neben Su auf dem leeren Sitzplatz stand. Er war sich sicher, dass er die Tickets dort nicht hineingesteckt hatte. Aber das spielte keine Rolle. Wichtig war nur, dass der Mann nicht weiter auf Su achtete, die sich verdächtiger nicht verhalten konnte.

Gedanklich flehte Linus auf Knien, sie möge wieder aus dem Fenster schauen. Aber sie starrte weiter gebannt die beiden Männer an, als handle es sich um einen spannenden Film im Fernsehen, an dem sie nicht weiter beteiligt war.

Wo hatte er die Fahrkarten bloß hingesteckt? Je schneller er sie finden würde, desto eher wäre dieser Albtraum vorüber. Während Linus immer hektischer seine Jackentaschen durchsuchte, bewegte er seinen Arm etwas zu schwungvoll und erstarrte mitten in der Bewegung. Die Augen des Schaffners verengten sich und er blickte verwirrt, aber auch zunehmend misstrauisch von einer der seltsamen Gestalten zur anderen.

„Ich hab's gleich", sagte Linus und versuchte, dabei beiläufig und freundlich zu klingen, aber eigentlich stöhnte er mehr, als dass er sprach.

Was musste dieser dämliche Schaffner ausgerechnet jetzt genau dieses fast ausgestorbene Abteil kontrollieren? Allein schon dafür hatte er in Linus' Augen den Tod verdient.

Aber sein Verstand erinnerte ihn mahnend an die Konsequenzen. Sie waren nicht allein in diesem Zug. Das Letzte, was sie jetzt gebrauchen konnten, war noch mehr aufzufallen.

Zum Beispiel, indem sie wegen Schwarzfahrens vernommen wurden. Ihre Ausweise würden zeigen müssen.

'Verflucht nochmal, das darf doch nicht wahr sein!'

Hatte er wirklich alle Taschen durchsucht? Hatte er die Tickets Su gegeben? Sie weggeschmissen? Fallen gelassen? Eben hatte er noch mit einem Übernatürlichen um Leben und Tod gekämpft. Und nun sollte er an einem Fahrkartenkontrolleur scheitern?

Passierte das alles gerade wirklich?

Unter dem Druck begannen seine Finger zu zittern.

„Vielleicht sollten Sie an der nächsten Station aussteigen. Dürfte ich zuvor noch Ihre Ausweise sehen?", sagte der Schaffner nun in ernstem, sachlichem Ton. Einer der beiden anderen Passagiere spähte bereits zu ihnen herüber und Linus drehte sich weg, damit diese Person sein Gesicht nicht sah.

„Hören Sie", sagte Linus mit bebender Stimme. „Ich hatte einen echt miesen Morgen. Ich habe die Tickets irgendwo. Geben Sie mir noch einen Moment."

„Nein, hören Sie mal, mein Lieber. Ich mache diesen Job auch nicht seit gestern. Sie brauchen gar nicht zu versuchen, mich hinzuhalten. Ich kenne diese Tricks. Machen Sie einfach keinen Ärger, dann bleibt es bei einem kleinen Bußgeld."

Die Worte hallten in Linus' Ohren. Er ballte die Fäuste, um den Mann nicht augenblicklich niederzuschlagen. Alle Geräusche um ihn herum vermischten sich zu einem dumpfen Dröhnen. Er konnte förmlich die Sekunden zählen, bis er die Kontrolle verlieren würde.

Dann passierte etwas ganz und gar Surreales. Etwas Warmes legte sich vorsichtig um seine Faust. Eine schmale, zierliche Hand. Linus wusste nicht genau, warum, aber er ergriff sie so fest, dass es wehtun musste. Er blickte auf und sah direkt in Sus große, erschrockene Augen. Er verfing sich in ihrem Blick, verlor sich in der Tiefe und beruhigte sich ganz langsam, wie durch ein Wunder.

„In der Innentasche", wisperte sie.

Linus schaute nach. Tatsächlich. Er ließ Sus Hand los, drehte sich um und reichte die Fahrscheine kraftlos dem Schaffner. Dieser überprüfte sie misstrauisch, musste aber feststellen, dass damit alles in Ordnung war.

„Ich bin heute Morgen entlassen worden, gleich nachdem ich von der Leiter gefallen bin", log Linus so überzeugend wie möglich.

„Wie ich schon sagte: war ein echt mieser Tag bisher."

Der Schaffner musterte die beiden nochmal mit missbilligendem Blick. Linus hielt den Atem an.

„Na gut, dann wünsche ich noch eine angenehme Weiterfahrt",

sagte er nach einer gefühlten Ewigkeit. Dann verließ er das Abteil.

Linus blickte ihm noch nach, als er schon lange verschwunden war.

Schließlich setzte er sich wieder Su gegenüber. Sie sahen sich nicht an, sagten nichts.

Su rieb sich lediglich still ihre Hand.

An der nächsten Station stiegen sie aus. Direkt neben dem Bahnhof befand sich eine hinter hüfthohem Unkraut verborgene Mulde voller leerer Flaschen, in der sich vermutlich nachts Teenager zum Biertrinken trafen. Dort zog Linus Su hin, baute sich einschüchternd vor ihr auf und starrte sie schweigend an.

Unbehaglich wich sie seinem Blick aus.

„Warum hast du das gemacht?", fragte er barsch.

„Was?", fragte sie sichtlich verunsichert.

„Na, das eben im Zug."

„Ich … ich wollte dir nur helfen."

„Warum tust du sowas? Du hast gesehen, was eben im Wald geschehen ist! Du solltest eigentlich um dein Leben fürchten!"

Su schwieg.

„Ich hoffe, dass du nicht so naiv bist, zu glauben, du könntest mich irgendwie bekehren", sagte er und sein Ärger ging erneut in Spott über. Sie wäre nicht die Erste, die bei dem Versuch scheitern würde.

„Nein", erwiderte sie leise und brachte ihn damit aus dem Konzept.

„Was du gesehen hast, ist, wer ich bin. Du kannst nichts daran ändern!", wiederholte er mit Nachdruck, obwohl der Widerstand, mit dem er fest gerechnet hatte, nun gar nicht existierte.

„Ich weiß."

„Woher?", fragte er fassungslos. Das war nicht die Antwort, die sie hätte geben sollen. Was fiel ihr ein, hier schon wieder ungefragt die Regeln zu ändern?

„Ich weiß nicht."

„Das weißt du also nicht, ja? Ich glaube, du weißt überhaupt nichts. Du verstehst nicht mal in Ansätzen, was ich bin und warum ich das tue."

„Du tust es, weil du musst", sagte sie und blickte auf. Da war er wieder, dieser Blick, der ihn entwaffnete. Ihm keine Chance ließ. Wie ein Fisch an Land öffnete er den Mund und schloss ihn wieder. Wollte etwas entgegnen. Schwieg. Wollte sich wegdrehen. Doch er konnte nicht. Es wäre nur zu schön gewesen, sich einzureden, dass sie wirklich nichts von alledem verstand. Dass sie nur wirres Zeug faselte. Dass alles so war wie immer. Aber was er in ihren Augen fand, machte ihm auf verstörende Art und Weise Angst. Ob sie ihn wirklich erkannte oder sein Wesen nur erahnte, vermochte er nicht zu sagen. Doch alles an ihr schien nur eines zu sagen: Es ist okay.

Ungläubig starrte er sie an, bis er ihrem Blick nicht länger standhielt.

Einen Moment lang hatte er das Bedürfnis, die Hand nach ihr auszustrecken. Ob er sie bloß berühren oder schlagen wollte, wusste er nicht. Kaum merklich zuckten seine Finger und sein Atem bebte. Eine Sekunde später hatte er sich wieder im Griff. 'Die Flucht', versuchte er seine Gedanken zu fokussieren. 'Das ist es, worauf du dich jetzt konzentrieren musst. Das und nichts anderes.'

Um ihr nicht mehr in die Augen sehen zu müssen, wandte er sich in Richtung Straße, packte sie am Ärmel und zog sie hinter sich her. Eine schlagfertige Antwort wollte ihm noch immer nicht einfallen und so sagte er nichts.

Was Stunden später noch blieb, war eine gefährliche Verwirrung, die sich wie ein Schleier um seine Gedanken legte und ihn, obwohl er an alles andere lieber denken wollte, doch immer nur zu einer Sache zurückführte. Zu ihr.

22. Dezember 2002

Als die Verwirrung sich schließlich gelegt hatte, wich Linus zurück. Vor Su. Der Welt. Sich selbst.

Einzig rationale Gedanken ließ er in sein Bewusstsein vordringen.

Nachdem er seinen Auftraggeber von dem Vorfall unterrichtet hatte, dauerte es nicht lange, bis ein neues Fahrzeug, Bargeld, Schmerzmittel und Antibiotika ihren Weg zu ihnen fanden. Ein Arzt verwandelte die klaffende Wunde nach Feierabend für ein paar Scheinchen in eine saubere Naht. Unter äußerster Vorsicht kaufte Linus neue Kleidung und Lebensmittelvorräte. Dabei verbarg er Su noch penibler als zuvor und redete nur noch mit ihr, wenn er ihr Anweisungen gab.

Ihre verunsicherten Blicke, alle Versuche ihrerseits, ein Gespräch zu beginnen, ließen ihn kalt.

Es war das Beste, entschied er.

Bei dieser emotionalen Odyssee handelte es sich lediglich um eine Schwankung im Gleichgewicht. Eine Anomalie. Einen Fehler im System, den es abzuschotten und so schnell wie möglich zu entfernen galt. Wenn das erst einmal geschafft war, würde er wieder in sein altes Leben und zu seinem alten Ich zurückkehren können.

Wie auf glühenden Kohlen wartete er auf den Anruf, der ihn letztlich erlösen würde. Aber sein Auftraggeber ließ sich Zeit.

Nach dem Vorfall im Wald, der die Präsenz der Verfolger ein für alle Mal bestätigt hatte, war er vermutlich noch vorsichtiger geworden als zuvor.

Also hieß es warten.

Die Untätigkeit trieb ihn fast in den Wahnsinn. Der Drang, irgendetwas zu tun, setzte sich juckend unter seiner Haut fest, zuckte durch seine Finger, kratzte in seiner Kehle. Fast konnte er zusehen, wie ihm seine körperlichen und seelischen Kräfte durch die Finger rannen. Mit jeder Stunde schien es schwerer zu werden, sich zu beherrschen und nicht einfach alles hinzuwerfen.

Schweren Herzens quartierte er sie erneut in einem Hotel ein. Dieses Mal in einem größeren, besser besuchten. Anonymität durch Masse, so hoffte er. Natürlich unter der Voraussetzung, dass er Su, die sich noch immer nicht gesellschaftstauglich verhielt, möglichst unauffällig hineinschmuggeln konnte. Sie zur Anmeldung mitzunehmen, käme einer Auslieferung gleich. Aber er war lernfähig. Die Ankunft legte er auf den späten Abend, erledigte die Zahlung sofort in bar und kündigte an, sehr früh am Morgen wieder abzureisen. In Wahrheit wollte er nicht länger als ein paar Stunden bleiben. Angeblich alleinreisend, seine Augenfarbe durch seine getönte Brille verbergend, dürfte er zur polizeilichen Suchmeldung keine Assoziationen wecken. Falls diese überhaupt noch im Fernsehen lief. Für gewöhnlich waren die Fahndungsbilder nach einem Tag bereits wieder vergessen.

Zur Garage hin gab es einen Hintereingang, für den er den Schlüssel erhielt. Von dort aus musste er mit dem Mädchen auf dem Weg zum Zimmer nicht noch einmal an der Rezeption vorbei.

Als er endlich die Tür hinter ihnen absperrte, atmete er tief durch.

Su dirigierte er zu dem kleinen Tisch an der Wand und legte ihr den Beutel mit den Vorräten hin.

„Iss!"

Dann schlurfte er zum Bett, setzte sich auf die Kante und schaltete den Fernseher ein. Es lief irgendeine Kochsendung, mit der er nichts anfangen konnte. Aber das war ihm egal. Er wollte nur die unsicheren Blicke ausblenden, die er in seinem Rücken spüren konnte.

„Linus?", drängte eine Stimme in seine Gedanken. „Warum bist du gemein zu mir?"

„Du weißt nicht, wie es ist, wenn ich gemein bin", knurrte er gereizt. „Und jetzt halt die Klappe und iss! Sonst findest du es heraus." Während er das sagte, konnte er den drohenden Ton seiner Stimme nicht halten. Stattdessen stellte er fest, dass er müde klang.

„Warum willst du nicht mehr mit mir reden?"

„Ich meine es ernst. Nochmal werde ich es nicht sagen." Warnend blickte er zu ihr herüber.

Ihre Augen waren noch immer auf ihn gerichtet.

Ruckartig stand er auf und ging zum Bad. Fort von ihr, ihren Blicken, ihren Worten. Ihrem unbegreiflichen Einfluss, der gegen seinen Willen an seinem Selbstvertrauen nagte.

Gerade als er an ihr vorbeigehen wollte, erhob sie sich und stand ihm damit im Weg.

Verblüfft blieb er stehen. Überraschung verwandelte sich in Wut.

„Was glaubst du eigentlich, was du hier tust? Bist du wirklich so dumm, dass du mich reizen willst?"

„Bitte sprich mit mir", erwiderte sie mit zitternder Stimme.

„Was geht nur in deinem verfluchten Schädel vor sich? Verstehst du irgendetwas von dem, was hier geschieht? Wenn du mir nicht augenblicklich aus dem Weg gehst, ich schwöre bei den kümmerlichen Überresten meiner Seele, dann werde ich dich töten!"

Sie musterte ihn aus großen Augen. Doch sie blieb stehen. Schließlich sagt sie leise, aber bestimmt: „Ich glaube dir nicht." Dies war der Augenblick, in dem er seine Hände heben und all dem Spuk ein Ende machen sollte. Der Moment, den das Schicksal auserkoren hatte, um seiner Bestimmung, seinem Fluch gerecht zu werden und das Licht in diesen großen, dunklen Augen ein für alle Mal auszulöschen.

Aber er starrte sie nur ungläubig an, während der Moment vorüber zog.

„Was glaubst du eigentlich, wer du bist? Glaubst du, du könntest in mein Leben platzen und alles durcheinanderbringen? Mich irgendwie bekehren? Bist du wirklich so naiv? Du hast keine Macht über mich, noch über irgendetwas, das hier geschieht. Glaubst du, du würdest mir irgendetwas bedeuten? Du bist nichts als ein gestohlener Gegenstand für mich. Nichts als ein geisteskrankes, dummes Kind."

Es dauerte nur den Bruchteil einer Sekunde, in dem sich die ruhige See ihrer Augen in einen tosenden Sturm verwandelte. Einer Naturgewalt gleich brach es aus ihr heraus. „Du weißt gar nichts über mich!", schrie sie ihm entgegen, während das Deckenlicht flackerte und die Wände erzitterten.

Dann trat ihr altes Ich wieder in den Vordergrund, so erschrocken über diesen Ausbruch, dass sie förmlich in sich zusammenfiel.

Für einen Moment verdrängten Schreck und Faszination Linus' Wut, sodass auch er gebannt war im unverschleierten Angesicht der Kraft, die unter der stillen Oberfläche dieses Mädchen brodelte.

Aber dann besann er sich wieder. Niemand durfte so mit ihm umspringen. Schon gar nicht seine Gefangene. Hiermit konnte er sie unmöglich davonkommen lassen.

„Okay, das reicht", zischte er.

Plötzlich brach alles aus ihm hervor, was er in den letzten Tagen und Jahren so sorgsam weggeschlossen hatte. Wut und Ratlosigkeit, Verwirrung und Einsamkeit, Neugier und eine äußerst irritierende Spur Zuneigung.

Was sollte er bloß mit ihr machen? Mit dem Mädchen, das er noch immer so schlecht einschätzen konnte. Das ihn mehr denn je verunsicherte. Das sich traute, ihn infrage zu stellen. Sich ihm in den Weg zu stellen. Das sich einfach nicht kontrollieren ließ.

In einem plötzlichen Impuls packte er sie an der Schulter und ballte die andere Hand zur Faust. Sie wimmerte auf und versuchte vergeblich, seinen Griff zu lösen. Als sie ihn berührte, schoss ihr Schrecken unter seine Haut wie Gift, das ihn erstarren ließ.

Ein Bild drängte sich vor seine Augen, zu klar, zu stark, als dass er dagegen ankämpfen konnte: Plötzlich stand er wieder im Zug. Spürte ihre Hand auf seiner Hand. Blickte in ihre großen, tiefen Augen, als ob dort die Antwort lag. Die Antwort auf alles.

'Was zur Hölle tust du da?', fragte er sich selbst.

Erschrocken ließ er von ihr ab, drehte sich weg. Unkoordiniert stolperte er zum Fenster, dessen hellbeige Vorhänge er bei ihrer

Ankunft sorgfältig zugezogen hatte. Schwer atmend kniff er die Augen zusammen und raufte sich mit zitternden Händen das Haar, bis es wehtat. Versuchte, zu zählen, sich zu beruhigen, aber es wollte nicht funktionieren.

'Was ist los mit dir? Du musst wieder runterkommen! Sie ist nur irgendein Mädchen.'

'Nein. Ist sie nicht', antwortete eine leise Stimme mit schmerzender Gewissheit.

Er nahm nicht wahr, wie Su sich ihm von hinten näherte. Erst, als sie behutsam seinen Arm berührte, fuhr er zusammen und wirbelte herum. Als er sie erblickte, wich er zurück und presste eher flehend als drohend hervor: „Bleib mir fern, wenn du weißt, was gut für dich ist!"

Aber sie sah ihn nur an und obwohl er ihre Angst so deutlich spürte wie seine eigene, streckte sie erneut die Hand nach ihm aus. Er hätte weiter zurückweichen sollen, aber er tat es nicht. Wie paralysiert ließ er zu, dass sie langsam ihre Finger um die seinen legte. Das Kribbeln war so stark, dass er es fast nicht ertragen konnte. Wie im Affekt packte er ihre Unterarme und drückte sie mit dem Rücken gegen die Wand.

Ihre dichte Gegenwart neckte seinen Hunger, der ihn wie eine Welle erschaudern ließ.

Unwillkürlich blitzten Bilder vor seinen Augen auf von dem, was für gewöhnlich immer geschah, wenn er jemandem so nahe war. Würde das Tier in ihm eine solche Nähe zulassen, ohne fordernd aufzuheulen? Darüber zu entscheiden, stand nicht in seiner Macht. Gebannt lauschte er in sich hinein. Das Tier war da. Aber es schwieg. Da war noch etwas anderes tief in ihm drinnen. Neu. Und stärker.

'Ich kann sie nicht töten', wurde ihm klar. Und sie wusste es.
Wusste es besser als er.

Wie war das möglich? Auf einmal überkam ihn ein Gefühl der
Hilflosigkeit. Er wollte etwas sagen, aber noch bevor er ein Wort
hervorbrachte, verfing er sich wieder in ihrem Blick, der ihn zu
durchschauen schien wie Glas.

„Fürchtest du gar nicht um dein Leben?", flüsterte er, als würde
der Moment an einem lauten Geräusch zerbrechen.

Sie schüttelte den Kopf.

„Warum nicht?"

„Ich weiß es nicht."

Die Stimme in seinem Kopf schrie, er sollte jetzt, jetzt sofort,
einen Schritt zurücktreten, sie von sich wegstoßen, wieder Herr
über die Situation werden. Aber weder seine Hände noch seine
Füße schienen länger seinen Befehlen zu gehorchen.

Stattdessen trat er noch einen Schritt an sie heran, bis er so dicht
vor ihr stand, dass nur noch wenige fingerbreit ihre Körper
trennten. Fast erwartete er, dass sie zu fliehen versuchte. Aber sie
blieb stehen und hielt seinem Blick stand. Vielleicht wollte, musste
sie wissen, was als Nächstes geschah, genau so sehr wie er selbst.
Der Drang schien mächtiger zu sein als jede Wut und jede Furcht.
Als er schließlich seinen Kopf wenige Zentimeter senkte und sein
Kinn ihr Haar berührte, schien es, als würde er damit Welten
überwinden. Auf einmal verstummte alles um sie herum und
verschwand. Es gab nichts mehr. Nichts, außer ihm und ihr und
dem Gefühl ihrer Nähe. Nähe ohne Angst, die sich um ihn legte
und ihn umfing wie eine warme Hülle.

Ewigkeiten zogen bedeutungslos an ihnen vorüber, während sie, in Ehrfurcht erstarrt, so verharrten. Der Moment schien so surreal, so wertvoll und fragil, dass beide kaum wagten, zu atmen. Jede weitere Berührung wäre zu viel gewesen.

Aber sie verstanden. Verstanden und rührten sich nicht. Für ein paar Sekunden schlossen sie die Augen und erlaubten sich, diesen flüchtigen Moment des Friedens zuzulassen in einer Welt aus Schmerz und Einsamkeit.

30
Reden mit einer Toten

Gegenwart

15. Januar 2003

Als Ross an diesem Morgen die Augen aufschlägt, entdeckt er seinen Entführer neben dem Bett des Mädchens auf dem Boden sitzend. Er hat die Hände vor dem Gesicht gefaltet, sodass es Ross nicht möglich ist, seine Augen zu sehen.

Der Arzt wagt nicht, sich zu rühren und damit die Stille zu durchbrechen. Auch der andere verharrt völlig regungslos. Fast macht es den Anschein, als sei er andächtig ins Gebet versunken.

Oder ist er eingeschlafen?

Wie so oft fragt sich der Arzt, was für eine Bedeutung dieses Mädchen für seinen Entführer hat.

Wer ist sie? Was hat sie mit ihm zu schaffen? Wie ist sie in diesen Zustand geraten?

In den wenigen Momenten, in denen der Psychopath sich unbeobachtet fühlt, wird Ross manchmal Zeuge von Gefühlsregungen, die beinahe Mitleid in ihm wecken, stammten sie nicht von einem Mann, der ihn ohne zu zögern umbringen könnte und würde.

Sind die beiden verwandt? Unterliegt er irgendeinem Fanatismus für sie? Oder stellt sie eine Art Gefährtin für ihn dar? Aber alles in Ross sträubt sich, daran zu glauben. Sein Entführer ist ein Verbrecher. Ein skrupelloser Mörder. Wenn sie seine Gefährtin darstellt, ist ihr zu helfen dann nicht ... falsch?

'Einer Patientin zu helfen ist niemals falsch.'

Ja. Das hat er geglaubt. Will es auch jetzt so gerne glauben. Will glauben, dass es Gutes gibt in dieser Welt. Gute Menschen und gute Taten. Dieser Gedanke hat ihn immer mit Optimismus erfüllt. Aber schwarz und weiß verschwimmen immer mehr zu Grautönen. Und dumpfes, bleiernes Grau ist alles, was er in diesem Moment empfinden kann.

Obwohl Ross keinen Laut von sich gibt, scheint der andere schließlich zu bemerken, dass er ihn beobachtet. Er nimmt die Hände vom Gesicht und wirft dem Arzt einen verärgerten Blick zu. Dann steht er wortlos auf, um den Raum zu verlassen. „Wer ist dieses Mädchen?", fragt Ross leise. Gestern ist es ihm kurz gelungen, seinem mysteriösen Entführer ein paar Informationen zu entlocken. Vielleicht kann es ihm wieder gelingen. Und tatsächlich hält Linus kurz vor der Tür inne, schüttelt dann aber den Kopf und streckt die Hand nach der Klinke aus.

„Haben Sie ... irgendeine besondere Bindung zu ihr?", versucht es Ross noch einmal und ärgert sich sogleich über diese ungeschickte Formulierung.

„Das geht Sie nicht das Geringste an", erwidert der andere müde.

„Haben Sie schon mal versucht, mit ihr zu reden?"

Nun dreht Linus sich doch zu ihm um. „Wie meinen Sie das?", fragt er stirnrunzelnd.

„Möglicherweise ...", sagt Ross und wählt seine Worte mit Bedacht, „ ... ist sie in der Lage, das zu hören."

Verdutzt mustert ihn der andere. „Es zu hören? Sie meinen ..."

„Möglicherweise", wiederholt Ross schnell. „Wenn das Mädchen Sie kennt und Sie … nun ja … nicht fürchtet, wäre es möglich, dass das einen positiven Effekt auf ihren Zustand hat."

„Was für einen positiven Effekt?", hakt der andere scharf nach.

„Das kann ich nicht mit Sicherheit sagen. Schaden kann es jedenfalls – solange es ihr keine zusätzliche Angst macht – nicht."

„Was … was sollte ich sagen?", fragt sein Entführer. Schon im nächsten Moment wird er offenbar selbst gewahr, wie hilflos das klingt. „Wenn das irgend so eine Psychomasche ist …", knurrt er nun drohend.

„Ist es nicht!", sagt Ross rasch. „Es gibt wirklich Koma-Patienten, die nach ihrem Erwachen berichteten, sich erinnern zu können, wie zu ihnen gesprochen wurde. Nicht alle natürlich …"

„Und warum kommen Sie damit erst jetzt?", fragt Linus argwöhnisch.

„Woher sollte ich wissen, dass …", will Ross erwidern.

„Dass was?", schnappt der andere bissig.

„ … Dass Sie dieses Mädchen kennen! Wenn Sie keine Bindung zu ihr haben, sollten Sie es bleiben lassen. Würde ich dort im Koma liegen, dann wäre Ihre Stimme das Letzte, was ich hören wollte."

Einen Moment lang ist der andere sprachlos von diesen dreisten Worten und Ross fügt eilig hinzu: „Aber wenn das Mädchen Sie kennt, dann wäre es ein Versuch, den man nicht außer Acht lassen sollte."

Der andere mustert ihn prüfend und scheint ergründen zu wollen, ob Ross die Wahrheit sagt. „Das macht auf mich den Eindruck, als ob Sie versuchen, nach dem letzten Strohhalm zu greifen. Sie sind der Arzt. Es ist Ihre Aufgabe, sie aufzuwecken. Damit und mit

ihrem Nebenjob sollten Sie eigentlich alle Hände voll zu tun
haben. Also lassen Sie den Psychotherapeuten künftig zu Hause.
Haben Sie verstanden?"

Ross nickt. Aber ihm entgeht nicht der nachdenkliche Blick, den
Linus dem Mädchen noch zuwirft, bevor er den Raum verlässt und
die Tür geräuschvoll hinter sich schließt.

Spät in der Nacht wird Johann Ross von einer leisen Stimme
geweckt. Oder träumt er es nur? Es ist die Stimme seines
Entführers, auch wenn er sie im Flüsterton und ob des Stockens
der Worte fast nicht erkennt.

„Su … hörst du mich? Du musst nicht weitergehen. Du kannst
umkehren. Bitte kehr um." Nach einer Pause fügt er hinzu:
„Komm zurück."

*„Die Zeichen für den Befall der Krankheit sind
unstet, schwer zu erkennen und leicht zu
verwechseln. Ein jeder sollte misstrauisch
werden, wenn sich um eine Person, Mann oder
Frau, Junge oder Mädchen, mysteriöse
Ereignisse häufen, rätselhafte Plagen ebenso wie
unerwarteter Segen. Dazu gehören auch
seltsame Träume des Nachts und merkwürdiges,
paranoides Verhalten am Tage bis hin zu
komplexen Einbildungen. Viele unter Folter
Befragte gaben an, von den seltsamsten
Kreaturen umgeben zu sein, die mit ihnen
sprechen oder ihrem Willen gehorchen – ohne*

Zweifel ein Beweis für den unheilbaren
Wahnsinn, dem sie verfallen sind.
Auch seltsame Worte in einer unbekannten
Sprache gelten als äußerst verdächtig.

Bei längerem, unbemerkten Befall ändert sich
das Wesen der Person: sie sondert sich häufig
ab, wirkt unbeteiligt und nicht selten
emotionslos, ohne dabei ihre Aufmerksamkeit
oder Reaktionsfähigkeit einzubüßen."

31

Schwarzer Riese

„Komm zurück ..."

Eine weit entfernte Stimme wehte wie ein Lufthauch an Sus Ohr vorbei. Die Hand bereits auf der Klinke, hielt sie inne. Sie kannte die Stimme, auch wenn ihr nicht einfallen wollte, woher.

'Komm zurück.'

Zurück wohin? Sie versuchte, sich zu erinnern. Wo war sie hergekommen? Wo war sie eben noch gewesen?

Auf einmal spürte sie ihn wieder. Den Sog, der an ihr zerrte, nach ihr griff wie eine riesige schwarze Hand. Dem sie niemals standhalten könnte, würde er sie zu fassen bekommen. Was tat sie hier? Sie durfte nicht stehenbleiben. Sie musste weiter, immer weiter. Schnell drückte sie die Klinke hinunter. Es gab kein Zurück.

Grelles Sonnenlicht blendete sie auf der anderen Seite.

Linus hatte das Auto am Straßenrand geparkt, um eine süßlich stechend riechende Flüssigkeit aus dem Kanister in die Luke beim Kofferraum zu füllen. Auch Su war ausgestiegen, streckte ihre steifen Glieder und sah sich um.

Der Tag war warm für den Winter, der noch immer das Land regierte. Ein paar kleine, braune Vögel huschten geschäftig durch das kahle Dickicht und hinterließen winzige Spuren auf dem schmerzvoll hellen Neuschnee. Su ging ein paar Schritte auf sie zu und hockte sich hin, um die Tierchen näher anzusehen. Aber sie stoben aufgeregt schimpfend davon.

„Ihr braucht keine Angst zu haben", flüsterte Su betroffen. „Ich tu

euch nichts."

Doch gleich darauf wurde ihr klar, dass die kleinen Wesen nicht vor ihr geflohen waren. Sie konnte die Anwesenheit der Kreatur spüren, noch bevor sie sie sah. Langsam richtete Su sich auf und drehte sich um.

Das Wesen war riesig. Langsam und lautlos wie ein Schatten glitt es am Straßenrand entlang, wo noch vor wenigen Sekunden nichts als braunes Gras gewesen war. Es kam direkt auf ihr Fahrzeug zu. Unwillkürlich hielt Su die Luft an. Hektisch sah sie zu Linus hinüber, der gerade den Kanister wieder im Kofferraum verstaute. „Was ist?", fragte er, als er ihren Blick bemerkte.

Aber Su antwortete nicht, sondern schluckte nur schwer. Was sollte sie sagen? Dass sich nur wenige Meter von ihnen entfernt ein riesiges, schattenartiges Wesen auf sie zuschob? Er würde sie auslachen. Oder sich fürchten ...

Die Umrisse der Kreatur veränderten sich stetig und Su hatte Schwierigkeiten, sie im Blick zu behalten. Erst, als es fast bei ihnen war, erkannte sie, dass das Wesen aus Tausenden, sich stetig windenden und ineinander verschlingenden dunkelgrünen Ranken bestand.

Linus war neben sie getreten und versuchte, ihrem Blick zu folgen. Aber natürlich konnte er nichts sehen, so wie niemand jemals zu erkennen vermochte, was Su ständig umgab. Sie war allein damit und würde immer allein damit sein.

„Was siehst du?", fragte er leise.

Su antwortete nicht. Stattdessen starrte sie auf ihre Füße und wartete, bis es vorbei war. Es würde vorbeigehen, so wie immer. Sie durfte bloß nichts Falsches tun. Dann würde auch nichts passieren.

Auf einmal spürte sie, wie Linus ihre Hand nahm. Su versuchte, sie wegzuziehen, aber er hielt sie fest. Sie blickte auf und sah ihm in die Augen.

„Kannst du es mir zeigen?", fragte er ruhig.

„Nein!", antwortete sie schnell. Noch nie hatte sie jemand um so etwas gebeten. Die Wesen, die sie umgaben, hatte sie bisher bestenfalls gemalt und selbst das hatte sie stets Überwindung gekostet. Warum sollte er das wollen?

„Du kannst es versuchen", sagte er. „Ich möchte sehen, was du siehst."

„Das ist keine gute Idee", entgegnete sie ängstlich. Sie wusste nicht, was geschehen würde, wenn sie es versuchte. Ebenso wenig, was geschehen würde, sollte es funktionieren.

„Was soll passieren?", fragte Linus unbekümmert.

Alles. Alles konnte passieren, wenn Su versuchte, ihre Fähigkeiten einzusetzen. Aber wie sollte sie ihm das erklären? Wie könnte sie ihm jemals erzählen, was sie getan hatte? Spätestens dann würde er begreifen, dass sie nichts als Unheil über alle brachte, die ihr zu nahe kamen.

„Versuch es", bat er erneut. „Du musst damit nicht alleine sein."

Die Worte trafen sie mitten ins Herz.

Er musterte sie neugierig und auffordernd. Er wirkte so sicher.

Für einen Moment tauchte sie in die Vorstellung ein, dass Linus in der Lage war, sie beide zu beschützen. Vielleicht konnte sie es wirklich versuchen. Nur wie?

Su holte tief Luft und versuchte, sich auf das Wesen zu konzentrieren, während sie Linus' Hand fest in der ihren hielt.

Zunächst geschah überhaupt nichts. Es kroch unbeirrt weiter. Linus schaute noch immer durch es hindurch in den Wald hinein, wo er es zu vermuten schien.

Dann plötzlich, als die Kreatur genau vor ihnen angekommen war, blieb sie stehen und drehte sich wie in Zeitlupe zu ihnen um. Sus Herz setzte einen Schlag aus. Sie umklammerte Linus' Hand so fest sie konnte. Was hatte sie getan? Er sollte auf die Kreatur aufmerksam werden. Nicht umgekehrt.

„Lass uns in Ruhe", flüsterte sie dem Wesen entgegen. Unverständliche Worte, nicht viel mehr als das Rauschen des Windes, wehten zurück.

Dann schoben sich die Ranken zur Seite. Schicht für Schicht öffnete sich der Leib des Wesens, bis Su schließlich in dessen Innerstes blicken konnte, in ein klaffendes schwarzes Loch, in dem sich Leben, Tod und Unendlichkeit zu spiegeln schienen wie Sterne auf einem klaren See. Su hatte noch nie etwas so Vollkommenes, Schönes gesehen.

In Ehrfurcht gebannt wurde ihr klar, dass dieses Auge sie ebenso zu betrachten und zu mustern schien. Wieder flüsterte das Wesen Worte, die Su nicht verstand, die ihr aber weit weniger Angst machten, als sie sollten. Sie schienen auf unerklärliche Weise nach ihr zu rufen. Zu Sus Erschrecken wollte ein Teil von ihr diesem Ruf folgen. Noch zögerte sie.

Dann schlossen sich die Ranken wieder, Schicht für Schicht, und das Wesen zog weiter. Su blickte ihm nach, unfähig sich zu rühren. Erst als Linus ihr seine Hand entzog, besann sie sich, wo sie war. Verständnislos folgte er ihrem Blick. Aber das Wesen war schon wieder verschwunden, so, als hätte es nie existiert.

„Alles in Ordnung?", fragte Linus vorsichtig.

„Ja", flüsterte Su, doch ihr Blick hing noch in der Ferne.

Suchend. Sehnsüchtig. Enttäuscht.

Als sie sich schließlich zu Linus umwandte, erkannte sie nichts als Befremdung in seinen wachsamen Augen. Er hatte es nicht gesehen. Es war nicht möglich, ihre Wahrnehmung zu teilen. Nichtmal mit ihm. In diesem Moment kam es ihr vor, als ob sie in verschiedenen Welten lebten. Linus in der seinen, in der man die Dinge berühren, benennen und erklären konnte.

Su in der ihren. Allein.

32
Eine Bar

24. Dezember 2002

Nachdenklich betrachtete Linus das vibrierende Mobiltelefon in seiner Hand und verdrängte das unterschwellige Gefühl eines Déjà-vus. Noch vor wenigen Tagen hatte er diesen Anruf herbeigesehnt. Nun war er versucht, ihn abzulehnen. Doch wozu? Würde es die Verwirrung in seinem Kopf klären? Würde es irgendetwas besser machen? Nein, ganz sicher nicht. Es würde seine Lage nur verschlimmern. Vor Problemen wegzulaufen, hatte ihn noch nie irgendwo hin geführt. Während er das dachte, drücke sein Daumen auf den grünen Hörer.

„Hallo", sagte er beiläufig.

„Hallo! Ich dachte schon, ich hätte Sie verpasst. Ist alles in Ordnung?", erkundigte sich die Stimme am anderen Ende misstrauisch.

„Ja. Ich habe das Klingeln im Auto zunächst nicht gehört."

„Verstehe. Ich habe ihre Kurznachricht erhalten. Wie ist die Lage?"

Wie war die Lage? Su hatte seiner Anweisung, im Auto zu warten, Folge geleistet und beobachtete ihn durch das Beifahrerfenster. Er schluckte. „Gut", murmelte er in den Hörer, räusperte sich und fuhr mit fester Stimme fort. „Die Lage ist gut. Die Zielperson verhält sich ruhig und macht keinen Ärger."

„Ich gehe davon aus, dass sie nach wie vor unverletzt ist?"

„Selbstverständlich. Ich halte mich an unsere Abmachung."

„Das habe ich auch nicht anders erwartet. Dennoch muss ich gestehen, dass ich verwirrt bin. Ich hatte mit mehr Gegenwehr gerechnet. Gibt es denn irgendwelche Anzeichen, dass sie besondere Fähigkeiten hat?"

Linus dachte an die unendliche, geheimnisvolle Tiefe in Sus Augen. Die undefinierbare Kraft, die von ihr ausging, jagte ihm selbst jetzt einen leichten Schauer über den Rücken. „Nein", log er. „Wie ich bereits sagte: Sie verhält sich ruhig."

„Hm. Das ist im Grunde natürlich erfreulich. Vorausgesetzt, dass Sie das richtige Mädchen entführt haben. Eine Verwechslung wäre überaus ärgerlich."

„Sie ist die Richtige. Ich habe keine Zweifel."

„Das hoffe ich. Dennoch verstehen Sie sicherlich, dass ich diese Tatsache lieber überprüfen lasse, bevor ich mich aus meiner Deckung begebe und mich auf einen Tausch einlasse."

„Wie meinen Sie das?"

„Einer meiner engen Vertrauten soll sie in Augenschein nehmen. Er ist mit der Thematik vertraut und weiß, worauf er achten muss." Linus schnaubte. Was für eine Thematik? Was wusste sein Auftraggeber über Su? Was hatte er mit ihr vor? Es war das erste Mal, dass Linus sich diese Frage stellte. Er drehte sich vom Auto weg, um nicht versehentlich in ihr Gesicht zu blicken. „Wann und wo soll dieses Treffen stattfinden?"

„Ich sende Ihnen die Adresse per SMS. Je nach Lage können Sie zwischen zwei Tagen wählen. Die Sicherheit des Mädchens hat bei der Wahl Priorität."

„Natürlich."

„Ich verlasse mich jedoch darauf, dass Sie zu einem der Termine erscheinen. Sobald mein Untergebener mir grünes Licht gibt, leite ich den Tausch in die Wege. Dann sind Sie diese Bürde wieder los."

„Ja. Ich weiß", sagte Linus mit monotoner Stimme.

„Gut! Sie hören von mir."

Linus hielt das Telefon noch ans Ohr, als die Stimme seines Auftraggebers längst in ein elektronisches Tuten übergegangen war. In den vergangenen Tagen hatten sich all seine Gedanken einzig um zwei Dinge gedreht: Um Su und ihre gemeinsame Flucht. Eine Flucht vor einem namenlosen Verfolger, die leicht zu rechtfertigen war. Fast hatte er vergessen, vergessen wollen, was der eigentliche Grund für all diese Strapazen war. Womit alles begonnen hatte und womit es enden würde. Die Erkenntnis lag wie ein schwerer Stein in seinem Magen. Der gestrige Abend ging ihm, so sehr er es auch versuchte, nicht mehr aus dem Sinn. Was hatte das alles zu bedeuten? Sollte er sein Vorhaben deshalb überdenken? Womöglich sogar über Bord werfen?

'Das wäre entgegen jeder Vernunft. Entgegen all deiner Prinzipien', dachte er und schüttelte den Kopf, um diese absurde, verwirrende Vorstellung wieder zu verwerfen. 'Du bekommst doch genau das, was du wolltest. Sie loswerden. Endlich wieder klar denken können. Du hast ihr von vornherein gesagt, was du mit ihr vorhast. Du hältst lediglich dein Wort. Reiß dich zusammen und bring es endlich hinter dich!'

Als er wieder zu Su ins Auto stieg, konnte er ihren fragenden Blick auf sich spüren. Aber er sah geradeaus und konzentrierte sich auf den Weg. Nach all den Überraschungen und unbequemen

Erkenntnissen der letzten Tage sehnte er sich danach, ja er brauchte es regelrecht, dass nun endlich wieder etwas nach Plan verlief. Und zwar nach seinem Plan. Und einen anderen hatte er im Moment nicht.

Als sie spätabends die Bar erreichten, in der Linus sich mit einem Mann namens Markus treffen sollte, war der Parkplatz fast voll. Das Etablissement, eine ehemalige Scheune, lag außerhalb der Ortschaft. Zwischen den parkenden Autos standen kleine Rudel von Rauchern, die sich teils gedämpft, teil lautstark unterhielten. Er zog Su seine graue Mütze tief ins Gesicht, musterte kritisch ihre Kleidung. So langsam tastete er sich zur richtigen Kleidergröße vor – alles unauffällige, gedeckte Farben. Lediglich die Schuhe waren noch immer zu groß. Wenn sie sich halbwegs unauffällig verhielt, hatten sie vielleicht eine Chance, kein Aufsehen zu erregen. „Wenn wir auffliegen, ist keinem von uns geholfen. Bleib einfach bei mir und tu, was ich dir sage!", wiederholte er zum tausendsten Mal. Su sah ihn an, furchtsam in Erwartung fremder Menschen, und nickte stumm.

Sich selbst setzte Linus die braunen Kontaktlinsen ein, die er so hasste, und prüfte noch einmal sein freundlichstes Lächeln im Spiegel. Dann sammelte er all seine Konzentration und sie stiegen aus.

Als sie die Bar betraten, war der Laden bereits dicht gefüllt mit allerlei Gesindel: betrunkene Arbeiter, Billard spielende Proleten, lachende und lallende Machos, ein paar aufgetakelte Frauen. Ein leiser, aber fordernder Hunger in seinem Innersten meldete sich angesichts so vieler Menschen zu Wort. 'Später vielleicht', dachte er und sondierte weiter die Lage. 'Jetzt habe ich Wichtigeres zu tun.'

Die Luft war schlecht und im Hintergrund lief Musik, von der man nur die Bässe hörte. Su war direkt in der Tür wie angewurzelt stehengeblieben. Linus konnte spüren, wie der Lärm und die vielen Menschen sie verstörten. Bestimmt legte er einen Arm um ihre Schultern und schob sie durch die Meute zur Theke. Dort dirigierte er sie auf einen Barhocker, direkt neben einen grimmig wirkenden Gast, der abwesend in sein halbleeres Glas starrte.

„Hi! Ich suche Markus", rief Linus gegen die Lautstärke an, als der Barkeeper erschien.

„Was wollen Sie trinken?", schrie dieser zurück.

„Nichts. Ich suche Markus."

„Irgendwas müssen Sie trinken. So sind die Regeln."

„Ach ja?", antwortete Linus lustlos. „Na von mir aus: Zwei Bier."

„Wo haben Sie denn die abgeschleppt?", fragte der Barmann nun und deutete auf Su, die sich missmutig im Raum umsah. Ihr Blick schien in einer der Ecken hängen zu bleiben, wo eine laute Gruppe junger Männer um einen Stehtisch herum Bier trank.

„Was geht Sie das an?", entgegnete Linus knapp und musterte den Barmann verärgert. Warum widmete er ihnen so viel Aufmerksamkeit und machte nicht einfach seinen Job?

„Naja, für gewöhnlich bringen die Kerle andere Tussis mit. Solche da." Er wies auf einen Tisch, wo eine Gruppe leicht bekleideter Damen jauchzend auf irgendetwas Unbedeutendes anstieß. Bloß eine von ihnen schaute stattdessen missgelaunt zu Su herüber.

„Hören Sie", sagte Linus langsam, beugt sich nach vorne und

blickte dem Mann dabei fest in die Augen. „Ich würde mich wirklich gern noch Stunden mit Ihnen über irgendwelche *Tussis* unterhalten, aber noch viel, viel lieber würde ich jetzt wirklich gern mit Markus reden. Okay?"

„Okay", wiederholte der Barkeeper mit einem merkwürdigen Lächeln und verschwand schnellen Schrittes in einem Hinterzimmer.

'Hier stimmt etwas nicht. Wir sollten gehen', beschloss Linus und stand auf.

Währenddessen bekam jedoch Su Gesellschaft. Die blondierte Frau, die sie eben noch fixiert hatte, stakste in ausholenden, energischen Schritten auf sie zu und baute sich vor ihr auf. Ihr säuerlicher Gesichtsausdruck und ihr Make-up verschwammen zu einer hässlichen Grimasse.

Su wandte den Kopf ausweichend zu Boden und schien auf ihrem Hocker immer kleiner zu werden.

„Hey!", schrie die Blondine durch den halben Raum und Su zuckte zusammen. „Starrst du etwa meinen Freund an, du Vogelscheuche?"

Erschrocken schüttelte Su den Kopf, während sie sich noch immer nicht traute, aufzusehen.

„Dafür hat sie einen viel zu guten Geschmack", mischte sich Linus ein, während er Su unauffällig bedeutete aufzustehen.

Doch die Blondine stand ihnen im Weg und schnappte bissig zurück: „Und warum gafft sie dann die ganze Zeit in seine Richtung?"

Linus' Blick folgte ihrer Geste zu der Gruppe junger Männer in Feierlaune. Wie immer konnte er nicht sehen, was Su dort wahrnahm. Es blieb eines von den vielen Rätseln, die sie umgaben.

„Vielleicht hat sie ja Mitleid mit ihm, dass er mit einer wie dir sitzen geblieben ist", erwiderte er nüchtern. Die Frau lief dunkelrot an und machte dann auf dem Absatz kehrt, um sich zu ihrem sicheren Rudel zurückzuziehen.

Der Weg zum Ausgang war frei. Während Linus Su und sich unauffällig in Richtung Tür manövrierte, flüsterte sie: „Ich hab nicht zu ihrem Freund geschaut. Dort hinten ist ein ..."

„Sch!", zischte Linus streng. Obwohl sich außer der Frau, die sie nun wieder von Weitem mit ihren Blicken malträtierte, niemand für sie zu interessieren schien, konnte er gut darauf verzichten, jetzt und hier ein therapeutisches Gespräch über die Existenz von Monstern zu beginnen.

Auf einmal kam der Barkeeper wieder aus dem Hinterzimmer zurück, aber nicht mit einem, sondern mit vier anderen kräftigen Männern, die allesamt grimmig dreinschauten. Die Gespräche verstummten. Plötzlich schienen alle Augen gespannt auf das Geschehen an der Theke gerichtet. Linus runzelte gequält die Stirn. Der Abend entpuppte sich mehr und mehr als Katastrophe.

„Warte am Auto", raunte er Su zu.

„Sie soll hierbleiben!", sagte der Barkeeper mit einem triumphierenden Lächeln. „Wir würden gern mehr über euch zwei erfahren. Warum folgt ihr uns nicht nach hinten?"

Su drängte sich dicht an ihn. Sonst rührte sich niemand. Linus atmete tief durch. Es juckte ihn in den Fingern, diesen Männern eine Lektion zu erteilen. Zur Hölle mit Markus. Aber die Bar quoll über vor Zuschauern. Im Falle einer Schlägerei würde bestimmt jemand die Polizei rufen, bevor er es verhindern könnte. Das wäre das Letzte, was sie jetzt brauchten. Zudem war die Wunde an seiner Schulter noch immer frisch und mahnte ihn zur Vorsicht. „Meine Herren", begann er beschwichtigend. Doch unter seinem freundlichen Lächeln konnte er einen drohenden Ton nicht ganz verbergen. „Noch ist nichts passiert. Wollen wir nicht doch einfach so tun, als wäre nichts gewesen?" Aber er konnte die Anspannung der Männer spüren und wusste in diesem Moment, dass es bereits zu spät war.

Sie standen ungünstig nah, er befand sich bereits fast in ihrer Reichweite. Einer nickte den anderen zu. Dann ging alles sehr schnell. Zwei Fäuste flogen auf ihn zu. Die Linke fing er ab und warf den Angreifer mit einem energiegeladenen Schub quer durch den Raum in eine Gruppe Stehtische. Für die andere Faust war er zu langsam. Sie traf ihn hart am Wangenknochen und sein gesamter Oberkörper wurde zur Seite gerissen. Ein greller Schmerz in seiner Schulter. Der Geschmack von Blut. Ein weiterer Schlag in die Nieren nahm ihm die Luft. Sein Blick fiel auf das halbleere Bierglas des schlagartig aus seiner Lethargie erwachten Sitznachbarn. Ohne weiter nachzudenken griff er danach, wirbelte herum und zerschmetterte es am Kopf seines Angreifers. Der Krug zersprang in tausend Scherben und roter Schaum lief am Gesicht des Mannes hinab, während er zu Boden sank.

Schon rückten die nächsten zwei nach, mussten jedoch erst über ihren Kollegen am Boden steigen, was Linus einen Moment Zeit verschaffte.

Der Barkeeper war aus seinem Sichtfeld verschwunden. Auch Sus Nähe konnte er nicht mehr hinter sich spüren. 'Verflucht', dachte er, wich der nächsten Faust aus, ergriff den Arm und drehte ihn auf den Rücken, bis es knackte. Der Angreifer jaulte vor Schmerz und Linus hielt ihn vor sich, um dem Vierten keine Angriffsfläche zu bieten.

Nun sah er, wie der Barkeeper Su, die sich aus Leibeskräften wehrte, hinter den Tresen zerrte. Als sie den Muskelprotz in die Hand biss, schlug er ihr fest ins Gesicht. Wut wallte in Linus auf. Doch mehr konnte er von den beiden nicht erhaschen, denn aus den Augenwinkeln bemerkte er gerade noch rechtzeitig, wie ein Billardqueue auf seinen Kopf zuflog. In letzter Sekunde riss er seinen menschlichen Schutzschild herum. Blut spritzte ihm ins Gesicht, als der Stab an dessen Schädel zerbrach. Etwas Spitzes bohrte sich in Linus' Kinn.

Der Fleischberg sackte in sich zusammen und Linus konnte ihn nicht länger halten. Einige andere Männer aus der Bar schienen sich nun in die Prügelei einzumischen und versuchten ihn zu umzingeln. Doch sie waren sichtlich verunsichert von den drei Männern am Boden. Linus grinste wütend und wischte sich mit dem Ärmel das Blut aus dem Gesicht. Sie hatten noch nicht begriffen, mit wem sie es zu tun hatten. Oder mit was. Ihr Abstand zu ihm war günstig und er konzentrierte sich auf die vibrierende Energie, deren wabernde Ausmaße er spüren konnte, als würden sie zu seinem Körper gehören. Er sammelte sie, formte sie, bereit für einen Rundumschlag. Fast war es so weit.

Auf einmal ging eine so heftige Erschütterung durch den Raum, dass die Wände bebten und der Boden schwankte. Panische Schreie. Tische krachten. Gläser klirrten. Linus taumelte rückwärts gegen einen Barhocker, der ihm jedoch keinen Halt bot. Der Sitz kippte und Linus fand sich auf dem Boden neben seinen Gegnern wieder. Dann war es von einer Sekunde auf die andere vorbei.

'Was zur Hölle war das? Ein Erdbeben?', dachte er, während seine Sinne sich wieder ordneten.

Er zog sich als einer der ersten wieder auf die wackeligen Füße und sondierte das Chaos. Auf den wenigen Tischen, die nicht umgerissen worden waren, standen noch Gläser. Heil. Zum Teil fast voll. Wie konnte das sein? Der gesamte Raum hatte geschwankt wie ein Boot im Sturm. Keine Risse in den Wänden. Kein abbröckelnder Putz. Was ging hier vor?

Plötzlich ertönte ein markerschütternder Schrei hinter dem Tresen.

'Su', schoss es Linus durch den Kopf und er wirbelte herum.

Sie stand an der Wand, die Hände in das Getränkeregal gekrallt, die Augen weit aufgerissen zu Boden gerichtet. Die qualvollen Schreie verebbten einfach nicht. Rumpeln. Klirren. Scheppern.

Plötzlich kroch der Barkeeper hinter der Theke hervor. Schreiend. Flehend. Wimmernd. Wie besessen, eine unerklärliche Verzweiflung in den Augen, ergriff er eine lange, spitze Glasscherbe und rammte sie sich in den Hals. Unmengen Blut spritzten über die Holzdielen und auf die Regale, während er sich gurgelnd und röchelnd am Boden wand. Schließlich erschlaffte sein Körper und sein Blick wurde leer.

Su stand noch immer regungslos dort und starrte entsetzt die Leiche an. Für ein paar Sekunden hätte man eine Stecknadel fallen hören können.

„Hexe", hauchte eine Stimme aus einem Winkel des Raumes, den Linus bisher nicht weiter beachtet hatte. Ein alter Mann mit wettergegerbtem Gesicht zog plötzlich eine Pistole aus seinem

Gürtel. Anscheinend hatte er es bislang nicht für nötig gehalten, sich einzumischen. Doch jetzt zielte er mit weit aufgerissenen Augen und erstaunlicher Präzision auf das Mädchen hinter dem Tresen.

In wenigen Augenblicken wäre sie tot. Fort. Verloren.

'Nein', dachte Linus. Die Macht dieses Wortes hob seine Hand, in der sich eine Kraft aus dem Wissen ballte, dass er alles geben musste, alles, was er besaß. Nur ein einziger Gedanke erfüllte sein Bewusstsein und alles, was er war: Sie durfte nicht sterben. Sie würde nicht sterben. Nicht heute. Dann ging er einen Schritt nach vorn und stellte sich in die Schussbahn. Schon ertönte der Knall und Linus glaubte, in Zeitlupe zu sehen, wie sich die Kugel unaufhaltsam näherte. Er holte tief Luft und schleuderte seine gesamte Kraft dem Geschoss entgegen. Würde es funktionieren? Es musste einfach.

Kurz vor seiner Hand gelangte die Kugel schließlich zum Stillstand und fiel mit lautem, metallischem Klirren zu Boden. Ein paar Sekunden lang betrachtete er sie ungläubig. Dann ließ er seinen Blick über die in Entsetzen erstarrte Meute schweifen. Über die Trümmer und Scherben. Die Verletzten. Die Leichen. Das Blut. Aus der Ferne hörte er Sirenen.

Plötzlich fühlten sich seine Hände schwer an. Als würde er neben sich stehen, hörte er sich selbst heftig atmen. Nun konnte er auch den pochenden Schmerz in seiner Wange und seinem Kinn spüren. Das Ziehen in seinem Bauch. Das fast unerträgliche Brennen des Schnittes in seiner Schulter. Die Nähte mussten während des Kampfes gerissen sein, bei jeder Bewegung rieb der Stoff seiner Kleidung am blanken Fleisch.

'Wir müssen hier weg', hieß der Gedanke, der ihn davon abhielt, bewusstlos zu werden. Seine Stimme klang weit weg, als er das Schweigen brach. „Su ..."

Sie starrte noch immer auf die Leiche zu ihren Füßen. Hatte gar nicht bemerkt, wie knapp sie gerade dem Tode entronnen war.

Oder es war ihr egal.

„Su. Komm, wir gehen."

Wie in Trance gelang es ihr schließlich, den verschleierten Blick auf ihn zu richten. Ihre Nase blutete und auch sie atmete schwer.

Linus erstarrte. Erkannte sie ihn? Was, wenn auch er sich gleich schreiend am Boden winden würde? Er wartete. Doch nichts dergleichen geschah.

„Komm ...", sagte er und streckte ihr vorsichtig die Hand entgegen.

Nach einer gefühlten Ewigkeit ergriff Su sie und Linus zog das Mädchen hinaus in den Schutz der Dunkelheit. Niemand hielt sie auf.

Nachdem er über eine Stunde durch die Nacht gerast war, hielt er am Straßenrand, lehnte sich zurück und fuhr sich mit zitternder Hand durchs Haar.

'So viel zum Thema Unauffälligkeit', dachte er und schüttelte fassungslos den Kopf.

Er hatte immer geahnt, dass Su irgendwelche Fähigkeiten hatte. Dass es einen Grund gab, weshalb sein Auftraggeber an ihr interessiert war. Aber was eben geschehen war, überstieg bei Weitem seine Vorstellungskraft. Hatte sie selbst gewusst, wozu sie in der Lage war? Sollte dies erst der Anfang sein?

Er drehte sich zu ihr hinüber, um sie zur Rede zu stellen. Aber er schluckte die Fragen hinunter, als er sah, dass sie mit glasigem Blick geradeaus starrte, die Hände in den Sitz gekrallt. Ihr Anblick versetzte ihm einen Stich an einer Stelle, die er nicht abzuschirmen vermochte.

„Hey ...", sagte er unbeholfen. „Alles in Ordnung?"

Statt einer Antwort begann sie, in sich hineinzuschluchzen.

„Su ... es ist okay. Alles gut. Es ist vorbei."

Sie antwortete nicht. Behutsam legte er eine Hand auf ihren Arm, wo der Ärmel ihn bedeckte. Er musste vorsichtig sein. Seine Wunden pochten. Das Tier knurrte. Aber etwas in ihm weigerte sich, sie jetzt alleinzulassen.

Im fahlen Licht der Sterne konnte er sehen, wie ihr Blut von dem Schlag des Barmannes zu einem dunklen Schatten um ihren Mund herum getrocknet war.

War es tatsächlich ihr erster Mord? Was sollte er ihr sagen? Dass es mit jedem Mal leichter werden würde?

„Du hast dich gewehrt. Das war gut", flüsterte er stattdessen.

„Es ist schon wieder passiert. Ich hab es nicht unter Kontrolle", erwiderte sie schließlich unter Tränen.

„Du wirst es lernen", sagte er ruhig. Das würde sie. Sicher würde es noch andere Opfer erfordern. Aber genau wie er einst würde sie lernen, damit umzugehen. Sich damit abzufinden.

„Wenn ich es lerne, bin ich das Monster", flüsterte sie und vergrub das Gesicht in den Händen.

„Du willst überleben. Das will jeder. Und jeder wäre bereit, dafür alles zu tun."

Plötzlich richtete sie ihren flehenden Blick direkt auf ihn und er schien mehr zu schmerzen als jede seiner Verletzungen. „Ich ...

ich will so nicht leben. Ich will nicht, dass es sich jedes Mal so

anfühlt. Ich will das nicht fühlen. Ich will so sein wie du. Bitte

zeig es mir!"

Erschrocken zog Linus seine Hand zurück. Konnte er ihr geben,

wonach sie ihn anflehte? Ihr Gewissen, ihre Seele zu verlieren,

wäre so viel leichter als ständig aufs Neue darum zu kämpfen.

Im Grunde würde er ihr sogar einen Gefallen tun.

Und doch zögerte er. Er versuchte, sich vorzustellen, sie wäre wie

er. Auf dem Boden der Tatsachen. Seiner Tatsachen.

Desillusioniert. Abgestumpft. Kalt. Dann sah er ihr in die großen,

tränengefüllten Augen. Sah all den Schmerz. Die Angst. Die

Traurigkeit und verzweifelte Hoffnung. Ihre ganze wunderschöne

Verletzbarkeit.

„Das geht nicht."

„Warum nicht?", fragte sie mit erstickter Stimme.

„Es wäre ..." Er stockte. „Falsch." Was sollte er noch sagen? Er

wusste es nicht. Und doch war die hilflose Untätigkeit so

beklemmend, als drohte sie ihn zu ersticken. Als wäre ihre

Verlorenheit die seine.

Einem plötzlichen Bedürfnis folgend und seinen Hunger mit aller

Macht ignorierend, streckte er den Arm nach ihr aus und zog sie zu

sich heran, bis ihre Stirn seinen Hals berührte. Steif und gleichsam

befremdet ließ sie es geschehen. Unbeholfen verharrten sie in

dieser bizarren Pose.

Vorsichtig strich Linus mit der Hand über ihren Kopf, als berührte

er etwas überaus Zerbrechliches.

Sus Verzweiflung schwappte auf ihn über wie eine Welle und er erinnerte sich, wie er vor etlichen Jahren, in einem anderen Leben, vor seinen ersten Leichen gestanden hatte. Voller Entsetzen. Voller Angst.

Ohne es zu merken, zog er sie noch ein bisschen dichter an sich heran. Ihr vom Schluchzen geschüttelter Körper fühlte sich surreal an. Schwach und stark zugleich. Obwohl er versuchte, das Mädchen zu trösten, wurde er selbst merkwürdig ruhig, während er sie hielt und zögernd sein Gesicht in ihrem Haar vergrub. Ihr Duft füllte seine Lungen. Er sog die Luft tief ein und behielt sie in sich, als würde der Moment auf diese Weise nie enden.

'Wie ist das überhaupt möglich? Geschieht das alles wirklich?', schoss es ihm durch den Kopf. Aber es war ihm egal. Es spielte keine Rolle. Es zählte nur, dass es geschah.

Irgendwann ließ er sie los. Ihm blieb keine Wahl. Das Tier in ihm knurrte warnend und Linus wusste, dass es an der Zeit war, ihm zu gehorchen und seinen Teil des Paktes zu erfüllen.

„Warte hier! Ich bin gleich wieder da. Warte! Hier!", sagte er eindringlich, bevor er fluchtartig das Auto verließ. Während er sich wie in Trance entfernte, drückte er noch auf den Knopf am Schlüssel und verriegelte die Türen. Dann verließ er die sonst fahrzeugleere Straße und lief in den Wald. Einen Menschen würde er hier kaum finden. Aber im Moment würde er alles nehmen, was er zwischen die Finger bekam. Fast alles.

Nachdem er seinen Hunger so gut wie möglich gestillt hatte, kehrte er zum Auto zurück. Auf dem Weg überfiel ihn die plötzliche Angst, dass Su vielleicht fort war. Gestohlen. Geflohen. Nie existiert.

Aber sie war noch da. Sie lehnte erschöpft mit dem Kopf an der Scheibe und bemerkte seine Rückkehr kaum.

Als er einige Stunden später erneut halten musste, um den Reservekanister aus dem Kofferraum zu holen, war sie eingeschlafen. Nachdem er das Benzin umgefüllt hatte, setzte er sich wieder hinters Steuer und sah sie an. Betrachtete ihr schlafendes Gesicht, ihre schmale, zerbrechliche Silhouette.

Seine Ware.

Das Medium.

Hexenmädchen.

Su.

Hatte sie ihn wirklich in ihrem Bann? Konnte er Traum und Realität noch unterscheiden? Lag der Lauf der Dinge noch in seiner Macht?

'Du hast es längst nicht mehr unter Kontrolle. Du solltest dem noch heute Nacht ein Ende machen, bevor es endgültig zu spät ist.'

Aber das war es bereits. Denn obwohl er von einer Antwort, irgendeiner Lösung weit entfernt war, konnte er nichts anderes tun, als weiter dort zu sitzen, auf ihren Atem zu lauschen und ihr schlafendes Gesicht zu betrachten, bis die ersten Sonnenstrahlen ihn ermahnten, dass sie weiter mussten.

'Warum?', dachte er immer wieder, während er den Motor anließ und das Fahrzeug durch den frühen Nebel manövrierte. 'Warum das alles? Warum jetzt und nicht vor Jahren schon? Was soll das bedeuten? Ist es eine Prüfung?'

Er wusste nur eines: Was er gefunden hatte, war auf unerklärliche Art wertvoll. Vielleicht das Wertvollste und zugleich das Fragilste, das er je besessen hatte.

33
Von Monstern und Menschen

25. Dezember 2002

Die ersten Sonnenstrahlen fielen als orangefarbenes Licht durch Sus noch geschlossene Lider. Dann wieder Schatten, für den Bruchteil einer Sekunde. Licht. Schatten. Licht. Schatten. Eine unheilvolle Erinnerung beschleunigte ihren Puls, aber als sie ihre Augen einen Spalt weit öffnete, sah sie, dass sie weit weg war von jenem Ort. Von jenem Leben.

Zwischen den kahlen Bäumen, die an ihr vorüberzogen, konnte sie die Sonne sehen. Sie war weiß und grell, und doch konnte Su nicht umhin, sie durch ihre langen, dunklen Wimpern hindurch zu betrachten. Die Wärme, die das Licht durch die eiskalte Fensterscheibe hindurch auf ihr Gesicht legte, war so anders, so viel schöner als die immer gleiche Raumtemperatur ihrer früheren Zelle. So musste sich das Leben anfühlen. Wie gern hätte sie sich einfach für immer in diesem Gefühl verloren.

Aber während ihr Verstand langsam erwachte, kehrten auch die Bilder zurück. Vom gestrigen Abend. Von dem, was geschehen war. Durch sie. Sie kniff die Augen wieder zusammen, aber die Bilder blieben. Fort war die Wärme, die sie eben noch gespürt hatte. Nun war ihr kalt.

So viele Jahre hatte sie daran festgehalten, dass sie sich diese Wesen bloß einbildete. Auch wenn sie es tief in ihrem Herzen immer besser gewusst hatte, so war der Gedanke, einfach nur verrückt zu sein, immer seltsam tröstlich gewesen. Tröstlicher jedenfalls als die Wahrheit.

Die Kreaturen um sie herum: Es gab sie wirklich.

Ihre unkontrollierbaren Fähigkeiten: Es gab sie wirklich.

Was sie getan hatte, war wirklich geschehen.

Die Spritzen und Tabletten hatten ihr stets geholfen, das zu vergessen. Aber nun wog die Gewissheit zu schwer, als dass irgendeine Medizin dieser Welt sie davor jemals wieder retten konnte.

Was sollte sie jetzt tun? Was blieb ihr übrig? Sie wusste es nicht.

Eine stumme Träne der Verzweiflung rollte über ihre Wange.

Die Landschaft vor dem Fenster wurde langsamer und blieb schließlich stehen. Knorrige, schlafende Bäume genossen den warmen Schein, der langsam das verloren geglaubte Leben in ihre erstarrten Adern zurückkehren ließ. Und zwischen ihnen Monster, die Su mittlerweile so häufig sehen konnte, dass sie es manchmal gar nicht mehr bemerkte. Ihre riesigen, durchscheinenden, raupenartigen Leiber schienen ebenfalls zu schlafen. Fast wirkte es, als ob jede Kreatur einen eigenen Baum hätte, an den sie sich in urtümlicher, unerschütterlicher Eintracht schmiegte. Jetzt räkelten sie sich behäbig in den frühen Sonnenstrahlen, noch längst nicht bereit, zu erwachen, aber weit entfernt davon, zu sterben.

So friedlich dieses Bild auch auf Su wirkte, es wurde jäh zerstört von dem Gedanken, dass jene Kreaturen die Ursache für ihr Leid waren. Dafür, dass sie schon immer seltsam gewesen war. Dass sich alle instinktiv vor ihr fürchteten. Selbst ihre eigenen Eltern.

Der Gedanke versetzte ihr einen Stich.

Su wollte wütend sein. Sie hatte sich nie ausgesucht, so zu sein.

Wenn es eine Strafe war, dann verstand Su sie nicht. Aber wie immer konnte sie niemand anderem die Schuld daran geben. Nichtmal den Monstern um sie herum. Selbst sie schienen nichts dafür zu können. Nichtmal sie schienen den Grund zu kennen. Vielleicht waren sie ebenso nur Figuren eines Spiels, das außerhalb ihres Begreifens lag, wie Su selbst.

Auf einmal fiel ihr auf, wie still es in dem Fahrzeug war. Sie drehte sich um und merkte erst jetzt, dass Linus sie schweigend betrachtete. Ein vages Lächeln zuckte über ihre Lippen. Sie war nicht ganz allein. Wenngleich nicht einmal Linus die Monster sehen konnte, trotz all seiner Fähigkeiten, so schien er doch auf eine seltsame Art und Weise bei ihr zu sein. Nah, obwohl es so viel gab, was sie trennte. Er verlangte keine Erklärung für all die Dinge, die Su sich selbst nicht erklären konnte. Es schien nicht nötig zu sein. Was sie verband, war tiefer als das, was Sinn ergab. Wieder musste sie an den gestrigen Abend denken. Nicht an das, was in der Bar geschehen war. An das danach. Die Erinnerung war verschwommen und fühlte sich mehr wie ein Traum an als wie etwas, das wirklich passiert war. Doch das Gefühl, das mit dem Bild einherging, war klar und stark. Es war eine Wärme und Friedlichkeit, die Su über allen Maßen befremdete.

Linus' Blick ruhte noch immer auf ihr. „Du hast Hunger", stellte er sachlich fest, griff hinter sich auf die Rückbank und holte den Beutel mit dem Proviant hervor. Verdutzt merkte Su, dass er recht hatte. Als sie in sich hineinhorchte, war ihr Bauch ein einziges, wütend grummelndes Loch. Es war noch immer ein ungewohntes Gefühl, auf das zu hören sie erst wieder lernen musste. Während sie nun gierig einen Riegel nach dem anderen aufriss und in sich hineinstopfte, kam es ihr vor, als sei sie noch nie so hungrig gewesen. Sie wollte leben. Sie wollte die Sonne auf ihrer Haut spüren und den Wind in ihrem Gesicht. Sie wollte keine Angst haben. Wollte niemandem Angst machen. Und doch schien es unerreichbar.

Als ihr das klar wurde, konnte sie die Tränen nicht mehr halten. Den letzten Schokoriegel hielt sie hilflos in der Hand, unfähig, zwischen den heftigen Schluchzern, die ihren ganzen Körper schüttelten, auch nur einen einzigen weiteren Bissen herunterzubringen.

Durch den wässrigen Schleier konnte sie kaum mehr sehen. Aber sie merkte, wie ihr jemand den Riegel aus der Hand nahm, sich zwei Arme um sie legten und sie zu sich zogen. Davon musste sie nur noch mehr weinen. In dem tief verankerten Bedürfnis, sich gegen die plötzliche Nähe zu wehren, die stets damit einhergegangen war, dass etwas Unangenehmes oder Schmerzhaftes geschah, versuchte sie, Linus wegzudrücken. Aber er ließ sie nicht los. So lange nicht, bis alle Tränen, alle Schluchzer aufgebraucht waren und Su erschöpft und betäubt gegen den warmen Körper sank, der alles zu sein schien, was sie noch hielt.

An den Stellen, an denen sich ihre Haut berührte, spürte sie das mittlerweile vertraute Kribbeln. Der Herzschlag unter ihrem Ohr pochte gleichmäßig und ruhig. Eine lange verschüttete Erinnerung grub sich aus den Tiefen ihres Unterbewusstseins hervor. Ein Zustand, den sie fast vergessen hatte. Festgehalten zu werden, ohne dass es ihr Angst machte. Festgehalten werden zu wollen. Ein Gefühl, das ihr sagte: Es wird alles gut.

Irgendwann richtete Su sich auf, wischte sich die Tränen aus den Augen und die geschmolzene Schokolade vom Mund. Linus betrachtete sie ruhig. Wie so oft versuchte Su zu erraten, was wohl in ihm vorging. Wie so oft gelang es ihr nicht. Ihr Blick fiel auf die dunklen Flecken und Schrammen in seinem sonst makellosen Gesicht. Wie ein Schlag in die Magengrube wurde ihr klar, dass sie der Grund dafür war. Bestürzt wandte sie den Blick ab und kämpfte gegen den dicken Kloß in ihrem Hals.

„Willst du mich immer noch verkaufen?", presste sie hervor. Sie würde es ihm nicht verübeln. Sie wäre selbst schuld daran … schließlich schien sie nichts anderes zu können, als immer nur Ärger zu machen.

Aber Linus sah sie lange nachdenklich an und schüttelte schließlich den Kopf.

„Was hast du dann mit mir vor?"

Zunächst schwieg er und Su glaubte schon, dies würde seine Antwort sein. Doch dann sagte er: „Ich weiß es nicht. Ich muss mir etwas einfallen lassen." Stirnrunzelnd betrachtete er sie, als versuchte er, auf diese Weise die Antwort zu finden. Dann wandte er sich ab und murmelte: „Was würdest du denn tun?"

„Ich?", erwiderte Su erschrocken. „Wie meinst du das?"

„Ich meine: Was würdest du tun, wenn ich dich lassen würde?" Die Frage überrumpelte sie. Was sollte sie sagen? Was wollte er hören? Bei Dr. Mehlinger hatte sie irgendwann gelernt, welches die richtigen Antworten waren. Aber Linus hatte sie bisher mit solchen Fragen verschont. Im Grunde konnte sie nur falsch antworten. Mit jeder verstreichenden Sekunde fühlte sie, wie ihr die Luft ausging. Schließlich flüsterte sie stockend: „Ich würde bei dir bleiben."

Dabei wagte sie nicht, ihn anzusehen. Seine Reaktion beim letzten Mal, als sie die Worte ausgesprochen hatte, saß noch zu tief. Und doch war es das, was sie sich am meisten wünschte. Noch nie hatte ein anderer Mensch ihr Wesen so akzeptiert wie er. Sich so wenig vor ihr gefürchtet. Vielleicht würde es nie wieder jemand tun. Linus atmete tief durch, fuhr sich mit der Hand durchs Haar und erwiderte lange nichts. Als er schließlich weitersprach, klang er matt und kraftlos. „Wie soll das funktionieren?"

Was meinte er bloß? In Sus Augen war es das Einzige, was Sinn ergab, auch wenn es nicht in ihrer Macht lag, darüber zu entscheiden. Wenn Linus sie verkaufen würde, wäre sie wieder umgeben von Menschen, die sie fürchteten und die ihr deshalb wehtun würden. Sie wäre wieder allein. Und Linus wäre es auch. „Wie soll irgendetwas anderes funktionieren?"

Er seufzte nur und raufte sich wieder das Haar. „Was würdest du tun, wenn es mich nicht gäbe? Wenn du tun könntest, was du willst?"

„Ich weiß es nicht."

„Nein. Natürlich nicht ...", erwiderte er leise.

Unsicher schaute Su auf. Kein eindringlicher kalter Blick, der sie fixierte. Stattdessen sah er müde aus. Müde und traurig und Su hatte das Gefühl, ihn mit ihrer Antwort enttäuscht zu haben. Noch einmal ließ sie seine Frage in ihrem Kopf kreisen. Was würde sie tun, wenn ihr niemand sagen würde, was sie tun sollte? Wenn sie nicht eingesperrt oder gefangen wäre? In einem anderen Ich. Einem anderen Leben.

Su hatte aufgehört, über ihre Zukunft nachzudenken, als sie gelernt hatte, dass sie niemals ein normales Leben führen würde. Mit Träumen, wie andere Kinder in ihrer Schule sie hatten. Anton wollte Pilot werden. Das wusste sie noch nach all den Jahren. Und Lisa Tierärztin. Für Su hatten solche Vorstellungen außerhalb ihrer Reichweite gelegen. Sie hatte nie gewagt, von etwas anderem zu träumen, als aus ihrem eigenen Albtraum zu erwachen.

Aber jetzt packte sie das Bedürfnis, etwas zu wollen. Sie wollte Linus auf seine Frage antworten können. Sie nahm ihren ganzen Mut zusammen, schloss die Augen und stellte sich, auf das Schlimmste vorbereitet, ihrer inneren Stimme. Es überraschte sie, wie leicht die Bilder sich formten, als Su es ihnen erlaubte. Und es überraschte sie, dass es kein Albtraum war, der sich ihr darbot. Keine Monster. Kein Unmensch.

„Ich … ich möchte irgendwo wohnen … in einer Wohnung, in der ich selbst entscheiden darf, wie sie aussieht. Mit Farben … und Fenstern. Und ich möchte Blumen ...“

„Blumen?“, erwiderte Linus ungläubig. „Was denn für Blumen?“

„Ich weiß nicht … viele verschiedene. Und Bäume. Ich möchte Bäume.“

Linus runzelte die Stirn.

Plötzlich schämte sie sich. Sicher würde er nie so eine alberne Antwort geben. Wahrscheinlich lachte er sie gleich aus. Aber stattdessen wurden seine Augen traurig, kurz bevor sich der Vorhang wieder schloss und das Gefühl vor fremden Blicken verbarg. „Blumen also .. “

Sie nickte. Die Tatsache, dass Linus sie zumindest nicht verspottete, gab ihr das Gefühl, dass es vielleicht doch nicht ganz die falsche Antwort gewesen war. Und das, obwohl sie auf ihren

Bauch gehört hatte, ohne eine Ahnung, was er hören wollte.

„Was möchtest du?", fragte sie in der plötzlichen Hoffnung, sie könnte den Vorhang noch einen Moment länger offenhalten.

Auf einmal schien er nach Worten zu suchen. Das tat er sonst nie. Dann lachte er und schüttelte fassungslos den Kopf. „Wo bist du bloß hergekommen?"

„Du … du hast mich aus der Klinik befreit. Weißt du noch?"

„Befreit? Su, ich sag es dir nur ungern, aber … ich hab dich nicht befreit. Ich habe dich entführt. Mit schlechten Absichten."

„Vielleicht hast du es damals nur noch nicht gewusst …"

Die Verblüffung in seinem Gesicht ließ keinen Platz mehr für einen Vorhang. Ganz kurz erhaschte Su einen Blick auf all den Schmerz, den zu verstecken ihm sonst so gut gelang.

Er wandte sich ab, schüttelte wieder und wieder den Kopf, als versuchte er, einen Gedanken zu verscheuchen. Aber dann drehte er sich doch wieder zu ihr um. Vorsichtig hob er die Hand und bewegte sie langsam auf ihr Gesicht zu. Was hatte er vor? Ein Teil von ihr schrie, die Beifahrertür aufzureißen und davonzulaufen. Doch gleichzeitig wollte sie um keinen Preis der Welt zurückweichen. Seine Fingerspitzen berührten ihre Wange. Die sanfte, kribbelnde Wärme jagte ihr einen Schauer über den Rücken. Su schloss die Augen und hörte ihr Herz laut in ihren Ohren pochen. Sie wartete. Bereit, geschehen zu lassen, was auch immer geschehen würde. Ein Moment verstrich. Und noch einer. Eine zweite Hand legte sich von der anderen Seite auf ihr Gesicht. Sie spürte, wie er ihren Kopf zu sich herüberzog. Sie begann zu zittern. Sie wollte die Augen nicht öffnen. Nicht darüber nachdenken. Nicht denken. Als sie seine Lippen auf den ihren fühlte, hielt sie die Luft an und fiel. Eine Stimme, die fremd und vertraut zugleich war, sagte ihr, dass sie sich nicht zu fürchten brauchte. Dass sie weich landen würde. Er küsste sie erst zaghaft, dann heftiger. Eine Hand löste sich von ihrer Wange und griff ihr ins Haar. Nun öffnete sie doch die Augen, sah sein Gesicht vor dem ihren, so nah wie nie zuvor. Ihr wurde schwindelig. Er ließ sie los und wich zurück. Erst jetzt merkte Su, dass auch er am ganzen Körper zitterte.

Er wandte sich ab und fuhr sich mit beiden Händen übers Gesicht.

Dann atmete er tief durch und ließ den Motor an.

„Wo fahren wir jetzt hin?“, flüsterte Su.

„Ich überlege mir was“, erwiderte er mit brüchiger Stimme.

Dann fuhren sie weiter.

Gegenwart

20. Januar 2003

„Das eindeutigste und zugleich dringlichste
Zeichen aber ist ein länger währender,
totenähnlicher Schlaf, in welchem der Wahnsinn
vollends die Macht über dem Körper der
Besessenen erlangt. Das Medium erwacht um
ein Vielfaches stärker und der Mensch, der es
einst gewesen ist, stirbt. Hat das Medium es
bisher noch vermocht, sein Wesen im Zaum zu
halten, so erhört es spätestens jetzt den Ruf
seines Meisters und stimmt ein in das Lied des
Verderbens.

Personen, die eines oder mehrere dieser
Anzeichen aufweisen, sollten dringend einer
genauen Prüfung unterzogen werden. Im Zweifel
möchte ich jedem raten, sich nicht von
vermeintlicher Gerechtigkeit leiten zu lassen,
sondern der Gewissheit Genüge zu tun, dass
alles Menschenmögliche getan wurde, um
weiteres Leid zu verhindern. Selbst wenn der
Falsche gemeuchelt wird: sein Tod ist nichts
gegen das Leid, das ein Medium, welches aus

Mangel an Beweisen weiter unter uns lebt, über
die Menschheit bringen kann."

Johann Ross legt den Stift weg und liest die Zeilen ein weiteres
Mal.

'Ein totenähnlicher Schlaf … Habe ich das richtig übersetzt?'
Doch, er ist sich sicher.

Er starrt zu dem Mädchen hinüber, um dessen Leben er seit
Wochen kämpft. Dessen Körper es nur dank medizinischer Hilfe
schafft, zu überleben, und das einfach nicht erwachen will, obwohl
Ross alles in seiner Macht Stehende tut.

Er muss wieder an den Anfall denken, den er gehabt hat. Linus hat
ihn verursacht. Er ist an Ross' gesamter Lage Schuld. Kennt keine
Skrupel, ihn zu verletzen oder zu traumatisieren. Besitzt rätselhafte
Fähigkeiten. Natürlich ist er es gewesen.

'Bist du dir ganz sicher?', bohrt eine Stimme in seinem Kopf.
Krampfhaft versucht er, sich Details der verschwommenen
Erinnerung ins Gedächtnis zu rufen. Linus hat sich weggedreht.
Ross hat das Mädchen untersucht … und ihre Hand genommen.
Dann hat er eine Art Traum gehabt. Einen Albtraum. Alles, was er
davon noch weiß, noch immer fühlen kann, sind lähmende Angst
und Hilflosigkeit. Hat er, als er erwacht ist, nach seinen Eltern
gefragt? Linus hat ihn geohrfeigt und geschüttelt und dabei
beunruhigt geklungen.

Plötzlich fällt Ross die Wahrheit wie Schuppen von den Augen.
Vielleicht hat er sie die ganze Zeit über nicht sehen wollen.
Aber jetzt leuchtet sie so grell in seinem Kopf, dass er sich fragt,
wie er so blind sein konnte.

Sie ist es gewesen. Su. Auf irgendeine Weise, die Ross nicht einmal im Ansatz begreifen kann, hat sie ihn hineingezogen in ihren Albtraum. In eine andere Welt, durch die sie irrt und aus der zu entkommen sie offenbar nicht in der Lage ist.

Nun fällt ihm wieder ein, wie sein Entführer es stets vermeidet, sie zu berühren. Ross muss sie waschen, pflegen, umdrehen, tragen. Nie tut Linus es selbst. Er weiß es. Weiß, wozu sie in der Lage ist.

„Es geht um sie ...", murmelt der Arzt tonlos, die Erkenntnis noch halb verdauend. „Es geht um das Mädchen in diesem Buch."

Sein Entführer, der wieder einmal an ihrem Bett verweilt, starrt ihn verdutzt an. Dann kommt er in schnellen Schritten auf Ross zu und reißt ihm die Seite, an der er gerade arbeitet, aus den Händen.

In ungewohnter Hektik überfliegt er sie wieder und wieder, als suchte er verzweifelt etwas zwischen den Zeilen.

Ross spricht weiter, unfähig aufzuhören: „Ist das Ihr Ernst? Sie glauben wirklich, dass sie eine dieser ... Kreaturen ist? Dass der Autor dieses Textes die Wahrheit sagt?"

Der andere erwidert nichts.

„Das ... das ist absurd ...", stammelt Ross.

'Kann das alles stimmen? Verfalle ich selbst dem Wahnsinn?' Irgendwie erscheint es ihm fast tröstlich, das anzunehmen. Aber die Wahrheit ist größer. Er kann es spüren. Die Erkenntnis lähmt ihn.

Natürlich ist Linus bewusst, wie absurd das alles klingt. Dass ausgerechnet er nun versucht, den Worten dieses verfluchten Buches Glauben zu schenken und einen Sinn darin zu finden, ist wohl das deutlichste Zeichen überhaupt für die Verzweiflung, in die ihn diese Lage treibt.

'Nur ein Idiot sucht in einem Märchen nach einer Lösung', denkt er bitter.

Und doch ist das Buch alles, was er noch hat. Ein Buch voll von abergläubischem Wirrwarr von einem alles andere als neutral eingestellten Beobachter längst vergangener Zeiten.

Das Tagebuch hat schon einmal Sus Schicksal beinahe besiegelt. Es scheint sie zu verfolgen wie ein unheilvolles Omen. Aber wenn sich darin keine Lösung befindet, weiß Linus nicht, was er noch tun soll. Obwohl er jeden neuen Absatz der Übersetzung begierig erwartet, wächst jedes Mal auch die Furcht in ihm, dass diese Informationen wertlos sein werden oder, noch schlimmer, besagen, dass ihr nicht mehr zu helfen ist. Dass es keinen Ausweg für sie gibt aus ihrem Labyrinth.

Nun ist passiert, was Linus dringend vermeiden wollte. Der Arzt hat die Verbindung zu seiner Patientin begriffen, viel schneller, als Linus gehofft hat. Einem Ausweg für Sus Lage ist er noch keinen Schritt nähergekommen.

Was soll er dem Mann jetzt sagen? Dass es die Wahrheit ist? Dass Su wirklich eines dieser Wesen ist, die in dem Buch als grausam, hinterlistig und gefährlich beschrieben werden? Was würde diese Aussage bei dem Arzt auslösen? Sicher hätte Ross genügend Angst vor ihm, um sie nicht umzubringen. Aber er würde sicher nie wieder so um sie kämpfen wie bisher.

'Ich sollte ihn einfach töten und einen neuen Arzt suchen. Einen, der Su wirklich aufwecken kann.'

Die Vorstellung scheint nur zu schön, doch Linus weiß, dass es nur Wunschträumerei ist.

Eine bleierne Müdigkeit überfällt ihn. Er lässt das Blatt Papier sinken und blickt von dem Arzt, dessen Gesicht ein einziger Ausdruck verstörter Verwirrung ist, hinüber zu Su, der er einfach nicht helfen kann, egal wie sehr er es versucht. Die er im Stich gelassen hat ...

Er kneift die Augen fest zusammen.

„Warum haben Sie behauptet, dass Sie das waren, als ich neulich diesen Anfall hatte?", fragt Ross leise, während er versucht, aus dem Schweigen des Mannes vor ihm schlau zu werden.

Der andere schnaubt. Seine Stimme klingt müde und bitter.

„Warum wohl? Weil niemand dem Bösen freiwillig hilft. Ist doch so, nicht wahr? Jetzt, da sie wissen, was Su ist und wozu sie fähig ist, scheint ihr Leben auf einmal viel weniger kostbar als das des weißen Unschuldslamms, das Sie am Anfang so verzweifelt in ihr gesehen haben."

„Sie haben sie in Schutz genommen ...", begreift der Arzt.

Sein Entführer seufzt. „Ja. Ich hatte gehofft, Sie würden irgendetwas bewirken, wenn Sie ihr Bestes geben. Tja, da hab ich mich wohl geirrt", antwortet er schnippisch.

Ross kann die Flut der Erkenntnisse nicht aufhalten. Er braucht Antworten. Jetzt und hier.

„Ihnen ist das auch schon mal passiert. Auch Sie waren schon einmal gefangen in ihrer ... in dieser ... deshalb wollen Sie sie nicht berühren. Sie können sich auch nicht wehren." Dann werden die Augen des Arztes plötzlich größer und er mustert Linus erschrocken. „Sie haben Angst vor ihr!"

„Ich habe keine Angst vor ihr! Das wäre ja lächerlich ...", brüskiert sich der andere sofort.

„Warum berühren Sie sie dann nicht?"

„Sagen Sie mir, Doktor: Wenn Sie hier angekettet sind und ich dort
zuckend am Boden liege, was für eine Chance sie dann noch hat,
auch nur die nächsten Stunden zu überleben?", ruft der andere
sichtlich erregt.

Ross denkt über die Frage nach und muss Linus Recht geben. Und
doch fragt er sich wieder einmal, warum dieser skrupellose
Psychopath all diese Mühe auf sich nimmt. Die Antwort liegt ihm
auf der Zunge, aber er will, nein muss sie von dem anderen hören.
Aus dessen eigenem Mund.

„Warum wollen Sie ihr helfen?"

Der andere antwortet nicht, sondern wirft ihm lediglich einen
wütenden Blick zu.

„Bitte", sagt Ross. „Ich … ich muss das wissen."

„Ich dachte, Sie sind so schlau, Dr. Freud! Was glauben Sie denn,
warum?", erwidert Linus bissig.

„Weil Sie … sie lieben", flüstert Ross.

Sein Entführer erwidert nichts. Stattdessen kneift er die Augen
zusammen und wendet sich ab.

'Es ist wahr', denkt Ross. Was auch immer Liebe in diesem
psychopathischen Hirn für Formen annimmt: Das ist der Grund für
alles, was hier geschieht Er will sie retten. Aus Liebe.

„Was ist jetzt?", fragt der andere nun bitter. „Wollen Sie ihr noch
helfen, nachdem Sie die Wahrheit kennen? Sind Sie so edel und
moralisch, wie Sie immer tun?"

Johann Ross ist noch immer betäubt von dem, was er gerade
erfahren hat. Seine Gedanken arbeiten nur träge. Er blickt vom

Gesicht seines Entführers hin zu dem Buch und dann zu dem schlafenden Mädchen, das er in den vergangenen Wochen stets nur als Opfer dieses Mannes gesehen hat. Ein Opfer, wie er selbst eines ist. Seine Gefährtin, nicht die des Täters. Dann erinnert er sich an die furchtbare Angst, die ihn gelähmt hat, als er sich in ihrem Traum befand. Es ist ihre Angst gewesen, dessen ist er sich nun sicher. Sie leidet unter diesem Zustand. Es ist die Hölle für sie.

„Was ... was ist mit all den Dingen, die in diesem Buch über sie stehen? Dass sie die Welt ins Chaos stürzen will? Dass sie willkürlich Menschen ermordet und in den Wahnsinn treibt?"

Linus seufzt und mustert den Arzt traurig. „Ich weiß nichts über die Menschen, die in diesem Buch beschrieben sind. Ihresgleichen ist heutzutage so selten geworden, dass ich diese Geschichten genauso für Märchen gehalten habe wie Sie. Ich kenne nur Su. Sie ist keine Figur aus irgendeinem Buch. Sie ist nicht so, wie irgendjemand sie beschreibt. Sie ist ein Mensch, verstehen Sie?"

„Was für ein Mensch?", fragt Ross leise.

Linus blickt zu Su hinüber, während er nach Worten sucht. „Sie ist ... ängstlich. Und mutig. Schwach. Und stark. Und ... gut. Viel besser, als diese Welt es verdient hat."

Für einen Moment macht Ross die Traurigkeit, die in dem Gesagten mitschwingt, sprachlos. Dann besinnt er sich wieder auf den Text des Buches, der sich in sein Hirn gebrannt hat. „Was ist mit dieser Zeile? *Der Mensch, der es einst gewesen ist, stirbt*", zitiert er.

„Nein. Sie ist noch irgendwo dort drinnen. Ich weiß es", erwidert der andere mit fester Stimme.

„Was, wenn nicht? Können wir das denn riskieren?"

284

Ein scharfer, tiefer Blick trifft ihn. Aber es liegt kein Spott darin und keine Wut, sondern lediglich trauriger Ernst. „Wenn wir uns jetzt von ihr abwenden und sie allein lassen und sie das irgendwie überlebt, dann, erst dann, wird sie zu jener Kreatur, die Sie so fürchten."

Nun ist es Ross, der schweigt. Es ist zu viel. Zu viel auf einmal. Sein Schädel brummt und will einfach keinen klaren Gedanken mehr hervorbringen.

„Wollen Sie ihr noch helfen? Sie wissen, dass ich es merke, wenn Sie lügen", hört der Arzt Linus' Stimme von weit weg.

„Ich … ich muss darüber nachdenken", erwidert Ross, unsicher, wie sein Entführer diese Antwort aufnehmen wird. Aber zu seinem Erstaunen nickt der andere nur, schaut noch einmal zu Su hinüber und verlässt dann den Raum.

35
Alte Wunden

26. Dezember 2002

Der Abend in der Bar, das Gespräch mit dem Barkeeper, der
Kampf und das was folgte spielten sich wieder und wieder vor
Linus innerem Auge ab. Mechanisch setzte er einen Fuß vor den
anderen, während die Fragen ihn quälten, auf die er heute Abend
keine Antwort mehr finden würde.

Was war der wahre Grund für den Kampf gewesen? Wer hatte es
alles auf Su abgesehen? Könnte sein Auftraggeber das alles
geplant haben? Hatte er einen Grund, an Linus' Integrität zu
zweifeln? Konnte irgendjemand das volle Ausmaß ihrer
Fähigkeiten kennen? Sie rekrutieren und benutzen wollen?
Oder vernichten?

Das ungute Gefühl, Su wieder allein gelassen zu haben, und sei es
in einem noch so guten Versteck, haftete Linus an, bis er vor der
Tür des Nachtclubs stand. Erst als er die Schwelle überschritt,
gelang es ihm, seine Gedanken an sie in die hinterste Ecke seines
Bewusstseins zu verbannen, um sich dem zu widmen, was vor ihm
lag.

Er sah sich um. Der halbdunkle Raum war voller Menschen, deren
Gestalten und Gesichter immer nur kurz in bunten Farben
aufleuchteten, um dann wieder zu anonymen Schatten zu
verschmelzen. Die Stimmung war ausgelassen, aber angenehm,
und er nickte im Takt zu *Where is My Mind*, während er sich den
Weg zur Theke bahnte. Dabei lächelte er entspannt und nahm

jeden Menschen, dem er kurz gegenüberstand, unauffällig in Augenschein.

Die kleinen Wunden und blauen Flecken in seinem Gesicht hatte er mit Schminke kaschiert, sodass sie nicht unnötig auffallen sollten. Dank der Schmerzmittel konnte er seine Schulter wieder fast natürlich bewegen.

Hinter dem Tresen stand eine brünette Barkeeperin mit süßem Lächeln. Vermutlich eine Studentin, die sich hier etwas dazuverdiente. Sie sah ihn gleich und musterte ihn neugierig, als er auf einem der Hocker Platz nahm. „Hi! Was kann ich dir bringen?“ „Ein Helles“, antwortete er bestimmt und lächelte freundlich zurück.

„Ganz allein hier?“, fragte die Frau, als sie ihm das schäumende Getränk reichte und er sie sogleich mit einem guten Trinkgeld entlohnte.

„Ja. Noch“, antwortete er, verschwörerisch zwinkernd. Dann prostete er ihr zu und wandte sich beiläufig, aber nicht zu unhöflich von ihr ab, der Menge zu. Diese Frau gehörte nicht zu seiner Zielgruppe. Nicht weil sie eine Frau war oder brünett, sondern weil sie sich im Zentrum des Geschehens befand und ihr Verschwinden sofort bemerkt werden würde.

Sein Blick schweifte suchend und abwägend durch den Raum. Dann und wann traf er auf den einer anderen Person, und nach einem Ritual so alt wie die Zeit wurden dabei stets Informationen mit dem Gegenüber ausgetauscht. Linus war sehr gut darin geworden, damit zu spielen, wie er auf andere Menschen wirkte. Wenn sie auf ihr tief vergrabenes Bauchgefühl hören würden, dann würden sie sich instinktiv von ihm abwenden und auf Distanz gehen. Gelegentlich geschah das auch. Selten. Die meisten fielen gnadenlos auf seine lange eingeübte, nunmehr perfekt sitzende Maskerade rein. In sein charmantes Lächeln mischte sich eine Spur Siegessicherheit.

Es kostete ihn nicht einmal sonderlich viel Anstrengung, die richtige Wirkung zu erzielen.

Er sah selbstbewusst aus, weil da nicht die Spur von Nervosität oder auch nur Aufregung in ihm war. Dafür hatte er es einfach schon zu oft getan.

Er sah offen aus, extrovertiert, in gewisser Weise willig, denn er war genau das. Nur nicht auf die Art, wie seine Opfer es stets vermuteten.

Selbst sein Lächeln war echt, denn da war nichts, was ihn traurig oder wütend stimmte. Was ihn erwartete, und sei es auch stets nur für eine kurze Zeit, war die Erlösung und Befriedigung, die es ihm auf keine andere Weise zu erlangen möglich war. Ein Moment, in dem er sich nicht zurückhalten musste, während er sonst niemandem zeigen durfte, wer oder was er wirklich war.

'Wenn sie nur wüssten ...', dachte er und grüßte den jungen Mann zurück, der gerade neben ihm eine Gruppenbestellung aufgab.

Eine hübsche Blondine sah von der Tanzfläche zu ihm herüber.

Sie trug ein schlichtes, bauchfreies Top und einen etwa knielangen, schwarzen Rock und hatte wohl bereits ein paar Drinks verinnerlicht. Noch nicht genug, um auszuarten, wohl aber ausreichend, um die nötigen Hemmungen fallen zu lassen.

Mehr brauchte Linus auch nicht.

Er nahm einen tiefen Schluck von seinem Bier und nickte ihr bedeutsam zu, woraufhin sie erschrak und unsicher zu Boden blickte. Schnell nutzte er die Gelegenheit, um ihr Umfeld zu sondieren. Sie schien zu einer Gruppe junger Frauen zu gehören, von denen es sich die meisten in einer Sitzecke gemütlich gemacht hatten und dort angeregt plauderten. Aus Gründen, die Linus nicht im Geringsten interessierten, stand dieses Mädchen abseits ihrer Herde und bewegte sich, einen Cocktail in der Hand, unbeholfen und unrhythmisch zur Musik.

In diesem Moment wurde ein Schalter in seinem Kopf umgelegt, der alles ausblendete, was jetzt nicht wichtig war. Ohne nachzudenken, stellte er sein halbvolles Bierglas auf den Tresen und ging auf sie zu, sein Ziel nicht aus den Augen lassend, jede ihrer Regungen und Bewegungen registrierend. Sie anzustarren, zu schnell zu gehen würde sie verschrecken. Aber das wusste er und ließ sich Zeit. Es eilte nicht.

Die Leute um ihn herum verschwammen zu dunklen Schemen, die Musik im Hintergrund zu einem dumpfen Dröhnen. Das Aufleuchten der bunten Lichter legte einen surrealen Schleier auf das Geschehen. Als er vor ihr stand, lächelte sie ihm scheu entgegen und strich sich nervös eine Strähne aus dem Gesicht.

„Hi!", rief Linus mit selbstbewusster, tiefer Stimme gegen die Musik an, gerade so laut, dass sie ihn hören konnte. „Wollen wir tanzen?"

Nicht einmal eine Stunde später erwachte Linus in einem schmutzigen Lagerraum aus seiner Trance. Zwar konnte er sich genau erinnern, was geschehen war, aber doch schien es jedes Mal so weit entfernt, als wären es die Erinnerungen eines anderen. Mit abwesendem Blick betrachtete er den reglosen Körper zu seinen Füßen im Dämmerlicht der Notbeleuchtung. Die Frau war zierlich, und obwohl ihr Haar mit Sicherheit blond gefärbt war, sah es ein bisschen so aus wie das von Su.

Erschrocken fuhr er hoch, hatte sich aber gleich wieder im Griff. Es war nicht Su, sondern irgendeine andere Frau, die ihr entfernt ähnlichsah. Sein augenblicklich in die Höhe geschnellter Puls beruhigte sich wieder.

Sein heutiges Opfer hatte zu den weniger Anstrengenden gehört. Mittlerweile kategorisierte er die Toten auf diese Weise. Wenn sie sich wehrten, zu fliehen versuchten, um ihr Leben flehten, kostete das stets unnötige Zeit und Kraft. Ihre Worte, ihre Angst, wenngleich Linus sie deutlich spüren konnte, waren für ihn seit geraumer Zeit schon nicht mehr von Belang. Wie einen Film im Fernsehen hatte er gelernt, sie auszuschalten, wenn er sie nicht mehr hören oder sehen wollte.

Wieder betrachtete er die Frau, konnte seinen Blick aus irgendeinem Grund nicht von ihr lösen. Er besah sich die weit aufgerissenen, braunen Augen, die Male am Hals, das Blut, das von ihrer Nase und ihren Lippen über ihr Gesicht zu Boden tropfte und dort gerann. Obwohl er keinen sonderlichen Wert darauflegte, seinen Opfern Leid zuzufügen, ließ es sich doch nie ganz vermeiden.

Seine Haut pochte im Nachhinein stets an jenen Stellen, an denen er sie verletzte und an denen er den Schmerz spürte wie an seinem eigenen Körper.

Angst und Schmerz waren für ihn so zur Normalität geworden, dass er sie fast gleichgültig hinnahm. Manchmal, wenn er sich fragte, ob er überhaupt noch am Leben war, schienen sie das einzige darzustellen, das zu fühlen er noch imstande war.

Wieder musste er an Su denken. Stellte sich ihren entsetzten Gesichtsausdruck vor, die Traurigkeit in ihren Augen, würde sie sehen, was er gerade sah.

Er hielt die Luft an und horchte in sich hinein.

Lauschte angestrengt. Wartete.

Eine Sekunde.

Zwei.

Drei.

Dann atmete er wieder aus.

Nichts. Er empfand nichts beim Anblick dieser toten Frau. Keine Reue. Kein Mitleid. Keine Scham. Da war nichts außer dem Wissen, dass er die Leiche gut verstecken musste, da das, was er tat, den gesellschaftlichen Konventionen und dem Gesetz widersprach.

Es waren einfach schon zu viele gewesen. Mit jedem Opfer war sein Entsetzen über seine eigenen Taten mehr und mehr einem nüchternen Pragmatismus gewichen. Er hatte es sich nicht leisten können, Mitleid zu haben. Jetzt hatte er es verlernt.

Die Erkenntnis im Bauch, ließ er sich an der Wand neben der Leiche zu Boden sinken.

Su. Wie sie neben ihm im Auto saß und ihn ansah. Sich nicht vor ihm fürchtete. Wie ihre tiefblauen Augen es irgendwie schafften, zu ihm durchzudringen. Wie gut sich ihre Haut in seinen Händen anfühlte. Haut, unter der das Leben pulsierte.

Auch die Haut dieser Frau, die nun tot vor ihm lag, war warm gewesen. Aber es hatte ihn kalt gelassen. Sie war nur eine von vielen. Eine von allen.

Die Leere in ihm stimmte ihn traurig. Natürlich hatte er schon lange nicht mehr daran geglaubt, dass es für ihn eine Rettung gab. Weder durch Su noch durch sonst irgendjemanden. Und doch hatte er einen Funken Hoffnung verspürt.

'Wie naiv von mir ...', dachte er voller Spott über sich selbst. Wie gern würde er jetzt feststellen, dass er auch für Su eigentlich nichts empfand. Dass er nur verwirrt gewesen und nun zur Vernunft gekommen war. Es würde alles so viel einfacher machen. Aber dann sah er sie wieder vor sich. Spürte sie in seinem Arm. Stellte sich vor, wie sie eines Tages Blumen pflanzen würde. In einem Garten.

Sie zu töten, sie auch nur zu verletzen ... er war nicht einmal in der Lage, es sich vorzustellen. Es existierte eine unsichtbare Schranke in seinem Kopf, die ihn ab einem gewissen Punkt keinen Schritt mehr weiter gehen ließ. Sie jetzt noch auszuliefern? Unmöglich.

'Hexenmädchen ...', schoss es ihm wieder durch den Kopf. Konnte es sein, dass sie ihn kontrollierte? Selbst aus der Entfernung? Dass er auf perfide Weise Sklave ihres Willens war?

Aber er konnte nicht leugnen, wie gut es sich anfühlte, sie zu berühren. Wie sehr er es genoss, dass er sich vor ihr nicht verstellen musste. Dass sie nicht um ihr Leben fürchtete.

Auf einmal wollte er nichts sehnlicher, als zu ihr zurückzukehren. Sich einzugestehen, dass er sich Sorgen machte, lag am Rande seines Begreifens. Aber es war nicht nur das. Er wollte bei ihr sein. Wollte es mehr als alles andere in diesem Moment. Wollte ihr in die Augen sehen, sein Gesicht in ihrem Haar vergraben. Ihr Herz schlagen hören.

Und das war einfach nur verrückt.

Wo sollte das alles hinführen? Konnte er ihr, konnte er sich selbst versprechen, dass es nicht doch eines Tages sie sein würde, die reglos vor ihm auf dem Boden lag?

Hatten sie auch nur den Hauch einer Chance? Er versuchte, es sich vorzustellen. Su in einem Garten beim Blumenpflanzen. Trotz aller Befremdung, die er bei diesem Bild empfand, stellte er sich vor, dass Su dabei glücklich wäre. Er lächelte. Aber in diesem Bild war kein Platz für ihn. Nicht in diesem und in keinem anderen, das ihm in den Sinn kommen wollte.

Eine Chance? Eine Zukunft? Naiv. Lächerlich. Unmöglich.

Er schnaubte bitter.

'Was hast du dir nur dabei gedacht? Du hast nicht aufgepasst. Hast dich auf das Falsche konzentriert. Jetzt steckst du zu tief drinnen, um noch umkehren zu können.'

Was sollte er jetzt tun? Er hatte Su versprochen, sich etwas einfallen zu lassen. Nur was?

Sollte er seinem Auftraggeber sagen, dass er es sich anders überlegt hatte? Sich geirrt hatte? Selbst wenn er es glauben würde, würde er die Sache niemals darauf beruhen lassen. Er nicht. Seine Augen und Ohren, sein Einfluss waren überall.

Sie würden sich weiter verstecken müssen. Rastlos. Vielleicht ihr Leben lang.

Wie viel Sinn ergab es, so weiterzumachen? Mit ihr von Ort zu Ort zu ziehen, sie verborgen zu halten, ununterbrochen auf der Hut?

Mit der Zeit würde sie sich damit abfinden. So wie er.

Würde lernen, mit ihrer Lage umzugehen. So wie er.

Würde eine andere werden. So wie er.

Aus unerklärlichen Gründen schmerzte ihn diese Vorstellung. Aber genau so würde es kommen, wenn es ihm nicht gelang, sich etwas Besseres einfallen zu lassen. Plötzlich fühlte er sich klein und hilflos. Diese Sache überstieg seinen Erfahrungsschatz und sein Verständnis.

Wohin er blickte, überall Neuland.

Wohin er auch trat, unter jedem Schritt knackte dünnes Eis.

Gegen seinen Willen kam ihm Cornelius in den Sinn. Von allen, die Linus je getroffen hatte, war er zumindest eine Zeit lang einem Freund am nächsten gekommen.

Wieder begann Linus sich zu fragen, was der Mann für ein Interesse an Su hatte. Jahrelang hatte er sich aus Linus' Leben herausgehalten und Linus sich aus seinem.

Nie hatte sich Cornelius mit irgendwelchen zwielichtigen Geschäften abgegeben.

Waffen waren nie sein Interesse gewesen.

Geld hatte er nie gebraucht.

Er hatte stets im Verborgenen gearbeitet. In seiner eigenen, beengten Welt.

Was erhoffte er sich von Su? Was wusste er, das Linus verborgen blieb?

Das Geräusch einer knarzenden Tür riss ihn aus seinen Gedanken und er besann sich, wo er war. Alle seine Sinne augenblicklich geschärft, hörte er, wie sie wieder zugestoßen wurde und leichte, zielstrebige Schritte sich an den Regalen vorbei in seine Richtung bewegten. Eine Frauenstimme summte die Melodie von *Where is My Mind*.

Lautlos richtete Linus sich auf, bereit zu tun, was nötig war. So wie er das schon immer getan hatte.

Als er alle Spuren seiner Taten in geübter Routine beseitigt hatte und sich bereits wieder auf dem Rückweg befand, vibrierte das Handy in seiner Tasche. Er zog es heraus und betrachtete es nachdenklich. Das Display zeigte eine Nachricht seines Auftraggebers.

„Läuft alles nach Plan?"

'Überhaupt nichts läuft hier nach Plan', wollte Linus am liebsten zurückschreiben. Stattdessen tippte er: „Ja. Melde mich in ein paar Tagen."

Danach hielt er das Telefon noch ein paar Minuten in der Hand. Zögerte. Seufzte. Schüttelte den Kopf. Lachte. Wurde wieder ernst. Schließlich wählte er Cornelius' Nummer.

„Was?", begann Cornelius das Gespräch bissig, so als hätten sie es vor einigen Tagen nie beendet. Obwohl er anscheinend versuchte, genervt zu klingen, konnte er seine Beunruhigung nicht vor Linus verbergen.

„Sie hat einen Menschen getötet", gab Linus nüchtern kund.

Es folgte nichts außer lautem Atmen am anderen Ende der Leitung.

„Ich war selbst überrascht. Aber es geschah in Notwehr", fügte er hinzu.

„Wie?"

Sachlich schilderte Linus dem anderen, was in der Bar vorgefallen war. Einzig den Grund, weshalb sie sich überhaupt dort befunden hatten, ließ er außen vor.

„Linus, das ist genau das, wovor ich dich gewarnt habe. Du weißt besser als jeder andere, wie schwer es sein kann, neu entdeckte Fähigkeiten zu kontrollieren. Lass. Mich. Dir. Helfen."

Linus schwieg. Es fiel ihm schwer, auch nur einen Funken Vertrauen für diesen Mann zu finden, auch wenn er tief in seinem Inneren wusste, dass die Gründe dafür nicht rational waren.

„Linus, bring sie hierher! Hörst du? Seit wir uns vor Wochen begegnet sind, biete ich dir ununterbrochen meine Hilfe an. Glaubst du, ich hätte nicht die Möglichkeit gehabt, dich zu eliminieren, als du noch in der Anstalt gearbeitet hast?"

„Ich bin sicher, du hast einen Vorteil darin gesehen, es nicht zu tun."

Cornelius schickte ihm ein bitteres Lachen, das in krankhaftes Husten überging. Als er sich beruhigt hatte, fuhr er fort: „Ich verstehe dein Misstrauen mehr als jeder andere. Aber ich verstehe nicht, warum es auch mich trifft. Ich habe dir damals geholfen, als die ganze Welt dich tot sehen wollte."

„Und ich habe mich für diese Hilfe oft genug revanchiert. Diese Zeit ist vorbei. Seitdem ist das Leben weitergegangen. Dein Meuchelmörder ist übrigens tot."

„Was? Linus, ich habe nie …" Erneutes Husten unterbrach ihn mitten im Satz. Schließlich sprach Cornelius unter leichtem Röcheln weiter. „Also gut. Du sprichst von Leben. Also möchtest du leben. Das Mädchen könnte auch dich jederzeit umbringen. Es ist mir sowieso unbegreiflich, dass du noch lebst. Was machst du mit ihr, dass du sie derartig unter Kontrolle hast?"

Erschrocken stellte Linus fest, dass er die Antwort nicht kannte. Die vielen Male, die er Su bedroht, sie ausgelacht hatte, seit jenem Tag, an dem er sie aus der Anstalt entführt hatte … war es einzig der mangelnden Kontrolle ihrer Fähigkeiten zu verdanken, dass er noch am Leben war? Oder hatte sie von Anfang an gewusst, was er erst so schmerzhaft am eigenen Leib erfahren musste und wogegen er sich mit allen Mitteln gewehrt hatte?

„Linus?"

Linus räusperte sich und entschied, die Frage zu übergehen: „Was willst du von ihr?"

„Glaub nicht, dass ich nicht bemerke, wie du das Thema wechselst."

„Glaub nicht, dass ich nicht bemerke, wie du der Antwort ausweichst."

„Was ich von ihr will? Seit wann kümmert dich sowas?", fragte Cornelius aufgebracht.

„Eine ganz einfache Frage. Oder nicht? Du hast herausgefunden, wo sie sich aufhält. Hast versucht, dort Leute einzuschleusen. Hast mich bei jedem Gespräch seither darum gebeten, sie zu dir zu bringen. Warum?"

Der andere zögerte. Aber dann sprach er weiter. „Also gut ... wenn sie wirklich die Fähigkeiten hat, die ich vermute ..."

„Dann wäre sie eine gute Waffe. Ich weiß."

„Sie wäre noch so viel mehr als das. Wenn man sie irgendwie kontrollieren könnte ... ich weiß, es ist riskant. Aber im Gegensatz zu dir habe ich die Hoffnung nie aufgegeben ..."

„Auf was? Auf Heilung?", rief Linus und konnte nicht anders, als laut aufzulachen.

„Ja", antwortete Cornelius ernst und Linus' Lachen verschwand so schnell, wie es gekommen war. Plötzlich wusste er, dass es die Wahrheit war. Die Suche nach Heilung für sich selbst und

Kreaturen, die ein ähnliches Schicksal erleiden mussten, schien das Einzige zu sein, was Cornelius' Leben einen Sinn gab. Das, wofür er bereit wäre, alles zu opfern, was er besaß. Teils hatte Linus Cornelius bemitleidet, teils verachtet, dass dieser sich nach all den Jahren noch immer so verzweifelt daran festhielt, dass es einen Ausweg gab. Einen Ausweg, an den Linus schon so lange nicht mehr glaubte.

„Das ist es also? Deshalb der ganze Aufwand?"

„Ja."

„Was lässt dich denken, dass sie das könnte?"

„Es steht in dem Buch. Zumindest finden sich Andeutungen ..."

„Und du glaubst das?"

„Ich glaube es genug, um es zu versuchen."

„Wie willst du das anstellen?"

„Was?"

„Die Sache mit der Heilung. Stell dich nicht dümmer, als du bist."

„Ich ... ich weiß es noch nicht. Wenn sie erstmal hier wäre, könnte ich mir selbst ein Bild machen. Am wichtigsten wäre natürlich zunächst, sie irgendwie unter Kontrolle zu bringen ..."

Bei den Worten krampfte sich Linus' Magen zusammen. Aber er zwang sich, ruhig weiterzusprechen.

„Was, wenn das nicht nötig wäre?"

„Weil du sie schon unter Kontrolle hast?"

„Nein. Was, wenn sie kooperieren würde?"

„Du bist dir natürlich darüber bewusst, dass du wieder einmal in Rätseln sprichst. Aber gut. Wenn man dem Buch Glauben schenkt, erliegen sie alle früher oder später dem Rausch ihrer zerstörerischen Fähigkeiten. Auch wenn es jetzt nicht den

Anschein macht. Wir müssen damit rechnen, dass sie sich gegen uns wendet. Gemäß den Überlieferungen ist es eines ihrer selbst ernannten Ziele, die Welt ..."

„... ins Chaos zu stürzen". beendete Linus den Satz gereizt. „Die Geschichte hast du mir schon mal erzählt." Angestrengt fuhr er sich übers Gesicht. Mit dieser Wendung hatte er nicht gerechnet. Sie konnte seinen Plan ebenso beflügeln wie zu Asche verbrennen, abhängig davon, was Cornelius für diese vage Ahnung tun würde und wie viele seiner Prinzipien er dafür aufzugeben bereit war. Linus lauschte angestrengt an das andere Ende der Leitung. Er stellte sich vor, wie Cornelius' Knöchel sich weiß färbten, weil er den Hörer fest umklammert hielt. Die Sorgenfalten von so vielen Jahren und ein paar Schweißperlen der letzten Minuten auf der Stirn, stützte er sich irgendwo ab für den Fall, dass er einen erneuten Hustenkrampf bekam. Was war noch übrig von dem Mann, den Linus vor all dieser langen Zeit gekannt hatte? Wie sehr hatten seine Krankheit, seine Verzweiflung, sein Wahn seither an ihm gezehrt und ihn zerfressen?

Dieser Mann könnte alles sein, was Linus sich erhoffte.

Oder nichts davon.

Konnte er es wirklich riskieren, ihm zu trauen? Hatte er eine Alternative?

„Okay, hör zu", sagte Linus nach einer gefühlten Ewigkeit und Cornelius atmete erleichtert auf.

Linus sprach nicht gern über diese Zeit seines Lebens. Ganz besonders nicht mit Cornelius. Aber es musste sein. „Du weißt genauso gut wie ich, wie es sich anfühlt, keine Kontrolle zu haben über das, was mit einem geschieht. Dinge zu tun, die man nicht möchte, aus Gründen, die man nicht versteht … Angst zu haben."

Obwohl Linus bemüht war, sich auf sein Ziel zu konzentrieren, merkte er, wie ihn seine eigenen Worte aufwühlten.

„Linus … ich habe dich nie gezwungen zu gehen", sagte Cornelius traurig. „Wir sind so weit gekommen …"

„Wir sind nirgendwo hingekommen!", schrie Linus, selbst überrascht von der Wut, die plötzlich in ihm aufkochte. „Ich bin aus freien Stücken gegangen und ich bereue nichts. Ich bin fertig mit dir. Ich brauche deine Hilfe nicht, noch die von irgendjemand anderem."

Nun schwiegen sie beide und es schien, als würde das Gespräch ein jähes Ende finden.

Doch dann sagte Linus leise: „Aber sie braucht sie."

Nach einer gefühlten Ewigkeit erklang Cornelius' Stimme: „Was?"

„Du musst sie nicht zwingen, dir zu helfen. Sie wird uneingeschränkt kooperieren. Aber anstelle einer Bezahlung knüpfe ich Bedingungen an ihre Auslieferung. Und ich dulde keine Kompromisse."

„Was für Bedingungen?", fragte Cornelius hellhörig.

„Dass du sie nicht an eine Liege fesselst. Dass du sie nicht in eine Zelle sperrst. Dass du sie nicht mit Drogen vollpumpst. Dass du ihr hilfst, ihre Fähigkeiten kennenzulernen und zu kontrollieren."

„Linus, was zum … seit wann kümmert dich so etwas? Was ist los mit dir?"

„Das kann dir egal sein. Ich gebe dir, was du willst, wenn du bereit bist, die Gegenleistung zu erbringen."

„Du verlangst, dass ich für eine kleine Aussicht auf Erfolg mein Leben aufs Spiel setze."

„Mich hast du doch auch in dein Haus gelassen. Und du lebst noch."

„Warum?", fragte Cornelius misstrauisch. „Was sollen diese Forderungen?"

„Wenn du sie nicht erfüllen willst, suche ich mir jemand anderen."

„Du glaubst doch nicht ernsthaft, dass irgendjemand sonst sich auf so einen Wahnsinn einlassen würde", sagte Cornelius schnell.

Wohl, damit Linus nicht auflegte, aber Linus war sich zähneknirschend bewusst, dass er recht hatte. Er kannte niemanden sonst, zu dem er damit gehen konnte. Er hasste sich dafür, ausgerechnet Cornelius um Hilfe bitten zu müssen. Und Cornelius hasste er auch.

„Dann bist du bereit, die Bedingungen zu erfüllen? Denn glaube mir, ich finde es heraus, wenn du es nicht tust." Die Schärfe in Linus' Ton ließ keinen Zweifel an der Ernsthaftigkeit seiner Worte zu.

„Woher weiß ich, dass das nicht irgendeine wahnwitzige Form von Rache darstellen soll?"

Linus lachte hell. „Dass ich dir bringe, wonach du suchst?"

„Dass du eine tickende Zeitbombe in mein Haus schaffen willst und mir verbietest, sie zu entschärfen."

Linus hielt inne und fuhr sich mit den Fingern durchs Haar. Auf einmal sah er Su vor sich. Ihr Bild ließ ihn sich wieder auf sein Ziel besinnen. „Sie ist nur ein Mädchen", sagte er mit plötzlich wiedergefundener Ruhe „Es gab eine Zeit, da hast du versucht, den Menschen hinter dem Monster zu sehen."

Nun war es Cornelius, der schwieg. Als er wieder zu sprechen anfing, klang er höchst alarmiert. „Und das sagst ausgerechnet du.

Warum? Warum legst du auf einmal so viel Wert darauf, dass ich sie aufnehme?"

„Wer weiß? Vielleicht kannst du ja ausnahmsweise einmal wirklich jemandem helfen", sagte Linus. „Ich bin sicher, ein Erfolg würde auch dir guttun", fügte er voller Spott hinzu. Er glaubte nicht mehr daran, dass es für einen von ihnen eine Heilung gab. Zumindest nicht was ihre Fähigkeiten betraf. Aber das, was Su fehlte, was sie wirklich brauchte, war Cornelius vielleicht in der Lage, ihr zu geben. Besser zumindest als Linus selbst. Geduld. Beständigkeit. Halt. Frieden.

Etwas, das annähernd einem Zuhause ähnelte.

Vorausgesetzt, er gab Su eine Chance.

„Deine Bedingungen stehen also fest?", fragte Cornelius und es klang, als ob er mit seinen Kräften am Ende war.

„Ja. Und ich werde mich versichern, ob sie eingehalten werden. Versuch nicht, mich zu betrügen", antwortete Linus kalt.

„Okay ... bring sie her. Ich werde deine Bedingungen erfüllen, so gut ich kann."

„Gut", erwiderte Linus. Ob er dieser Abmachung trauen konnte, musste er erst noch herausfinden. Er würde auf alles vorbereitet sein und zu allem bereit. Aber er musste es versuchen.

„Ist wirklich alles in Ordnung bei dir?", fragte Cornelius nun mit echter Sorge in seiner Stimme.

Ohne ein weiteres Wort legte Linus auf.

Für einen Moment hatte er das Bedürfnis, das Handy auf der Straße zu zerschmettern und diesen Ort, diese Gegend, das alles noch heute Nacht hinter sich zu lassen und nie wieder zurückzublicken.

Stattdessen atmete er tief durch und ging weiter. In seinen Gedanken verwoben sich Vergangenheit und verschiedenste Zukunftsszenarien zu einem wirren, undurchsichtigen Netz. Es war lange her, seit er zuletzt einen Fuß in Cornelius' Versteck gesetzt hatte. Seine *Höhle*, wie es Linus immer spottend genannt hatte. Und doch war dieser Ort für eine kurze, aber einschneidende Zeit auch sein Zuhause gewesen.

Als Linus vor vielen Jahren begreifen musste, dass es für ihn weder Heilung, noch irgendeine Aussicht auf ein anderes Leben geben würde, war etwas in ihm gestorben. Es war Cornelius gewesen, der ihm immer eingeredet hatte, geduldig zu sein. Das Gute in sich nicht zu verlieren, seinen Trieb zu kontrollieren, egal, was für eine Qual das für Linus bedeutete. Nein, Cornelius hatte nie wirklich verstanden, wie es war, so zu sein, mochte er es auch ernsthaft versucht haben. Er hatte ihm Hoffnung gemacht, wo es keine gab, und der Schmerz dieser Erkenntnis war umso tiefer gewesen.

Linus hatte es damals nicht fertiggebracht, Cornelius für das zu töten, was er ihm angetan hatte. Aber er hatte sich geschworen, nie wieder an jenen Ort zurückzukehren.

Nun, da dieser Schwur sich in Luft auflöste, konnte er förmlich spüren, wie all die Narben wieder aufzureißen drohten.

'Das hast du dir selbst eingebrockt', dachte er und gab sich innerlich eine Ohrfeige. 'Jetzt hör auf zu jammern. Du bist stärker als damals. Du brauchst ihn nicht mehr. Wenn er sein Wort bricht, wirst du das beweisen.'

29. Dezember 2002

Als Linus zu Su zurückkehrte, schlief sie noch tief und fest. Eine Weile stand er vor dem Bett und sah dabei zu, wie ihre Lider und Finger zuckten, wie sie immer wieder zusammenfuhr und hin und wieder Laute von sich gab. Sie waren weit entfernt von Worten und trugen doch eine klare Botschaft in sich: dass sie sich fürchtete vor dem, was dort vor ihrem inneren Auge geschah. Dämonen, die Linus einmal mehr nicht sehen und vor denen er sie nicht schützen konnte.

Er überlegte, sie zu wecken, entschied sich aber dagegen. Er wusste, dass es nicht möglich war, vor dieser Art von Dämonen zu fliehen.

Ganz vorsichtig legte er sich neben sie, wohl darauf bedacht, sie nicht zu berühren. Dann gab er sich seinen Gedanken hin, die doch überwiegend um sie kreisten und um die Verstrickungen, mit denen er seither zu kämpfen hatte.

'Sie könnte noch so viel mehr als das ...'

Cornelius' Worte hallten wieder und wieder durch seinen Kopf. Über die Jahre hatte sein alter Bekannter die absurdesten Theorien verfolgt und Linus hatte jeder davon weniger Glauben geschenkt als der vorherigen.

Heilung ...

Konnte es wirklich sein, dass Su zu so etwas fähig war?

Eigentlich hatte er nicht vorgehabt, dieser Idee weitere Beachtung zu schenken. Aber jetzt, da Linus neben ihr lag und sie ansah, schlich sich die Vorstellung doch in seinen Kopf. Was wäre, wenn er seinen Fluch loswerden könnte? Was würde er tun? Ein normales Leben führen? Unmöglich. Nicht nur das, es schien geradezu erschreckend. Nach allem, was er gesehen, was er getan hatte, würde er sich niemals einfügen können oder wollen. Es war lächerlich.

Und doch barg die Vorstellung bei all ihren Einschränkungen auch eine Möglichkeit: Er könnte bei ihr bleiben.

'Was würde es bringen, bei ihr zu sein, wenn ich sie dabei nicht mehr beschützen kann?'

'Leid', antwortete er sich selbst.

Nein, sein Entschluss stand fest.

Nie wieder würde er für eine vage Hoffnung alles aufs Spiel setzen. Dafür ging es um zu viel.

Als sie irgendwann von selbst erwachte, schien sie nicht im Geringsten überrascht zu sein, ihn neben sich zu sehen. Müde zog sie sich die Decke bis unter die Augen und verbarg schützend ihr Gesicht darin.

Linus fragte sie nicht, was sie geträumt hatte, ebenso wie sie nicht wissen wollte, wo er gewesen war. Es schien nicht nötig.

Er streckte die Hand nach ihr aus und strich ihr behutsam übers Haar. Dann stand er auf und begann, ihre Sachen zusammenzupacken.

Auch Su setzte sich jetzt auf, noch immer nicht gewillt, die Decke loszulassen, die sie eng um ihren Körper schlang. „Wo fahren wir jetzt hin?", wollte sie wissen. Selbst ihre Stimme klang verschlafen und noch halb an einem anderen Ort.

„Zu einem Bekannten", antwortete Linus so beiläufig wie er konnte.

„Was für ein Bekannter?", fragte Su und schien nun, da sie ein Ziel hatten, langsam wach zu werden.

„Jemand, den ich von früher kenne ..."

„Wie die Leute in der Bar?"

Linus lächelte. Von jedem anderen hätte er die Frage als sarkastischen Tiefschlag verstanden. Aber Su war nicht jede andere.

„Nein. Dieses Mal wird es besser laufen." Zumindest hoffte er das.

„Was machen wir dort?"

'Sie ist viel neugieriger geworden', stellte Linus fest. Noch vor wenigen Wochen wäre sie nicht einmal auf die Idee gekommen, ihm solche Fragen zu stellen. Er seufzte, hörte auf, Kleidungsstücke in eine Tasche zu stopfen und drehte sich zu ihr um. Ihr fragender Blick drang direkt zu ihm durch. Plötzlich fühlte er sich auf merkwürdige Weise ertappt.

„Du wirst dortbleiben."

Bei diesen Worten zuckte sie zusammen und ihre Augen wurden größer. „Und du nicht", flüsterte sie.

„Nein. Ich nicht."

Daraufhin schwieg sie und schaute zu Boden. Auch Linus wandte den Blick ab und wollte sich wieder dem Packen zuwenden. Aber er konnte sie nicht ausblenden. Traurigkeit, Verletztheit und Angst trafen ihn wie Kugeln aus Blei. Dafür war es nicht einmal nötig, sie zu sehen. Er legte den Kopf in den Nacken und fuhr sich mit beiden Händen übers Gesicht. Dann drehte er sich wieder um, ging zum Bett und setzte sich neben sie. Su sah ihn nicht an.

„Ich versuche, zu tun, was das Beste ist ...“

Sie erwiderte nichts, aber von der Seite konnte er sehen, wie ihr eine Träne über die Wange lief.

„Mach ... mach das nicht. Sieh mich an.“ Er streckte die Hand aus und berührte ihr Gesicht. Sie reagierte nicht. Vorsichtig drehte er sie zu sich um. Als sie nun gezwungen war, ihn anzusehen, konnte sie die Tränenflut nicht mehr halten. Ihren Widerstand ignorierend zog er sie zu sich heran.

„Warum?“, brachte sie unter Schluchzen hervor und barg das Gesicht an seiner Brust.

„Weil ich ...“ Er stockte. Es erstaunte ihn, wie schwer es war, die Worte auszusprechen und damit endgültig zu machen. „Weil ich dir nicht helfen kann. Ich bin nicht der Richtige dafür“, flüsterte er schließlich. „Verstehst du das?“

Aber sie schüttelte nur den Kopf. „Warum bleibst du nicht auch dort?“

Er seufzte tief. Wenn es so einfach wäre ... „Das geht nicht. Aber du musst keine Angst haben. Das wird nicht wie in der Klinik. Er wird dir helfen. Wirklich helfen.“

„Woher weißt du das?“

„Weil ich dafür sorgen werde“, antwortete er mit grimmiger Entschlossenheit. „Und weil er dich besser versteht als ...“ 'Als jeder andere', wollte er sagen. Aber die Worte gingen nicht über seine Lippen. „... als die meisten“, beendete er stattdessen seinen Satz.

Eine Weile schwiegen sie. Langsam beruhigte Su sich wieder, wenngleich Linus noch immer spüren konnte, wie tief sie die

Botschaft erschüttert hatte.

„Er glaubt, dass du ihm auch helfen kannst", sagte Linus nun.

„Was, wenn ich das nicht kann?", flüsterte Su zurück. Auf diese Frage hatte Linus keine Antwort.

„Ich … ich sehe im Moment keine andere Möglichkeit. Mach es nicht schwerer, als es ist."

„Warum können wir nicht einfach so weitermachen wie jetzt?"

„Weil wir so auf Dauer keine Chance haben!", rief Linus aufgebracht und merkte, wie Su erschrak. Beherrschter fuhr er fort: „Die Leute, die hinter uns her sind, werden nicht aufhören, bis sie dich haben. Und ich kann dich nicht beschützen. Zumindest nicht immer. Glaub mir, unser jetziges Ziel ist die beste Option."

„Aber du willst nicht dorthin", stellte Su emotionslos fest.

Linus fragte gar nicht erst, woher sie das wusste. „Nein", antwortete er nur. „Ich will dort nicht hin. Aber das hat mit dir nichts zu tun."

„Warum glaubst du, dass er mich versteht?"

„Er hat auch einen Fluch, der sein Leben bestimmt. Genau wie du."

'Genau wie wir …', fügte er in Gedanken hinzu.

Nun schienen ihr die Fragen ausgegangen zu sein. Vielleicht hatte sie verstanden, dass sie keine Wahl hatte. Oder sie hatte sich mit ihrem gebrochenen Herzen abgefunden.

'Warum hasst du mich nicht?', lag es Linus auf der Zunge. Aber er fürchtete die Antwort zu sehr, um die Frage laut auszusprechen.

„Warum hast du mich all die Male nicht getötet?", flüsterte er stattdessen. „Ich habe dir so oft einen Grund dazu gegeben."

Plötzlich verkrampfte sich ihr Körper und sie drückte ihn von sich weg. Die Angst, die in ihren Augen stand, sagte, dass sie noch nie auch nur über die Möglichkeit nachgedacht hatte. Was für Bilder sich gerade vor ihrem inneren Auge abspielten, wusste er nicht. Doch sie ließen Su vor ihm zurückweichen. Panisch schlug sie nach seiner Hand, als er sie nach ihr ausstreckte.

„Fass mich nicht an!", schrie sie und wollte vom Bett springen. Gerade noch bekam Linus ihren Unterarm zu fassen und zog sie zurück.

„Su", sagte er beschwichtigend, doch es half nichts. Wie unter Todesangst begann sie, um sich zu schlagen und zu treten. Ein überraschend schmerzhafter Hieb traf ihn am Kinn. Er versuchte, sie festzuhalten, doch er musste sich mit seinem gesamten Gewicht auf sie legen, um die Oberhand zu gewinnen. Selbst dann hörte sie nicht auf, sich zu wehren. „Hör auf! Hör auf!", zischte er ihr immer wieder ins Ohr.

Die unbändige Energie, die in ihr loderte, jagte ihm einen Schauer über den Rücken. Sie könnte es. Könnte es, ohne sich anzustrengen.

Aber sie tat nichts dergleichen.

Sie kämpfte so lange gegen ihn an, bis ihre physische Kraft zur Neige ging und ihre Schreie in Wimmern und Schluchzen verebbten. Ein paar Minuten blieben sie schwer atmend so liegen, bis Linus seine Worte wiederfand.

Vom Kampf noch immer erregt, klang seine Stimme deutlich härter, als er es beabsichtigt hatte: „Wenn ich dich nicht töte, tötest du mich auch nicht. So einfach ist das. Okay?"

Sie antwortete nicht und er drehte ihren erschöpften Körper zu sich um, um ihr in die Augen zu sehen.

„Okay?", fragte er nochmal, dieses Mal weicher. „Ich lebe." Wie seltsam es sich anfühlte, das laut zu sagen. „Ich lebe. Du wirst mich nicht töten. Das weiß ich."

„Woher?"

„Ich weiß es."

Sie schwieg. Vorsichtig ließ Linus sie los und war erleichtert, als sie liegen blieb. Dann flüsterte sie kaum hörbar: „Ich glaube, an dem Ort, an den du mich bringst, wird etwas Schlimmes geschehen."

Sofort wurde Linus hellhörig. Er kannte solche Ahnungen. Oft war es gut, darauf zu hören. Aber er wusste auch, dass sie manchmal vernebelt wurden durch andere aufwühlende Dinge, die man gerade durchlebte. Und Su steckte bis zum Hals in solchen Dingen.

„Wie sehr vertraust du diesem Gefühl?"

„Ich weiß es nicht", schluchzte sie. „Ich weiß überhaupt nichts. Ich bin nur ein dummes, hilfloses Kind."

„Su? Es ist sehr wichtig, dass du mir jetzt ganz genau zuhörst. Hörst du mir zu?"

Su nickte und für einen Moment verlor sich Linus in der wogenden See ihrer Augen.

Dann fand er seine Worte wieder. „Du bist … das stärkste Wesen, das ich kenne. Wenn du erst einmal herausfindest wie, wird es fast nichts geben, das du nicht tun kannst. Es gibt nur einen einzigen Menschen, der dich zu einem dummen, hilflosen Kind machen kann. Willst du wissen, wer das ist?"

Su nickte. Sanft hob er ihr Kinn und tippte mit dem Zeigefinger auf ihre Stirn.

„Aber woher soll ich wissen, was das Richtige ist?", fragte sie verzweifelt.

„Das kannst du nicht. Niemand kann das. Man kann sich nur für etwas entscheiden und dann mit den Konsequenzen leben. Hör in dich hinein. Wenn du dich weigerst, dorthin zu gehen, kann und werde ich dich nicht zwingen. Was sagt deine innere Stimme?" Su schloss die Augen und atmete tief durch. Als sie sie wieder öffnete, lag Traurigkeit in ihrem Blick. „Es gibt keinen anderen Weg", sagte sie leise und Linus fragte nicht nach.

Als sie schließlich ihre Taschen ins Auto luden und sich schwer auf die Vordersitze sinken ließen, drehte sich Linus nochmal zu ihr um. „Su? Das klingt jetzt vielleicht seltsam, aber: Willst du die Welt ins Chaos stürzen?"
Sie blickte ihn verwundert an, dann schüttelte sie den Kopf. „Nein. Du?"
Er dachte über die Frage nach und sagte dann nüchtern: „Manchmal."
Dann ließ er den Motor an. Er brauchte keine Karte. Der Weg war noch immer eingebrannt in sein Gedächtnis. Selbst nach all den Jahren.

Zuerst kam der Wald. Wann und wie Cornelius ihn gekauft hatte, wusste Linus nicht. Er wusste nur, dass das Grundstück riesig war und fast unberührt bis auf eine schmale Straße. Nicht mehr als ein Waldweg, der sich zwischen den Bäumen und Felsen hindurchschlängelte und einfach nicht enden wollte. Er war gesäumt von Warnschildern für Wanderer und, wie Linus wusste, auch von der einen oder anderen Kamera. Sich mit einem Fahrzeug unbemerkt zu nähern, stellte ein Ding der Unmöglichkeit dar.

Als sie nach einer gefühlten Ewigkeit die kleine Lichtung erreichten, war dort zunächst nicht mehr als ein weiterer, ungewöhnlich großer Felsen zu sehen, der mit viel Fantasie einem schlafenden Bären ähnelte. Zu dieser Jahreszeit war sein Rücken mit einer dünnen Schneeschicht bedeckt. Selbst aus der Sicht eines Satelliten sah dieser Ort lediglich nach einem ungenutzten Stück Natur aus.

Damals hatte Cornelius hier noch allein gelebt, doch Linus wusste, dass er mittlerweile ein kleines Gefolge um sich geschart hatte. Menschen, Übernatürliche, die er von seiner Sache überzeugen konnte, die sich an seinen Nachforschungen beteiligten und Aufträge für ihn ausführten. Was sie dafür erhielten, neben der äußerst geringen Aussicht auf Erfolg, war ein Rückzugsort vor der Welt. Eine Art Gemeinschaft, auch wenn das Einzige, was sie zusammenhielt, gemeinsame Verzweiflung war.

Erst, wenn man den Felsen fast umrundet hatte, sah man eine Öffnung, zu schmal für Fahrzeuge jeder Art, die in das Innere der Gesteinsformation führte. Unter ein paar Kiefern parkte Linus sein Fahrzeug und sie stiegen aus. Eine Weile standen sie beide vor diesem Zeugen der Zeit und betrachteten ihn stumm. Linus' Nackenhaare stellten sich auf. Aber er verscheuchte jede aufsteigende Erinnerung, um sich zu konzentrieren. Sus Vorahnung noch im Gedächtnis, waren all seine Sinne auf Wachsamkeit programmiert.

Schließlich holte er die Taschen aus dem Kofferraum und sie gingen gemeinsam auf die Öffnung zu. Der weitere Weg lag im Schatten und wirkte im Kontrast zum grellen Sonnenlicht so dunkel und vage wie das Tor zu einer anderen Welt.

Bevor sie eintraten, blickte Su noch einmal Richtung Himmel, als befürchtete sie, ihn nie wieder zu sehen. Dann sah sie Linus in die Augen und er nickte ihr aufmunternd zu. Jedoch fragte er sich, wie überzeugend diese Geste wirklich wirkte, denn er wäre gerade an jedem anderen Ort lieber gewesen.

Schließlich betraten sie den tunnelartigen Weg.

Schlagartig wurde es noch kälter und es verging ein Moment, bis ihre Augen sich an die neuen Lichtverhältnisse gewöhnt hatten.

Vor ihnen lag ein gerader, sorgfältig geebneter Weg, der in einer ebenso sauber ausgeschlagenen Steintreppe endete, wie man sie an einem Ort wie diesem nie vermuten würde.

Am Ende der Treppe, die mehrere Meter unter die Erde führte, war schließlich die schwere, glänzende Metalltür angebracht, die die endgültige Grenze darstellte zwischen der augenscheinlichen Wildnis, die hinter ihnen lag, und dem komplexen Geflecht von Gängen und Räumen, das sich hier unter der Erde befand.

Es dauerte nur ein paar Sekunden, in denen Linus weder klopfte, noch klingelte, bis das Portal sich unter Klicken und Knacken öffnete. Dahinter stand Cornelius. Allein, so wie Linus es mit ihm vereinbart hatte.

Sein alter Bekannter wirkte zusätzlich zu seiner so schon kränklichen, beigen Hautfarbe blass und übermüdet und sah dadurch noch ungesünder aus als sonst. Über einer schlichten Jeans trug er einen grauen Pullover, dessen lange Ärmel in ebenfalls graue, lederne Handschuhe übergingen. Lediglich seine hellbraunen, fast gelben Augen schienen hellwach und musterten ihn, aber ganz besonders Su mit äußerster Aufmerksamkeit.

„Hallo! Ich bin Cornelius", sagte er schließlich freundlich und streckte Su zur Begrüßung die Hand entgegen. Doch sie erwiderte weder seine Worte noch seine Geste, sondern starrte ihn lediglich aus großen Augen an wie einen leibhaftigen Dämon. Einen Moment lang wirkte Cornelius davon verunsichert, sammelte sich aber gleich wieder.

„Linus", sagte er wie eine Feststellung und nickte ihm zu. Nach kurzem Zögern nickte Linus wortlos zurück und schob Su in das Innere des Gebäudes. Als Cornelius die Tür hinter ihnen schloss und verriegelte, zuckte sie bei jedem Knacken kaum merklich zusammen.

Der Flur vor ihnen war gerade und wirkte steril und industriell. Keine Dekoration zierte die Wände, nicht eine Pflanze hielt es lange hier aus. Neben der gedämpften Deckenbeleuchtung befand sich nichts in dem Gang außer einer großen Anzahl von Türen, die nach links und rechts in weitere Räume und Gänge führten. Für Linus war es ein vertrauter Anblick. Noch gab es nichts, was ihm Grund zur Beunruhigung gab.

Aber neben sich hörte er Su laut atmen und konnte spüren, wie die Panik in ihr aufstieg. Behutsam legte er seine Hand auf ihre Schulter.

„Bist du sicher, dass euch niemand gefolgt ist?", fragte Cornelius, erhielt aber nicht mehr als einen verächtlichen Blick zur Antwort.

„Wohin?", fragte Linus nun und Cornelius antwortete schnell:

„Vielleicht erstmal zur Küche. Sie ist sicher hungrig."

Einen Moment lang musste Linus überlegen, welche der absolut identischen Türen zum Speiseraum gehörte, einem der Orte, an denen er sich so gut wie nie aufgehalten hatte. Dann fiel es ihm wieder ein und er schritt zielstrebig zur zweiten Tür von links. Dahinter lag ein großer, menschenleerer Raum, in dem mehrere Tische und Stühle aus Holz in lockeren Gruppen standen. Auch der Boden bestand aus Holz und die kalte Atmosphäre des Ganges wich zumindest einem Hauch von Gemütlichkeit. An der hinteren Wand waren ein Kühlschrank, Herd, Ofen, Schränke und Arbeitsflächen angebracht.

„Setz dich hier hin", sagte er zu Su und deutete auf einen der Stühle. Sie gehorchte und sank darauf zusammen wie ein Häufchen Elend. Linus legte die Taschen neben ihr ab.

„Wann hat sie zum letzten Mal gegessen?", fragte Cornelius und musterte ihre zerbrechliche Statur.

„Heute Morgen", erwiderte Linus und reichte Cornelius den Beutel mit den Lebensmitteln.

Skeptisch sah Cornelius hinein, ließ seinen Blick über die Packungen mit Keksen und Schokoriegeln schweifen und hakte dann nach: „Okay. Wann hat sie zum letzten Mal etwas Richtiges gegessen?"

Aber er erntete auf die Frage nur einen irritierten Blick.

„Großer Gott!", rief Cornelius aus, schüttelte den Kopf und begann, geschäftig am Kühlschrank zu hantieren.

Linus setzte sich neben Su, die ihren furchtsamen Blick durch das Zimmer schweifen ließ, als befände sie sich in einem Raumschiff. Ganz kurz berührte er mit seiner Hand die ihre und löste sie damit für einen Moment aus ihrer Trance.

Überraschend schnell hatte Cornelius ein Sandwich belegt, das er nun zusammen mit einem Glas Wasser vor Su auf den Tisch stellte - vorsichtig, als rechnete er jeden Moment damit, dass sie um sich schlug. Die Speise bestand aus zwei Scheiben dunklem Brot und neben Wurst und Käse sah Linus auch etwas Grünes und Rotes zwischen den Lagen hervorquellen. Für einen anderen Menschen hätte es sicherlich appetitlich ausgesehen. Aber Su betrachtete es nur unglücklich und machte keinerlei Anstalten, es auch nur in die Hand zu nehmen.

„Su...", sagte Linus angestrengt. „Iss etwas!"

„Su", wiederholte Cornelius andächtig und das Mädchen blickte erschrocken zu ihm auf.

„Möchtest du etwas anderes essen?", fragte er freundlich und sah sie dabei direkt an.

Schnell schüttelte sie den Kopf und nahm nun doch unbeholfen das belegte Brot in die Hände, sichtlich unschlüssig, wo und wie sie anfangen sollte. Schließlich siegte doch ihr Hunger und sie schlang nach anfänglichem Zögern die komplette Mahlzeit in sich hinein. Dabei schien sie sogar für kurze Zeit zu vergessen, dass beide Männer ihr schweigend zusahen.

Der eine immer wieder aufs Neue gebannt von jenem Vorgang, der allen anderen Wesen auf dieser Welt Befriedigung zu beschaffen vermochte und sie am Leben hielt.

Der andere grübelnd, jedes Detail von ihr in sich aufnehmend. Bangend. Hoffend. Zweifelnd.

Cornelius hatte sie sich anders vorgestellt. Er hatte sich das alles anders vorgestellt.

316

Die ganze Zeit über hatte er ein Bild im Kopf gehabt, wie Linus sie – gefesselt und geknebelt – als Fracht von einem Fahrzeug ins nächste bugsierte und mit körperlicher und psychischer Gewalt jeden Versuch des Aufbegehrens im Keim erstickte.

Erst Linus' äußerst alarmierende Forderungen bei ihrem letzten Telefonat hatten ihn aufhorchen lassen und ihm gesagt, dass hier etwas anders lief. Im harmlosesten Fall hatte Linus sich in irgendwelche komplizierten Abmachungen verstrickt, die ihm diese Bedingungen entgegen seinen eigentlichen Prinzipen aufzwangen. Aber das konnte sich Cornelius nur schwer vorstellen. Im schlimmsten Fall, und Cornelius hatte keine Ahnung, was er dann tun sollte, befand Linus sich unter ihrem Einfluss und handelte nach ihrem Willen.

Er war schon drauf und dran gewesen, dieser Theorie Glauben zu schenken. Nur schien das Mädchen sich an jedem anderen Ort dieser Welt lieber aufhalten zu wollen als hier. Wenn Linus also ihre Marionette war, weshalb sollte er sie dann hierherbringen? Cornelius konnte nicht umhin, sie immerfort anzustarren, während seine Gedanken wie wild um sie kreisten.

Keine seiner Erwartungen wollte auf sie zutreffen. In seinem Kopf glich sie einer ausgeborenen Naturgewalt: wild und stolz, auf Rache sinnend an einer Menschheit, die sie hinter Gitter gesperrt hatte. Fast unmöglich zu kontrollieren und über allen Maßen gefährlich.

Aber vor ihm saß vielmehr ein Kind. Ängstlich. Eingeschüchtert. Unglücklich.

Immer wieder fragte Cornelius sich, was in ihr vorging. Was sie jetzt, in diesem Moment, sah, das den beiden Männern verborgen blieb. Was ihre Angst in ihrem Kopf für Blüten trug.

Nur ansatzweise konnte er sich vorstellen, was sie bereits alles hatte durchmachen müssen.

'Es gab eine Zeit, da hast du versucht, den Menschen hinter dem Monster zu sehen.'

Ja. Diese Zeit hatte es gegeben und sie war noch nicht vorbei. Cornelius hatte es sich so einfach vorgestellt, sie als eindeutige Bedrohung zu sehen, die jede Maßnahme zu ihrer Kontrolle rechtfertigen würde. Er war so besessen davon gewesen, dass sie die Lösung für seine Probleme war, dass er überhaupt nicht in Betracht gezogen hatte, sie könnte ebenso hilfsbedürftig sein wie all jene, denen er seit jeher zu helfen versuchte.

Ihr Anblick schmerzte ihn. Obwohl er versuchte, es zu verhindern, streckte sein Beschützerinstinkt bereits die Arme nach ihr aus und das Bedürfnis, ihr zu helfen, zwang seine Furcht vor ihren Fähigkeiten in die Knie.

Einzig sein Verstand warnte ihn, dass der äußere Schein trügen konnte. Bei ihr mehr als bei jedem anderen Wesen, dem er jemals Obdach gewährt hatte. Vielleicht war auch seine eigene Wahrnehmung bereits manipuliert. Auszuschließen war es nicht. Nein, er musste wachsam bleiben. Mehr denn je. So viele Jahre befand er sich nun schon auf der Suche. So viele Menschen, einschließlich ihm selbst, hatten immer noch Hoffnung in das, was er tat. Er kannte dieses Mädchen nicht und Linus' Worten durfte er im Moment nicht trauen.

Selbst wenn sie kooperieren würde, war nicht gesagt, dass sie ihre Kräfte genug unter Kontrolle hatte, um nicht in einem Moment der Angst oder Wut, und sei es aus Versehen, unermesslichen Schaden anzurichten.

Selbst wenn sie sich ernsthaft bemühte, der Versuchung zu widerstehen, hieß das nicht, dass es ihr gelingen würde, nicht doch der Verlockung der Macht zu verfallen.

So sehr er es auch wollte, er durfte sich jetzt nicht erweichen lassen.

Wenn er sich würde entscheiden müssen, ob er zum Wohle eines einzelnen Individuums sein Leben und das etlicher anderer aufs Spiel setzen wollte, dann würde er nicht zögern. Er durfte nicht.

Nicht jetzt.

Nicht hier.

Er hatte nicht vor, sein Wort gegenüber Linus zu brechen.

Er würde versuchen, dessen Forderungen zu erfüllen und dem Mädchen eine Chance zu geben.

Soweit es ihm möglich war.

Als Cornelius aus seinen Gedanken auftauchte, bemerkte er, dass Linus nicht länger dem Mädchen beim Essen zusah. Stattdessen war er es, auf dem sein eiskalter, durchdringender Blick nun lag, und es kostete Cornelius seine ganze Kraft, ihm standzuhalten. Linus war damals schon furchteinflößend gewesen. Aufbrausend und unberechenbar. Sich seiner Stärke zunehmend bewusst und immer weniger bereit, auf deren Anwendung zu verzichten.

Aber der Mann, der ihm nun gegenübersaß, hatte eine Entschlossenheit an sich, die Cornelius das Blut in den Adern gefrieren ließ.

Hatte er diesem Handel überstürzt zugestimmt?

Auf einmal wurde ihm klar, dass es zwei Fremde waren, denen er

Zutritt in sein Heiligtum gewährt hatte. Je mehr er darüber nachdachte, desto mehr wurde ihm bewusst, dass er keinen Schimmer hatte, was sie wirklich im Schilde führten und zu was sie in der Lage waren.

Cornelius wusste nur eines: Wenn sie sich jetzt gegen ihn wenden würden, hätte er nicht den Hauch einer Chance.

37

Echt

Als Su auf ihre Hand hinunterblickte, sah sie, dass es der Griff einer Autotür war, den ihre Finger umschlossen. Wie ferngesteuert zog sie daran und hörte das dumpfe mechanische Ploppen. Dann schwang ihr die Tür entgegen und sie stieg ein, ohne weiter darüber nachzudenken.

Linus saß am Steuer.

Er blickte konzentriert auf die Straße, die hinter nahezu undurchdringlichen Regenschleiern kaum zu erkennen war. Die dicken Tropfen prallten so laut gegen die Windschutzscheibe, dass der Lärm kaum auszuhalten war. Su legte die Hände auf die Ohren, aber das Geräusch drang in unverminderter Intensität zu ihr durch und baute einen schmerzhaften Druck in ihren Ohren auf. Plötzlich wurde ihr klar, dass das Dröhnen nicht vom Regen kam. Der Sturm tobte in ihrem Kopf. Sie war kurz davor, zu schreien, als der Krach von einer Sekunde auf die nächste verstummte.

Ungläubig sah sie sich um, senkte zögernd die Hände.

Es regnete noch immer, aber im Auto war es still.

Linus schien ihren Kampf nicht bemerkt zu haben. Überhaupt beachtete er sie mit keinem Blick, fast so, als wäre sie gar nicht da.

„Linus?", flüsterte sie. Ihre Stimme klang klein und kläglich.

Linus reagierte nicht. Hörte er sie nicht?

„Linus!", rief sie nun ängstlich.

Es schien eine Ewigkeit zu dauern, aber wie in Zeitlupe drehte er schließlich den Kopf zu ihr um. Sein Blick war abwesend, so als wäre er in Gedanken ganz woanders.

„Warum kann ich nicht bei dir bleiben?", fragte Su traurig. Genervt schüttelte Linus den Kopf. „Das hab ich dir doch schon erklärt", erwiderte er nur und wandte sich wieder in Richtung Straße.

„Ich habe Angst", sagte sie leise.

„Du hast vor allem Angst", stellte Linus sachlich fest. „Du kannst nicht klar denken. Lass lieber andere die Entscheidungen treffen."

Erschrocken öffnete Su den Mund und bewegte stumm die Lippen. Warum sagte er auf einmal so etwas zu ihr?

„Aber .. du hast gesagt, dass niemand wissen kann, was das Richtige ist ... "

„Ja, ich weiß, ich weiß. Das kann auch niemand wissen. Aber am allerwenigsten du. Woher auch? Du weißt ja nichts über die Welt."

Su hielt die Luft an. Einen Moment lang steckten die Worte in ihrer Kehle fest. Es kostete sie unendlich viel Kraft, um weiterzusprechen. „Ich ... ich möchte es lernen ... "

Nun hielt Linus den Wagen an und wandte sich richtig zu ihr um. „Su", sagte er geduldig. „Sei doch vernünftig. Wenn du erst einmal richtig darüber nachgedacht hast, wirst selbst du zu dem Schluss kommen, dass es das Beste für alle ist, wenn du irgendwo ... gut aufgehoben bist. Verstehst du das nicht? "

„Gut aufgehoben?", wiederholte Su erschrocken. „Du hast gesagt, er will mir helfen."

„Will er ja auch. Dir und dem Rest der Welt. Glaub mir, das ist das Beste für dich und alle Beteiligten. Bei dem, was du getan hast ... "

„Aber ... es war keine Absicht ..."

„Das spielt keine Rolle. Du hast es getan. Das ist alles, was zählt.
Und deshalb gehörst du an einen sicheren Ort, an dem du
niemandem schaden kannst."

„Aber ... du hast gesagt, das wird nicht wie in der Klinik",
flüsterte sie hilflos.

„Wird es ja auch nicht. Weil es keine Klinik ist."

Auf einmal hörte Su ihren Herzschlag in ihren Ohren widerhallen.

„Du ... du hast gesagt, ich muss keine Angst haben", hauchte sie.

„Wenn du erst mal in seiner Obhut bist, wirst du auch ganz schnell
keine Angst mehr haben. Du weißt doch, die richtigen Tabletten
schaffen im Nu wieder Ordnung in deinem Kopf."

„Nein!", rief sie verzweifelt. „Warum sagst du so etwas?"

„Weil es die Wahrheit ist. Schließlich will ich dich doch nicht
anlügen", antwortete er liebevoll.

„Warum tust du das? Ich dachte, wir ..."

„Su", sagte er geduldig und sah ihr dabei tief in die Augen. „Es
gibt kein Wir. Es gab nie ein Wir. Das hast du dir nur eingebildet.
Wie all die anderen seltsamen Dinge, die in deinem Kopf vor sich
gehen."

„Nein! Das ist nicht wahr."

„Denk doch mal nach! Wie sollte das denn funktionieren? Glaubst
du wirklich, dass du und ich ..."

„Hör auf damit!", flehte Su am Ende ihrer Kräfte. „Das ist nicht
echt! Das passiert nicht wirklich!"

Aber er hörte nicht auf. Stattdessen fuhr er mit nunmehr
nachdenklicher Stimme fort: „Oder vielleicht ... ist das hier die
Wirklichkeit? Und alles andere, von dem du geglaubt hast, dass es

geschehen ist, entstammt lediglich deiner Fantasie?"

„Nein! Hör auf!"

Dem Regen auf der Windschutzscheibe gleich, rannen die Tränen über ihre Wangen. Verzweifelt presste sie die Hände auf die Ohren, aber sie hörte Linus' Worte weiterhin klar und deutlich.

„Wach endlich auf! Das hier ist die Realität!"

Dann fror das Bild ein. Eine lockende, flüsternde Stimme rief nach dem Mädchen und Su riss den Türgriff fast heraus, als sie das Portal öffnete, um diesen Worten, diesem Ort, diesem Schmerz zu entkommen, so schnell sie konnte.

38
Das Richtige

Gegenwart
23. Januar 2003

Die nächsten Tage vergehen in Schweigen.

Ross' Entführer steht nun häufiger denn je vor Sus Bett und sieht sie an, ohne etwas zu sagen, ohne sie zu berühren. Wenn der Arzt sich nicht gerade um seine Patientin kümmert, arbeitet er weiter an der Übersetzung.

Er hat Linus' Frage nicht vergessen. Will er diesem Mädchen noch helfen? Trotz der Gefahr, dass sie möglicherweise noch viel schlimmeres Unheil über diese Welt bringen könnte als der Mann, der so verzweifelt versucht, sie zu retten?

Jede weitere Zeile des Buches bringt neue, erschreckende Informationen zutage.

Weitere Beschreibungen von Gräueltaten und Ereignissen, für die *Medien* verantwortlich gemacht werden. In einigen der mysteriösen Fälle glaubt Ross, die Symptome für heute bekannte und größtenteils heilbare Krankheiten zu entdecken.

Der Mittelteil des Werkes besteht komplett aus Beispielen für Rituale, Tränke und Exorzismen, um die *Besessenen* zu erkennen und zu versuchen, ihnen ihre Krankheit auszutreiben. Davon ist eine Maßnahme nach der anderen so ungeheuerlich, dass sie vermutlich unmittelbar zum Tod des Patienten geführt haben.

Irgendwann überfliegt Ross die Zeilen nur noch und versucht, sich möglichst wenig davon bildlich vorzustellen.

Die letzte Seite des Teils, der sich mit Heilung befasst, lässt Ross schlucken. Obwohl er die übersetzten Worte noch nicht niedergeschrieben hat, blickt er sich vergewissernd zu Linus hinüber. Zu seiner Erleichterung beachtet ihn der Mann jedoch nicht. Er scheint in seine eigenen Gedanken versunken. Ross liest die Zeilen noch einmal:

„Versuche der Heilung wurden unternommen, besonders, wenn Personen höheren Standes oder Ranges von der Krankheit befallen wurden. Jedoch hatten diese nur in den seltensten Fällen Erfolg. Aus meiner Sicht ist es viel zu gefährlich, eine Heilung auch nur in Betracht zu ziehen, sind die Medien doch allem voran Meister der Täuschung. Niemand kann sicher sein, ob die Austreibung wirklich von Erfolg gekrönt war oder der Patient seine Krankheit nur besser zu verbergen vermag. Glücklicherweise sterben die meisten Patienten während der Austreibungsversuche. Die Krankheit scheint beizeiten so tief in ihrem Wesen verwurzelt, dass der Wirt ohne den Parasiten nicht mehr leben kann. Von einer Heilung während des totenähnlichen Schlafes oder danach gibt es keinerlei Erfolgsberichte. Es ist davon auszugehen, dass es nicht möglich ist, die Krankheit in diesem fortgeschrittenen Stadium noch auszutreiben.

Das Medium wird nie wieder so verwundbar sein
wie während des Schlafes. Es ist die beste,
vielleicht einzige Gelegenheit, es vor der
Erlangung seiner vollkommenen Macht zu
beseitigen.“

Er blättert weiter, doch die restlichen Seiten bis zum Ende des
Buches scheinen sich ausschließlich mit der Bekämpfung und der
Beseitigung von Medien befassen.

Das ist es also. In dem Buch befindet sich kein Hinweis darauf,
wie Su zu wecken ist, abseits von all den furchtbaren Vorschlägen,
die sie mit Sicherheit umbringen würden.
'Wie soll ich ihm das bloß beibringen? Wenn ich ihm weder mit
der Behandlung des Mädchens noch mit der Übersetzung des
Buches weiterhelfen kann, was für einen Wert hat mein Leben
dann noch für diesen Mann? Vermutlich keinen', denkt Ross. Auf
einmal stürzt die ganze Ausweglosigkeit seiner Lage, die er in den
letzten Tagen so erfolgreich zu verdrängen geschafft hat, wieder
auf ihn nieder.
'Das ist mein Todesurteil.'
Verzweifelt überlegt er, was er jetzt noch tun kann. Er könnte
vorgeben, noch längst nicht fertig zu sein. Könnte jede nutzlose
Seite, selbst den abscheulichen Mittelteil, bis ins Kleinste
ausarbeiten. Aber das würde ihm nur Zeit verschaffen, die wertlos
ist, wenn ihm nicht noch etwas Besseres einfällt.
'Ich könnte mir einfach etwas ausdenken', schießt es ihm plötzlich
durch den Kopf. 'Er kann nicht nachvollziehen, ob meine

Übersetzung der Wahrheit entspricht. Ich könnte behaupten, dass er etwas ganz Bestimmtes besorgen muss ...'

Aber nein, sein seltsam begabter Entführer würde die Lüge sofort durchschauen. Die Konsequenzen wagt Ross sich nicht vorzustellen.

Er sieht zu den beiden hinüber, dem Mörder und dem Mädchen im Koma, gefangen in einer Welt aus Angst und Einsamkeit. Plötzlich weiß er, was zu tun ist. Der graue Schleier, der seine Gedanken und Gefühle umhüllt hat, lichtet sich wie Nebel am Morgen.

Vielleicht hat er keinen Einfluss darauf, wann er sterben wird. Vielleicht kann er nichts tun, um es zu verhindern. Aber es gibt etwas, das seine freie Entscheidung bleibt. Er ist nicht völlig machtlos.

„Ja."

Sein Entführer wendet sich zu ihm um und sieht ihn fragend an.

„Ich möchte weiter um ihr Leben kämpfen."

Linus mustert ihn prüfend. Dann huscht für den Bruchteil einer Sekunde ein Lächeln über sein Gesicht.

„Gut", antwortet er. Mehr nicht.

Ross betrachtet ihn nachdenklich, bevor er erneut ansetzt: „Ich ... ich weiß nicht, ob Ihnen das irgendwas bedeutet, aber ... ich glaube, dass Sie das Richtige tun."

Erneut dreht sich der andere kurz um. Doch der Ausdruck in seinen Augen ist undefinierbar.

Er erwidert nichts und beide Männer verfallen wieder in Schweigen.

39
Gift

29. Dezember 2002

Linus stellte die Taschen vor dem Bett auf den Boden und sah sich
um.
Su war genau an der Stelle stehen geblieben, auf die er sie
geschoben hatte, um die Tür hinter ihnen zu schließen. Dabei hatte
er Cornelius' verdutzten Blick, als er ihr auf das Zimmer folgte,
gekonnt ignoriert.
Der Raum war klein, wenn auch nicht annähernd so winzig wie
ihre Zelle damals. Wie im restlichen Gebäude waren Boden und
Möbel aus Holz. Im Gegensatz zur Klinik, in der den meisten
Patienten Bettwäsche aus Gründen der Selbstverletzungsgefahr
verwehrt blieb, lagen auf dem Bett eine dicke, weiß bezogene
Bettdecke und ein gleichfarbiges, voluminöses Kopfkissen. Neben
dem Schlafplatz stand ein kleiner Schemel, rechts davon ein
Kleiderschrank. Links führte eine Tür in ein überschaubares,
zweckdienliches Badezimmer. Ein Fenster gab es, der
unterirdischen Lage geschuldet, nicht.
Linus wartete, bis sich Cornelius' Schritte wieder entfernten.
Dann setzte er sich auf die Matratze, die unter seinem Gewicht
angenehm einsank, und atmete tief durch. Es war nicht sein
damaliges Zimmer. Aber es sah diesem ähnlich genug, dass Linus
aus jedem Schatten eine Erinnerung entgegensprang.
„Hey. Komm her", sagte er zu Su und klopfte auf die Stelle neben
sich.

Staksenden Schrittes kam sie herüber und ließ sich steif auf der Matratze nieder.

Linus entging nicht, wie sie ihren Kopf von ihm wegdrehte.

Trotzdem legte er vorsichtig einen Arm um ihre Schulter und zog sie zu sich heran. Sie ließ es willenlos geschehen. So blieben sie eine Weile sitzen und Linus begann sich zu fragen, ob das Ganze wirklich eine gute Idee war.

Mit seiner freien Hand strich er über das Kopfkissen und stellte sich vor, wie Su morgen darauf aufwachen würde. Und übermorgen. Und den Tag darauf.

'Wenn sie erst einmal Vertrauen gefasst hat, wird sie sich daran gewöhnen', dachte er. Sie sollte sich hier sicher fühlen. Das Misstrauen war seine Aufgabe.

„Ich muss noch etwas klären. Warum springst du nicht solange unter die Dusche?", fragte er und nickte aufmunternd in Richtung Badezimmer.

Als Antwort erntete er einen fragenden, fast schon verzweifelten Blick.

„Ich werde noch da sein, wenn du fertig bist", versprach er und sah ihr dabei tief in die Augen. „Lass dir Zeit. Wir haben es nicht mehr eilig."

Vorsichtig ließ er sie los, stand auf und drückte ihr die Handtücher in die Hand, die auf dem Hocker lagen. Bevor Su ins Bad ging wie zu ihrer Hinrichtung, blickte sie nochmal zu ihm zurück, als müsste sie sich vergewissern, dass er sich nicht bereits in Luft aufgelöst hatte. Er versuchte zu lächeln. Doch er wusste, dass sie es durchschaute.

Auch Linus wurde auf einmal bewusst, dass ihre gemeinsame Zeit sich dem Ende neigte. Er hatte sich so auf eine Lösung konzentriert, dass er sich bis jetzt nicht erlaubt hatte, darüber nachzudenken. Nun sträubte sich alles in ihm, den Raum zu verlassen. Fast wäre er ihr ins Badezimmer gefolgt, nur um sie nicht aus dem Blick zu verlieren.

Aber er musste mit Cornelius sprechen.

Als er hörte, wie das Wasser zu rauschen begann, verließ er das Zimmer auf der Suche nach dem Mann, auf den sich seine ganzen Zweifel und zugleich seine ganze Hoffnung konzentrierten.

Er fand ihn in dessen Arbeitszimmer, am Schreibtisch sitzend.

Darauf stapelten sich noch immer Bücher, Manuskripte, Skizzen und Notizen, als wäre die Zeit über all die Jahre stehen geblieben. An allen vier Wänden, nur eine schmale Öffnung für die Tür aussparend, befanden sich Regale, in denen sich weitere Schriftstücke, Ordner, Kisten und Schachteln stapelten.

Cornelius bemerkte Linus sofort und hob erwartungsvoll den Kopf. Abschätzend musterten sich die Männer und gaben sich dem Strom an Erinnerungen, unausgesprochenen Fragen und Vermutungen hin, der wie eine Mauer zwischen ihnen stand.

„Können wir reden?", brach Linus die Stille als Erster.

Cornelius nickte und legte ein altes, vergilbtes Buch beiseite, das er bis eben noch in der Hand gehalten hatte.

„Ist es das?", fragte Linus prompt.

„Ja."

Ohne zu fragen ging Linus zum Schreibtisch und hob das Buch unter Cornelius' alarmierten Blick hoch. Das Relikt, aus dem Cornelius' Wissen über die Medien stammte und das vielleicht über Sus Schicksal entschied. Von einem Menschen verfasst. Ein Mensch, der fehlerhaft sein konnte und über den sie fast nichts wussten.

Es sah alt und mitgenommen aus. Linus schlug eine Seite auf und sein Auge schweifte über die handschriftlich niedergekritzelten Zeilen. Enttäuscht stellte er fest, dass es in einer anderen, ihm unbekannten Sprache verfasst war. Auch die Skizzen und Zeichnungen, die er weiter hinten fand, ergaben ohne die zugehörige Beschriftung keinen Sinn. Frustriert legte er es wieder zurück. Es blieb ihm vorerst nichts anderes übrig, als Cornelius' Aussagen über dessen Inhalt zu glauben, auch wenn sich alles in ihm dagegen wehrte.

„Wo sind die anderen?", fragte er nun und meinte damit die übrigen Schützlinge seines alten Bekannten.

„Ich habe sie für ein paar Tage weggeschickt. Sie kommen morgen wieder", antwortete Cornelius. „Das Mädchen ...", fuhr er unsicher fort.

„Sie wird sich einleben", sagte Linus bestimmt.

„Sie scheint nicht sonderlich glücklich darüber zu sein, dass du sie hierher gebracht hast."

„Das spielt keine Rolle."

„Nein. Offensichtlich nicht. Es würde mich auch kein bisschen wundern, dass du das so siehst, stünden da nicht immer noch deine ungewöhnlichen Forderungen im Raum ..."

„Ja. Deshalb bin ich hier."

„Du hast mir immer noch nicht gesagt, was es damit auf sich hat."

„Weil es nicht nötig ist."

„Was, wenn ich es trotzdem gern wissen möchte?"

„Du möchtest viel. Wie wäre es, wenn wir erst einmal bei dem bleiben, was du hast?"

Cornelius seufzte. „Sie hat ein normales Zimmer. Die Tür ist offen. Sie kann sich im Gebäude frei bewegen", begann er aufzuzählen. „Keine Drogen im Wasser", fügte er hinzu. „Obwohl sie den Eindruck macht, als hätte sie bereits welche bekommen."

„Sie ist bei klarem Verstand."

Cornelius schnaubte. „Und du?"

„Was meinst du?", fragte Linus scharf.

„Du hast dich verändert ..."

„Vielleicht habe ich das. Aber das hat nichts mit dieser Sache hier zu tun."

„Wenn ich das Mädchen hier aufnehmen und ihr trauen soll, muss ich alles wissen."

Stirnrunzelnd musterte Linus den anderen. Die Richtung, in die sich das Gespräch entwickelte, gefiel ihm nicht. Aber wenn er sich jetzt versperrte, würde das Cornelius' Misstrauen nur noch weiter anschüren. „Dann schieß mal los!"

„Was läuft da zwischen euch?"

Linus' Gesicht erstarrte. „Wie meinst du das?", fragte er drohend.

„Zum einen bringst du sie gegen ihren Willen und offensichtlich extrem verstört hierher. Aber dann weigerst du dich zu gehen, bevor du dich nicht überzeugt hast, dass ich deine Bedingungen erfülle." Cornelius schien mit sich zu ringen, bevor er fragte: „Warum ... warum bist du mit zu ihr aufs Zimmer gegangen?"

„Du mischst dich in Dinge ein, die dich nichts angehen", zischte Linus kalt.

„Ich hatte angenommen, dass du sie wie üblich mit Angst und

Gewalt unter Kontrolle bringst. Das hätte mich nicht schockiert, wenn es von dir kommt. Aber jetzt bin ich mir nicht mehr so sicher …"

„Was?"

„… wie skrupellos du eigentlich geworden bist. Sie ist fast noch ein Kind!", beendete Cornelius den Satz und seine Abscheu traf Linus wie eine Ohrfeige.

Als ihm klar wurde, was Cornelius da andeutete, konnte er nicht länger an sich halten. Mit wenigen Schritten war er bei ihm, riss ihn von seinem Stuhl und stieß ihn, die Hand an seinem Hals, gegen eines der Regale, sodass die Bücher darin erbebten. Zu dem vertrauten Kribbeln in seiner Haut mischte sich schnell ein brennender Schmerz. Aber er ignorierte ihn und blickte Cornelius tief in die vor Schreck weit aufgerissenen Augen. „Vorsicht, alter Mann! Was glaubst du eigentlich, mit wem du hier sprichst?"

„Woher soll ich das wissen?", schrie Cornelius zurück, und auch in seine Stimme mischte sich nun Wut. „Als du damals gegangen bist, hast du selbst gesagt, dass ein Teil von dir gestorben ist. Woher soll ich wissen, wie abgestumpft du mittlerweile bist?"

„Ich würde ihr niemals etwas antun!"

Erschrocken stellte Linus fest, dass er diese Worte soeben wirklich laut ausgesprochen hatte. Plötzlich wurde ihm schwindlig. Wie betäubt ließ er Cornelius los und betrachtete seine Hand, auf der sich an jenen Stellen, wo er den anderen berührt hatte, nun kleine Blasen bildeten. Von seinen Fingern bis kurz unter seine Schulter stellte sich schleichend eine Lähmung ein, begleitet von den Stichen tausender unsichtbarer Nadeln.

Röchelnd stieß Cornelius Linus weg und stolperte in Richtung

Schreibtisch, wo er sich hustend und keuchend an die Arbeitsfläche klammerte. Linus machte keine Anstalten, ihm zu folgen. Zitternd richtete Cornelius sich auf und atmete tief durch. Dann öffnete er eine Schublade und holte eine Salbe heraus, die er Linus wortlos reichte.

Der nahm sie, noch immer benommen, entgegen und verteilte das kühlende Mittel auf seiner in Flammen stehenden Haut. Ein paar Minuten schwiegen sie.

Dann fragte Cornelius heiser: „Wem hast du sie versprochen?"

Linus zögerte. „Viktor"

Ein weiterer Hustenanfall verzögerte Cornelius' Antwort. „Und wann hattest du vor, mir das zu sagen? Oder ist das auch eine der Sachen, die mich nichts angehen?"

„Hast du Angst?", fragte Linus herablassend.

„Ich habe einen gesunden Menschenverstand!"

„Das ist Ansichtssache. Denk nicht einmal daran, sie auszuliefern!"

„Weiß er denn, dass sie hier ist?"

„Nein. Er glaubt, dass ich mich an den Deal halte."

„Warum zur Hölle tust du es nicht?"

„Ich kann nicht."

„Er wird sich rächen."

„Egal."

„Und du bist sicher, dass dir niemand gefolgt ist?"

„Ja. Er hatte keinen Grund, mich zu überwachen. Bis jetzt."

„Was ist nur los mit dir?"

„Seine Suche wird sich auf mich konzentrieren. Erfülle meine Bedingungen! Dann bist du mich bald wieder los", erwiderte Linus nur.

Dann verließ er den Raum, ohne sich noch ein weiteres Mal umzudrehen.

Als Su, ein Handtuch um den Körper geschlungen, aus dem Bad trat und Linus wieder auf dem Bett sitzen sah, huschte zum ersten Mal am heutigen Tag ein scheues Lächeln über ihr Gesicht. Dann fiel ihr Blick auf seine Hand und ihre Augen weiteten sich vor Schreck. „Was ist passiert?", hauchte sie und erst jetzt wurde Linus gewahr, wie schlimm die Verletzung für sie aussehen musste.

„Das ist nichts", sagte er schnell, hatte er sich doch vorgenommen, ihr die Angst so gut es ging zu nehmen. „Das wird wieder."

Vorsichtig setzte Su sich neben ihn, nahm wie selbstverständlich seine Hand in ihre und strich behutsam über die verletzten Stellen. Linus schloss die Augen. Obwohl ihre Berührung brannte wie Feuer, ließ er sie gewähren. Als sie ihn schließlich wieder freigab, bildete er sich ein, dass der Schmerz nachgelassen hatte.

Sie musterte ihn prüfend und beruhigte sich wieder, wenngleich sich eine gewisse Skepsis in ihrem Blick hielt. „Wie lange wirst du noch hierbleiben?", fragte sie traurig.

„Ein paar Tage noch", antwortete Linus wahrheitsgetreu. Morgen würden Cornelius' Gefolgsleute wiederkehren. Er musste jeden einzelnen davon unter die Lupe nehmen, bevor an eine Abreise zu denken war.

Su nickte ernst und fragte: „Was ist mit ihm?"

„Mit wem?"

„Mit Cornelius. Ist er krank?"

„Gewissermaßen ...", entgegnete Linus. In seinen Augen war die

Tatsache, dass Cornelius es niemals wirklich geschafft hatte, sich mit seiner Gabe abzufinden, der Grund dafür, dass sie ihn nun langsam auffraß. Ob man es eine Krankheit nennen wollte, blieb jedem selbst überlassen. Fakt war, dass diese Gabe Cornelius fast genauso stark von der Gesellschaft isolierte, wie es die von Linus tat. Es lag ihnen beiden im Blut, anderen Menschen zu schaden. Der einzige Unterschied war, dass Cornelius dabei eine Wahl blieb. Sein Überleben hing nicht davon ab. Also hatte er sich für das Exil entschieden.

„Er ist giftig", sagte Linus nüchtern. Aber ihm entging nicht die sofortige Bestürzung auf Sus Gesicht.

„Oh", sagte sie nur. Und nach einer Pause wollte sie wissen: „Ist das der Grund, weshalb du ihn hasst?"

Einmal mehr konnte Linus seine Überraschung nicht verbergen. Als er Su nun ansah, prägte er sich jedes noch so winzige Detail ihres Gesichtes ein. „Nein. Der Grund dafür ist ein anderer. Du brauchst keine Angst vor ihm zu haben."

„Aber du traust ihm nicht."

„Ich kann nicht. Aber auch das hat nichts mit dir zu tun. Er wird dir nichts tun."

„Woher weißt du das?"

„Weil ich ihn sonst töten werde."

„Vielleicht wartet er, bis du fort bist ...."

Linus lächelte traurig. „Du lernst schneller über diese Welt, als gut für dich ist. Aber dafür gibt es Telefone. Ich werde mich regelmäßig vergewissern, dass er sich an unsere Abmachung hält."

„Bis du mich vergisst ...." Wieder sammelten sich Tränen in ihren Augen, aber er ließ nicht zu, dass sie sich abwandte. Stattdessen zog er ihren Kopf zu sich heran und küsste sie auf die Stirn. „Schlaf jetzt. Ich muss kurz weg, aber ich komme morgen wieder. So einfach wirst du mich nicht los."

Es dauerte lange, aber schließlich erlag Su ihrer Müdigkeit und schlief, tief unter ihrer Decke vergraben, ein. Linus hingegen hielt es keine Sekunde länger mehr in dem Zimmer aus. Auch Cornelius wollte er nicht sehen. Er wollte niemanden sehen.

Ziellos wanderte er durch die ausgestorbenen Flure und Räume und verfluchte sich selbst, Cornelius, Su und alle, die hier lebten, alle, die er kannte oder jemals gekannt hatte.

Schließlich war es sein altes Zimmer, noch immer leer nach all den Jahren, in dem er sich wiederfand, dem er nicht entkommen konnte. An der Wand ließ er sich zu Boden sinken und ergab sich den Erinnerungen, die auf ihn eindrängten und an ihm zehrten, seit er dieses Haus betreten hatte.

02. Juni 1995

'Eine Affekthandlung', sagte Linus sich selbst immer wieder, ohne genau zu wissen, was dieses Wort überhaupt bedeutete. 'Es war Notwehr.'
Notwehr. War es das gewesen? War er diesen Leuten nicht fast eine Stunde lang gefolgt. Hatte ihnen schließlich im Schatten aufgelauert?

Aber es musste Notwehr gewesen sein. Denn er hatte Angst gehabt. Beinahe so viel wie dieses Pärchen, vor dem er nun kniete. Angst vor einer unsichtbaren Bedrohung, die nach ihm griff, ihn packte und umklammerte. Seinen Herzschlag beschleunigte und seine Hände zittern ließ. Ein Gefühl, als würde er unter Wasser gedrückt, die lebensnotwendige Luft unerreichbar. Als würde er sie niemals wieder erreichen können. Und niemals sterben.

Nun waren seine Hände wieder ruhig. Sein Herz schlug gleichmäßig.
Er atmete tief durch, um sich zu vergewissern, dass er noch lebte.
Ja.
Er lebte noch.
Warum?
Vielleicht war das alles nur ein schlimmer Traum? Vielleicht würde er gleich erwachen und feststellen, dass das alles gar nicht

wirklich passierte.

Erwachen in seinem Bett. In seinem Zuhause.

Zuhause.

Hatte er eines? Bestimmt. Seine Kleidung unterschied sich wenig von der breiten Masse. Er hatte Bargeld in seinen Taschen und einen Ausweis. Darauf war ein Foto von ihm. Daneben ein Name, der ihm fremd war. Der Stempel einer Stadt, deren Klang mit keinerlei Erinnerung verbunden war.

Ein paar Tage war es jetzt her, seit er erwacht war. Er nannte es so, obwohl es nicht ganz stimmte. Im Grunde war er bereits wach gewesen. Er hatte sich inmitten einer Menschenmenge befunden, auf einem Wochenmarkt. Weder war er aus einer Ohnmacht erwacht, noch hatte er einen Schlag auf den Kopf bekommen. Er hatte nicht einmal geschwankt.

Er war stehen geblieben, denn plötzlich war ihm aufgefallen, dass er vergessen hatte, was er hier wollte. Nicht nur das: Er hatte vergessen, wo er war. Er hatte sich umgesehen, versucht, eines der Gesichter zu erkennen. Gehofft, dass jemand sein Gesicht erkannte. Aber niemand hatte ihn beachtet. In aufsteigender Panik hatte er sich im Kreis gedreht. Versucht, sich selbst zu beruhigen. 'Sprich jemanden an. Sag, wer du bist und wo du wohnst …' Dann war er wie angewurzelt stehen geblieben, als ihm klar wurde, dass er sich nicht erinnern konnte.

'Das kann doch alles gar nicht sein', hatte er gedacht. 'Du hast irgendeinen Anfall. Die Erinnerung kommt gleich wieder.' Aber sie kam nicht wieder. Stattdessen hatte ihn eine tiefe innere Unruhe gepackt und seine Füße hatten sich wie ferngesteuert in

Bewegung gesetzt. Eine Stimme hatte aus seinem Innersten zu ihm gesprochen und obwohl es seine eigene gewesen war, hatte sie kalt und fremd geklungen: 'Du wirst dich nicht erinnern. Du wirst den Grund nicht erfahren. Du musst gehen.'

'Warum? Wohin?'

'Egal. Geh!'

Und das hatte er getan. Vielleicht, weil er nicht gewusst hatte, was er sonst tun sollte. Vielleicht, weil ihm jeder Grund entfallen war, was ihn noch hielt.

Er war einfach immer weiter gegangen.

Weg. Nur weg von dort. So schnell und so weit wie möglich.

Nun glaubte er, den Grund zu kennen.

Er lag vor ihm auf der Erde. Auf dieser Hügelkuppe, an diesem Waldrand, wo eine einsame Parkbank eine malerische nächtliche Aussicht auf das verschlafene Dorf darunter bot.

Die zwei waren jung gewesen. Sie hatten so glücklich ausgesehen. Hatten gelacht. Naiv. Nichtsahnend. Das hatte ihn wütend gemacht.

Er wünschte, die Bilder wären verschwommen in seinem Kopf.

Aber sie waren klar und deutlich. Realer, als er es ertragen konnte.

Er hatte diese Menschen umgebracht. Es war so leicht gewesen.

Etwas hatte Besitz von ihm ergriffen. Die Kontrolle übernommen.

Und es hatte sich gut angefühlt.

Nun lagen sie vor ihm im fahlen Mondlicht. Verrenkt und fast bis zur Unkenntlichkeit entstellt.

Hatte er sie gekannt? Nein. Vielleicht. Er wusste es nicht.

Nur, dass er ihr Ende gewesen war.

Nicht nur dieser plötzliche Drang machte ihm Angst.
Seinem Körper wohnten Fähigkeiten inne, von denen alles in ihm
schrie, dass sie nicht normal waren. Dass sie falsch waren. Dass
das, was er tat, falsch war.
Und doch fühlte es sich so selbstverständlich an, als hätte er diese
Kräfte schon immer besessen. Als wäre er dazu geboren, sie zu
verwenden. Sie zu verwenden, um zu töten. Als wären diese
Fähigkeiten und er so alt wie die Zeit selbst. War es das, was er in
Wahrheit vergessen hatte? Nicht das normale Leben, von dem er
nur annehmen konnte, dass er es einmal geführt hatte, sondern die
Tatsache, dass er schon immer so gewesen war?
Er erschauderte.
Was geschah bloß mit ihm?
'Ich habe den Verstand verloren', schoss es ihm durch den Kopf.
'Ich bin verrückt geworden. Schizophren. Ich bilde mir das alles
nur ein.'
Aber irgendwie wusste er, dass es nicht so war. Es war real. Das
alles geschah wirklich.
Was sollte er jetzt tun?
Hilflos blickte er auf die Leichen herab. Für einen Moment stieg
der absurde Drang in ihm auf, Hilfe zu holen. Aber es war zu spät.
Er konnte es spüren, wenngleich er nicht wusste, wie.
'Fort', sagte die Stimme in seinem Kopf. Sie war kalt wie Eis. 'Du
musst hier fort.'
Wie mechanisch stand er auf und warf den beiden noch einen
letzten Blick zu.

Dann verschwand er in die Dunkelheit, ohne sich noch einmal umzudrehen.

Er folgte einer Frau.

Mittlerweile war er gut darin geworden. Wusste, wie er sich verhalten musste, um nicht aufzufallen, und wann der geeignete Moment gekommen war.

Doch nach wie vor fiel es ihm schwer, seine Ungeduld zu zügeln.

Das Tier knurrte. Mehr als einmal war Linus in Schwierigkeiten geraten, weil er es nicht mehr ausgehalten hatte. Zu früh. Das falsche Opfer. Der falsche Ort.

'Wachsam! Du musst wachsam sein! Konzentriere dich!'

Dieses Mal würde es einfach sein. Nichtsahnend führte ihn seine Beute in ein nahezu verlassenes Industriegebiet und ging auf eine Reihe Mietgaragen zu. Die Sommersonne ging bereits unter und tauchte die Wolken in blutrotes Licht.

Sie sah sich um. Blitzschnell verschwand Linus im Schatten einer Einfahrt. Hatte sie ihn bemerkt? Nein. Er hörte, wie sie weiterging. Ihre Absätze klackten auf dem Asphalt und verrieten ihm ihre Position.

Sicher sagte ihr ihr Verstand, dass sie sich das Gefühl, verfolgt zu werden, nur einbildete.

'Dass ausgerechnet mir so etwas im echten Leben passiert, ist völlig unwahrscheinlich.' Wie viele seiner Opfer das wohl in den letzten Minuten ihres Lebens schon gedacht hatten?

Nun konnte er sie wieder sehen. Unruhig blickte sie sich um, während Linus sie durch die schmalen Schlitze eines morschen Holzzaunes beobachtete.

All seine Sinne waren bis aufs Äußerste gespannt. Es war fast geschafft. Das Warten würde gleich belohnt werden. Auch er sah sich wachsam um und was er registrierte, stimmte ihn zuversichtlich: sie schienen weit und breit die einzigen Menschen in dieser Gegend zu sein. Er konnte es wagen. Er musste. Er hielt es keine Sekunde länger aus.

Wie ein Tier sprang er hinter seiner Deckung hervor und riss die Frau, die etwa zwanzig Meter von ihm entfernt an einer Hauswand stand, mit einer einzigen, schnellen Handbewegung von den Füßen. Während sie erschrocken aufschrie, glitt ihr ein Schlüsselbund aus der Hand und fiel klirrend zu Boden.

Zielstrebig ging Linus auf sie zu. Als sie ihn erblickte, krabbelte sie auf allen Vieren rückwärts.

„Nein! Was wollen Sie?"

Linus erwiderte nichts. Was sollte er schon sagen? Sie beruhigen? Wozu? Ihn beruhigte auch niemand. Sein Hunger bestimmte schon seit Stunden sein Handeln. Aber erst jetzt durfte er sich erlauben, ihm vollends nachzugeben und sich selbst Erlösung zu gewähren.

Während er sich weiter näherte, schrie die Frau erneut auf, aber Linus nahm es nur noch aus weiter Ferne wahr.

Es war eine andere Stimme, die ihn plötzlich aus seiner Trance riss und ihn dazu zwang, ihr seine Aufmerksamkeit zu widmen. Eine Männerstimme, zu ruhig für die eines zufälligen Passanten.

„Halt! Warte!"

Linus erstarrte. Die Stimme kam von hinten und ihm blieb nichts anderes übrig, als sich umzudrehen und nachzusehen, wer es wagte, ihn zu stören.

Der Mann, den er erblickte, war vielleicht zehn Jahre älter als Linus selbst, hatte aber bereits gänzlich mausgraues Haar. Er war allein. Sofort prüfte Linus, ob der Störenfried Waffen bei sich trug. Aber außer einem Paar lederner Handschuhe um die zu Fäusten geballten Hände fiel Linus nichts Ungewöhnliches auf.

„Du musst das nicht tun", sagte der Fremde und sah Linus dabei eindringlich an. Seine Augen waren von einem seltsamen Hellbraun. Obwohl er leicht kränklich wirkte, mahnte sein selbstbewusstes Auftreten Linus zur Vorsicht.

„Wer sind Sie?", fragte Linus scharf.

Aber anstatt zu antworten, wandte sich der andere nun an die Frau, die in Schockstarre am Boden verharrte und das Geschehen ungläubig verfolgte.

„Gehen Sie! Los!"

Sie rappelte sich auf, aber Linus packte sie am Arm. Die Energie, die augenblicklich in winzigen Funken auf ihn übersprang, mahnte ihn, wie hungrig er war.

„Machen Sie ihr keine falschen Hoffnungen. Das ist grausam", sagte Linus kühl.

„Bitte ...", begann die Frau zu wimmern. Linus konnte ihre Angst spüren. Noch schaffte er es nicht, sich gänzlich davon abzuschirmen. Aber er wurde von Mal zu Mal besser.

„Halt die Klappe!", sagte er barsch und verstärkte seinen Griff. Es war besser, seine Opfer nicht zu Wort kommen zu lassen. Ob sie Kinder hatten oder eine kranke Mutter, interessierte ihn nicht. Es durfte ihn nicht interessieren. Auch das hatte er bereits gelernt.

„Du willst das doch gar nicht tun", sagte der andere nun mit fester Stimme.

„Ich fürchte, Sie wissen weder, was ich will, noch worauf Sie sich hier eingelassen haben. Ihr vermeintlicher Heldenmut wird Ihr Ende sein", erwiderte Linus ruhig.

„Das glaube ich nicht. Du und ich, wir sind uns ähnlicher, als du denkst."

Abschätzig musterte Linus den anderen von oben bis unten. „Das kann ich mir leider nicht vorstellen."

„Wie lange bis du schon so?"

„Was meinen Sie?", fragte Linus und verengte die Augen zu argwöhnischen Schlitzen.

„Kannst du dich an irgendetwas erinnern, was davor war? An dein Zuhause? Deine Familie?"

Nun riss Linus die Augen weit auf und ließ die Frau los, ohne es zu merken.

„Was wollen Sie?", fragte er verunsichert.

„Ich möchte dir helfen."

„Niemand will mir helfen", erwiderte Linus voller Argwohn.

„Weil dich niemand versteht. Und die Menschen fürchten sich am allermeisten vor dem, was sie nicht verstehen."

„*Wer sind Sie?*"

„Mein Name ist Cornelius."

„Linus, du musst Geduld haben", sagte Cornelius mit der traurigen Ruhe, die Linus mittlerweile so sehr in Rage versetzte.

„Wie lange noch?", schrie er und fegte einen Stapel Manuskripte von Cornelius' Schreibtisch.

„Du weißt, dass ich dir das nicht sagen kann. Aber wenn du jetzt aufgibst, war alles umsonst."

„Du weißt nicht, wie das ist!", rief Linus und seine Stimme überschlug sich vor Wut und Verzweiflung. Der Hunger in ihm ließ ihn kaum noch klar denken. Die ersten Tage, die erste Woche war es nur ein forderndes, stetig anschwellendes Gefühl gewesen. Es hatte ihn voller Unruhe durchs Haus tigern lassen. Hatte ihm jede Konzentration geraubt. Nun schien es, als brannte das Tier in ihm ein sengendes Loch in sein Innerstes, kochte mit jeder Bewegung das Blut in seinen Adern, zerfraß Herz und Hirn und alles Kümmerliche, was noch von ihm übrig war. Und doch starb er einfach nicht.

Die Stimme, zu Beginn nur ein leises Flüstern, dröhnte nun in seinen Ohren: 'Du weißt, was zu tun ist, um diese Qual zu beenden. Es liegt in deiner Hand.'

„Du hast Recht. Ich kann nur versuchen, mir vorzustellen, wie es dir geht ...", erwiderte Cornelius und sah Linus voll aufrichtigem Mitleid an.

„Deine Vorstellung bedeutet gar nichts!", brüllte Linus und schlug Cornelius das schwere Buch aus der Hand gegen eines der staubigen Regale, das daraufhin gefährlich schwankte.

„Linus, ich bin auf einer guten Spur ..."

347

„Der wievielten? Wie viele gute Spuren hast du verfolgt, seitdem du mir versprochen hast, mir helfen zu können?"

„Jeder Irrtum bringt uns ein Stück näher zur Lösung."

Es waren genau solche Sprüche, die Linus nicht mehr hören, nicht mehr ertragen konnte. Aufgebracht raufte er sich die Haare, bis es weh tat.

„Was, wenn es keine gibt?", fragte er schließlich schwer atmend und musterte Cornelius eindringlich.

„Was meinst du?"

„Was, wenn es keine Heilung gibt? Wenn deine Suche eine einzige Illusion ist? Wenn alles, was wir wirklich tun können, ist, zu akzeptieren, was wir sind?"

Voller Genugtuung sah Linus, wie sich Cornelius' Augen weiteten. Wenn er noch einen Moment länger ruhig geblieben wäre, hätte Linus ihm diese Ruhe aus dem Gesicht schlagen müssen. Aber nun schnappte der alte Mann nach Luft, als hätte Linus ihn bereits getroffen.

„Meinst du das etwa ernst? Das ist doch kein Leben!", rief Cornelius und auch seine Stimme begann zu beben.

„Nein! Das hier! Das ist kein Leben! Es ist kein Leben und kein Sterben! Es ist erbärmlich!"

„Was willst du denn tun? Willst du weiter durch die Welt ziehen und unschuldige Menschen ermorden?"

„Menschen sterben sowieso. Sie töten einander, wenn ich es nicht tue. Das ist nicht grausam. Weißt du, was grausam ist? Eine falsche Hoffnung am Leben zu erhalten, weil man die Wahrheit nicht ertragen kann!"

Linus ging auf den Mann zu, der ihm die letzten Monate Obdach gewährt hatte. Der ihm zugehört hatte. Der ihm fast, ja fast, das Gefühl gegeben hatte, ein Mensch zu sein und kein Monster. Er packte ihn an den Schultern und schüttelte ihn. Cornelius griff nach seinen Händen, aber Linus ignorierte das Gift, das sich unweigerlich in seine Haut fraß. Schmerzen hatten jegliche Bedeutung verloren.

Als Linus nun weitersprach, war die Wut in seiner Stimme einem Flehen gewichen: „Du lebst eine Lüge! Wach auf! Gib auf!" Cornelius wurde plötzlich wieder ruhig und sah Linus voll trauriger Entschlossenheit in die Augen. „Ich kann nicht." Linus ließ ihn los und starrte ihn wie betäubt an.

„Ich … ich kann das nicht mehr", sagte er schließlich und seine Zunge wurde dabei schwer wie Blei.

„Du willst gehen?", fragte Cornelius traurig und Linus fürchtete die Worte, die nun folgten. „Dann geh! Ich werde nicht aufgeben, bis ich gefunden habe, was ich suche."

„Du wirst daran zugrunde gehen", sagte Linus in einem letzten Versuch des Aufbegehrens. Doch er wusste bereits, dass die Würfel gefallen waren.

„Mag sein. Aber du … du hast bereits verloren", entgegnete Cornelius und seine Worte brannten sich für immer in Linus' Gedächtnis ein.

41

An einem Tisch

30. Dezember 2002

Obwohl es auch in seinem Zimmer kein Fenster gab, wusste
Cornelius instinktiv, dass es noch früh am Morgen sein musste.
Er lag bereits seit Stunden wach. Hatte er überhaupt geschlafen?
Er war nicht sicher. Es waren weniger die Hustenanfälle gewesen,
die ihm keine Ruhe gelassen hatten.

Viel mehr hatte ihn die Frage, ob er hier gerade einen gewaltigen
Fehler machte, die ganze Nacht gequält. Nun starrte er mit
glasigem Blick an die Decke, betäubt von der müden Erkenntnis,
dass all das Hin- und Herwälzen ihn einer Antwort kein Stück
nähergebracht hatte.

Geräusche rissen ihn schließlich aus seiner Trance. Entfernte
Schritte auf einem der Flure. Schnell und zielstrebig. Die Schritte
einer einzelnen Person. Cornelius musste nicht lange überlegen,
um zu wissen, wer es war.

Für einen Moment befürchtete er, dass Linus jeden Moment seine
Zimmertür aufreißen würde. Aber die Schritte wurden leiser. Sie
entfernten sich in Richtung Ausgang.

Cornelius' Zuhause sollte niemandem ein Gefängnis sein. Deshalb
war die Tür von innen jederzeit zu entriegeln. Nun vernahm er das
metallische Ächzen der Angeln. Hörte, wie sich das Tor zur
Außenwelt öffnete, um dann wieder schwer ins Schloss zu fallen.

Es blieben Stille und Ungläubigkeit.

War Linus gerade wirklich gegangen? Hatte er das Mädchen allein

350

mit ihm zurückgelassen?

Die Vorstellung beunruhigte Cornelius. Rational betrachtet wusste er, dass Linus nicht einfach so verschwinden würde. Dafür schien es ihm zu ernst mit dieser Sache zu sein. Ein paar Minuten überlegte Cornelius krampfhaft, was das zu bedeuten hatte. Dann fiel es ihm wie Schuppen von den Augen: Linus musste gegangen sein, um zu jagen. Ihre Auseinandersetzung gestern. Die strapazierende Reise, die Verletzungen, die Cornelius durchaus bemerkt hatte, auch wenn Linus versucht hatte, sie zu überspielen. Wenn sein ehemaliger Schützling nicht riskieren wollte, die Kontrolle zu verlieren, blieb ihm keine Wahl. Hier unten gab es nichts für ihn. Nichts außer Cornelius und dem Mädchen selbst. Einen Moment lang jonglierte sein müder Geist mit dem Gedanken, diese Gelegenheit zu nutzen, um Linus loszuwerden.

'Bin ich so tief gesunken?'

'Hast du eine bessere Idee?'

'Vielleicht sagt er die Wahrheit. Vielleicht geht er freiwillig.'

'Und wenn nicht?'

Der Gedanke, irgendjemandem einen Hinterhalt zu stellen, schmerzte. Perfide Komplotte hatte Cornelius stets verabscheut. Plötzlich schreckte er hoch. Gestern hatte er Linus die Wahrheit gesagt. Die Menschen, die er hier aufnahm, um ihnen zu helfen, würden heute zurückkehren.

Der Moment, das Gebäude zu verlassen, war von Linus mit absoluter Berechnung gewählt. Wenn er hier Zutritt erlangen wollte, würde er wissen wie. Er würde nicht zögern. Jedes Mittel, jede Gewalt wäre ihm recht.

Stöhnend richtete Cornelius sich auf. An Schlaf war nicht mehr zu denken.

Aber die Situation hatte auch etwas Gutes. Linus hatte seine Chance genutzt. Auch Cornelius würde diese Gelegenheit nicht einfach verstreichen zu lassen.

Er zog sich um, warf einen flüchtigen Blick in den Spiegel und trat dann entschlossen hinaus auf den menschenleeren Gang. Das Geräusch seiner Schritte, die laut von den Wänden widerhallten, war ihm so vertraut, dass er es kaum noch wahrnahm.

Erst als er bei Sus geschlossener Tür ankam, blieb er stehen und lauschte. Drinnen konnte er leises Rascheln hören. Sie war also wach.

Er hob die Hand, zögerte noch, haderte mit sich.

Dann klopfte er zweimal laut an. Augenblicklich verstummten sämtliche Geräusche.

Cornelius wartete, aber nichts rührte sich.

„Su?", fragte er vorsichtig. „Ich bin es, Cornelius. Darf ich reinkommen?"

Keine Antwort.

„Ich … ich würde gerne mit dir sprechen."

Nichts. War das wirklich eine gute Idee? Doch. Es war unumgänglich. Er musste bezüglich dieses Mädchens eine Entscheidung treffen. Und doch wusste er so gut wie nichts über sie.

Er musste die Zeit nutzen, solange Linus noch fort war, und zum ersten Mal unbefangen mit ihr reden.

„Du musst keine Angst haben, okay? Ich komme jetzt rein."

Langsam drückte er die Klinke herunter und öffnete die Tür.

Su trug wieder die Kleidung von gestern Abend, stand wie

angewurzelt neben ihrem Bett und starrte ihm mit weit aufgerissenen Augen entgegen. Ihr Blick huschte durch den Raum wie der eines Tieres, das nach einem Fluchtweg sucht. Aber es gab keinen anderen als die Tür, in der Cornelius nun stand. Auch er erstarrte. Der plötzliche Gedanke, dass dieser Anlass bereits ausreichen könnte, um all seine Albträume wahr werden zu lassen, lähmte ihn. Als der Moment ereignislos verstrich, fand er seine Stimme wieder. „Du brauchst keine Angst zu haben. Ich will dir nichts tun", wiederholte er, so ruhig er konnte.

Es wäre erleichternd gewesen, wenn sie nun etwas Ähnliches gesagt hätte. Aber sie tat es nicht. Sie sagte überhaupt nichts. Sie starrte ihn lediglich noch immer schweigend an, als sei er das personifizierte Böse.

„Du hast sicher noch nicht gefrühstückt. Hast du Hunger?", fragte er vorsichtig.

Sie schüttelte den Kopf.

„Hast du ... gut geschlafen?"

Sie nickte, aber die tiefen Augenringe in ihrem blassen Gesicht verrieten ihm, dass sie log. Sie antwortete lediglich das, wovon sie vermutete, dass er es hören wollte, damit er schnell wieder ging. Er atmete tief durch. Unwillkürlich fragte er sich, was sie wohl in dieser Nacht wachgehalten hatte. Vielleicht waren sich ihre Sorgen sogar ähnlicher, als er glaubte?

„Wenn du hierbleiben möchtest, sollten wir miteinander reden, findest du nicht?"

Schweigen.

„Aber du möchtest nicht hierbleiben, nicht wahr?"

Sie schluckte. Als sie nun endlich das erste Wort hervorbrachte, fiel Cornelius ein Stein vom Herzen.

„Nein", flüsterte sie kaum hörbar.

„Was möchtest du? Willst du nach Hause?"

Wieder schüttelte sie den Kopf.

„Was willst du dann tun?" Wenngleich Cornelius es verhindern wollte, gingen ihm die merkwürdigen Zeilen durch den Kopf, die er aus dem Tagebuch übersetzt hatte. 'Die Welt ins Chaos stürzen ...' Er musterte sie. Sollte das wirklich ihr Ziel sein? Er konnte es sich nicht vorstellen.

„Ich möchte bei Linus bleiben", sagte sie leise.

Ihre Worte trafen Cornelius wie ein Eimer kaltes Wasser und rissen ihn brutal zurück in die Realität.

Obwohl sich alles in ihm sträubte, zwang er sich zur Ruhe und gebot den tausend Fragen Einhalt, die drauf und dran waren, aus seinem Mund zu sprudeln. Zu viel hing davon ab, wie er jetzt reagierte. Er versuchte, in ihren Augen zu lesen und den Grund zu finden, warum um alles in der Welt ausgerechnet das ihre Antwort war. Aber das tiefe Blau blieb unergründlich.

„Bist ... bist du sicher, dass du nichts essen möchtest?", fragte er schließlich atemlos.

Dieses Mal zögerte sie und Cornelius erkannte seine Chance. „Ich habe auch noch nichts gegessen. Ich mach uns Frühstück. Kommst du mit?"

Wieder Schweigen.

Er bemühte sich um ein aufmunterndes Lächeln. Dann drehte er ihr entgegen jeden Instinktes den Rücken zu. Erschauderte. Zwang sich, weiterzugehen. Die Tür ließ er offen. Nach einer unerträglichen Ewigkeit hörte er, wie sie ihm folgte.

In der Küche stellte er mit wenigen routinierten Handgriffen zwei Teller, Besteck, Brot, Butter, Marmelade, Wurst, Käse und eine Schale mit Äpfeln auf einen der Tische.

Als sie wie ein Geist in der Tür erschien, fragte er: „Was möchtest du trinken? Wir haben Milch, Kaffee, ..."

War es überhaupt eine gute Idee, ihr Kaffee anzubieten? Auf einmal hatte er vergessen, wo er mit seiner Aufzählung stehen geblieben war.

Glücklicherweise schüttelte sie wieder bloß den Kopf, sodass er ihr lediglich ein Glas Wasser hinstellte.

„Setz dich! Nimm dir, was du magst!", sagte er, so freundlich er konnte. Doch es gelang ihm nicht, seine Unsicherheit gänzlich zu überspielen.

Sie musterte ihn noch einmal, sah sich aufmerksam im Raum um und kam erst dann zögerlich seiner Aufforderung nach. Auch Cornelius ließ sich steif auf einem der Stühle nieder und überlegte krampfhaft, was er als Nächstes sagen sollte. Fast befürchtete er, sie würden nun beide an diesem Tisch sitzen und nicht wagen zu sprechen, zu essen oder sich zu bewegen.

Umso erleichterter war er, als sie nun die Hand nach einer Scheibe Brot ausstreckte. Mitten in der Bewegung hielt sie noch einmal inne und warf ihm einen unsicheren Blick zu, den er mit einem Nicken erwiderte. Erst dann griff sie zu, platzierte die Scheibe andächtig auf ihrem Teller und schmierte mit dem Buttermesser gut zwei Finger dick Marmelade darauf.

'Von wegen keinen Hunger ...', dachte Cornelius, als Su anfing, in sich hineinzuschaufeln, als ginge es um ihr Leben. Die nicht ausbleibenden Marmeladenkleckse auf dem Teller wischte sie mit den Fingern auf, welche sie sodann genussvoll ableckte.

Cornelius konnte nicht anders, als zu lächeln.

Er musste an Linus' Worte denken. *Sie ist nur ein Mädchen.* Ein einfacher Satz. Und doch war Cornelius erst Schritt für Schritt in der Lage, zu erfassen, was Linus damit gemeint hatte. Wieder schüttelte er verwundert den Kopf, dass ausgerechnet Linus es war, der ihm das vor Augen führen musste.

Dann konzentrierte er sich wieder auf sein Gegenüber. Auf das Mädchen, die junge Frau, um die sich Gerüchte und Legenden rankten, eine skurriler als die andere, und die nun, da sie vor ihm saß, doch nicht mehr und nicht weniger als ein Mensch zu sein schien. Ein Mensch aus Fleisch und Blut. Mit Ängsten und Träumen.

Schließlich brach er behutsam das Schweigen. „Gab es in der Klinik keine Marmelade?"

„Doch", antwortete sie und warf ihm zwischen zwei Bissen einen scheuen Blick zu.

„Aber davon hast du nicht viel gegessen, oder?"

„Nein", erwiderte sie und schüttelte wie zur Bestätigung den Kopf. Für einen Moment hörte sie auf zu kauen und ihr Blick wurde abwesend, als drängte sich ihr eine Erinnerung auf. „Ich … ich war krank", sagte sie, sichtlich nach Worten suchend.

'Krank', dachte Cornelius, während er verständnisvoll nickte. Das konnte so Vieles heißen.

Dass du sie nicht mit Drogen vollpumpst.

Hatte Linus das damit gemeint? Von allen Informanten, die Cornelius hatte, war es ihm als einzigem gelungen, sich bis zu Su vorzuarbeiten. Er war – neben ihr – der Einzige, der sagen konnte, wie es ihr in der Klinik ergangen war.

Keinen Hunger zu haben, das war eine Art, *krank* zu sein. Aber war es das, was sie meinte? Inwieweit war sie sich ihres Zustandes überhaupt bewusst?

„Und ... bist du jetzt gesund?", fragte Cornelius zögernd.

Der Blick, der ihn traf, war klar und tief und musterte ihn auf eine Art und Weise, der er sich plötzlich ausgeliefert fühlte. Mit einem Mal wurde ihm klar, dass sie das Ausmaß seiner beiläufig gestellten Frage verstand. Damit hatte er nicht gerechnet und hielt erschrocken die Luft an.

Aber sie schaute weg, als glaubte sie, ihn zu enttäuschen. „Nein."

„Tut mir leid. Das war nicht fair", sagte er aufrichtig.

Überrascht sah sie ihn wieder an. Ihr unergründlicher Blick wanderte von seinen Augen, seinem Gesicht hin zu den grauen Lederhandschuhen an seinen Händen, die er trug wie eine zweite Haut.

Schließlich sagte sie zögernd: „Linus hat gesagt, du brauchst meine Hilfe."

Vor wenigen Minuten hatte noch ein verängstigtes Kind vor Cornelius gesessen. Nun blickten ihn die großen, blauen Augen einer Erwachsenen aufmerksam an und er spürte, dass er keine Chance hatte, ihnen etwas vorzumachen.

„Er redet also mit dir?", fragte er ausweichend.

Su nickte irritiert und griff zu einer weiteren Scheibe Brot.

Ratlos schüttelte Cornelius den Kopf. Es schien so untypisch für Linus, einer Gefangenen, ja irgendjemandem von seinen Plänen zu erzählen. Je mehr Cornelius versucht hatte, irgendwie zu Linus durchzudringen, desto mehr hatte dieser sich stets verschlossen. Noch immer wollte die Theorie, dass Linus Sus Einfluss unterlag, sich nicht ganz aus Cornelius' Kopf vertreiben lassen. 'Sei vorsichtig', ermahnte er sich wieder. 'Sie ist mehr als nur das, was man auf den ersten Blick sieht. Das darfst du niemals vergessen.'

„Was hat Linus dir erzählt, was das hier für ein Ort ist?"

„Er hat gesagt, dass du hier versuchst, Menschen zu helfen, denen es so ähnlich geht wie dir."

Dabei ruhte ihr Blick völlig unverhohlen auf seinen Handschuhen.

„Ja, das … trifft es ganz gut", sagte er und beugte sich für seine nächsten Worte nach vorn, um ihnen mehr Nachdruck zu verleihen. „Dieser Ort … bedeutet mir sehr viel. Diese Menschen, denen ich helfen möchte, bedeuten mir sehr viel." Er versuchte, in ihrem Gesicht zu lesen, ob sie verstand, was er ihr damit sagen wollte.

Sie nickte ernst. „Du willst nicht, dass ich hier bin", stellte sie fest.

Perplex ließ er sich in seinem Stuhl nach hinten fallen. „Das habe ich nicht gesagt", ruderte er zurück.

„Aber du hast es gemeint", flüsterte sie.

„Als Linus dir gesagt hat, dass ich deine Hilfe brauche, hat er nicht gelogen."

Sie sah ihn lange zweifelnd an. „Wofür?", fragte sie schließlich.

„Es hängt mit deinen Fähigkeiten zusammen", sagte Cornelius vorsichtig. „Was weißt du darüber?"

„Dass ich Menschen damit wehtue", sagte sie. „Ist es das, was ich für dich tun soll?"

Die Art, wie sie das sagte, machte Cornelius Angst.

„Nein!", sagte er schnell, zwang sich sogleich wieder zur Ruhe.

„Nein. Ich will, dass du Menschen für mich heilst."

Sofort wurden ihre Augen größer und sie ließ das Brot auf den

Teller sinken. „So etwas kann ich nicht."

„Vielleicht kannst du mehr, als du glaubst?"

„Bisher habe ich immer nur Menschen wehgetan." Verzweiflung

schwang in ihren Worten mit.

Sofort musste Cornelius an Linus' Schilderungen denken, was in

der Bar geschehen war. Und an die vielen Indizien, von denen er in

dem Buch gelesen hatte. Er schüttelte den Kopf, um die Gedanken

loszuwerden und sich wieder auf das Gespräch zu konzentrieren.

„Kann es sein, dass du deine Fähigkeiten bisher nur verwendet

hast, wenn du Angst hattest oder wütend warst?"

Sie schwieg.

„Vielleicht kannst du noch viel mehr, wenn du in Ruhe lernst,

damit umzugehen."

„Was, wenn es schiefgeht?", fragte sie leise.

Darauf wusste Cornelius wahrlich keine Antwort. „Möchtest du

denn versuchen, uns zu helfen?", fragte er und seine ganze

Hoffnung und Angst lagen in dieser einen Frage.

„Ich möchte niemandem wehtun."

Das war der erste Satz an diesem Morgen, der Cornelius wirklich

erleichterte. Er atmete tief durch. „Vielleicht können wir

gemeinsam herausfinden, was mit deinen Fähigkeiten möglich ist.

Dazu musst du mir aber vertrauen."

„Aber du vertraust mir nicht", erwiderte sie traurig.

Er suchte nach Worten. Es schien keinen Sinn zu machen, es zu

leugnen. „Ich … vertraut Linus dir? Ist es das, was dich bei ihm hält? Glaubst du, dass du ihm vertrauen kannst?"

„Ich weiß es."

Sie wusste es? Wusste sie überhaupt, was sie da sagte?

„Er ... er tut dir nicht weh?"

„Nein. Er hat mich gerettet."

„Hat er dir das eingeredet?"

„Nein."

„Was glaubst du, was er von dir als Gegenleistung für deine ...

Rettung erwartet?"

Ein wenig fürchtete er sich vor der Antwort. 'Möchtest du das

wirklich wissen? Was man einmal weiß, wird man nie wieder los.'

Aber anstelle seiner Befürchtungen entgegnete sie etwas, das ihm

die Sprache verschlug.

„Nichts."

Nichts? War das ihr Ernst? Erhoffte sich nicht jeder aus dem, was

er tat, eine Gegenleistung? Was ging nur um die beiden vor sich?

'Ich würde ihr niemals etwas antun!', hatte Linus geschrien. War es

möglich, dass ...? Nein. Das konnte Cornelius sich einfach nicht

vorstellen. Die ganzen Umstände waren einfach zu

unwahrscheinlich, zu zerrüttet und konfus. Und doch ...

„Weißt du, warum Linus dich hierlassen will?"

„Er glaubt, es wäre das Beste", sagte sie und starrte auf ihren

marmeladenroten Teller.

„Und glaubst du ihm?"

Sie schwieg.

„Du glaubst ihm nicht."

Sie schüttelte den Kopf.

„Warum nicht?"

Sie antwortete nicht. Stattdessen warf sie ihm einen tiefen, wissenden Blick zu, der ihn in seinem Innersten traf und ihn instinktiv davon Abstand nehmen ließ, ja regelrecht davor schützen wollte, ihr irgendwelche weiteren Fragen in diese Richtung zu stellen.

Philipp

30. Dezember 2002

Linus hielt sich bereits eine ganze Weile in der Nähe des
Bärenfelsens auf und beobachtete den Eingang verbissen.
Er konnte nicht verhindern, dass er sich immer wieder fragte, was
dahinter gerade vor sich ging. Immer wieder zweifelte er, ob es
eine gute Idee gewesen war, die beiden allein zu lassen. Seine
Gedanken machten ihn fast wahnsinnig. Es kostete fast all seine
neu geschöpfte Kraft, ruhig zu bleiben.
'Das ist doch der Plan, oder? Du musst ihm vertrauen. Zumindest
ein Stück weit. Wie soll das sonst funktionieren, wenn du gehst?'
Gehen ... Nein. Er konnte jetzt nicht gehen. Er durfte nicht. Oder
doch?
'Du musst. All deine Überlegungen haben dazu geführt, dass dies
die beste Lösung ist.'
Gelähmt von diesen widersprüchlichen Gefühlen und unfähig,
etwas anderes zu tun, als zu warten, hockte er so regungslos da, als
wäre er in dieser Winterlandschaft eingefroren und zu Eis erstarrt.

Erst als er hörte, wie sich am frühen Vormittag knirschend ein
Auto näherte, drehte er den Kopf. Augenblicklich fokussierten sich
all seine Sinne und sein argwöhnischer Blick folgte dem einzelnen
Fahrzeug, das sich durch die frische Schneedecke kämpfte, unter
der der Waldweg kaum noch auszumachen war.
Linus hielt sich in der Deckung einer alten, kahlen Eiche unweit

des Eingangs und beobachtete, wie das Gefährt neben dem seinen hielt und vier winterlich gekleidete Personen ausstiegen.

Eine Frau und zwei Männer waren recht jung, in ihren Zwanzigern, einer vielleicht noch jünger. Der vierte, ein weiterer Mann, konnte durchaus in Cornelius' Alter oder älter sein und stand ein Stück abseits von den anderen. Alle vier betrachteten schweigend Linus' gestohlenes Fahrzeug.

„Dann wollen wir mal!", sagte einer der jungen Männer, der eine blaue Jeansjacke trug. Linus entging der zynische Unterton, der in seiner Stimme lag, nicht. Ihn würde er besonders genau unter die Lupe nehmen.

Nun kam die Gruppe auf den Eingang und damit auch auf ihn zu. Linus musterte noch einmal jeden einzelnen und trat dann scheinbar beiläufig aus seiner Deckung hervor.

Sofort erstarrten die Ankömmlinge in der Bewegung.

Einzig Linus gab sich locker und lächelte charmant, während er ihre Gesichter studierte und sich fragte, wie viel Cornelius über ihn und Su preisgegeben hatte. Er sah Wachsamkeit, Verärgerung, Angst. Nein, niemand schien sich sonderlich über seine Anwesenheit zu freuen.

Sollten sie ihn ruhig fürchten. Furcht, in die richtigen Bahnen gelenkt, bedeutete Respekt. Respekt bedeutete Sicherheit. Für ihn, aber viel wichtiger für Su.

„Hi!", rief er freundlich und genoss es innerlich, wie sein Auftreten ihnen die Sprache verschlug.

Unsichere Blicke wurden getauscht.

„Was wollen Sie?", fragte schließlich der Alte.

„Das gleiche wie ihr", entgegnete Linus und deutete hinter sich.

„Ich will da wieder rein."

„Warum sind Sie überhaupt hier draußen?", fragte nun die Jeansjacke trotzig.

'Damit ich nicht aus Versehen jemanden töte', wollte Linus erwidern. „Ich hatte etwas zu erledigen", antwortete er stattdessen. „Hier ist meilenweit nichts außer Bäumen und ein paar winzigen Käffern. Was sollten Sie da zu erledigen haben?"

„Das weiter zu erläutern wäre hier sicher nicht zuträglich", erwiderte Linus ruhig.

„Und weiß Cornelius, dass Sie hier rumschleichen?"

Linus konnte sich nur zu gut vorstellen, dass Cornelius immer genau wissen wollte, wo sich seine Schützlinge aufhielten, was sie taten, mit wem sie Kontakt pflegten. Wie in den guten alten Zeiten. „Ich bin nicht sein Eigentum", erwiderte er kalt, wie um es sich selbst zu bestätigen. „Ich bin niemandem Rechenschaft schuldig, am allerwenigsten ihm."

Dabei sah er den Mann in der Jeansjacke bedeutungsvoll an. Der Trotz in seinen Augen gefiel ihm. Er hatte lange niemandem mehr eine Lektion erteilt. Doch er hielt sich zurück. Eine Eskalation würde im Moment niemandem weiterhelfen.

„Das wirkt alles wirklich sehr vertrauenerweckend", sagte nun wieder der Alte grimmig.

„Ich fürchte, euer Vertrauen ist hier nicht weiter von Belang. Die Tatsache, dass ihr mich nicht angreift, lässt mich annehmen, dass Cornelius euch hinreichend über unsere Ankunft und unser Aufenthaltsrecht informiert hat. Ich bezweifle, dass einer von euch befugt ist, diese Abmachung aufzuheben."

Eisiges Schweigen legte sich über die verschneite Landschaft.

Schließlich trat der Alte aus der Gruppe hervor, warf Linus einen verächtlichen Blick zu und lief dann demonstrativ, ohne ihn weiter zu beachten, lediglich einen Meter entfernt an ihm vorbei zum Eingang der Höhle. „Cornelius, dein … Gast … will mit uns ins Gebäude. Sollen wir ihn reinlassen?", fragte er ruhig in Richtung einer Kamera, die ein ungeübtes Auge lediglich für eine Ausbuchtung im Felsen gehalten hätte.

Als Antwort knackten und ächzten die Riegel des Eisentores und die Pforte zur Unterwelt öffnete sich.

„Was glaubt der Kerl eigentlich, wer er ist? *Ich bezweifle, dass einer von euch befugt ist, diese Abmachung aufzuheben*", äffte Philipp nach und warf seine Jeansjacke auf einen der Stühle, die um den Tisch herumstanden, an dem Cornelius die Gruppe versammelt hatte.

Linus hatte dem Herren des Hauses lediglich einen kalten, wissenden Blick zugeworfen und war dann ohne ein weiteres Wort zu Sus Zimmer gegangen.

Angestrengt fuhr sich Cornelius übers Gesicht und versuchte, die richtigen Worte zu finden. Er hatte gehofft, wenn er sich setzen würde, würden die anderen es ihm gleichtun. Doch jeder von ihnen war zu aufgebracht. So war er nun der Einzige, der, die Ellenbogen kraftlos abgestützt, am Tisch Halt suchte.

„Es … es tut mir leid, dass es so zu dieser Begegnung kam. Bitte ignoriert ihn einfach."

„Ich hoffe, du erwartest nicht ernsthaft, dass wir mit diesem Typen klarkommen." Wieder war es Philipp, der seinem angestauten Ärger in jugendlichem Temperament Luft machte.

„Nein, das erwarte ich von keinem von euch. Ich erwarte, dass ihr euch für ein paar Tage am Riemen reißt und nichts Dummes tut. Er ist bald wieder weg."

„Was macht dich da so sicher?" Nun war es Julia, die das Wort an ihn wandte. Die Angst in ihrer Stimme tat ihm weh, hatte er doch jedem dieser Menschen hier Schutz versprochen.

„So haben wir es vereinbart", entgegnete Cornelius, wohl wissend, dass das für niemanden ein überzeugendes Argument war.

„Und du glaubst ihm?", fragte Tim, sein jüngster Gast neben Su. Er war ein blasser Junge, der nie mehr als nötig sagte.

„Für gewöhnlich steht er zu seinem Wort."

„Warum hast du uns weggeschickt, als die beiden hier angekommen sind? Denkst du, dass sie gefährlich sind?", wollte Julia wissen.

„Niemand hier ist in Gefahr. Ich habe alles unter Kontrolle."

„Ach ja? Was hatte dein *Gast* da draußen so Wichtiges zu erledigen?", fragte Philipp provokant.

Cornelius kannte die Antwort, doch er konnte sie seinen Schützlingen in diesem Moment unmöglich zumuten. „Er wird sich an unsere Abmachung halten. Was er darüber hinaus tut, kann uns egal sein. Niemand hier ist in Gefahr", wiederholte er wie zur Bestätigung.

„Und das Mädchen?", fragte nun Michael, der etwa in Cornelius' Alter war, ruhig. Wie immer hielt er sich etwas abseits und ließ das Geschehen von Weitem auf sich wirken.

„Sie bleibt", antwortete Cornelius bestimmt.

„Was? Ist sie auch so eine Psychopathin?", rief Philipp aufgebracht.

Der Hausherr, selbsternannte Schutzpatron, Mentor rang um Worte. „Nein ..." Oder ja? „Gewissermaßen braucht sie meine ... sie braucht unsere Hilfe."

„Kann sie denn das, was du dir erhoffst?", fragte Julia das, was alle dachten.

„Ich weiß es nicht!", antwortete Cornelius lauter als beabsichtigt. Es folgte beklommene Stille. „Aber ich weiß, dass sie Hilfe braucht. Und dieses Haus steht jedem Hilfsbedürftigen offen. Sonst wäre keiner von euch hier. Also tut mir einen Gefallen und macht das Ganze nicht schwerer, als es ist."

Eine Weile stand die Gruppe einfach nur unschlüssig im Raum. Schließlich war es Cornelius, der sich erhob und fragend in die Runde blickte. Doch niemand schien noch etwas zu der Sache sagen zu wollen.

„Falls mich jemand sucht: Ich bin in meinem Arbeitszimmer."

Noch immer keine Antwort.

Er seufzte schwer und verließ den Raum. Es galt nachzudenken.

Es war bereits am frühen Abend, als Philipp zur Küche ging, um sich ein alkoholfreies Bier zu holen. Alkoholische Getränke waren hier streng verboten, eine der ersten Regeln, die Philipp hatte lernen müssen. Bevor Cornelius ihn damals von der Straße aufgesammelt hatte, war Alkohol eines der wenigen Dinge gewesen, die immer zur Verfügung gestanden hatten.

Als er nun den Speiseraum betrat, erstarrte er in der Tür. Nach kurzer Verblüffung verengte er die Augen zu schmalen Schlitzen. Vor dem Kühlschrank stand ein Mädchen und suchte, offenbar bemüht leise, nach etwas Essbarem. Sie trug ein zu großes, graues

T-Shirt, unter dem man ihre zierliche Figur erahnen konnte, und hatte zerzaustes, fast weißes Haar, das ihr gerade bis zum Nacken reichte.

'Das ist sie', dachte Philipp. Es erfüllte ihn sowohl mit Aufregung als auch mit einem gewissen Stolz, ihr gleich beim ersten Treffen allein gegenüberzustehen. Schon lange fragte er sich, ob die ganze Ehrfurcht und Vorsicht um ihresgleichen überhaupt berechtigt war. Schließlich hatten sie alle besondere Fähigkeiten. Warum also wurde gerade um sie so ein Aufwand betrieben?

Er warf noch einen schnellen Blick den Gang hinunter, um sich zu vergewissern, dass sonst niemand in der Nähe war. Dann trat er selbstsicher in den Raum und schloss hinter sich die Tür.

„Hallo! Suchst du was Bestimmtes?", fragte er laut und sie wirbelte herum wie ein aufgeschrecktes Reh. In der Hand hielt sie eine Banane.

'Süß.' Er musste lächeln. „Ich bin Philipp", sagte er, doch sie reagierte nicht.

Hinter ihr stand noch immer der Kühlschrank offen und das künstliche weiße Licht umhüllte sie wie eine magische Aura.

„Wie heißt du?", wollte Philipp wissen.

Wieder keine Antwort.

„Na, sonderlich gesprächig bist du ja nicht gerade", stellte er enttäuscht fest und ging auf sie zu, um sie genauer anzusehen. Aber sie wich zurück und fixierte die Tür.

Wollte sie etwa gehen? Ohne ihm auch nur ihren Namen zu verraten? Entschlossen trat er in ihr Blickfeld und zwang sie damit, ihn anzusehen.

„Keine Sorge, ich tu dir schon nichts. Ich will dich nur

kennenlernen. Schließlich werden wir künftig unter einem Dach leben", sagte er beschwichtigend.

Noch immer keine Reaktion.

Sie war blass. Ihr Gesicht war ebenso schmal wie der Rest ihres soweit wenig beeindruckenden Körpers. Nur ihre Augen waren dunkel und geheimnisvoll und fachten seine Neugier an.

„Weißt du, wenn sich dir jemand vorstellt, dann ist es sehr unhöflich, sich nicht ebenfalls vorzustellen. Da steht die erste Begegnung gleich unter einem schlechten Stern."

Sie schluckte.

„Möchtest du mir wirklich nicht einmal verraten, wie du heißt?"

„Su", wisperte sie schließlich, so leise, dass er es fast nicht verstand.

„Su", wiederholte er. Ein seltsamer Name für ein seltsames Mädchen. Vermutlich eine Kurzform von irgendetwas.

Warum war sie so ängstlich? Noch viel ängstlicher als Julia. Die hatte sich bei ihrer ersten Begegnung zumindest einsilbig mit ihm unterhalten. Das hier sollte das Mädchen sein, um das so viel Theater gemacht wurde? War das wirklich alles?

Aus einer fixen Idee heraus streckte er ihr zum Gruß die Hand entgegen, woraufhin sie einen Satz rückwärts machte und geräuschvoll gegen einen Stuhl stieß. Dabei ließ sie die Banane zu Boden fallen. Er konnte hören, wie sie zitternd um Atem rang.

„Was willst du von mir?", fragte sie mit hoher Stimme.

„Ich will mich nur mit dir unterhalten. Darf ich das nicht? Normale Menschen tun so etwas."

„Bitte lass mich in Ruhe."

Was denn? War er es etwa nicht wert, mit ihm zu reden? „Sonst was? Gehst du sonst petzen zu deinem Kumpel, dem Psychopathen? Vor dem habe ich keine Angst. Er hält sich für cool, aber er weiß nicht, was ich draufhabe. Möchtest du wissen, was ich kann?"

Sie schüttelte den Kopf. Enttäuscht blickte er an ihr hinunter. Dann schnaubte er. „Warum macht nur jeder so ein Drama um dich? Ein Gerücht unglaubwürdiger als das Nächste. Weißt du überhaupt, was man so über dich sagt?"

Wieder nur Kopfschütteln.

„Man sagt, als es noch viele von euch gab, wart ihr durch nichts aufzuhalten. Ihr wart wie eine übermächtige, von allen gefürchtete Geheimorganisation, die sich zum Ziel gesetzt hatte, Chaos über die Welt zu bringen. Man sagt, dass jeder, der sich auch nur einem von euch in den Weg gestellt hat, dies mit seinem Verstand oder seinem Leben bezahlt hat."

Während er gesprochen hatte, waren ihre Augen immer größer geworden. Fast kaufte Philipp ihr ab, dass sie von diesen Gerüchten noch nie etwas gehört hatte.

„Du weißt nichts davon? Wie geht denn das? Man sagt sogar, du könntest allein mit der Kraft deiner Gedanken töten."

Endlich flüsterte sie mit angsterfüllter Stimme: „Wer? Wer sagt das?"

„Einfach alle. Was glaubst du, wie aufgeregt alle waren als es hieß, du kommst hierher? So viele Sicherheitsvorkehrungen werden sonst für keinen getroffen."

„Sicherheitsvorkehrungen?", keuchte sie mit erstickter Stimme. 'Mist!' Da hatte er sich ordentlich verplappert. „Ist ja nicht so wichtig. Cornelius möchte sie offenbar nicht einsetzen, also ist es

besser, wenn du ihn auch nicht danach fragst. Ihn oder deinen …
Freund, du weißt schon. Das würde am Ende nur irgendetwas ins
Rollen bringen. Und das will ja keiner. Nicht wahr?"
Wieder Schweigen.

'Mist, verdammter!' Cornelius würde sicher wütend werden, wenn
er erfuhr, dass Philipp ihr davon erzählt hatte. Dass er überhaupt
allein mit ihr sprach, würde ihm nicht gefallen. Er würde ihm wie
schon so oft nicht zutrauen, die Situation richtig einzuschätzen.

„Ach, komm schon! Ich habe nur Spaß gemacht. Verstehst du etwa
gar keinen Spaß?", fragte er und lachte nervös. Aber ihr Gesicht
war so weit entfernt von einem Lächeln wie der Nordpol vom
Äquator.

„Versprich mir einfach, dass dieses Gespräch unser Geheimnis
bleibt, okay? Mitbewohner versprechen sich so etwas."

Plötzlich rannte sie los, machte einen weiten Bogen um ihn herum
und stürzte, halb über einen weiteren Stuhl fallend, zur Tür.

„Hey hey hey!", rief Philipp erschrocken. Wo wollte sie hin? Etwa
zu Cornelius?

Er nahm den direkten Weg und schaffte es gerade so, vor ihr an der
Tür anzukommen. Dort breitete er die Arme aus und zwang sie
zum Stehen.

Ihre Stimme war ein hohes Wimmern, als sie bat: „Lass mich
gehen!"

„Ich … jetzt komm erstmal wieder runter. Ich mach doch nur
Spaß! Alles gut!"

„Lass mich gehen!", rief sie nun lauter.

„Schhhhh!", zischte er und blickte hektisch zur Tür. „Bist du
verrückt? Was soll denn das? Ich will dir nicht wehtun oder so ..."

Unbeholfen machte er einen Schritt auf sie zu, die Hände beschwichtigend nach oben haltend. Schon drehte sie sich um und wollte erneut losrennen. Reflexartig griff er nach ihrem Arm.

Cornelius war nur zufällig in der Nähe der Küche, als ein Geräusch ihn aus seinen Gedanken riss. Zunächst klang es nur wie ein etwas schwungvoll gerückter Stuhl. Aber beim näheren Hinhören konnte er Stimmen vernehmen. Hektische, gedämpfte Stimmen, und mit einem unguten Gefühl setzte er sich in Bewegung.

Als er am Speiseraum ankam, fand er die Tür geschlossen, was höchst ungewöhnlich war. Fast ebenso beunruhigend wie die Totenstille, die nun aus dem Raum zu vernehmen war. Er riss die Tür auf, so schnell er konnte, doch es fühlte sich an, als würde er es in Zeitlupe tun.

Was er dahinter sah, ließ ihn unwillkürlich zu Stein erstarren. Philipp und Su standen nur wenige Meter entfernt und rührten sich nicht. Philipp hatte seine Hand an Sus Arm, aber er schien es nicht zu sein, der sie festhielt. Stattdessen war es Su, die ihre andere Hand in seine Richtung ausgestreckt hatte, als würde sie nach ihm greifen, jedoch nicht ihn, sondern etwas anderes, für niemanden außer ihr Sichtbares, berühren.

Beide schienen in dieser bizarren Pose eingefroren zu sein: Philipp mit weit aufgerissenen Augen und halb geöffnetem Mund, so, als wollte er etwas rufen. Aber kein Laut drang aus ihm hervor, noch blinzelte er oder zeigte irgendeine andere Regung.

Auch Su bewegte sich kaum, jedoch atmete sie schnell und flach, ihr merkwürdig entrückter Blick glitt immer wieder von ihrer eigenen Hand zu Philipp, dann hin zu etwas, das sich um sie herum zu befinden und sie einzuschließen schien in ein Vakuum aus Zeit und Raum.

Cornelius' Stimme hatte sich irgendwo in seinem ohrenbetäubenden Herzschlag verloren. Waren nun doch binnen weniger Stunden all seine Ängste wahr geworden? Wie hatte das passieren können? Was sollte er jetzt tun? Irgendetwas musste er tun. Und zwar schnell.

„Su ...", sagte er matt. Doch das Mädchen zeigte keinerlei Anzeichen, dass sie ihn überhaupt wahrnahm.

Er sammelte all seinen Mut und wiederholte laut und streng: „Su!"

Wie aus einem Tagtraum erwachend richtete sich ihr Blick langsam auf ihn. Als der Schleier der Entrückung sich legte, konnte Cornelius Angst und Hilflosigkeit in ihren Augen erkennen.

„Lass ihn gehen", sagte er ruhig und sah sie dabei ununterbrochen an aus Angst, sie wieder zu verlieren. 'Komm schon. Du willst das doch gar nicht', dachte er konzentriert, als hoffte er, sie würde seine Gedanken erhören. „Lass ihn gehen. Du brauchst keine Angst zu haben. Es ist alles gut."

Ihr Blick glitt von ihm zurück zu ihrer Hand, dann zu Philipp, wieder zurück zu Cornelius, als würde sie nur stückweise begreifen, was er meinte.

Schließlich weiteten sich ihre Augen und sie senkte die Hand. Im selben Moment schien der Bann von Philipp abzufallen wie ein böser Traum.

Er holte tief Luft und sah sich verwirrt um. Zuerst fiel sein Blick auf Su, das seltsame Mädchen, das ihn noch immer verängstigt

anstarrte. Warum hatte er seine Hand an ihrem Arm? Jetzt fiel es
ihm wieder ein. Schnell ließ er sie los, denn sie machte keine
weiterer Anstalten, wegzulaufen.

Warum hatte er sie überhaupt festgehalten? Cornelius! Er sollte
nicht merken, dass sie hier waren.

Prüfend drehte Philipp sich zur Tür um, aber er sah, dass es bereits
zu spät war. Die Person, die er jetzt gerade am meisten fürchtete,
stand bereits hinter ihm, eine Hand in den Türrahmen gekrallt,
noch viel blasser, besorgter und erschöpfter, als Philipp ihn je
gesehen hatte.

Als Su einen weiten Bogen um Philipp schlug und sich auf die Tür
zubewegte, befürchtete Philipp, sie würde Cornelius nun sofort
alles erzählen. Aber sie blickte den alten Mann nur mit Tränen in
den großen Augen an und er wich regelrecht erschrocken zur Seite,
um ihr Platz zu machen. Dann hallten ihre Schritte über den Flur
und keiner der Männer sagte etwas, bis das Geräusch mit dem
Schlagen einer Tür verstummte.

Cornelius sah ihr nach und schien völlig vergessen zu haben, dass
Philipp überhaupt existierte.

War das seine Chance? Vorsichtig näherte auch Philipp sich der
Tür, um sich davonzuschleichen, bevor Cornelius sich wieder auf
ihn und die Standpauke, die ihn vermutlich erwartete, besann.

Aber ohne Philipp dabei auch nur eines Blickes zu würdigen,
packte Cornelius ihn so fest am Oberarm, dass es weh tat.

„Au!", schrie Philipp empört, wagte es aber doch nicht,
Widerstand zu leisten.

Als Cornelius ihn schließlich ansah, war dessen Gesicht
wutverzerrt. An diesem Tag hörte Philipp Cornelius zum ersten

Mal schreien: „Hast du völlig den Verstand verloren?"

43
Schlaf

30. Dezember 2002

„Ich hab Hunger", sagte Su leise. Linus hatte es bereits gespürt, schon seit etwa einer Stunde, und absichtlich den Beutel mit dem restlichen Proviant versteckt. Dieser kleine Vorrat würde bald nicht mehr hier sein. Genauso wenig wie Linus selbst.

„Dann musst du dir wohl etwas holen", antwortete er und blinzelte sie dabei rücklings auf dem Bett liegend an, amüsiert über ihren erschrockenen Blick.

Nach einer halben Ewigkeit vergeblichen Ringens entgegnete sie schließlich hilflos: „Das ... das darf ich nicht ..."

„Du bist hier keine Gefangene. Du darfst genau dasselbe wie alle anderen auch."

Als sie schließlich einsah, dass er es ernst meinte, stand sie tatsächlich auf und sah ihn noch einmal zweifelnd an.

„Bis gleich!", sagte er nur und nickte ihr aufmunternd zu.

Dann verschwand sie auf dem Gang. Auf Zehenspitzen wie eine Diebin, die dabei war, etwas überaus Verbotenes zu tun.

Linus atmete tief durch, schloss die Augen und ließ die Ereignisse dieses Tages Revue passieren.

Su hatte ihm kurz von ihrem Gespräch mit Cornelius erzählt. Offenbar verstanden sie sich den Umständen entsprechend. Aus irgendeinem Grund störte es Linus, dass die beiden miteinander sprachen. Aber er konnte es Cornelius schlecht verbieten ...

'Alles in allem läuft es ganz gut', stellte er fest, war aber unfähig, diesem Gedanken ein eindeutiges Gefühl zuzuweisen.

Schnelle Schritte auf dem Gang ließen ihn aufhorchen. Sie gehörten zu einer leichten Person, die barfuß lief, und ohne weiter darüber nachzudenken, wusste er, wer diese Person war.

Er öffnete die Tür, bevor Su es tat, und fand sie aufgelöst, das Gesicht tränenüberströmt.

„Was ist passiert?", fragte er alarmiert, zog sie am Handgelenk ins Zimmer und stieß die Tür mit dem Fuß ins Schloss.

Aber sie schluchzte nur, entzog ihm ihren Arm und wandte sich ab.

„Su, was ist los?", fragte er erneut und drehte sie zu sich um.

Entsetzt starrte sie auf seine Hände an ihren Armen. Sie zitterte am ganzen Körper.

Er berührte ihr Kinn, damit sie ihn ansah, aber sie stieß seine Hand weg und sank stattdessen, den Kopf an seiner Brust, in sich zusammen. Zutiefst verwirrt legte Linus seinen Arm um ihre Schultern, während sich die Gedanken in seinem Kopf überschlugen.

Was könnte auf dem Weg zur Küche und wieder zurück vorgefallen sein? Sonst war alles ruhig im Gebäude. Kein Alarm, niemand sonst schien in Aufruhr.

Plötzlich machte er sich Vorwürfe, sie allein dorthin geschickt zu haben. Sie überhaupt hierhergebracht zu haben.

Zumindest schien sie unverletzt.

Auf einmal überfiel ihn eine dunkle Ahnung. Ob das auch auf alle anderen in diesem Haus zutraf? Ihn überkam das seltsame Bedürfnis, nach Cornelius zu suchen und sich zu vergewissern, dass es ihm gut ging. Aber der Drang, jetzt bei Su zu bleiben, war stärker. Stärker denn je.

Als sie sich auch Minuten später noch nicht beruhigt hatte, zog er sie vorsichtig zum Bett und setzte sich neben sie, während Su noch immer Gesicht und Finger in seinem T-Shirt vergrub, als suchte sie dort verzweifelt Halt.

Irgendwann verebbte ihr Schluchzen und es blieb eine erschöpfte Trance. Sie zitterte noch immer und obwohl Linus zu wissen glaubte, dass es nicht von der Kälte kam, legte er sorgsam die Decke um ihre Schultern.

„Willst du mir wirklich nicht sagen, was passiert ist?", flüsterte er in ihr Haar.

„Ich muss das klären", sagte sie matt.

„Was? Was musst du klären?", fragte Linus und musterte sie aufmerksam. Ihr Blick war seltsam abwesend.

„Alles."

„Was heißt das?" Die plötzliche Ruhe in ihrer Stimme verunsicherte ihn.

„Ich weiß es nicht."

„Wir schaffen das, okay? Es wird alles gut."

Sie sah ihn lange schweigend an. Dann nickte sie, nahm seine Hand und ließ sich nach hinten sinken. Er tat es ihr gleich, wenngleich ihre Worte ihn nicht loslassen wollten. Immer wieder strich er über ihren Kopf, um ihr zu zeigen, dass er noch da war. Es schien alles zu sein, was er im Moment tun konnte.

Er wusste nicht, wie viel Zeit verging, während sie dort lagen. Schweigend. Auf den Herzschlag des anderen lauschend.

Irgendwann bemerkte er, dass Su fast eingeschlafen war. Auch ihn selbst hatte eine merkwürdige Taubheit befallen, die seine Glieder schwer werden ließ und seine Gedanken fast bis zum Stillstand verlangsamte.

'Du musst sie halten', blieb ihm ein letzter klarer Gedanke und er zog sie unbewusst noch ein bisschen dichter an sich heran.

Dann schloss er die Augen.

Als er sie wieder öffnete, war er woanders. Waren sie woanders.

Zuerst schienen es nur wirre Farben und Schemen zu sein, doch dann formte sich mit verstörender Klarheit ein Bild.

Sie standen in einem Raum, und doch standen sie nicht dort.

Es war die Küche von Cornelius' Höhle. Linus konnte sie deutlich erkennen, auch wenn ihre Erscheinung von einer undefinierbaren Entfremdung geprägt war.

Aus irgendeinem Grund stand der Kühlschrank offen und das kalte, weiße Licht war das Einzige, was den Raum erhellte und ihn so abweisend, ja fast bedrohlich wirken ließ wie nie zuvor. Die wenigen Stühle und Tische warfen lange Schatten und wirkten verloren in dem viel zu großen Zimmer. Ein massiver Küchentisch war aus schwerem, dunklem Holz und wollte so gar nicht zu den anderen Möbeln passen. Am Boden darum lagen weiße Scherben.

Die Dunkelheit in den Ecken des Raumes schien lebendig zu sein, sich zu regen. Unruhig. Lauernd. Flüsternd.

Mitten im Raum befand sich Su. Eine andere Su, die Linus nicht wahrzunehmen schien. Vor ihr stand der zynische junge Mann, der ihm bei der ersten Begegnung gleich aufgefallen war.

Sofort wollte Linus sich hinter Su stellen, doch er war unfähig, sich zu rühren oder auch nur etwas zu sagen. So blieb ihm nichts anderes übrig, als gebannt zu verfolgen, was als Nächstes geschah.

Die beiden schienen sich in einer Art Blase zu befinden, die sie, erhaben über alle Regeln von Raum und Zeit, von ihrer Umgebung abschirmte, als befänden sie sich in einer anderen Dimension. Den Jungen selbst schien ein merkwürdiger, pulsierender Schleier zu umfangen, der sich wie ein Teil seines Körpers unter dem eisernen Griff wand, der sie beide gepackt hatte.

Su hielt ihre Hand ausgestreckt und Linus konnte die ungeheure Kraft spüren, die davon ausging, die den Mann festhielt, ihn durchdrang. Bereit und fähig, sein kümmerliches Leben zu beenden.

Aber Su zögerte. Tränen standen ihr in den Augen, während der andere, völlig unbeeindruckt im Ansicht seiner verheerenden Lage, diabolisch grinste.

„Du bist hier nicht willkommen. Du bist nirgends willkommen", sagte er beinahe mitleidig. Dabei klang sein Ton, als spräche er geduldig mit einem Kind.

„Sei still!", erwiderte Su mit schwacher, zitternder Stimme.

„Was glaubst du, was hier mit dir passiert, wenn dein psychopathischer Freund erstmal weg ist? Glaubst du ernsthaft, dass Cornelius dich frei rumrennen lässt? Du gehörst hinter eine verschlossene Tür!"

„Halt den Mund!" Die erste Träne löste sich und lief in Zeitlupe ihre Wange hinab.

„Er vertraut dir nicht. Niemand vertraut dir. Aus gutem Grund! Sieh dich doch an! Spätestens nach dieser Aktion wird Cornelius dein wahres Gesicht erkennen. Und dabei hat er wirklich versucht, dich zu mögen. Du enttäuschst ihn zutiefst!"

„Lass mich in Ruhe!", rief sie verzweifelt.

Aber der andere sprach unbeirrt weiter.

„Wenn er erstmal erfährt, was hier geschehen ist, wird er auf seine Sicherheitsvorkehrungen nicht mehr verzichten. Er wird dich auf eine Liege fesseln und dich nie wieder losbinden. Weil du gefährlich bist. Weil es das Beste ist. Und das weißt du", sagte er sanft.

„Nein! Ich werde nicht hierbleiben!"

„Du denkst, du könntest wirklich mit deinem sogenannten Retter verschwinden? Was glaubst du, warum er dich hergebracht hat? Er will dich loswerden!" Linus wollte protestieren, ihn zum Schweigen bringen. Doch er war nicht Teil dieses Schauspiels.

„Das stimmt nicht!", rief stattdessen Su.

Plötzlich wurde die Stimme des anderen kalt und unbarmherzig.

„Glaubst du das wirklich? Glaubst du wirklich, dass jemand etwas anderes für dich empfinden könnte als Hass und Furcht? Du bedeutest niemandem etwas! Du bist nichts für ihn! Er wird froh sein, wenn er dich endlich los ist!"

„Sei still!", schrie Su. Eine Druckwelle löste sich von der Blase, die sie umgab, und ihre Worte hallten wie ein übermenschliches Echo durch den Raum, sodass Stühle, Tische und Wände erbebten. Unter dem Schleier der Tränen funkelten ihre Augen voller Zorn. Auf einmal hörte der Mann auf zu grinsen. Stattdessen röchelte er. Sein Gesicht wurde weiß, die Augen traten hervor. Während Su ihre ausgestreckte Hand langsam schloss, schien Schatten um Schatten sich aus den Ecken des Zimmers zu lösen, um herbeizuschießen, die beiden zu umkreisen, zu umtosen wie ein Sturm. Während sich außerhalb der Blase kein Lufthauch regte,

formte sich in ihrem Inneren ein unkontrollierbarer Orkan. Das
Flüstern der unmenschlichen Stimmen schwoll zu einem dumpfen
Dröhnen an.

Der Körper des Jungen begann, unkontrolliert zu zucken, aber das
Zucken schien nicht von ihm auszugehen. Vielmehr schienen die
Schatten an ihm zu zerren und zu reißen, seinen Körper zu
verdrehen und zu verbiegen, als gäbe nichts darin Widerstand.

Der Lärm, der den Raum nun erfüllte, wurde so ohrenbetäubend,
dass Linus befürchtete, der Fels über ihnen könnte einstürzen und
sie unter sich begraben.

Dann war es von einer Sekunde auf die nächste still. Die Schatten
waren fort. Auch die Blase hatte sich aufgelöst. Zurück blieben Su
und der zynische junge Mann. Als Su ihre Hand senkte, sackte sein
Körper formlos in sich zusammen wie ein Sack Lumpen.

Sie stand wie angewurzelt, unfähig, den Blick von ihm
abzuwenden.

„Nein", flüsterte sie hilflos und starrte voller Schrecken von der
Leiche auf ihre eigenen Hände.

Dann fror das Bild ein, als hätte jemand einen Film pausiert.

Ungläubig sah Linus sich um. Su stand auf einmal neben ihm. Sie
atmete schwer.

Aber sie erwiderte Linus' Blick nicht. Sie wandte sich ab von
ihrem anderen Ich dort in der Küche, suchte auch nicht nach den
Schatten, die wie vom Erdboden verschluckt waren.

Ihr Blick hing an einer Tür. Eine Tür mitten im Zimmer.

War sie die ganze Zeit schon dort gewesen?

Wie in Trance ging Su darauf zu und Linus ging mit, unfähig, sich
weiter zu wundern.

Sie legte die Hand auf die Klinke und ein kurzer Impuls
erschütterte den Raum, der schleichend zu verblassen schien.
Dann öffnete Su das Portal und sie traten hindurch.

Grelles Licht blendete ihn. Als sich Linus' Augen daran gewöhnten
hatten, waren die Küche, der Junge, Cornelius, die Höhle aus
seinem Gedächtnis verschwunden, als hätten sie nie existiert.
Stattdessen sah er ... einen Schulhof voller Kinder.
Es war laut, sehr laut. Sie schrien und riefen durcheinander, und
Linus erinnerte sich, warum er keine Kinder mochte.
Es schienen immer mehr zu werden und sie wurden immer lauter.
Lauter kleine Monster.
Ein Pausenbrot flog durch die Luft und traf ein Mädchen. Sie
stand stumm und klein inmitten der Masse. Die anderen Kinder
schienen, obwohl gleich alt, alle größer zu sein. Für einen
Moment sah Linus in ihre großen, blauen Augen und erkannte die
kleine Su.
Nein, die erwachsene Su.
Und auch die Kinder waren auf einmal keine Kinder mehr,
sondern nunmehr bizarre Versionen ihrer selbst als Erwachsene.
Doch noch immer schrien sie wild durcheinander.
„Missgeburt!"
„Sperrt sie weg!"
„Sie ist verrückt!"
Schließlich gefror auch dieses Bild. Linus blickte zu der Su an
seiner Seite. Doch es gelang ihm nicht, ihr Gesicht richtig zu
erkennen.
Eine Tür, mitten in der Menge. Es schien keinen Sinn zu ergeben.

Und doch war sie da, erhaben über alle Zweifel.

Su drückte die Klinke hinunter und sie gingen hindurch.

Die kleine Su saß an einem Küchentisch aus dunklem, schwerem Holz und las still in einem Buch.

Hinter ihr klapperte ihre Mutter an der Spüle mit Tellern. Sie trug eine bunte Schürze und ihr dunkelbraunes Haar war zu einem Pferdeschwanz gebändigt. Der künstlich fruchtige Geruch von Seife lag in der Luft. Obwohl Su in den Text vertieft war, entgingen ihr die regelmäßigen unsicheren Blicke der Frau in ihre Richtung nicht.

„Wie war die Schule, mein Schatz?", fragte ihre Mutter bemüht beiläufig.

„Gut", antwortete Su leise.

„Gut", wiederholte ihre Mutter erleichtert.

Aus den Augenwinkeln nahm Su ein schwaches, bläuliches Glimmen wahr. Schnell versenkte sie den Blick wieder in ihr Buch. Aber es wurde stärker, bis es kaum noch zu ignorieren war. Schließlich drehte Su den Kopf davon weg und sah die entgegengesetzt liegende Wand an. Die Tapete war gelblich verfärbt und hatte ein blasses Blumenmuster, auf welches das Mädchen sich konzentrierte.

„Alles in Ordnung, mein Schatz?", fragte ihre Mutter wachsam.

„Ja", log Su und stand vorsichtig auf. „Darf ich auf Toilette gehen?"

„Natürlich", antwortete ihre Mutter schnell.

Aber die Küchentür lag in Richtung des Glimmens, und so war Su gezwungen, hinzusehen.

Die Form des Wesens war nur undeutlich erkennbar. Es hatte sich
am Boden vor der Tür platziert und schien dort wabernd auf Su zu
warten. Sie zögerte, weiter darauf zuzugehen. Es war weniger ihre
eigene Angst, die sie zurückhielt. Es war die Angst ihrer Mutter,
die Su fürchtete. Die Angst, die sie haben würde, wenn sie
bemerkte, dass Su wieder seltsame Dinge tat. Angst, die nicht
diesem Wesen gelten würde, sondern Su selbst.

„Was ist denn, mein Schatz?", fragte ihre Mutter beunruhigt und
drehte sich, einen Teller in der Hand, zu ihr um.

„Nichts", erwiderte Su schnell und lief tapfer ein paar Schritte auf
das Wesen zu, von dem ein eisiger Hauch ausging. Je näher sie
kam, desto kälter schien es zu werden. Ein Schauer lief ihr über
den Rücken.

'Bitte geh dort weg', flehte sie in Gedanken. Und tatsächlich setzte
die Kreatur sich in Bewegung und kroch behäbig an der Wand der
Küche entlang. Dabei verursachte sie kein einziges Geräusch. Nur
als sie den Küchenschrank streifte, klirrten kurz die Teller darin.
Su zuckte zusammen und schaute erschrocken zu ihrer Mutter
herüber. Ihr Blick hing an dem Schrank, suchte den Boden darum
ab. Dann sah sie Su an und die Furcht in ihren Augen traf das
Mädchen wie ein Messerstich.

Wieder fror die Szene ein. Die Küchentür schien leise nach Su zu
rufen. Als sie die Klinke ergriff, um diesen Ort so schnell wie
möglich zu verlassen, bemerkte Linus, dass sie weinte.

Er stolperte. Er fühlte sich merkwürdig dünn. Kraftlos und mürbe,
als würde er jeden Moment zu Staub zerfallen.
Su stand neben ihm. Ihre Hände und Knie zitterten. Dunkle Ringe

umrahmten ihre Augen. Ihr Blick war abwesend.

Linus wollte nicht sehen, wo sie waren. Doch er musste. Er konnte nicht anders.

Also sah er hin.

Er erblickte eine Frau. Eine Frau, die er schon einmal gesehen hatte, auch wenn er sich nicht erinnern konnte, wann und wo. Sie lag auf dem Boden und starrte ins Leere. Ihre Gliedmaßen waren merkwürdig verdreht. Neben ihr ein Mann, dessen Gesicht Linus nicht erkennen konnte.

Die Hand der Frau war ausgestreckt, als ob sie gerade noch versucht hätte, nach etwas zu greifen. Ihr Mund halb geöffnet, als wollte sie etwas sagen. Aber es würde nie wieder ein Laut aus diesem Mund kommen.

Neben der ausgestreckten Hand hockte die kleine Su.

Ihre Einsamkeit und Hilflosigkeit ertränkten den Raum.

Leute kamen. Sie redeten aufgeregt auf das Mädchen ein. Aber sie weinte leise vor sich hin, begriff nicht, und begriff doch als Einzige. Was keiner außer ihr sehen konnte, war das lichtleere Wesen in der Mitte des Raumes. Es war so dunkel, dass es alles um sich herum einzusaugen schien, und waberte wie eine Wolke, seine Form ständig verändernd.

Ein fremder Mann beobachtete die kleine Su aufmerksam und folgte ihrem Blick. Offensichtlich konnte er nichts entdecken, doch daraus schien er sich nichts zu machen. Er kniete sich vor dem Mädchen hin. Nun war sein Gesicht ganz nah und fast freundlich. 'Hallo Su', sagte er ruhig und lächelte.

Es war das Gesicht des jungen Professor Mehlinger, das inmitten dieses Lächelns gefror.

Eine Tür. Immer wieder eine Tür.

Sie gingen darauf zu. Su sah unendlich erschöpft aus. Und doch schien die Tür sie unaufhaltsam anzuziehen.

Linus blieb stehen Er musste. Sein Atem stockte. Mit verschwommenem Blick starrte er auf seine Hände. Fast kam es ihm vor, als könnte er durch sie hindurchsehen. In ihm schien nichts als Leere übrig zu sein. Leere, die ihn auffraß, bis nichts mehr übrig war.

'Ich gehöre nicht hierher', wehte ein Gedanke an ihm vorüber.

Wenn er jetzt weiterging, so wurde ihm plötzlich bewusst, würde er daran zerbrechen.

„Su! Warte!", rief er.

Wie in Zeitlupe drehte sie sich zu ihm um, doch ihr müder Blick war weit weg.

„Bitte! Tu das nicht!", flehte er. Als sie trotzdem auf die Tür zuging, stolperte er voraus und stellte sich ihr in den Weg.

„Ich muss", sagte sie traurig. Dann schob sie ihn mühelos beiseite. Schon hatte sie das Portal erreicht, umfasste die Klinke.

'Nein!', dachte Linus. Oder sagte er es?

Wenn sie die Tür öffnete, würde er mit hinein gesogen.

Doch diese Welt, die nicht die seine war, würde ihn nicht länger dulden.

Mit letzter Kraft zwang er sich, zurückzutreten.

Einen Schritt.

Noch einen.

Noch einen.

Aus weiter Ferne sah er, wie Su die Tür öffnete.

Dann wurde alles weiß.

31. Dezember 2002

Ein fester Schlag ins Gesicht ließ Linus erwachen.
Es war, als trat er aus einem dunklen Raum ins Licht. Doch nicht
nur seine Augen waren im Dunkeln gewesen. Auch seine Finger,
seine Zunge, das alles fühlte sich an wie betäubt und reagierte nur
zögernd auf seine Befehle. Er fing Cornelius' Hand, kurz bevor
dieser ihm noch eine verpassen konnte.

„Wurde auch Zeit, du Mistkerl!", fluchte sein ehemaliger Freund
und seine Stirn war voller Sorgenfalten. Blinzelnd sah Linus sich
um. Er befand sich in einem Schlafzimmer. In der offenen Tür
standen Menschen, die ihm entfernt bekannt vorkamen. Sie
wirkten nervös.

Er setzte sich auf und rieb sich das schmerzende Gesicht.

Was war passiert? Er konnte es nicht sagen. Wirre Bilder vor
seinem inneren Auge vermischten sich mit der Realität. Was
machten all diese Leute hier im Raum, während er sich nicht Herr
seiner Sinne fühlte? Wie hatten sie sich ihm so unbemerkt nähern
können? Das alles schien ihm fremd und beunruhigend.

„Raus hier!", knurrte er gereizt.

„Linus! Was, zur Hölle, ist passiert?"

Linus überlegte. Aber keine der Antworten, die ihm auf der Zunge
lagen, ergab einen Sinn. So sagte er nichts.

„Dreh dich verdammt nochmal um, du Hurensohn!", rief Cornelius
aufgebracht.

Der Ton gefiel Linus nicht, doch von einem unguten Gefühl

gepackt drehte er sich um und sah nach Su.

Plötzlich war er hellwach. Er sprang vom Bett und stolperte rückwärts in den Raum. Cornelius und die anderen waren vergessen.

„Nein", entwich es ihm, doch mehr zu sagen oder zu tun, fühlte er sich außerstande.

Er konnte nur Su anstarren, und sie starrte zurück. Nicht auf ihn, sondern auf irgendeinen leeren Punkt im Raum, dessen Bedeutung nur sie kannte.

Sie lag auf dem Bauch, in die Decke verwickelt, fast als würde sie schlafen.

Doch sie schlief nicht. Sie war auch nicht tot. Sie war irgendwo anders. Weit weg von hier.

'Was hab ich getan?'

Vorsichtig, fast ängstlich, ging Linus wieder auf sie zu. Er streckte eine Hand aus und fühlte ihren Puls. Er schlug schnell. Dann hob er ihr Kinn und sah ihr in die Augen. Ihr Blick war verschlossen. Su sah ihn nicht. Weder ihn, noch diesen Raum, noch diese Welt.

Auf einmal erinnerte Linus sich wieder, und die Gewissheit wog so schwer, dass er zu Boden sank.

„Linus, was ist passiert?", fragte eine weit entfernte Stimme.

„Die Tür ...", sagte er matt. „Sie geht allein weiter ..."

44
Außer Kontrolle

31. Dezember 2002

„Linus! Was für eine Tür?"

Linus war Cornelius in dessen Arbeitszimmer gefolgt, hatte sich auf den einzigen Stuhl fallen lassen und raufte sich fassungslos das Haar.

Su war in den Krankenraum gebracht wurden. Jetzt hing sie wie eine Marionette an irgendwelchen Schläuchen und Kabeln. Bisher schien man lediglich sagen zu können, dass sie sich nicht in Lebensgefahr befand. Ihr Gehirn zeigte schlafähnliche Aktivitäten.

„Linus!"

Er sah auf und blickte in Cornelius' zutiefst besorgtes Gesicht.

„Bitte sag mir, was du weißt!"

Linus suchte nach Worten, um das Geschehene wiederzugeben. War es überhaupt geschehen? War es nur Einbildung gewesen? Es klang so surreal.

Halb schien sein Geist immer noch gefangen zu sein in jener Welt, der er nur knapp entronnen war. In der er Su allein gelassen hatte. Was hatte er getan?

Er hatte sie beschützen wollen. Das Richtige tun wollen. Zum ersten Mal, seit er sich zurückerinnern konnte. Aber er hatte versagt. Er hatte ihr Schicksal besiegelt und zugelassen, dass sie an einen Ort ging, an den er ihr nicht folgen konnte. Er hatte sie im Stich gelassen.

„Sie ... träumt", sagte er schließlich hilflos.

„Wovon?"

„Erinnerungen … aber alles ist merkwürdig verzerrt."

„Sag mir eines: Wie kommt es, dass du das gesehen hast? Wie bist du in ihren Kopf gelangt?"

„Ich weiß es nicht!", fauchte Linus bissig. Wenn er es wüsste, würde er dorthin zurückkehren. Um sie zu suchen. Um sie zurückzuholen. Aber die Tür war zu. Vielleicht für immer.

„Was ..." Cornelius holte tief Luft, bevor er die Frage beendete.

„... Was habt ihr getan, bevor ihr in diesen Zustand verfallen seid? Worüber habt ihr geredet?"

Linus dachte angestrengt nach. Obwohl der Abend lediglich zehn Stunden zurücklag, fiel es ihm außerordentlich schwer, sich an Einzelheiten zu erinnern.

„Nichts", antwortete er schließlich.

„Nichts?", wiederholte Cornelius ungläubig. „Denk nach! Es muss irgendetwas passiert sein!"

Linus überlegte weiter. Dann fiel ihm etwas ein.

„Su war aufgebracht. Sie wollte in die Küche, um etwas zu Essen zu holen. Irgendetwas muss dort oder auf dem Weg vorgefallen sein."

Su hatte es ihm nicht sagen wollen. Plötzlich kehrte neue Kraft in Linus Adern zurück. Vielleicht war das die Spur, die sie weiterbrachte.

Während Linus krampfhaft versuchte, seine Gedanken weiter zu ordnen, wurde Cornelius blass.

„Der Junge!", sagte Linus plötzlich scharf. „Lebt er noch?"

Cornelius fuhr sich übers Gesicht und schien zu überlegen.

„Ja. Er lebt. Woher weißt du davon? War das ein Teil ihres Traumes?"

Linus überging die Frage. Wut bäumte sich in ihm auf. Vielleicht war es doch nicht seine Schuld, dass sich Su nun in dieser Lage befand. Er sprang auf und trat einen Schritt auf Cornelius zu.

„Was hat er zu ihr gesagt?", fragte er drohend.

„Linus, er hat … da war nichts …"

„Das hat Su scheinbar anders gesehen."

„Ach ja? Su hat ihn beinahe umgebracht! Vielleicht hätte sie es sogar getan, wenn ich nicht zufällig in der Nähe gewesen wäre!"

„Es war also nichts, ja? Su würde so etwas nicht grundlos tun! Er muss sie provoziert haben! Wo ist er?"

„Lass ihn da raus!"

„Zu spät!"

„Dann lass mich ihn selbst fragen!", bat Cornelius verzweifelt.

„Zu spät!"

Auf dem Weg zur Tür ballte Linus die Fäuste. Ein stechender Schmerz steckte wie ein Dolch in seinem Herzen. Das verzweifelte Bedürfnis, etwas tun zu können, und sei es nur, jemandem büßen zu lassen, verwandelte Hilflosigkeit in lodernden Zorn.

Er hatte sein Möglichstes getan und versagt. Wozu sich jetzt noch weiter im Zaum halten? Viel zu lange hatte er verleugnet, was seine wahre Natur war. Hatte versucht, jemand anderes zu sein, der er einfach nicht war.

Cornelius stellte sich vor die Tür zum Gang.

„Geh mir aus dem Weg!", sagte Linus kalt.

„Bitte hör mir zu! Was soll das bringen? Denk an Su!"

Su … Was würde es ihr bringen, wenn Linus jetzt und hier Rache übte? Nichts.

Schwer atmend blieb Linus stehen und griff sich selbst mit der Hand fest ins Haar.

„Der Junge muss bezahlen!", sagte er drohend zu Cornelius. „Er ist schuld an dieser Misere und du weißt das! Steckst du auch mit dahinter?"

Erschrocken hob Cornelius die Brauen und bemühte sich, so ruhig wie möglich weiterzusprechen: „Linus, du kannst nicht mehr klar denken. Du hast dich kaum noch unter Kontrolle. Bitte mach das Ganze nicht noch schlimmer! Sei vernünftig, bevor etwas passiert, was du nicht rückgängig machen kannst! Bitte geh! Ich zahle dir alles, was du willst."

„Sehe ich so aus, als wollte ich Geld?"

„Dann sag mir, was du willst!"

„Weck sie auf!"

Cornelius atmete tief durch. „Selbst wenn ich das könnte – und ich wüsste nicht, wie – wir wissen nicht, was uns dann erwartet. Wir wissen nicht, was da gerade mit ihr geschieht. Es kann sein, dass sie sich verändert ..."

Linus sog scharf die Luft ein und fixierte Cornelius' Augen mit stechendem Blick. „Was willst du damit sagen?"

„Das Mädchen, das du kanntest, gibt es wahrscheinlich nicht mehr", erwiderte der Andere traurig.

„Woher willst du das wissen? Weil es in diesem verfluchten Buch steht? Und du glaubst diesen Mist?", schrie Linus aufgebracht.

„Dieses verfluchte Buch ist alles, was wir jetzt haben!"

„Es ist nur ein Buch!"

„Was soll ich denn deiner Meinung nach tun? Was erwartest du von mir?"', schrie Cornelius zurück.

„Dass du ihr hilfst!"

„Ich weiß nicht, wie! Verstehst du das nicht?"

Einen Moment lang starrte Linus Cornelius an, bis sich die
Bedeutung dieser Worte gesetzt hatte. Dann veränderte sich sein
Gesicht auf unheilvolle Weise und er trat einen Schritt auf den
anderen zu.

„Dann nenne mir einen guten Grund, dich nicht augenblicklich
umzubringen!"

Cornelius antwortete mit zitternder Stimme: „Ohne mich ist sie so
gut wie tot."

Ihr lautstarkes Gespräch blieb nicht länger unbemerkt. Schon hörte
Cornelius, wie sich schwungvoll die Tür zu seinem Arbeitszimmer
öffnete.

„Du!", knurrte Linus, würdigte Cornelius keines weiteren Blickes
und schob ihn aus dem Weg wie ein Möbelstück.

Als Cornelius sich umwandte, sah er, dass seine Schützlinge
geschlossen auf dem Gang hinter ihm standen. Philipp allen voran.

Cornelius hatte dem Jungen nur angedeutet, was zwischen ihm und
Su vorgefallen war. Weil er es für das Beste gehalten hatte. Nun
baute sich Philipp mit trotzigem Blick voller Selbstvertrauen
kerzengerade auf und ballte die Fäuste, bereit zum Kampf.

Unwissend, was er ausgelöst hatte. Unwissend, was ihn erwartete.

'Was hab ich angerichtet?', dachte Cornelius verzweifelt.

Die Aggressivität in Philipps Stimme war nicht zu überhören, als
er sagte: „Hast du ein Pro ..."

Weiter kam er nicht, denn Linus hatte ihn schon erreicht und den

Jungen, noch bevor er in der Lage war, sich irgendwie darauf einzustellen, mit einem einzigen Schlag ins Gesicht von den Füßen gerissen.

Linus wollte bereits zum nächsten Schlag ausholen, da packte eine Hand so fest seinen Unterarm, dass es sich anfühlte, als würden seine Knochen unter dem Griff zerbersten. Er drehte sich um und folgte dem Arm zu dessen Besitzer. Es waren Michaels drohende, braune Augen, in die er blickte, und Linus musste sich auf die Zunge beißen, um nicht aufzuschreien, als sich der eiserne Griff weiter zuschraubte.

„Gib mir nur einen weiteren Grund", sagte Michael ruhig.

„Netter Trick!", presste Linus hervor und erwiderte den Blick des anderen ungebrochen.

„Michael! Lass ihn los!", rief Cornelius panisch aus dem Hintergrund.

Michael zögerte, leistete dann aber der Anweisung widerwillig Folge.

Einen Moment lang starrten sich die beiden Männer noch in die Augen, während Linus dem Bedürfnis widerstand, seinen schmerzhaft pochenden Arm zu befühlen.

Dann sah er sich um.

Cornelius hatte sich vorsorglich zwischen ihm und dem am Boden liegenden, die Hände vors Gesicht haltenden Philipp postiert.

Michael befand sich weiterhin schräg hinter Linus.

Die anderen beiden, das Mädchen und der stille Junge, standen erschrocken einige Meter abseits der Gruppe und verfolgten gebannt das Geschehen.

„Das wirst du büßen!", rief eine schmerzerfüllte, wütende Stimme.
Philipp hielt sich noch immer eine Hand auf seine heftig blutende
Nase, während er sich aufrappelte.

„Halt einfach deine vorlaute Klappe!", zischte Cornelius, ohne
sich zu dem Jungen umzudrehen.

Erst jetzt fiel Linus auf, dass sein alter Freund die Handschuhe
abgelegt hatte.

„Willst du kämpfen, alter Mann?", knurrte Linus warnend.

„Linus, reiß dich gefälligst zusammen! Was hast du davon, wenn
das hier jetzt eskaliert?"

„Genugtuung", antwortete Linus kühl.

„Aber damit sind wir einer Antwort oder einer Lösung keinen
Schritt näher."

„Die Antwort steht hinter dir", sagte Linus und wandte sich an
Philipp. „Was hast du zu ihr gesagt?"

„Was? Wovon sprichst du, Mann?"

Einzig Cornelius, der noch immer zwischen ihnen stand, hielt
Linus davon ab, sofort noch einmal zuzuschlagen.

„Stell dich nicht dümmer, als du bist! Was hast du Su gestern in
der Küche gesagt?", rief Linus drohend.

„Nichts!", sagte der Junge, auf einmal hörbar verunsichert. „Nichts
Wichtiges."

„Was hast du zu ihr gesagt?", brüllte Linus und die Rage in seiner
Stimme brachte Türen, Wände und Knochen zum Erzittern.

Dieses Mal zögerte Philipp. Selbst Cornelius drehte sich bis aufs
Äußerste angespannt zu ihm um.

„Ich … ich habe ihr aus Versehen von den

Sicherheitsvorkehrungen erzählt", sagte der Junge schließlich kleinlaut.

„Was?" Nun war es Cornelius, der schrie. „Was um alles in der Welt hast du dir dabei gedacht?"

„Das ... ich dachte nicht, dass das so schlimm wäre ...", druckste Philipp herum.

Cornelius packte ihn am Kragen seines T-Shirts und schüttelte ihn. Auf einmal verfluchte er den Tag, an dem sein Mitleid gesiegt und er den Jungen mitgenommen hatte, in dem Glauben, ihm helfen zu können. „Nicht so schlimm wäre? Siehst du denn nicht, was du angerichtet hast?"

Plötzlich fiel Cornelius auf, wie ruhig es hinter ihm war. Viel zu ruhig.

Als er sich zu wieder zu Linus umdrehte, ließ dessen Blick ihm das Blut in den Adern gefrieren.

„Sicherheitsvorkehrungen?", wiederholte dieser mit eisiger Stimme.

„Linus, wir mussten auf alles vorbereitet sein. Ich hätte sie nur im Notfall eingesetzt", sagte Cornelius mit zitternder Stimme. Er konnte förmlich fühlen, wie die Situation seinen Fingern entglitt wie dunkler, unheilvoller Rauch.

„Was für Sicherheitsvorkehrungen?", fragte Linus leise.

„Das ... das ist doch jetzt nicht mehr wichtig", erwiderte Cornelius rudernd.

„Was für Notfälle?"

„Eben wenn die Situation nicht mehr unter Kontrolle gewesen wäre ..."

„Nach deiner Einschätzung? Deiner und der dieses bescheuerten

Buches? Du hast sie doch von Anfang an als eine Bedrohung gesehen! Du bist ein Feigling!"

„Linus...", sagte Cornelius hilflos. Was konnte er jetzt noch sagen, um ihn zu beschwichtigen? Was tun, damit die Situation sich nicht hier und jetzt in eine Katastrophe verwandelte?

'Es ist zu spät', schoss es ihm durch den Kopf. Ganz kurz musste er an Sus traurigen, wissenden Blick denken. Dann riss ihn schon Linus' hasserfüllte Stimme zurück in die Realität.

„Hast du nur darauf gewartet, dass ich gehe? Was hättest du dann getan? Wie wenig wären dir deine ach so heiligen Prinzipien wert gewesen, um diesen selbst gebauten Käfig und diesen erbärmlichen Haufen Jammerlappen zu beschützen?"

Nun konnte auch Cornelius seine Anspannung nicht länger halten. Alles brach aus ihm heraus. Der ganze Frust, die zermürbenden Zweifel, jede vergebene Hoffnung der ganzen letzten Jahre. Dabei hatte er immer nur eines gewollt: sich und anderen einen Weg aus diesem Albtraum finden. Als hinge sein Leben davon ab, brüllte er: „Ich hätte alles getan, was nötig ist! Und ich werde alles tun, was nötig ist!"

Es war genau dieser Moment, in dem Linus jegliche Kontrolle über sich verlor. Seine Gedanken schalteten sich ab und gaben den Weg für seine haltlose Rage und seine Instinkte frei, die bereitwillig die Führung übernahmen.

Mit einem kräftigen Hieb gegen den Kehlkopf erstickte er jedes weitere Wort des alten Mannes im Keim. Dann legte er seine Hände um dessen Hals, die Schmerzen des Giftes nicht länger wahrnehmend und bereit, zuzulassen, was auch immer geschehen würde.

Kurz darauf traf ihn ein so starker Schlag am Hinterkopf, dass er zu Boden ging. Eine Hand packte ihn an der Schulter und schleuderte ihn mühelos durch die Luft, bis ein harter Gegenstand in seinem Rücken seinen Flug abrupt beendete. Als die Naht an seiner Schulter wieder aufriss, fühlte es sich an, als würde sein Körper zerbersten. Gegen die roten Flecken vor seinen Augen ankämpfend, zwang er sich zur Besinnung und fand sich in Cornelius' Arbeitszimmer.

Cornelius rollte sich, von einem heftigen Hustenkrampf geschüttelt, röchelnd auf dem Boden des Flures. Die beiden Jüngeren eilten herbei, um ihm zu helfen.

Michael und Philipp kamen nun auf Linus zu. Schnell rappelte er sich auf. Schwankend zwar, aber schon Philipps Anblick reichte aus, um die Glut seines Hasses neu auflodern und ihn alle vorhandenen Verletzungen vergessen zu lassen. Von seinem Zorn genährt, loderte die Kraft in seiner Hand in nie dagewesenem Ausmaß.

Die beiden hatten ihn schon fast erreicht, als er sie mit einer so gewaltigen Druckwelle von den Füßen riss, dass es Philipp mitsamt der Tür zurück auf den Gang schleuderte. Dort prallte er so heftig gegen die Wand, dass sein Hinterkopf einen blutigen Fleck auf dem weißen Putz hinterließ.

Michael hingegen flog gegen eines der schweren Bücherregale, welches ihn, begleitet von einem Hagel aus Büchern und Kartons, krachend unter sich begrub. Die Staubwolke, die dabei entstand, raubte Linus den Atem. Fast wie Cornelius musste er sich am Schreibtisch festhalten, während ein heftiger Hustenkrampf seinen ganzen Körper schüttelte.

Als er unter Tränen wieder etwas erkennen konnte, fand er seine Hand neben einem spitz zulaufenden, metallenen Brieföffner. Ohne weiter darüber nachzudenken, griff er danach. Dann drehte er sich um. Durch den umherwirbelnden Staub sah er, dass Michael noch immer unter dem Bücherregal lag. Ebenfalls hustend und röchelnd versuchte er, es anzuheben. Doch es gelang ihm nicht. Draußen rollte sich Philipp keuchend auf den Bauch. Der Drang, sofort zu ihm rauszugehen, war stark.

Aber Linus wusste, dass er Michael hier nicht zurücklassen durfte. Die Gefahr, die von ihm ausging, solang sich noch Luft in seinen Lungen befand, war zu groß.

Als Michael sich erneut unter dem Regal aufbäumte, packte Linus mit an. Schließlich gelang es ihnen, es so weit hochzuhalten, dass Michael sich wieder bewegen konnte. Augenblicklich packte er Linus' Bein. Dieses Mal hielt er seine Kraft nicht zurück und trotz all des Adrenalins in Linus' Adern konnte er das unheilvolle Knirschen in seinen Knochen nicht gänzlich ignorieren. Die gesunde Schulter mit aller Kraft weiter gegen das Regal stemmend, umschloss Linus fest den Brieföffner und rammte ihn dem am Boden Liegenden in den Hals, so tief er konnte. Michaels Hand löste sich von Linus' Bein, um mit verdutztem Gesicht nach dem Gegenstand zu greifen, der augenblicklich in einen Sturzbach aus Blut ertrank. Dann wankte Linus zurück und ließ den Schrank erneut mit vollem Gewicht auf seinen Gegner niederstürzen. Wieder vernebelte ihm eine dichte Staubwolke die Sicht.

Während Linus rückwärts taumelte, knickte sein linker Fuß mit jedem Schritt leicht ein.

Als der Staub sich legte, rührte sich nichts mehr unter dem Regal. Linus konnte spüren, dass Michael noch lebte. Ebenso spürte er, dass sich die ungeheure Kraft des Mannes mit jeder verstreichenden Sekunde auf dem Boden um das Regal verteilte. Vor ihm würde er sich nicht mehr in Acht nehmen müssen.

Philipp war aus dem Sichtfeld, das die Tür preisgab, verschwunden. Mit verschwommenem Blick, den eigenen Herzschlag dumpf im Ohr, sah Linus sich nach einer neuen Waffe um.

Sein Blick fiel auf einen Füllfederhalter und eine spitze Schere. Beides nahm er an sich und trat schwankend auf den Flur. Aus den Augenwinkeln nahm er eine Bewegung wahr. Doch er reagierte zu langsam.

Noch während er durch die Tür ging, packte ihn jemand am Handgelenk und ein brennender Impuls durchfuhr binnen Millisekunden seinen gesamten Körper. Zuckend ging er zu Boden, unfähig, sich irgendwie gezielt zu bewegen oder auch nur zu denken.

„Wie gefällt dir das, du Hurensohn? Das ist für Michael!", schrie eine weit entfernte, wutentbrannte Stimme.

Als Linus kurz davor war, das Bewusstsein zu verlieren, verebbte der Impuls unvermittelt und die Hand ließ ihn los.

Stöhnend versuchte Linus, sich aufzurappeln, aber seine Glieder wollten ihm nicht gehorchen. Ein heftiger Tritt in die Seite warf ihn wieder zu Boden. Dieses Mal blieb er liegen. Nur vage konnte er Philipps Umriss vor dem grellen Deckenlicht erkennen. Er musste an die Lampen in der Klinik denken.

'Nein. Konzentriere dich! Du musst bei Bewusstsein bleiben.'

Er blinzelte und Philipps Konturen klärten sich. Er stand dicht neben ihm und fixierte ihn mit hasserfülltem Blick, während er seine Handflächen aneinander rieb. Blaue Funken zuckten dazwischen auf, immer öfter und immer länger. Plötzlich fiel Linus der Füllfederhalter wieder ein. Er hielt ihn immer noch in der Hand. Ehe Philipp reagieren konnte, rollte sich Linus auf die Seite und rammte dem Jungen mit dem ganzen Schwung dieser Bewegung die metallene Feder in die Wade. Philipp schrie auf und ruderte wild mit den Armen. Augenblicklich erloschen die Funken. Weiterhin am Boden holte Linus aus und zog dem anderen mit seinem gesunden Bein die Füße weg. Philipp fiel auf den Rücken. Einen Moment später war Linus über ihm und nagelte ihn mit dem Gewicht seines Körpers fest.

Der Junge starrte ihn noch verblüfft an, die Augen vor Schreck und Angst geweitet. Schon hatte Linus die Schere in beiden Händen und setzte sie auf der linken oberen Hälfte von Philipps Brustkorb an, genau über seinem Herzen.

„Ich ... ich wollte ihr wirklich nichts tun", wimmerte Philipp hilflos.

„Das ist mir völlig egal", antwortete Linus mit bebender Stimme. „Du bist schuld an alldem, was hier gerade passiert. Sei dir dessen bewusst, während du stirbst."

Und mit diesen Worten holte er Schwung und trieb die Waffe mit einem einzigen, kraftvollen Stoß durch den Brustkorb seines Opfers. Der Junge schrie auf und verzweifelte Hände krallten sich um Linus' Arme. Wieder begann der elektrische Impuls, durch seinen Körper zu schießen, aber dieses Mal konzentrierte Linus sich mit dem letzten bisschen Bewusstsein darauf, den Gegenstand in seinen Händen nicht loszulassen und mit dem Gewicht seines Körpers, der langsam nach vorne kippte, weiter nach unten zu drücken. Schließlich endeten die Schmerzen. Linus kniete noch immer auf seinem Gegner, unfähig sich zu rühren. Rote und schwarze Flecken tanzten vor seinen Augen und verwehrten ihm die Sicht. Als er wieder zu sich kam, war Philipp tot.

Keuchend ließ sich Linus seitlich von ihm herunterfallen. Seine Kräfte waren am Ende.

'Wo sind die anderen?', fragte er sich. Er lauschte, aber das Blut in seinen Ohren pulsierte zu laut, als dass er irgendetwas hören konnte.

'Su ... Sie ist schutzlos.'

Taumelnd zwang er sich, aufzustehen.

Ohne einen klaren Gedanken fassen zu können, stolperte er durch die Gänge, bis er schließlich hektische Stimmen und unterdrücktes Husten vernahm. Von wo kamen die Geräusche? Er blieb stehen und versuchte krampfhaft, sich zu konzentrieren.

Dann ging er, stets eine Hand an der Wand, weiter auf das Gemurmel zu, das ihn schließlich zu einem Schlafzimmer führte. Er rüttelte an der Tür, aber sie war abgesperrt. Die Stimmen wurden noch hektischer, noch verzweifelter. Aber Linus war nicht in der Lage, alle Worte zu verstehen.

Lediglich eine hohe Frauenstimme hob sich von den restlichen ab und drang verständlich zu ihm heraus: „Es ist meine Entscheidung! Ich möchte es so!"

Linus wich zurück und holte tief Luft.

Dann sprang er nach vorn und brach mit einem Tritt seines gesunden Beines die Tür aus dem Schloss. Dahinter stand das Mädchen, Julia oder wie auch immer sie hieß, und starrte ihm mit angsterfüllten Augen entgegen. Cornelius und der stille Junge, deren Stimmen Linus gerade noch gehört hatte, waren wie vom Erdboden verschluckt. Aber er hatte keine Kraft, sich darüber zu wundern. Stattdessen schritt er auf das Mädchen zu. Das Tier in ihm brüllte. Auch sie begann zu schreien. Zunächst ging Linus unbeeindruckt weiter. Doch mit einem Mal schwoll der Laut auf eine solche Höhe und Lautstärke an, dass seine Trommelfelle zu platzen drohten. Unwillkürlich blieb er stehen und presste die Hände auf beide Ohren. Aber der Ton bohrte sich weiter in seinen Kopf und raubte ihm jeden kümmerlichen Rest Verstand.

Schließlich ließ auch diese Qual wieder nach. Das Mädchen holte Luft, um weiterzuschreien. Doch bevor sie dazu kam, schleuderte Linus ihr den nächstbesten Gegenstand, einen kleinen Hocker, entgegen. Sie duckte sich weg und das hölzerne Möbelstück zerschellte neben ihr an der Wand. Aber dieser Moment der Verwirrung reichte Linus, um wieder zu sich zu kommen.

Mit zwei großen Schritten war er bei Julia, legte seine Hände um ihren Hals und erstickte jeden weiteren Laut. Tränen liefen aus ihren hervortretenden Augen, als der Fluss begann und die Energie, die in ihr pulsierte, und die Angst, gegen die Linus sich nicht länger zu wehren vermochte, auf ihn übergingen.

Als schließlich der Körper unter seinen Händen erschlaffte, war Linus' Zorn versiegt.

So stand er noch eine Weile da, die Hände an Julias Hals, und wollte sie noch nicht loslassen, um sich der Realität zu stellen.

Aber ihm blieb keine Wahl.

45

Feuer

„ Was wollen sie? Was ist ihr Ziel? Wenn ich es nur wüsste. Den Spuren ihrer Verwüstung scheint kein Muster zugrunde zu liegen. Fallen sie manchmal über mehrere Orte an einem Tag her, so lässt sich zu anderen Zeiten über Monate, teils Jahre keiner von ihnen blicken oder zeigt auch nur, dass er existiert. Rang und Ansehen, Unschuld und Schutzbedürftigkeit scheinen ihnen gleich zu sein. Es hat den Anschein, ihre Aufgabe bestünde in nichts anderem, als Grauen und Chaos über die Welt zu bringen. Deshalb müssen sich alle Menschen, egal ob Freund oder Feind, für diesen Kampf zusammenschließen. Die Medien sind auf niemandes Seite und werden vor keiner Grenze Halt machen. Nur gemeinsam können wir sie und ihren Schöpfer, den Großen, Alten, vernichten, auf dass wieder friedlichere Zeiten kommen mögen. "

Als Ross diese Zeilen übersetzt hat, schlägt er das Buch zu, legt Zettel und Stift beiseite, rückt sich die Brille auf der Nase zurecht und atmet tief durch. Es ist soweit.

Er hat es noch nicht gewagt, seinem Entführer die Nachricht zu überbringen, dass es in diesem Buch keine Antwort, keine Lösung geben wird. Aber Linus ist Ross' zunehmende Mutlosigkeit nicht entgangen, dessen ist er sich sicher. Es wird nicht mehr lange dauern, bis er Verdacht schöpft. Vielleicht hat er es schon längst. Dem Arzt bleibt nichts anderes übrig, als ihm die Wahrheit zu sagen. Auch wenn er die Konsequenzen fürchtet, nichts kann schlimmer sein als Tag für Tag, Nacht für Nacht darüber zu grübeln, was für Alternativen er hat, und doch immer wieder nur zu dem Schluss zu kommen, dass ihm keine andere Wahl bleibt. Ross bereitet sich innerlich darauf vor, dass sein Ende gekommen ist, und nimmt Abschied von allem, was er liebt. In Gedanken verbringt er noch ein letztes Mal Zeit mit seiner Frau, die ihn vermutlich längst für tot hält.

Als Linus eine Weile später den Raum betritt, holt der Arzt tief Luft und spricht ihn an. „Linus, hören Sie."
Überrascht zieht der andere die Brauen hoch.
„Ich … muss Ihnen etwas sagen."
Sein Entführer dreht sich zu ihm um und mustert ihn mit voller Aufmerksamkeit.
„In dem Buch gibt es keine Lösung", sagt Ross so schnell, dass er sich an den Worten fast verschluckt.
Es ist gesagt. Nun traut sich der Arzt kaum, den anderen anzusehen. Linus schweigt eine unerträgliche Ewigkeit, während

sein undefinierbarer Blick weiter auf Ross ruht.

„Ich weiß", entgegnet er schließlich traurig.

„Sie wissen das?", schnappt Ross außer sich.

„Sagen wir, ich habe es geahnt."

'Natürlich hat er es geahnt mit seinem gottverdammten sechsten Sinn', denkt Ross. Zudem hat sein Entführer ja fast alle übersetzten Seiten bis auf das letzte Stück bereits gelesen.

Einen Moment lang schweigen sie.

„Haben Sie gar nichts daraus ableiten können? Nicht einmal einen kleinen Hinweis?", fragt Linus noch einmal nach.

„Nein", entgegnet der Arzt resigniert. „Alle Vorschläge, die sich darin befinden, würden sie höchstwahrscheinlich sofort töten. Sie können es nochmal durchsehen, wenn Sie wollen ..."

Aber der andere schüttelt nur den Kopf.

„Was denken Sie, jetzt, da Sie fertig sind?", fragt Linus und lässt Ross dabei nicht aus den Augen.

„Nun ja ... wenn man dem Buch Glauben schenkt, dann liegt in diesem Bett dort eines der gefährlichsten und bösartigsten Wesen, die diese Welt je gesehen hat ..."

Bei diesen Worten runzelt Linus resigniert die Stirn.

„ ... aber ich glaube an das Gute. Das habe ich immer getan", fügt Ross mit nachdenklicher Stimme hinzu.

Überrascht blickt der andere auf. Seine Ungläubigkeit wird schnell von einem spöttischen Lächeln abgelöst. „Sie sind unverbesserlich."

„Mag sein", erwidert Ross. Dann stellt er die Frage, vor deren Antwort er sich so fürchtet. „Was passiert jetzt?"

Linus mustert ihn lange. Dann kommt er zu seinem Bett und löst die Handschelle.

„Stehen Sie auf", sagt er ruhig. Ross schluckt schwer, tut aber wie ihm geheißen.

Seine Gedanken wandern wieder zu seiner Frau. Nur unbewusst nimmt er wahr, wie sein Entführer das Buch und die übersetzten Seiten mitnimmt, während er ihn nach draußen führt.

Durch die Fenster des Schlafzimmers hat er immer einige Bäume erkennen können. Als er nun seit Wochen das erste Mal ins Freie tritt, blendet ihn eine grelle Wintersonne und kalte Luft raubt ihm kurz den Atem. Er sieht sich um und stellt fest, dass er sich die gesamte Zeit über in einer Art Bungalow mitten im Wald befunden hat.

Dann dreht er sich zu Linus um, bereit, sein Schicksal zu empfangen.

Aber der Mann, der ihm jetzt eigentlich ein Ende machen sollte, scheint sich mit etwas anderem zu beschäftigen.

„Versuchen Sie keine Tricks", sagt er lediglich drohend und Ross nickt verwirrt. Seine Beine hätten ihm sowieso nicht gehorcht.

Mit dem Fuß scharrt Linus sorgfältig den Schnee zur Seite und legt einen stattlichen Haufen Papier auf die gefrorene Erde. Ross erkennt seine Handschrift darauf. Es sind die Übersetzungen, die er in all den letzten Tagen und Wochen angefertigt hat. Dann nimmt sein Entführer das alte Tagebuch in die Hände und betrachtet es nachdenklich. Plötzlich beginnt er unter den ungläubigen Blicken des Arztes, Seite um Seite herauszureißen und ebenfalls zu Boden zu werfen.

Als er fertig ist, zückt er ein Feuerzeug. Es ist dasselbe, das Ross vor einer gefühlten Ewigkeit zu stehlen versucht hat.

Es dauert eine Weile, bis das Papier Feuer fängt. Kälte und Schneereste lassen die schwelende Glut immer wieder ersticken. Aber schließlich brennt der Haufen und die Flammen sind nicht mehr zu halten. Blatt um Blatt wellt und windet sich, färbt sich gelb, rot, schwarz und zerfällt am Ende zu Asche.

Während sich die unheilvollen Worte in Rauch auflösen, fühlt sich der Arzt plötzlich auf seltsame Weise befreit. Fast so, als fiele eine schwere Schuld von ihm ab.

Schweigend betrachten beide Männer das Schauspiel und treten irgendwann einen Schritt zurück, um nicht von der gierigen Hitze erfasst zu werden.

Irgendwann werden die Flammen wieder kleiner, gehen in rote Glut über, die schließlich gänzlich erlischt.

So starren sie beide noch eine Weile auf das Häuflein Asche.

Schließlich sieht Linus den Arzt eindringlich an. „Sagen Sie mir die Wahrheit: Glauben Sie, dass Su noch zu retten ist?"

Ross hält seinem Blick stand und antwortet ernst: „Wie Sie wissen, gebe ich mein Bestes. Aber ich brauche mehr Informationen, wie sie in diesen Zustand gelangt und was davor geschehen ist. Jede vermeintliche Nebensache könnte weiterhelfen."

Der Arzt kann sehen, wie die Gedanken seines Gegenübers rasen. 'Heute werde ich nicht sterben', denkt er, holt tief Luft und fügt mit fester Stimme hinzu: „Erzählen Sie mir alles, was sie wissen!"

Linus mustert den Arzt lange. Dann beginnt er zu erzählen. Anfangs noch stockend, aber als die Worte einmal fließen, kann er sie nicht mehr halten. Es scheint, als würde es ihn umbringen, die Ereignisse auch nur einen weiteren Tag für sich zu behalten.

Er erzählt ihm alles. Alles, was er weiß, seit seinem ersten Tag in der Klinik bis zu dem Tag, an dem er in Cornelius' Versteck die Kontrolle verloren, Michael, Philipp und Julia getötet hat ...

31. Dezember 2002

So stand er noch eine Weile da, die Hände an Julias Hals, und wollte sie noch nicht loslassen, um sich der Realität zu stellen.

Aber ihm blieb keine Wahl.

Als er sich schließlich wieder besann, war es still. Totenstill.

Wie in Trance ging er durch die Räume, stieg über leblose Körper, Trümmer und Blutlachen. Der stille Junge, Tim, sowie Cornelius blieben verschwunden. Linus vermochte sich keine Gedanken darüber zu machen, wie das möglich war.

Schließlich stand er vor Su.

Als wäre sie kein Teil des Geschehens, lag sie unverändert und unverletzt in all dem Chaos. Die Augen geschlossen. Die Finger zuckend. Dabei strahlte sie eine Unschuld aus, die Linus in die Knie gehen ließ. Haltlos sank er zu Boden und fuhr sich mit den Händen über das Gesicht.

Was sollte er jetzt tun?

Er wusste es nicht.

Es gab niemanden mehr, den er um Rat oder Hilfe bitten konnte. Niemanden, bei dem er Trost finden konnte. In seinem ganzen Leben hatte er sich noch nie so einsam gefühlt. Das Gefühl wuchs an, bis es kaum noch zu ertragen war.

'Ich sollte sie töten. Ihr selbst zuliebe.'

Aber schon ein Blick in ihre Richtung sagte ihm, dass er dazu nicht in der Lage sein würde. Er wollte schreien oder weinen, aber selbst dafür fehlte ihm die Kraft.

Er hatte gewonnen und alles verloren.

Es war vorbei.

Dann richtete er sich auf und sein Gesicht verhärtete sich.

'Diese Gefühlsduselei hilft jetzt nichts. Dir nicht und ihr schon gar nicht. Reiß dich gefälligst zusammen und konzentriere dich! Denk nach! Was kannst du tun?'

Vorsichtig entfernte er Kabel und Schläuche und wickelte Su in eine Decke, wohl darauf bedacht, sie nicht zu berühren. Wenn sie ihn jetzt hineinziehen würde in diese bizarre andere Welt, wäre alles verloren.

Vorsichtig trug er sie in Richtung Ausgang. Wohin sie gehen sollten, wusste er nicht. Fort. Nur fort von hier.

Als er an Cornelius' Arbeitszimmer vorbeikam, warf er einen letzten Blick hinein. Zwischen all den Trümmern, all den Büchern, die auf dem Boden verstreut lagen, erspähte er eines, das ihn innehalten ließ: das verfluchte alte Tagebuch. Er schüttelte den Kopf, wollte schon weitergehen, drehte sich doch noch einmal um. Behutsam verlagerte er Su auf seine gesunde Schulter und griff danach.

Abwesend strich er mit dem Daumen über den ledernen Einband. Dann steckte er es ein. Die Leichen der beiden Männer würdigte er keines weiteren Blickes.

Als er schließlich ins Freie trat, begrüßte ihn eine kalte, grelle Wintersonne. Er warf das Buch auf den Beifahrersitz und lud Su, in die Decke gehüllt, auf die Rückbank.

Als er gerade seine Hand auf den Griff der Fahrertür legen wollte, zerriss ein schrilles, unwirkliches Klingeln die Stille. Es dauerte einen Moment, bis Linus begriff, dass es sein Mobiltelefon war. Wie ferngesteuert griff er danach und drückte auf den grünen Hörer.

„Wurde auch Zeit!", beschwerte sich eine zornige Stimme ohne jede Begrüßung. „Was glauben Sie, wer Sie sind? Ich versuche schon seit Tagen, Sie zu erreichen! Treiben Sie keine Spielchen mit mir!"

„Ja, ich … hatte eine Weile keinen Empfang", entgegnete Linus betäubt.

„Keinen Empfang? Wo treiben Sie sich herum? Was zur Hölle ist da in der Bar passiert?"

Die Bar … es fühlte sich an, als wäre seitdem eine Ewigkeit vergangen. Linus besann sich und streckte den schmerzenden Rücken durch. Dann sagte er ruhig: „Hören Sie, der Deal ist geplatzt. Ich kann Ihnen das Mädchen nicht ausliefern."

Der wütenden Schimpftirade folgte langes Schweigen. Als der andere schließlich weitersprach, war seine Stimme kalt: „Warum?"

„Die Umstände haben sich geändert."

Erneut verging eine Weile, bis der Anrufer weitersprach. „Ich werde sie finden. Sie beide. Es gibt keinen Ort auf dieser Welt ..."

Linus legte auf, holte weit aus und warf das Handy in hohem Bogen in den Wald. Dann ließ er sich schwer in den Fahrersitz sinken und schloss die Augen.

Es war vorbei. Alles, was er kannte, stand in Flammen. Seine Pläne waren zu Asche verbrannt. Die Kontrolle war ihm gänzlich entglitten. Und doch lebte er noch. Und Su ebenfalls. Solange sie am Leben waren, gab es einen Weg für sie beide. Er musste ihn nur finden.

Cornelius hatte ihr nicht helfen können. Aber er war auch kein Arzt. Er war nicht allwissend. Seine Kenntnisse waren begrenzt. Es musste Ärzte geben, richtige Ärzte, die sich mit so einem Zustand auskannten. Irgendjemand musste in der Lage sein, sie zu wecken.

Also fuhr er los.

Gegenwart
25. Januar 2003

Am Ende seiner Erzählung angelangt, sinkt Linus erschöpft in sich zusammen. Die Ereignisse, Bilder und Worte toben in seinem Kopf und lassen die Realität um ihn herum fern und unwirklich erscheinen. Noch nie in seinem Leben hat er so viel von sich in so kurzer Zeit preisgegeben. Aber er tut es für sie. Für Su, vor deren Bett er nun an der Wand lehnt, nachdem sie wieder nach drinnen gegangen waren. In die einsamen Hütte im Wald.

Müde blickt er zu Johann Ross hinüber.

Der Arzt betrachtet ihn mit weit aufgerissenen Augen, schaut immer wieder von ihm zu Su und Linus kann spüren, wie überfordert er mit dieser Sturzflut an Informationen ist.

„Ich … ich brauche Zeit", stammelt Ross schließlich.

Linus nickt, steht auf und verlässt den Raum.

Auch er muss jetzt allein sein.

„Lass mich los!", schrie die kleine Su mit schmerzerfüllter Stimme
und versuchte, sich dem Griff des Mannes zu entwinden. Aber
egal, wie laut sie schrie und wie sehr sie sich wehrte, er packte
ihren Arm nur noch fester.

Als sein großes, verzerrtes Gesicht vor dem ihrem auftauchte, sah
sie, dass er weinte.

„Sag mir, was du gemacht hast! Warum ist der Junge schreiend
aus dem Unterricht gerannt?"

„Ich weiß es nicht!", schrie Su verzweifelt.

„Warum sind letzte Woche alle Glühlampen durchgebrannt?
Warum wird es nicht mehr richtig warm in unserer Wohnung?",
fragte er, packte sie an den Schultern und schüttelte sie.

„Das war ich nicht! Ich hab nichts gemacht!"

„Dann sag mir, was passiert ist!", rief der Mann hysterisch.

„Das waren die Monster!"

Er holte aus und verpasste Su eine schallende Ohrfeige, die ihr die
Luft nahm. Dann schüttelte er sie wieder, noch heftiger als zuvor.

„Hör endlich auf, solche Lügen zu erzählen! So etwas wie
Monster gibt es nicht!"

„Doch, es gibt sie! Sie sind überall! Sie reden mit mir!"

„Du sollst damit aufhören!" Eine weitere Ohrfeige traf sie im
Gesicht. Dann hielt er sie fest und sah ihr verzweifelt in die Augen.

„Bitte, Kind, ich flehe dich an! Was geschieht hier? Sag die
Wahrheit!"

„Das tu ich doch ...", wimmerte Su hilflos.

Der Mann begann, zu schluchzen. Dann wandte er sich ab und richtete sich auf.

„Du lässt mir einfach keine Wahl!"

Wieder packte er ihren Arm und zerrte sie aus der Küche raus zur Treppe, an deren Ende im Schlafzimmer der dunkle, schwere Kleiderschrank auf sie wartete.

„Nein!", kreischte Su. „Bitte!"

Panisch suchte sie den Blick der Frau, die mit ihnen in der Küche stand.

Doch sie hatte sich weggedreht und hielt sich am Türrahmen fest, während ihr Körper vor Weinen geschüttelt wurde. Sie würde Su nicht helfen. Weil sie Angst vor ihr hatte. Doch es war noch ein Wesen im Raum. Erfüllt von jener Angst und Verzweiflung, die nicht nur diesen Moment, sondern ihr ganzes Leben erfüllte, rief Su nun in seine Richtung: „Hilf mir! Bitte hilf mir!"

Und tatsächlich: der dunkle Schatten mit den pechschwarzen Funken, der bis eben noch den Anschein gemacht hatte, als würde er schlafen, setzte sich langsam in Bewegung ...

Su stolperte auf die Tür zu. Wagte nicht, sich umzudrehen. Sie musste weiter. Bloß fort von hier. Schon spürte sie die Klinke heiß in ihrer Hand. Doch plötzlich hielt sie inne.

Auf einmal erinnerte sie sich an diese Tür und an all die Türen davor. Erinnerte sich, dass sie in diesem Raum schon etliche Male gewesen war. Su ging im Kreis. Sie erstarrte.

Ihre Hand auf dem Türgriff kam ihr plötzlich furchtbar schwer vor, als würde alle Last der Welt darauf liegen. Gleich würde sich die Klinke senken, die Tür sich öffnen. Ihre Angst trieb sie an, als ginge es um ihr Leben.

Es kostete Su unendlich viel Kraft und unschätzbar viel Zeit, aber langsam, ganz langsam, löste sich ein Finger nach dem anderen von dem Metall, welches allmählich abzukühlen schien. Je kühler es wurde, desto mehr schwand seine Macht.

Nachdem das ganze Universum einmal an ihr vorbeigezogen war, nahm Su ihre Hand von der Tür und schloss die Augen. Eine Sekunde. Zwei. Panik tobte in ihrem Kopf und raubte ihr fast den Verstand. Aber nichts geschah. Allmählich wurde Su ruhig.

Dann drehte sie sich um.

Die beiden Erwachsenen lagen nunmehr regungslos am Boden. Zwei Worte stiegen aus der Tiefe ihres Herzens auf wie Luftblasen, die das Wasser nicht halten kann, die schließlich die Oberfläche erreichen und hervorquellen: „Mama ... Papa ...“, sagte sie hilflos in die Stille hinein. Es kam keine Antwort. Keine Reaktion. Nicht das leiseste Geräusch. Selbst das Monster war verschwunden.

Sie war allein.

„Es ... es tut mir so leid“ flüsterte sie. „Ich hab Angst.“

Sie sank auf die Knie und schluchzte, während sie weiter die beiden Menschen anstarrte, die sie geliebt, gebraucht und getötet hatte. Sie konnte nicht sagen, ob Minuten, Stunden oder Jahre vergingen. Aber irgendwann versiegten die Tränen und sie starrte nur noch.

Schließlich stand sie auf.

An der Wand neben den Leichen kauerte ein kleines Mädchen.

Es dauerte einen Moment, bis Su begriff, dass sie selbst dieses

Mädchen war. Schweigend schauten die beiden sich an. Dann ging
Su auf das Kind zu und hockte sich vor ihr hin. Ihre tiefblauen
Augen waren rot geweint und Su erkannte darin die grauenvolle
Angst und Einsamkeit, die auch sie erfüllte, lähmte und jagte, die
ihr ganzes Leben lang über alles bestimmt hatte, was sie fühlte,
dachte oder tat. Augen, die sich über alles fürchteten vor der
Zukunft, der Welt und am allermeisten vor sich selbst.

Der Anblick brach Su das Herz und ohne weiter darüber
nachzudenken, schlang sie die Arme um das Mädchen und drückte
sie so eng an sich, wie sie konnte.

„Es wird alles gut", hörte Su sich selbst aus weiter Ferne sagen
und schloss die Augen. Die Worte wirkten seltsam tröstlich in der
absoluten Stille. Als Su die Augen wieder öffnete, war das kleine
Mädchen in ihrem Arm verschwunden. Sie kniete allein auf dem
Boden.

Alles um sie herum wirkte auf einmal blass und unwirklich.
Mit einem Mal wurde ihr klar, dass dies eine Erinnerung war.
Ein Traum. Sie dachte angestrengt nach, was vor diesem Traum
gewesen war. Vor dieser Tür. Und der Tür davor. Und der Tür
davor.

Allmählich schlich sich eine Erkenntnis in ihren Kopf: Irgendwo
dort draußen gab es eine richtige Welt. Eine, die nicht nur aus
Erinnerungen bestand und nicht nur aus Angst. Eine, in der jetzt
gerade Dinge geschahen, die nicht längst schon geschehen waren.
Ereignisse, bei denen man nicht nur zusehen konnte, sondern auch
handeln. Eine ungewisse, furchteinflößende Welt ... und doch so
groß. Voller Möglichkeiten. Nicht alle davon waren schlecht.

Es gab auch Gutes dort draußen. Schönes.

Su blickte zu ihren Eltern hinunter und schluckte. Was geschehen war, würde sie nie wieder ändern können. Nie vergessen. Die Erinnerung würde sie für den Rest ihres Lebens begleiten. Aber auf das, was geschehen würde, hatte sie vielleicht einen Einfluss.

„Niemand weiß, was das Richtige ist. Man kann sich nur entscheiden und mit den Konsequenzen leben."

In diesem Moment traf Su eine Entscheidung: Sie wollte leben. Sie warf ihrer Mutter und ihrem Vater einen letzten Blick zu. Nahm jedes Detail des Raumes in sich auf. Die Tür rief nicht länger nach ihr. Sie wirkte kalt und stumm und genauso blass wie der Rest dieses Bildes.

Es war Zeit ...

Dann atmete Su tief ein, sammelte all ihre Kraft und schlug die Augen auf.

47
Erwachen

Als würde sie nach einem langen Tauchgang aus dem Wasser auftauchen, schnappt das Mädchen so unvermittelt nach Luft, dass beide Männer zusammenfahren und Doktor Ross vor Schreck das Stethoskop fallenlässt. Ruckartig hebt sie den Kopf und versucht, ihre fixierten Gliedmaßen zu bewegen.

„Nein!", schreit sie und beginnt, wie wild an den Fesseln zu zerren.

Linus fasst sich als Erster wieder. Schnell springt er zu ihr und legt beide Hände um ihr Gesicht.

„Su! Su! Bist du wach? Sieh mich an!"

„Linus!", fleht sie verzweifelt. „Ich bin festgebunden!"

„Ich weiß. Ganz ruhig. Du bist aus dem Bett gefallen. Ich binde dich los. Es ist alles gut. Ich bin da. Ich bin da ...", sagt er immer wieder, aber seine eigene Stimme klingt fast so panisch wie die ihre.

Hektisch beginnt er an einer Schnalle zu ziehen, die um ihr Handgelenk gebunden ist. Sein Blick fällt auf den Schlauch an ihrem Schlüsselbein und er streckt entschlossen die Hand danach aus.

Gerade noch rechtzeitig findet auch Ross seine Stimme wieder.

„Um Himmels willen, warten Sie! Nehmen Sie Ihre Hand dort weg! Lassen Sie mich das machen! Beruhigen Sie sich!"

„Was ist das?", schreit Su hysterisch und starrt auf den Schlauch, der die Nährflüssigkeit aus dem Infusionsbeutel in ihren Körper leitet und sie die letzten Wochen am Leben erhalten hat.

„Das ist nichts. Du brauchst keine Angst zu haben. Der ist gleich wieder raus", sagt Linus schnell. Voller Panik versucht Su zu erkennen, was an ihrem Körper geschieht. Aber Linus hebt ihr Kinn in seine Richtung und sieht ihr fest in die Augen.

„Keine Angst. Das ist gleich vorbei. Sieh mich an! Es ist alles gut."

Wenige Augenblicke später ist der Katheter entfernt und Ross hört Sus Herztöne ab. Dann lösen die Männer die Fixierungen und das Mädchen setzt sich, zum ersten Mal seit Wochen, zitternd auf und sieht sich um. Linus und Ross starren sie an, als wäre sie von den Toten zurückgekehrt.

Sie schwankt und an ihrem verschleierten Blick kann der Arzt erkennen, wie verwirrt sie sein muss. Aber sie ist wach. Sie ist tatsächlich wach.

'Das ist ein Wunder', schießt es ihm durch den Kopf.

Sie mustert Linus, Ross, die Liege, das Zimmer.

„Wo bin ich?", fragt sie mit bebender Stimme.

„In Sicherheit", antwortet Linus schnell.

Wieder blickt sie sich um und runzelt angestrengt die Stirn in dem Versuch, sich zu erinnern. Aber Ross weiß, dass sie die Fahrt hierher verschlafen hat. Die Flucht, den Angriff der maskierten Männer, seine eigene Entführung, ...

„Wie ...?", stammelt sie verstört.

„Du hast sehr lange geschlafen", erklärt Ross so ruhig wie

möglich.

Sie mustert ihn verwirrt und er kann nicht anders, als sie weiter anzustarren. Das Mädchen, um dessen Leben er in den vergangenen Wochen so verzweifelt gekämpft hat. Über das er die unterschiedlichsten und absurdesten Dinge gehört und gelesen hat. Das seine Moral auf eine schwere Probe gestellt hat. Nun sitzt sie vor ihm und sieht ihm in die Augen.

Wer ist sie? Was stimmt von all dem, das Ross sich in seinen schwächsten und stärksten Momenten ausgemalt hat?

„Weißt du, wer ich bin?", fragt der Arzt ehrfürchtig.

„Doktor Ross...", antwortet sie nachdenklich, scheint aber zugleich verwundert über ihre eigene Antwort.

„Ja, der bin ich. Ich bin Arzt. Ich habe mich um dich gekümmert, während du geschlafen hast. Darf ich dich untersuchen, um zu sehen, ob es dir wieder gut geht?", fragt er vorsichtig.

Sie wirft einen unsicheren Blick zu Linus, der nichts einwendet.

Dann nickt sie zögernd.

Ross hört sie noch einmal sorgfältig ab, desinfiziert und versorgt die leicht blutende Einstichstelle an ihrem Schlüsselbein, leuchtet ihr mit einer Taschenlampe in die Augen und fragt sie nach ihrem Namen, ihrem Alter und woran sie sich vor ihrem Koma erinnern kann. Er lässt sie einfache Gesten ausführen, ihre Finger und Zehen, Arme und Beine bewegen.

Schließlich nimmt er das Stethoskop ab, mustert sie noch einmal von oben bis unten und schaut dann zu Linus hinüber.

Ihre Blicke treffen sich und Ross nickt dem anderen kurz zu.

'Sie ist wirklich wach', will er sagen. Doch er bringt es in diesem Moment nicht über die Lippen.

Su will aufzustehen. Linus muss sie stützen, damit ihre Knie nicht sofort nachgeben, doch mit seiner Hilfe stolpert sie ein paar wackelige Schritte durch den Raum. Linus kann spüren, wie ihr gesamter Körper bei jeder Bewegung schmerzt.

'Sie ist schwach. Noch viel schwächer, als ich sie jemals erlebt habe. Und doch ... sie ist wach. Sie ist wirklich wach. In ihren Adern pulsiert der unbändige Wunsch zu leben. Die Kraft, die ihr noch immer innewohnt, die sie wird reaktivieren können, ist ungebrochen.'

Noch kann Linus nicht fassen, dass das alles wirklich geschieht und nicht nur ein weiterer Traum ist. Der ganze bittere Kampf um ihr Leben ist nicht umsonst gewesen. Seine Hoffnung, um die er jeden Tag aufs Neue kämpfen musste, ist nicht umsonst gewesen.

'Sie ist wach ...'

Eine Stunde später sitzen alle drei an dem kleinen, runden Tisch im Wohnraum des Bungalows. Ross hat Linus eingeschärft, dass sie es langsam angehen müssen.

Viel Essen haben sie nicht im Haus. Sein Entführer schneidet dem Mädchen schließlich einen Apfel auf. Obwohl ihr das Schlucken sichtlich schwerfällt und sie nach jedem Bissen innehalten muss, scheint sie fest entschlossen, diese erste Mahlzeit vollständig zu vertilgen.

Als sie fertig ist, wirkt sie erschöpft.

Müde lässt sie den Blick durch den Raum wandern und scheint jedes Möbelstück, jedes Bild an der Wand, jeden Winkel in sich aufzunehmen. Schließlich bleibt sie an Ross hängen. Dann lächelt sie.

„Danke", sagt sie leise. Ihre tiefblauen Augen haben etwas Geheimnisvolles, Fesselndes an sich, aber der Arzt kann die aufrichtige Dankbarkeit darin sehen. Er muss an Linus' Worte denken.

'Sie ist ... ängstlich. Und mutig. Schwach. Und stark. Und ... gut. Viel besser, als diese Welt es verdient hat.'
Er kann nicht anders, als zurückzulächeln.

Als Linus das entkräftete Mädchen schließlich wieder zu ihrem Bett bringt, tritt eine beklommene Stille ein. Zu Beginn schon schwach auf den Beinen kann sie sich mittlerweile kaum noch aufrecht halten. Trotzdem sträubt sie sich, weiter auf das Bett zuzugehen, und auch Linus wird unsicher.

„Ich ... ich möchte nicht wieder schlafen ...", flüstert sie ängstlich.

Linus wirft Ross einen fragenden Blick zu. Auch in seinen Augen erkennt der Arzt die Furcht, dass dieser kurze Moment des Erwachens vielleicht schon alles gewesen sein könnte.

„Hab keine Angst. Du wirst wieder aufwachen", sagt er mit ruhiger, bestimmter Stimme. „Aber du musst dich ausruhen, um wieder zu Kräften zu kommen."

Als sie liegt, hockt Linus vor ihrem Bett, wie so oft in den letzten Wochen.

„Das alles tut mir so leid ...", kann Ross Linus flüstern hören.

„Mir nicht", entgegnet das Mädchen und als Ross den beiden einen verstohlenen Blick zuwirft, kann er sie wieder lächeln sehen. „Du hast mich gerettet."

Wenig später fällt sie in einen tiefen Erschöpfungsschlaf. Nach einer Weile hört Ross sie noch einmal ab. Doch, er ist sich sicher: Ihr Zustand ist stabil. Er nickt Linus, der angespannt neben ihm steht, bedeutungsvoll zu und registriert, wie der andere kaum merklich aufatmet.

Trotzdem weicht Linus in den nächsten Stunden keine einzige Sekunde von ihrem Bett.

48

Wald

27. Januar 2003

Ross kann Linus überzeugen, zumindest noch ein paar Tage in dem Versteck zu verweilen, bis sich das Mädchen gefangen hat. Eigentlich bräuchte sie mehr Zeit. Doch der Arzt beobachtet täglich, wie Linus' Unruhe wächst. Er wird nicht mehr lange warten. Auch Ross' Aufenthalt in der Hütte im Wald neigt sich damit dem Ende zu. Alle Gedanken an die Konsequenzen des bevorstehenden Aufbruchs verdrängt er. Stattdessen konzentriert er sich gänzlich auf Su und ihre Genesung.

Ihr Lebenswille ist unvergleichlich. Immer wieder muss er sie bremsen und zu Pausen auffordern, aus Angst, dass sie sich übernimmt. Aber ihre Entschlossenheit scheint eine ungeahnte Kraft in ihr zu wecken und tatsächlich macht sie binnen kürzester Zeit solche Fortschritte, dass der Arzt es kaum glauben kann.

Schon am Tag nach ihrem Erwachen geht sie mit seiner Hilfe eine Runde durch das Haus.

Wenige Tage später nimmt sie mit unbändigem Appetit kleine, vollwertige Mahlzeiten zu sich.

Dem Arzt entgeht nicht, dass ihr Blick immer wieder an Stellen hängen bleibt, die Ross unbedeutend oder leer erscheinen. Aber es ist ihr egal. Er hat keine Lust, daran irgendeinen Gedanken zu verschwenden. Noch nie hat ihn etwas so mit tiefer Befriedigung erfüllt, wie dieser Patientin nach der langen Zeit der Ungewissheit bei der Genesung zuzusehen. Ihre Neugier und Lust am Leben, die sie nach den Wochen des Schlafes und der permanenten Angst nachzuholen scheint, sind ansteckend. Als ob sich das Leben auch in ihm aufbäumt, erscheint ihm jede verbleibende Sekunde so einzigartig und wertvoll wie schon Jahre, vielleicht Jahrzehnte nicht mehr.

2. Februar 2003

Acht Tage nach ihrem Erwachen kann Su sich wieder sicher und selbstständig bewegen. Es wird noch Wochen dauern, bis sie wieder gänzlich bei Kräften ist.

Aber der Arzt kann kein Argument mehr finden, ihre Abreise noch weiter zu verzögern.

So kommt der Tag des Aufbruchs.

Vom Fenster an seinem Bett aus beobachtet Ross, wie Linus Gepäck in den Kofferraum lädt und Su zum Beifahrersitz des Wagens führt.

Dann kommt er zurück in das nun seltsam leere Zimmer und tritt an Ross' Bett. An der Routine, dass sein Entführer ihn daran festkettet, wann immer sich der Arzt gerade nicht mit Su beschäftigt, hat sich nichts geändert. Heute wird das leise Klicken der winzigen metallenen Schlösser, während Linus sie aufschließt, von einem faden Beigeschmack begleitet. Seine Mine ist kühl und fokussiert und gibt dem Arzt nicht den geringsten Hinweis auf das, was ihn nun erwartet.

„Kommen Sie", sagt der andere ruhig. Ross folgt ihm einmal mehr widerstandslos nach draußen. Es schneit heftig und er versinkt mit jedem Schritt in weißem, kaltem Neuschnee.

Linus bringt auch den Arzt zum Auto und kettet dessen Hände an den Griff der Tür auf der Rückbank. Ross hat zuletzt als kleiner Junge auf der Rückbank gesessen und fühlt sich an einen Familienausflug erinnert. Ein Familienausflug der ganz besonderen Art. Bevor sein Entführer die Tür hinter ihm schließt, verbindet er ihm sorgfältig die Augen.

Ross sinkt das Herz in die Hose.

Sie fahren los. Trostloses Schweigen liegt über dem Fahrzeug und der Arzt wird heftig durchgeschüttelt, während Linus den Wagen holpernd und knirschend über scheinbar unbefestigte Wege lenkt.

Sie sind mindestens eine Stunde unterwegs, vielleicht auch länger.

Genügend Zeit für Ross, sich alle möglichen Varianten auszumalen, wie er wohl sterben wird.

Wie es sich anfühlt.

Wie viel davon er spürt.

Ob wirklich sein ganzes Leben an ihm vorbeizieht.

Wann seine Leiche gefunden wird.

Wie seine Frau in Tränen ausbricht, wenn sie seine Überreste sieht.

Sie wird trauern. Und dann wird das Leben für sie weitergehen.

Eine seltsame Ruhe überkommt den Arzt.

Schließlich hält der Wagen und der Motor verstummt.

Knirschende Schritte kommen um das Auto herum. Als die Tür sich öffnet, schlägt Ross die stechend kalte Luft entgegen und er spürt dicke Schneeflocken auf seinem Gesicht.

Linus löst die Handschellen und zieht ihn nach draußen.

Ross' Beine fühlen sich auf dem unebenen Untergrund an, als hätten sich die Knochen darin in Gummi verwandelt.

„Nehmen Sie die Augenbinde ab!", befiehlt die Stimme, die ihm in den letzten Wochen so unheilvoll vertraut geworden ist.

Ross tut, wie ihm geheißen, und ist nicht sonderlich überrascht, dass sie sich mitten im tiefsten Wald befinden. Er zwingt sich entgegen jeden Instinkt, seinem Entführer in die Augen zu sehen.

„Wo wollen Sie jetzt hin?", fragt Ross. Eine dumme Frage, aber was spielt das jetzt schon noch für eine Rolle?

„Sie verstehen vermutlich, dass es besser ist, wenn ich Ihnen das nicht verrate", antwortet Linus spöttisch lächelnd.

Ross' Augen werden groß.

Sein Entführer geht um den Wagen herum und öffnet den Kofferraum.

'Um eine Waffe zu holen?', fragt sich Ross. Aber er weiß, dass der Mann, der ihn die letzten Monate festgehalten hat, keine Waffe braucht, um ihn zu töten.

Zu seinem großen Erstaunen kommt Linus mit einem dicken Wintermantel zurück und drückt ihm das schwere Kleidungsstück in die Hände.

„Die Spuren zum Bungalow zurückzuverfolgen, wird Ihnen nichts bringen. Gehen Sie in diese Richtung. In vierundzwanzig Kilometern kommt ein Dorf", sagt er und deutet auf den verschneiten Waldweg, der vor ihnen liegt.

Verständnislos folgt Ross' Blick seiner Geste und die Gedanken in seinem Kopf rasen. Dann glotzt er wieder ungläubig seinen Entführer an.

So stehen sie noch eine Weile stumm da. Schließlich nickt Linus dem Arzt zu, dreht sich ohne ein weiteres Wort um und geht zur Fahrertür zurück.

„Warten Sie!", platzt es aus Ross heraus und der andere bleibt noch einmal stehen.

„Danke ...", sagt der Arzt mit schwacher Stimme.

Als Antwort schenkt Linus ihm nur einen weiteren unergründlichen Blick. Dann steigt er ein und der Motor heult auf. Su winkt dem Arzt vom Beifahrersitz aus zu und Ross hebt betäubt die Hand. Schließlich setzt sich das Fahrzeug in Bewegung, wird immer kleiner und verschwindet hinter einer Biegung aus Ross' Blickfeld.

Bald hört der Arzt nichts mehr außer dem gelegentlichen Knacken eines Astes unter der schweren Last des Schnees.

Ein paar Minuten steht er noch auf dem Weg und sieht in die Richtung, in die das Auto verschwunden ist. Erst jetzt fällt ihm auf, wie kalt es ist, und er streift sich den Mantel über.

'Ich muss in Bewegung bleiben', schießt es ihm durch den Kopf.

Er läuft los.

49
Eine Reise

4. Februar 2003

In der Zeit, die seit Sus Erwachen vergangen ist, hat Linus einen
Plan ausgearbeitet, Vorbereitungen getroffen und Besorgungen
gemacht. Neue Pässe, Kleidung, Proviant, Bargeld, Flugtickets.
Er ist fest konzentriert auf sein Ziel, von dem er sich durch nichts
auf der Welt mehr abbringen lassen darf: Er muss Su fortschaffen.
Fort aus Deutschland. Fort aus Europa. Am liebsten würde er sie
fortbringen von diesem Planeten.

Nachdem er Ross im Wald ausgesetzt hat, geht es los. Nach Osten,
immer nach Osten. Autobahnen meiden. Nur anhalten, wenn es
wirklich nötig ist.
Sie passieren die polnische und die ukrainische Grenze. Morgen
wird sie ein Flieger von Kiew nach Südamerika bringen.
In einer schäbigen Unterkunft nahe des Flughafens färben sie sich
die Haare. Die seinen in einem dunklen Braun, Sus orange rötlich.
Es steht ihr. Mit der richtigen Kleidung und dem richtigen
Verhalten könnte sie sich so unter eine Gruppe Studentinnen
mischen, ohne aufzufallen.
Die Nacht verläuft ereignislos, was Linus' Unruhe nur noch
verstärkt.

Als sie am nächsten Morgen durch die gläserne Drehtür des
internationalen Flughafens treten, ist Su aufgeregt. Etliche

Menschen strömen durch die Halle: Urlauber, Geschäftsleute, Angestellte. Ein Wirrwarr aus Stimmen, automatischen Durchsagen und undefinierbaren Geräuschen hallt von den Wänden wider.

Sie bleibt stehen und Linus lässt ihr Zeit. So eilig er es auch hat, diesen Kontinent zu verlassen, so sehr weiß er auch, dass es kontraproduktiv wäre, Su zu drängen. Sie muss ruhig blieben. Sie dürfen nicht auffallen. Davon hängt das gesamte Gelingen ihrer Flucht ab.

Er hat sie genau auf das vorbereitet, was sie hier erwartet. Hat ihr von den Menschenmassen erzählt, von den Schaltern und der Passkontrolle, den Sicherheitsleuten, die sie möglicherweise etwas fragen werden. Gepäckkontrolle und Security Check.

Nun lässt Su den Blick durch die Halle schweifen. Als hätte sie eine neue Welt betreten, nimmt sie das quirlige Treiben, Stände, Geschäfte, Poster und Plakate in sich auf.

Weiße Sandstrände, tiefe Häuserschluchten, schneebedeckte Berge, Elefanten und Löwen. Hübsche Frauen in Bikinis, Latino-Männer in Trachten und fürs Lachen bezahlte Familien mit Kindern strahlen sie von den Bildern an und Su betrachtet jedes davon ganz genau.

Schließlich schaut sie zu Linus auf.

„Alles klar?", fragt er.

Sie nickt entschlossen.

„Dann los!"

Sie begeben sich auf die Suche nach dem richtigen Schalter, wo sie sich in eine lange Schlange einreihen. Gepäckaufgabe und Ticket-Empfang verlaufen ohne Komplikationen.

Dann stehen sie am Security Check. Als Su sieht, dass fast jeder, der durch den Metall-Detektor geht, danach abgetastet wird, wirft sie ihm nun doch einen ängstlichen Blick zu. Linus nimmt ihre Hand. Sie ist warm. Warm und lebendig.

Dann sind sie an der Reihe. Su zuerst. Sie holt tief Luft und geht festen Schrittes durch den Körperscanner. Kein Alarm. Sie blickt den Sicherheitsleuten auf der anderen Seite unschlüssig entgegen und scheint verwirrt, weil niemand etwas von ihr will.

„Is this yours?", fragt eine Frau am Fließband für das Handgepäck und deutet auf Sus kleinen Rucksack.

Linus hat sie auf die Frage vorbereitet und so nickt sie schnell, obwohl sie vermutlich keines der Worte versteht.

„Well, have a good flight then!", sagt die Frau freundlich und hält Su mit einem netten Lächeln ihren Rucksack entgegen.

Dann ist Linus an der Reihe. Auch bei ihm schlagen die Scanner keinen Alarm. Su steht noch immer neben dem Fließband, die Arme fest um ihr Handgepäck geschlungen, und wartet auf ihn. Er lächelt ihr zu und sie lächelt zurück.

Auch ihm wünscht die freundliche Dame einen guten Flug und er bedankt sich.

Als sie die Tür zur Duty-Free-Zone durchschreiten, atmet er tief durch.

„Haben wir es geschafft?", flüstert Su.

„So gut wie", flüstert er zurück und sieht sich zur Sicherheit unauffällig um. Aber niemand beachtet sie.

Dann setzen sie sich in ein Café und warten auf ihren Flug. Linus lässt Su bestellen, was sie will. Ihre Bestellung besteht aus deutlich mehr Kuchen, als sie zu essen in der Lage ist. Sie probiert von jedem Stück und es erfüllt Linus mit einer tiefen Befriedigung, wie sie jedes davon genießt.

Während er ihr zusieht und der Unauffälligkeit halber gelegentlich so tut, als würde auch er einen Bissen nehmen, stellt er fest, dass sie sich verändert hat.

In den Tagen nach ihrem Erwachen hat Ross deutlich mehr Zeit mit ihr verbracht als Linus selbst. Schon in dieser Zeit sind ihm die Veränderungen nicht entgangen, doch er hat sie auf ihr Koma geschoben. Die Dinge, die sie währenddessen durchlebt hat, die Zeit, seit seitdem vergangen war.

Aber mittlerweile ist er sich sicher: Etwas ist anders.

Sie wirkt weniger ängstlich. Neugieriger. Entschlossener.

Und da ist noch etwas: Die Art, wie sie ihn ansieht, hat sich verändert. Wenn sie ihm in die Augen schaut, selbst wenn sie dabei zunächst voller Freude zu sein scheint, liegt stets auch ein Ausdruck des Bedauerns oder gar des Schmerzes in ihrem Blick. Manchmal hat er das Gefühl, als sähe sie gar nicht ihn an, sondern einen Fremden.

'Das sind die Nachwirkungen ihres Schlafes. Wie sollte auch alles genauso sein wie vorher? Vielleicht ist sie in manchen Momenten immer noch verwirrt. Es wird sich wieder geben.'

Doch sie wirkt nicht verwirrt. Sie wirkt klar. Klarer als je zuvor.

Der Flieger startet. Linus selbst sitzt am Gang, Su hat den Mittelplatz. Neben ihr am Fenster sitzt eine alte Frau, die recht schnell nach dem Start zu schnarchen beginnt. Linus muss Su immer wieder unauffällig zurückziehen, damit sie sich nicht über die Frau beugt, um so viel wie möglich durch das winzige

Flugzeugfenster zu erspähen.

Eigentlich hat er befürchtet, dass ihr vielleicht übel werden oder sie in Panik geraten könnte. Aber das Fliegen scheint ihr sogar deutlich weniger auszumachen als ihm selbst, wie er sich heimlich eingesteht.

Nach ein paar Stunden erliegt auch Su ihrer Müdigkeit und nickt, den Kopf auf Linus Schulter gelegt, ein.

Selbst an ihrem Zielflughafen in Guayaquil verläuft alles ohne Probleme.

Sie haben es so gut wie geschafft. Aber noch kann Linus dem Frieden nicht trauen.

Zwar hofft er, dass sie auf dem neuen Kontinent deutlich weniger Verfolger im Nacken haben werden, aber sie müssen trotzdem vorsichtig sein. Sie werden immer vorsichtig sein müssen.

Für den Rest ihres Lebens.

Sie beziehen ein kleines Hostel in der Nähe des Busbahnhofes. Sogar für den Fernstreckenbus hat Linus vorab zwei Tickets Richtung Norden besorgt. Jetzt gilt es, die Zeit bis zur Abfahrt am nächsten Tag zu überbrücken. Das spanischsprachige Fernsehprogramm prasselt auf sie ein, während Su sich auf dem Bett an Softdrinks und Chips bedient. Irgendwann spät in der Nacht fällt sie in den Schlaf.

Linus schaltet den Fernseher aus. Sein Hunger nagt an ihm. Doch er wagt es nicht, Su allein zu lassen. Noch nicht. Die bloße Vorstellung, dass ihr etwas passieren könnte, während er fort ist, scheint unerträglich. Noch hat er seinen Trieb unter Kontrolle.

Er wird es hinauszögern, solange es geht. Am liebsten würde er sie niemals wieder alleinlassen.

50

Angst

5. Februar 2003

Gegen drei Uhr morgens geht Linus duschen. Als er wieder aus dem Bad kommt, ist Su wach. Sie hat das Licht angemacht und blickt ihm seltsam traurig entgegen. Aber er verdrängt diesen Blick in den letzten Winkel seines Bewusstseins. Andere Dinge haben jetzt Priorität.

In knapp zwei Stunden fährt ihr Bus. Während er ihre Sachen zusammenpackt, beobachtet Su ihn stumm.

Als er schließlich mit ihr hinaus auf die noch menschenleere Straße tritt, ist Linus sich sicher, dass etwas nicht stimmt. Er kann spüren, dass Su aufgewühlt ist. In ihre Traurigkeit mischt sich eine tiefe, unbestimmte Angst.

Die ganzen letzten Tage hat sie sich bereits seltsam verhalten. Als er sich nun zu ihr umdreht, beschleicht ihn die Ahnung, dass er heute den Grund erfahren wird.

„Su, was ist los?", fragt er und sucht ihren Blick.

Sie ringt mit sich. Dann sieht sie ihm ebenfalls in die Augen. „Ich … ich kann sie jetzt sehen, weißt du? Alle. Immer. Sie sind überall."

Linus läuft ein Schauer über den Rücken. Er muss an die Worte des Buches denken, die er verdammt und vernichtet hat und die es dennoch geschafft haben, sich in sein Gedächtnis einzubrennen.

*'Das eindeutigste und zugleich dringlichste Zeichen aber ist ein
länger währender, totenähnlicher Schlaf, in welchem der
Wahnsinn vollends die Macht über den Körper der Besessenen
erlangt. Das Medium erwacht um ein Vielfaches stärker und der
Mensch, der es einst gewesen ist, stirbt. Hat das Medium es bisher
noch vermocht, sein Wesen im Zaum zu halten, so erhört es
spätestens jetzt den Ruf seines Meisters und stimmt ein in das Lied
des Verderbens.'*

Als Su weiterspricht, zittert ihre Stimme. „Ich .. ich habe
nachgedacht."

„Worüber?"

Plötzlich kommt ihm ein erschreckender Gedanke: 'Sie will mich
nicht dabeihaben. Sie will ohne mich weiterziehen.' Natürlich hat
Linus nicht vor, ihr dabei eine Wahl zu lassen. Und doch stellt er
fest, dass er die Worte fürchtet. Was soll er erwidern, wenn es das
ist, was sie sagen will? Was soll er mit sich anfangen, wenn sie
nicht mehr bei ihm ist? Sie kann ihn gar nicht wegschicken. Sie
braucht ihn.

'Tut sie das?', fragt eine leise Stimme in seinem Kopf, die er
schnell verscheucht.

'Was für erbärmliche Gedanken', denkt er verärgert. Und doch, sie
sind da.

Su scheint nach Worten zu suchen. Plötzlich kommt sie auf ihn zu
und greift nach seiner Hand. Misstrauisch zieht er sie zurück.
Sie bleibt unschlüssig stehen. Dann sieht sie ihm wieder in die
Augen. Dieses Mal mit jener merkwürdigen Entschlossenheit, die
sie seit ihrem Erwachen in sich zu tragen scheint.

„Du hast mich gerettet. Zweimal", beginnt sie leise.

„Technisch gesehen nur einmal. Das erste Mal habe ich dich entführt, weißt du noch?", erwidert er nüchtern. Von einer plötzlichen Eile gepackt, fügt er hinzu: „Aber ich werde dich sicherlich noch das eine oder andere Mal retten. Insofern kannst du mir ruhig trotzdem schon mal danken."

Es soll lustig klingen, aber es gelingt ihm nicht.

Obwohl Sus Gesicht nichts von jener Entschlossenheit verliert, steigen ihr nun Tränen in die Augen.

„Su, was ist los? Rede mit mir!"

„Gib mir deine Hand. Bitte ...", fleht sie nun mit gepresster Stimme.

Widerwillig und verwirrt reicht ihr Linus seine Hände. In dem Moment, als sich ihre Körper berühren, strömt eine Woge aus unergründlicher Traurigkeit durch seinen Körper, nimmt ihn ein, reißt ihn beinahe von den Füßen.

Plötzlich hat er das Gefühl, nein, er weiß, dass dies ein Abschied ist.

Der Gedanke lähmt ihn. Auf einmal ist er nicht mehr in der Lage, sich zu rühren. Er will seine Hände befreien, um sich dem Bann zu entziehen, aber sie gehorchen ihm nicht.

„Su? Was machst du?", fragt er mit schwerer Zunge und Panik steigt in ihm auf.

„Du ... du kannst nicht mit mir kommen. Es geht nicht", sagt sie leise. Der Schrecken über die Bedeutung ihrer eigenen Worte scheint ihr für einen Moment die Stimme zu rauben. „Ich ... ich weiß jetzt, was ich tun muss. Auch wenn ich mich fürchte. Bitte hab keine Angst."

Aber Linus Herz rast, während sein Kopf nicht länger in der Lage ist, auch nur einen einzigen klaren Gedanken zu formen.

„Was hast du vor?", presst er mühsam heraus.

Sie sieht ihm ein letztes Mal mit ihren großen blauen Augen in die seinen. Mit brüchiger Stimme erwidert sie: „Ich rette dich. Es tut mir leid."

Durch das Rauschen in seinen Ohren dringt ihre Stimme zu ihm vor, die er kennt und die zugleich klingt, als sei sie nicht von dieser Welt: „Darf ich mit dir reden?"

Dann wird Linus schwarz vor Augen.

Der Schatten, den sie seit dem Tag, an dem sie Linus in der Klinik zum ersten Mal traf, immer wieder erahnt hat, wabert in dichten Nebelschwaden um Linus' Körper.

„Darf ich mit dir reden?", fragt Su vorsichtig. Ein paar Momente geschieht nichts. Dann manifestiert sich der Rauch mit majestätischer Anmut zu einer geschmeidigen, silbergrauen Kreatur. Wie eine dunkle Flamme lodert ein katzenhaftes Gesicht über Linus' Kopf auf. Zwei Klauen besetzte Pranken ruhen fest auf seinen Schultern. Als das Wesen mit flüsternder Stimme zu sprechen beginnt, entblößt es unzählige Reihen nadelspitzer Zähne.

'Es ist lange her, seit ich einen Menschen deiner Art traf. Sehr lange.'

„Was bist du?", fragt Su ehrfürchtig.

'Was glaubst du, was ich bin?'

„Bist du ... das Böse?"

'Nein. Ich bin eine Kreatur des Vaters. So wie du. So wie alles. Das

Böse gibt es nicht.'

„Warum lässt du ihn dann Menschen töten?" Sie deutet auf Linus, der dasteht wie zur Salzsäule erstarrt.

'Das ist die Aufgabe, die der Vater für mich auserkoren hat.'

„Warum tut er sowas?"

'Es ist notwendig. Du solltest das wissen. Wir dienen alle dem gleichen Ziel.'

„Die Welt ins Chaos zu stürzen?", fragt sie mit stockender Stimme.

'Chaos ist Ordnung. Ordnung ist Chaos.'

„Was ... was soll das bedeuten?"

'Es bedeutet, dass Ordnung nur die Einhaltung einer subjektiv als richtig empfundenen Regel ist, die niemals zur Perfektion gebracht werden kann, weil sie automatisch allen anderen Regeln desselben Zwecks widerspricht. Ebenso ist Chaos nur eine Bezeichnung für eine Verknüpfung von Umständen, deren Bedeutung der Betrachter nicht versteht.'

„Was ist dann das Ziel?"

'Gleichgewicht. Es ist das einzige Ziel, das einen Sinn ergibt. Alle anderen Ziele sind Schall und Rauch.'

„Wer entscheidet über dieses Gleichgewicht?"

'Das Gleichgewicht.'

Wieder bleibt Sus Blick an Linus hängen. Seine weit aufgerissenen Augen starren ins Leere. Sein Anblick tut weh. „Warum er?"

'Warum nicht er?'

„Bitte lass ihn gehen."

'Warum?'

„Du hast ihn lange genug besessen."

'Warum?'

„Er hat ein anderes Leben verdient."

'Warum?'

„Er hat … mir sehr geholfen. Und du auch, nicht wahr?"

Die Kreatur schweigt.

„Warum hilfst du mir?"

'Einst war es unsere Aufgabe, euch zu dienen.'

„Jetzt nicht mehr?"

'Es sind verworrene Zeiten. Euch zu dienen hat sich nicht immer als zielführend erwiesen.'

„Aber du hilfst mir trotzdem ...“

'Möglicherweise gibt es einen Grund für deine Existenz.'

„Was für einen Grund?"

'Wer weiß ...'

„Wer kennt den Grund? Der Vater?"

'Wer weiß ...'

„Wenn ich den Grund nicht kenne, wie soll ich dann meine Bestimmung erfüllen?"

'Du musst den Grund nicht kennen, um deine Bestimmung zu erfüllen. Jeder Schritt, den du gehst, ist ein Teil deines Weges.'

„Dann hilf mir jetzt noch ein letztes Mal. Lass ihn gehen!"

'Wenn ich gehe, wirst du auch ihn verlieren.'

„Stirbt er dann?", fragt sie voller Furcht.

'Nein. Aber wir sind eins. Wenn ich gehe, wird er ein anderer.'

„Aber er wird dann nicht mehr leiden."

'Nicht durch mich.'

Su schluckt. „Bitte tu es."

Eine Weile schweigt die Kreatur. Dann sagt sie: 'Gut.'

„Danke ...“, flüstert Su.

Das Wesen verneigt sich erhaben.

„Wie ist dein Name? Hast du einen Namen?"

'Du wirst ihn wissen, wenn du mich rufst.'

Diese letzten Worte trägt der Wind davon. Auch der Umriss des Wesens verblasst und löst sich schließlich auf, bis nichts mehr von ihm übrig bleibt.

Ein Schlag durchfährt Linus' gesamten Körper. Es fühlt sich an, als ob er in zwei Teile zerrissen wird. Als ob eine glühende Klinge seinen Körper spaltet. Als ob er aus Ton ist und in diesem Moment in tausend Scherben zerspringt. Er merkt nicht, wie er auf die Knie sinkt.

Gesichter ziehen an ihm vorbei. Auch ihre Augen sind angst- und schmerzerfüllt. Er kennt sie und kennt sie nicht. Er weiß nichts über sie, außer dass er der Grund für ihren Tod war.

Da sind noch andere Bilder.

Der junge Linus erwacht auf einem Wochenmarkt, ohne irgendeine Erinnerung daran, wer er ist, und mit einem unbändigen Drang in seinem tiefsten Inneren, der ihn erschaudern lässt. Dem Drang, Menschen aufzusuchen. Ihnen wehzutun …

Ein minzgrüner Fußboden.

Zwei große, blaue Augen.

Warme, empfindliche Haut unter seiner Hand.

Zwei Hände in den seinen.

Leben.

Angst.

Schwarz.

Stimmen. Laute, nervöse Männer- und Frauenstimmen. Der Mann, um den die aufgeregte Menge herumsteht, öffnet die Augen. Sie sind eisblau und stehen in krassem Kontrast zu seiner hellen Haut und dem dunklen Haar.

Er blinzelt verwirrt, während die besorgten Passanten auf ihn einreden. Sie sehen allesamt südländisch aus und egal wie sehr er sich bemüht, er versteht kein Wort von dem, was sie sagen.

Alles dreht sich. Er schließt die Augen wieder.

'Was ist passiert? Wie bin ich hierhergekommen?'

Jetzt erinnert er sich: Er ist über den Wochenmarkt geschlendert, um ein Geburtstagsgeschenk zu kaufen. Warum scheint das so lange her zu sein? Und wo ist er jetzt?

Ein flaues Gefühl breitet sich in seinem Bauch aus: das Gefühl, etwas verloren zu haben, das ihm sehr wichtig gewesen ist. Doch es bleibt ohne Namen, so sehr er auch versucht, ihm einen zu geben.

Er setzt sich auf und schaut sich verschwommenen Blickes um. Erst nach ein paar Sekunden kann er durch die Menschentraube hindurch eine gepflasterte, dicht bevölkerte Straße erkennen, gesäumt von einfachen, rötlichen Baracken. Eine grelle Sonne brennt unbarmherzig aus einem wolkenlosen blauen Himmel.

Eines ist sicher: Er ist weit weg von zuhause.

„Wo bin ich?", fragt er stumpf, doch er erhält keine Antwort.

Ein älterer, schwarzhaariger Mann mit einer karierten Latzhose hält ihm die Hand hin und hilft ihm auf die Beine, die nur wackeligen Halt geben. Jemand klopft ihm auf die Schulter. Der Schlag bringt einen dumpfen Schmerz mit sich. Auch aus seinem Bein drängt sich ein leises Pochen in sein Bewusstsein. 'Was ist mit mir passiert? Hatte ich einen Unfall?'

Während seine Gedanken sich überschlagen, löst sich die Menge plappernd auf und die Leute gehen ihrer Wege.

Der Mann mit den eisblauen Augen bleibt allein zurück.

Unschlüssig sieht er erst in die eine, dann in die andere Richtung der Straße. Er durchsucht seine Taschen und findet einen fremden Ausweis. Ist das etwa sein Foto darauf? In der rechten Hosentasche fühlt er ein paar Münzen und Scheine.

Auf der gegenüberliegenden Straßenseite entdeckt er einen kleinen Imbiss. Wie auf Kommando grummelt sein Magen wütend auf. Es kommt ihm vor, als hätte er seit Ewigkeiten nichts mehr gegessen.

'Kein Wunder, dass ich nicht klar denken kann.'

Er kramt das Geld hervor und setzt sich, von einer seltsamen Vorfreude erfüllt, Richtung Imbiss in Bewegung.

5. Februar 2003

Zeitgleich, ganz in der Nähe, öffnet Fernando Ramez mühsam die
Gepäckklappen auf der rechten Seite des Fernstreckenbusses und
hält sich dabei das schmerzende Kreuz. Sein einst schwarzes Haar
ist ergraut und tiefe Falten ziehen sich um seine müden, dunklen
Augen, die schon viel Schönes und viel Übel erblickt haben.
Eigentlich ist er schon zu alt für den Job. Aber was soll er sonst
machen? Sein Leben lang ist er Busfahrer gewesen. Zuhause
würde er nur seiner Familie zur Last fallen.

Die Passagiere stapeln ihre Koffer und Taschen und reihen sich
nun, die Tickets bereithaltend, in eine Schlange vor der Fahrertür.
Ein paar Touristen sind unter ihnen, mit Fotoapparaten und heller,
teils sonnenverbrannter Haut. Aber die meisten Fahrgäste sind
Einheimische, die gerade aus der Stadt kommen und nun für das
Wochenende nach Hause fahren, um das wohlverdiente Geld zu
ihren Familien zu bringen. Manche unterhalten sich angeregt,
andere hängen still ihren Gedanken nach.

Als Fernando einen breiten Amerikaner durchwinkt, denkt er, er ist
fertig, und will schon die Gepäckluke schließen. Dann sieht er,
dass da noch eine Passagierin wartet. Ein Mädchen.

Sie steht schüchtern in einigem Abstand und hält ihr Ticket fest
umklammert. Ihr rötliches Haar und ihre Haut wirken so hell, dass
sie fast leuchten. Ihre großen blauen Augen sind die schönsten, die

Fernando je gesehen hat. Auf dem schmalen Rücken trägt sie einen kleinen Tagesrucksack. Aber ihr ängstlicher Blick und der ernste Gesichtsausdruck verraten dem alten Mann, dass sie keinen Freizeitausflug macht. Er sieht sich um. Sie scheint ganz allein zu sein.

„Señorita?", sagt er mit tiefer, warmer Stimme.

Erschrocken blickt sie ihn an, ohne zu antworten oder auch nur einen Schritt näherzukommen.

„Solo?", hakt er nach. 'Sie sieht aus, als wollte sie gleich davonlaufen. Offenbar versteht sie kein Wort von dem, was ich sage. Wer ist sie bloß und was macht sie hier ohne jede Begleitung?' Plötzlich erinnert sie Fernando an seine Tochter, die vor zwei Jahren in die Staaten gefahren ist, um dort zu studieren. Ein großes Privileg für seine Familie, und doch hat sie sich gefürchtet und beim Abschied bitterlich geweint. Fernando kann nicht anders, als der fremden weißen Frau ein warmes, aufmunterndes Lächeln zu schenken, das tief von Herzen kommt. Ihr Gesicht hellt sich etwas auf. Vorsichtig kommt sie auf ihn zu und hält ihm unsicher ihr Ticket hin. Er nimmt es entgegen und liest den Namen, der darauf steht: Sonya Schmidt. 'Seltsamer Name. Vermutlich europäisch', denkt er.

Als er von dem Fahrschein wieder aufblickt, sieht er, wie sie ihn angespannt mustert, als erwarte sie, er ließe sie nicht mitfahren.

Aber Fernando nickt bestätigend und weist mit einer einladenden Geste auf die Tür des Busses.

Als die junge Frau langsam an ihm vorbeigeht, macht er eine kleine Verbeugung und bekommt dafür ein niedliches, schüchternes Lächeln geschenkt.

Vor der Tür macht sie noch einmal Halt. Fernando versteht und wartet. Dann fasst sie sich ein Herz und tritt ein. Im Gang angekommen, lässt sie einen scheuen Blick über die alten, abgewetzten Polsterbänke und die anderen Passagiere schweifen. Der alte Fahrer bietet ihr die Sitzreihe ganz vorne direkt vor der Windschutzscheibe an. Dort kann er, zumindest für diese Fahrt, ein schützendes Auge auf sie haben. Dankbar lässt sie sich nieder, die Arme fest um den Rucksack geschlungen. Als der Bus schließlich ins Rollen kommt, lehnt sie sich ans Fenster und Fernando glaubt, aus den Augenwinkeln ein erschöpftes, aber stolzes Lächeln zu sehen.

Über die Autorin

Rebekka Fiedler, geboren 1991, lebt mit ihrem Mann und ihrer Tochter in Franken. Seit ihrer Kindheit erfindet sie Geschichten, schreibt Gedichte und spielt mit der Sprache. Nach etwa acht Jahren Arbeit veröffentlicht sie 2025 ihren Debütroman „Sus Monster".

Ein persönliches Wort:

Sie mögen mein Werk und möchten mich als Autorin unterstützen? Dann würde ich mich freuen, wenn Sie „Sus Monster" weiterempfehlen.

Jeder Kauf verdeutlicht Ihre Anerkennung und ebnet Stück um Stück den Weg für weitere Buchprojekte.

Vielen Dank!